民國文化與文學研究文叢

十二編

李 怡 主編

第11冊

許廣平後半生年譜

——兼及魯迅的家人與友人等（1936～1968）（上）

莊 園 著

國家圖書館出版品預行編目資料

許廣平後半生年譜——兼及魯迅的家人與友人等（1936～1968）（上）／莊園 著 -- 初版 -- 新北市：花木蘭文化事業有限公司，2020〔民 109〕
序 4+ 目 2+216 面；19×26 公分
（民國文化與文學研究文叢　十二編；第 11 冊）
ISBN 978-986-518-246-5（精裝）
1. 許廣平 2. 年譜
820.9　　109011002

民國文化與文學研究文叢
十二編　第十一冊　ISBN：978-986-518-246-5

許廣平後半生年譜
——兼及魯迅的家人與友人等（1936～1968）（上）

作　者　莊　園
主　編　李　怡
企　劃　四川大學中國詩歌研究院
總編輯　杜潔祥
副總編輯　楊嘉樂
編　輯　許郁翎、張雅淋　美術編輯　陳逸婷
出　版　花木蘭文化事業有限公司
發行人　高小娟
聯絡地址　235 新北市中和區中安街七二號十三樓
電話：02-2923-1455 ／傳真：02-2923-1452
網　址　http://www.huamulan.tw 信箱　hml 810518@gmail.com
印　刷　普羅文化出版廣告事業
初　版　2020 年 9 月
全書字數　346629 字
定　價　十二編 14 冊（精裝）台幣 36,000 元

許廣平後半生年譜
——兼及魯迅的家人與友人等（1936～1968）（上）

莊園 著

作者簡介

莊園，女，1972 年 11 月出生，廣東汕頭人，副研究員、獲澳門大學文學博士學位。從事媒體工作 20 多年（1997 ～ 2019），曾擔任學術雙月刊《華文文學》副主編 10 年（2010 ～ 2019），現在汕頭大學圖書館從事文獻研究工作。已經出版個人專著 5 部，個人編著兩部，發表學術論文 40 多篇。代表著作有三部：《女性主義專題研究》（2012 年 8 月，中山大學出版社，23 萬字）、《個人的存在與拯救——高行健小說論》（2017 年 2 月，香港大山文化出版社，30 萬字）、《高行健文學藝術年譜（1940 ～ 2017）》（2019 年 9 月，臺灣花木蘭文化有限公司，四卷本 70 萬字）。

提　　要

1936 年，魯迅去世。本書將「1936」作為一個重要的時間節點，開啟許廣平後半生的書寫，一直寫到她去世那一年—— 1968。全文以許廣平的個人命運、發表文章和著述、社會活動為主線，兼及魯迅的家人——弟弟周作人、周建人、兒子周海嬰、母親魯瑞、原配朱安、孫子周令飛等；魯迅的友人——曹聚仁、曹靖華、瞿秋白、胡風、馮雪峰、蕭紅、蕭軍、徐懋庸、唐弢等的個人命運、社會活動、重要作品、與魯迅相關的著述等內容的敘述，還涉及時代背景和文藝政策等。本書引用和借鑒的文獻資料包羅了近 80 年來出版的各類書籍和學術論文，以「許廣平後半生年譜」這種方式，來記錄和反映那個時代相關人物的生活軌跡。作者書寫的動力隱含了對「文壇領袖去世之後，他的家人和友人怎樣了？」以及「他們如何參與建構共和國的文化圖景？」兩個問題的追尋。

民國時期新文學史料的保存與整理
——《民國文化與文學》第十二編引言

李　怡

與過去的中國現代文學研究相比，作為新框架的民國文學研究尤其強調豐富的文獻史料。因此，如何延續中國文學在民國時期的文獻工作就顯得十分必要了。

中國現代文學自民國時期一路走來，浩浩蕩蕩，波瀾壯闊，這百年歷程中的一切文學現象——作家作品、文學運動、思潮、論爭之種種信息，乃至影響文學發展的各種社會法規、制度、文化流俗等等都可以被稱作是不可或缺的「史料」，對百年中國文學發展歷程的所有總結回顧，首先就得立足於對「史料」的勘定和梳理。史料與闡釋，可以說是文學研究的兩翼，前者是基礎，後者則是我們的目標；而文學研究的興起則大體上經歷了這樣的過程：先是對文學新作於文學現象的急切的解讀闡釋，然後轉入對史料文獻的仔細梳理和考辨，再後可能是又一輪的再闡釋與再解讀。

民國創立，這是中國現代文學發生發展的最重要的時代，伴隨著現代文學影響的逐步擴大，除了宣示性推介或者批評性的闡釋之外，作品的結集、特定文獻的輯錄也日顯重要，這其實就是史料工作的開始。

史料意識的興起，反映著一個時代的知識分子對其所遭遇歷史的重視程度和估價敏感度。在這個意義上看，中國現代文學的史料意識大約是在它出現之後的數年就已經顯露，在十多年之後逐漸強化起來，反映速度也還是頗為可觀的。

如果暫不考慮個人文集的出版，那麼對特定主題或特定年代的文學作品的彙編則肯定已經體現了一種保存文獻、收藏歷史的「史料意識」。

1920 年，在現代文學創立的第四個年頭，中國出版界就出現了對不同文學文體的總結性結集。

《新詩集》（第一編），由新詩社編輯部編輯，新詩社出版部 1920 年 1 月出版，收入胡適、劉半農、沈玄廬、康白情、周作人、俞平伯等人的初期白話新詩 103 首，分「寫實」、「寫景」、「寫意」、「寫情」四類編排。在序文《吾們為什麼要印新詩集》中，編者闡述了編輯工作的四大目的：一、彙集幾年試驗的成績，打消懷疑派的懷疑；二、提供一個寫新詩的範本；三、編輯起來便於閱讀新詩；四、便於對新詩進行批評。〔註 1〕這樣的目的已經體現出了清晰的史料意識。正如劉福春所指出的那樣：「這是我國出版的第一部新詩集。如果將發表在 1918 年 1 月 15 日《新青年》上胡適、沈尹默、劉半農的 9 首白話詩看作是第一次發表的新詩的話，至此詩集出版才兩年的時間，不能不說編者確是很有眼光。」「從詩集所注明的作品出處看，103 首詩共錄自 20 餘種報刊，這些報刊除《新青年》、《新潮》等影響較大的之外，有不少現今已很難見到，像《新空氣》、《黑潮》、《女界鐘》等。很多詩作因這本詩集不是『選』而得到了保存，使得我們今天重新回顧這段歷史的時候，可以較真實、完整地看到新詩最初的足跡。」〔註 2〕也在這一年，許德鄰編《分類白話詩選》由上海崇文書局於 1920 年 8 月出版，收入初期白話新詩 230 餘首，同樣按「寫景」、「寫實」、「寫情」與「寫意」四類編排。

在散文方面則有《白話文苑》（第一冊）與《白話文苑》（第二冊），洪北平編，上海商務印書館 1920 年 5 月出版，分別收入胡適、錢玄同、梁啟超、蔡元培等人白話散文作品 33 篇和 16 篇；同年，《白話文趣》由苕溪孤雛編，群英 1921 年出版，收入蔡元培、陳獨秀、錢玄同、梁啟超、魯迅等人白話的雜文、記敘文共 17 篇。

小說方面，止水編《小說》第一集由北京晨報社出版部 1920 年 11 月出版，編入止水、冰心、大悲、魯迅、晨曦等人的白話短篇小說共 25 篇，1922 年 5 月，「文學研究會叢書」推出《小說彙刊》，由上海商務印書館出版。匯輯葉紹鈞、朱自清、盧隱、許地山等人的短篇小說共 16 篇。

〔註 1〕《吾們為什麼要印新詩集？》，《新詩集》第 1 頁，上海新詩社出版部 1920 年 1 月初版。

〔註 2〕劉福春《尋詩散錄》第 5 頁，廣西師範大學出版社 2008 年。

戲劇方面，1924 年 2 月，淩夢痕編《綠湖第一集》由民智書局出版，收入淩夢痕、侯曜、尤福謂等人的獨幕劇本 6 部；1925 年 3 月，上海戲劇協社編《劇本彙刊第一集》在上海商務印書館出版，收入歐陽予倩、汪仲賢、洪深等人的獨幕劇共 3 部。

由以上的簡述我們大體可以知道，隨著現代文學的傳播，史料保存意識也迅速發展起來，無論是為了自我的宣傳、討論還是提供新文體的寫作範本，各種文學樣式的匯輯整理工作都很快展開了，從現代文學誕生直到新中國的建立，這種依循時代發展而出現的各種文學年選、文體彙編持續不斷，成為民國時期中國現代文學史料保存的主要方式。與新中國建立以後日益發展起來的強烈的「著史」追求不同，民國時期的文學史料的保存常常在以鑒賞、批評為主要功能的文學選本之中：

以文體和時間歸集的選本，例如 1923 年《中國創作小說選》（第一集），1924 年《中國創作小說選》（第二集），1925 年《彌灑社創作集》，1926 年《戀歌（中國近代戀歌集）》，1928 年《中國近代短篇小說傑作集》，1929 年《中國近十年散文集》，1930 年《現代中國散文選》，1931 年《當代文粹》、《新劇本》，1932 年《當代小說讀本》、《現代中國小說選》，1933 年《現代中國詩歌選》、《初期白話詩稿》、《現代小品文選》、、《現代散文選》、《模範散文選注》，1935 年《中華現代文學選》、《現代青年傑作文庫》、《注釋現代詩歌選》、《注釋現代戲劇選》，1936 年《現代新詩選》、《現代創作新詩選》、《幽默小品文選》，1938 年《時代劇選》，1939 年《現代最佳劇選》，1944 年《戰前中國新詩選》，1947 年《歷史短劇》、1949 年《獨幕劇選》等等。

以作家性別結集的選本，例如 1932 年《現代中國女作家創作選》，1933 年《女作家小品選》、《女作家隨筆選》，1934 年《女作家詩歌選》、《女作家戲劇選》，1935 年《當代女作家小說》，1936 年《現代女作家詩歌選》、《現代女作家戲劇選》等。

抗戰是民國時期最為重大的國家民族事件，我們也可以見到大量關於這一主題的文學選集，例如 1932 年《上海事變與報告文學》，1933 年《抗日救國詩歌》、《滬戰文藝評選》、1937 年《抗戰頌》、《戰時詩歌選》、1938 年《抗戰詩選》、《抗戰詩歌集》、《抗戰獨幕劇集》、《抗戰劇本選集》、《國防話劇初選》、《戰時兒童獨幕劇選》、《街頭劇創作集》、1939 年《抗戰文藝選》、、1941 年《抗戰劇選》等等。從中透露出了文學界與出版界強烈的時代意識和民族意識，或者也可以說，是特殊時代的民族情感強化人們對現代文學的文獻價值的認定。

就作家個人史料的整理出版方面，最值得一提的是魯迅逝世引發的悼念潮與全集出版。早在魯迅生前，就有回憶文字見諸報端（如 1924 年曾秋士《關於魯迅先生》，〔註 3〕1934 年王森然撰寫第一個魯迅評傳〔註 4〕），魯迅逝後，報刊雜誌上發表了大量歷史回憶，親朋舊友開始撰寫出版紀念著作（如許廣平、許壽裳、蔡元培、周作人、許欽文、孫伏園、郁達夫等），包括魯迅先生紀念委員會編《魯迅先生紀念集》等著述〔註 5〕匯成了現代文學有史以來最大規模的個人史料，《魯迅全集》在 1938 年的編輯出版（上海復社版），是魯迅先生逝世之後，中國文學界一次前所未有的對當代作家文獻的搜集彙編工程，編輯委員會由蔡元培、馬裕藻、許壽裳、沈兼士、茅盾、周作人、許廣平等組成，參與編輯的有近百人。胡愈之、張宗麟總攬全域並籌措經費，許廣平與王任叔（巴人）為編校，參與校對的還包括金性堯、唐弢、柯靈、王任叔等一大批人，黃幼雄、胡仲持負責出版，徐鶴、吳阿盛、陳熬生分別聯繫排版、印刷與裝訂事宜，陳明負責發行。搜集、整理、編輯、出版乃至序跋、題簽等由一代文化界精英承擔，盡顯現代文學作為時代文化主流的強大力量。

到作家選集的編輯出版已經成為「常態」的今天，人們格外注意搜集選編的「史料」又包括了那些影響文學史整體發展的思潮、流派、論爭的文字，其實，這方面的整理、呈現工作也始於民國時期，那些文學運動、文學論爭的當事人和富有歷史眼光的學人都十分在意這方面材料的保存。據我掌握的材料看，早在 1921 年 1 月，新文學運動的開展、白話新詩的倡導才剛剛 3、4 年，胡懷琛就編輯出版了《嘗試集的批評與討論》，〔註 6〕到 1920 年代後期的「革命文學」論爭之時，又有錢杏邨編輯的《現代中國文學作家》（上海泰東圖書局，1928 年），霽樓編輯的《革命文學論爭集》（生路社，1928），它們都收錄多位論爭參與人的言論。之後，我們還可以讀到各種的文學論爭資料，包括李何麟編的《中國文藝論戰》（中國書店 1929 年）、蘇汶編《文藝自由論

〔註 3〕曾秋士《關於魯迅先生》，《晨報副刊》1924 年 1 月 12 日，曾秋士即孫伏園。

〔註 4〕王森然：《周樹人先生評傳》，收入《近代二十家評傳》，北平杏岩書屋 1934 年 6 月版。

〔註 5〕北新書局 1936 年 12 月初版。

〔註 6〕胡懷琛：《嘗試集的批評與討論》，上海泰東書局 1921 年 3 月。

辨集》(現代書局 1933 年)、吳原編《民族文藝論文集》(正中書局 1934 年)、胡懷琛編《詩學討論集》、胡風編《民族形式討論集》(華中圖書公司 1941)等。

1930 年代,在現代文學發展進入第二個十年之後,文學的歷史意識也有所加強,「新文壇」、「新文學史」這樣的歷史概括也出現在學者的筆下,值得注意的是,這些對「新文壇」、「新文學」的記錄都努力保存各種文獻史料。1933 年,王哲甫編撰出版了《中國新文學運動史》(北平傑成印書局),除了對現代文學運動的描述、評論外,著作還列有「新文學作家傳略」、「作家圖片」、「著作目錄」等,皆有史論與史料彙編的雙重功能。同年阮無名《中國新文壇秘錄》(上海南強書局)出版,雖然「秘錄」一語帶有明顯的商業意味,但全書卻體現了頗為嚴謹的文獻意識,正如今人所評,該書「一方面為了保存歷史的真實和完整,對資料不輕易摘引、節錄;一方面更注意搜集容易被人忽略的零碎資料,前後加以串聯,詳加說明,使之條理分明,獨成系統。雖然,他聲明在組織這些材料時,儘量不加評論,當然在編輯過程中也無法掩飾自己的觀點,只要暗示幾筆也就夠了。」〔註 7〕阮無名即阿英(錢杏邨),他是中國現代文學史上最早具有自覺的史料文獻意識的學人。1934 年,阿英再編輯出版了《中國新文學運動史資料》(上海光明書局,署名張若英),這部著作雖然以新文學運動的發展為線索安排專題性的章節,但卻不是編者的評論,而是在每一專題下收羅了相關的歷史文獻,可謂是現代文學發展演變的史料大彙編。對讀今日出版的現代文學著作,我們不難見出,阿英這些最早的文獻工作足以構建起了歷史景觀的主要骨架。

在民國時期,現代文學史料整理工作最具規模也最具有影響力的成果是《中國新文學大系》的出版。

1935 年,良友圖書公司隆重推出趙家璧主編《中國新文學大系》10 大卷,其中「創作」的 7 卷,共收小說 81 家的 153 篇作品,散文 33 家的 202 篇作品,新詩 59 家的 441 首詩作,話劇 18 家的 18 個劇本,「理論」與「論爭」兩卷,「史料・索引」一卷,加以「創作」各卷的「導言」,收錄的理論文章也有近 200 篇,可以說是全方位彙集、展示了現代文學創立以來的全貌。從文學發展的角度來說,這是推動新文學作品「經典化」的重要努力,從現代文學歷史的梳理來說,則可以說是第一次文學文獻的大匯輯。《史料・索引》

〔註 7〕姜德明:《書邊草山》第 176 頁,杭州:浙江人民出版社,1982 年。

由阿英主持，在編輯中，他注意到了現代文學的版本流變問題，又將「史料」分作作家作品史料、理論論爭史料、文學會社史料、官方關於文藝的公文、翻譯作品史料、雜誌目錄等十一類，我們可以認為，這是中國現代文學史料學的第一次自覺的建構。

不過，即便良友圖書公司和史家阿英有著這樣自覺的史料學的追求與建構，在當時歸根結底也屬於民間的和學者個人的愛好與選擇，而不是國家事業的組成部分，甚至也沒有成為學科發展、學科建設的工作願景。由此觀之，我們可以發現，民國時期中國現代文學史料的保存、整理與出版工作的顯著特點。

就如同中國現代文學本身在整體上屬於作家個人、同人群體的創造活動一樣，在整個民國時期，這些文獻史料的搜集、保存和整理出版工作的主要動力還在民間的趣味和熱情，在國家政府一方面，幾乎就沒有獲得過太多的直接支持，當然，也就因為尚未被納入國家大計而最終淪為國家政府意志的附庸。這樣的現實有兩個值得注意的結果：

其一，由於缺乏來自國家層面的頂層學科規劃，現代文學的文獻史料工作的民間發展受到了種種物質和制度上的限制，長遠的學科發展方略遲遲未能成型，文學史料工作在學術規範、學理探究、思想交流等方面建樹不多。

其二，同樣道理，由於國家政府放棄了對文史工作的強力介入，更由於現代文學陣營本身對民國專制政府的從未停止的抵抗和鬥爭，各種類型的文學著作不斷撕開書報檢查的縫隙，持續為我們揭示歷史的真相，因而，在總體上我們又可以認為，民國時期的文獻史料是豐富和多樣的，如果我們將所有的文學出版物都視作必不可少的「史料」，那麼，這些風格各異、思想多元的民國文學——包括作家個人的文集、選集、全集以及各種思潮、流派、運動、論爭的文字留存，共同構築了現代文學文獻史料的巍峨大廈，足以為後世的研究提供源源不絕的資源和靈感。

2020 年 2 月改於成都

年譜研究法的推進
——莊園《許廣平後半生年譜》序

朱壽桐

最近一段時間，莊園從一個重要刊物的主編換崗為圖書館館員。這兩個崗位沒有什麼高下之分，但我知道她是喜歡做編輯的，被迫換崗，或許有些痛苦。不過我確信她能夠從人生的低谷與情緒的痛感中從容走出，並能夠在任何一種崗位都得到收穫的樂趣。這就是人生，人生的痛苦與人生的魅力有時就是這樣糾結在一起。果然，她作為圖書館研究館員上崗不幾天，就發來了《許廣平後半生年譜》，向我說起此書的時候，語氣之間能看出她一貫的自信和從容。如果說編修作家年譜對於一個刊物主編來說只能是業餘作品，可對於一個圖書館研究館員來說卻毫無疑問是業務職責所在。從這一意義上說，莊園的轉崗未必是一件不合適的事情。

莊園作為一個研究者，素質、訓練乃至能力和愛好都是相當全面的。她最先在報界工作，於文學研究則習慣於寫具有靈性和時務性的評論。她的文學評論寫得生動而靈活，帶著這樣的評論風格，一開始進入學術性的作家論寫作有些水土不服，這樣的結果便是，她將高行健研究的學位論文草稿最初交給我，我幾乎予以全盤否定。此後相當一段時間，她改變了報章評論式的寫作風格，而以相當「經院」的規範與規矩進行研究和寫作，終於寫出了有相當歷史厚重度和理論深度的高行健論，此文得到了劉再復先生的高度肯定，同時也受到高行健先生的首肯。在高行健研究的同時她就致力於高行健年譜的鑽研，而她的年譜研究體現了明確的學術追求：盡可能求詳求實，方法上旁徵博引，並結合相關時事做歷史的立體推進。這樣的年譜，不僅將研究對象全面立體地呈現與學術的平臺，而且像一部長編的編年史那麼厚重而豐富，讀之則如進入歷史的時空，在精彩紛呈的歷史呈現中體驗到應接不暇臨場感。相信這是莊園對於作家年譜研究的一種獨特理解，同時也成了她的一種學術追求。

《許廣平後半生年譜》這部書發揚了她修《高行健年譜》時的那種求實求詳，旁徵博引，立體推進的治史風格，同時又作出了更進一步的學術追求。長期身處潮汕地區的莊園，又是女性作者，對許廣平這樣的粵東女性作家不僅特別關切，而且會傾注足夠的熱情，特別是這部年譜研究的是許廣平「後半生」的寫作與生活，那是許廣平永遠離開了與魯迅相處的浪漫、甜美而充滿深度的文化人生，獨自面對雖然複雜、尖銳然而又充滿著平面化的社會生活，其中的跌宕起伏，風雲際會，波詭雲譎，飄搖震盪，確實令人目不暇接，有時甚至被震撼。正因為如此，《許廣平後半生年譜》比一般年譜，哪怕比莊園自己編修的《高行健年譜》來，都更加明顯地追求研究對象社會生活面的廣闊度，將研究對象的文學與人生放在更加具有社會關涉性和時代普遍性的意義上進行整體性考察，廣泛涉及到許廣平的家族成員，魯迅的家族成員，許廣平的政治盟友，文壇舊友等等，將他們在不同時代的人生際遇、文化活動和社會運作都納入研究視野，可謂一種既高度聚焦又帶有全景式的學術觀照，其視角和學術視野早已經超越了一部年譜的研究範圍。於是，這部年譜的研究和寫作，不僅能體現研究者資料整理的工夫與價值，也能洞見研究者對歷史和時代進行文化認知和學術把握的能力與功力。

將年譜研究既當作一種學問，同時也當作一種文學批評甚至社會批評、文明批評，是莊園的一種學術探索與追求。如果《許廣平後半生年譜》僅僅侷限於年譜寫作以及相關的資料整理，那可能只是對於魯迅研究者甚至許廣平研究者才有意義。其實，所有的文學研究都應該對一定社會的文化建設有作用，如果只是個別地解決事關某些個人的生平經歷的問題，而對於更廣大的讀者來說這樣的研究就沒有作用。在文學研究特別是文學史研究領域，學問有許多種做法，但無論哪一種做法，都需要有一定的用處。理論創意乃至方法開拓可以給人以啟迪，作品解析以及資料整理可以供人去參考，作為學問的文學研究應該對別人有些用處。這種文學研究的有用性主張是否與文學藝術的非功利性認知構成衝突？相信至少不是正面衝突。文學行為如果可以分為創作本體、學術本體和批評本體這三種本體形態，那麼，創作本體是一種心靈創造的投射，可以離開具體的功利講求，也就是可以「無用」，而文學的學術本體是對心靈創造的結果進行理論的學術處理和歷史的知識處理的結果，它是應該有用的，應該有一種學術的、文化的作用，有一種知識的、閱讀的功能。《許廣平後半生年譜》對於許多讀者來說，有助於認知中國知識分子在抗日戰爭和內戰時期的艱難和困頓、堅守和堅韌，也有助於認知知識分子面臨的社會主義改造的緊張與嚴肅，真誠與疑慮，其材料是那樣的詳實而生動，其感受是那樣的真實而痛切，這樣的著作比一般的歷史專著更具有歷史的客觀性和史實的可靠性。

此外，《許廣平後半生年譜》還是一本相當有趣的著作。文學的學術應該有趣。文學研究既然在知識的、閱讀的方面需要發揮其文化功能，它較為理想的狀態就是能夠激發起人們的閱讀興趣，調動起人們的知識的愉悅和思考的快意。作為歷史資料，年譜本來就具有一種積累、匯聚的優勢，它可以是日記、書信、文章、會議記錄、電話記錄、電報稿、調查報告、各種便條、書刊、回憶錄，但更重要的是可以是這些材料的雜合體，而且正如莊園在這部年譜中所努力做到的，它還是研究對象及其同時代相關人員多個人上述材料的相互印證和相互補充，構成一般歷史著作所無法抵達的生動、豐富的雜多。這種生動、豐富的雜多對於每個讀者都是相當有趣的材料集錦，即便有讀者對那樣一個特定的歷史運作和社會運作並不十分感興趣，也不妨礙他從這些雜多的生動與豐富中獲得閱讀快感的體驗。

《許廣平後半生年譜》是一本有用而有趣的研究著作，是莊園在年譜研究方法上努力掘進的成果。這本書表明，莊園不是一個安於現狀的史料整理者和隨遇而安的傳記研究者，她在撰著年譜的同時不斷探索年譜研究的方法論，並以具有某種覆蓋性的成果呈現這種方法論探索的收穫。這就是說，這本書同樣表明，莊園即使在面臨逆境的時候仍然是一個值得期待的研究者。

2020 年 5 月

目次

上冊

下　冊

前　言

1936 年，魯迅去世。本書將「1936」作為一個重要的時間節點，開啟許廣平後半生的書寫，一直寫到她去世那一年——1968。全文以許廣平的個人命運、發表文章和著述、社會活動為主線，兼及魯迅的家人——弟弟周作人、周建人、兒子周海嬰、母親魯瑞、原配朱安、孫子周令飛等；魯迅的友人——曹聚仁、曹靖華、瞿秋白、胡風、馮雪峰、蕭紅、蕭軍、徐懋庸、唐弢等的個人命運、社會活動、重要作品、與魯迅相關的著述等內容的敘述，還涉及時代背景和文藝政策等。本書引用和借鑒的文獻資料包羅了近 80 年（1940～2020）出版的書籍和學術論文，希望可以通過「許廣平後半生年譜」這種方式，來記錄和反映那個時代相關人物的生活軌跡。

> 在我們的學術文化界，有些同志簡單地把年譜等同於資料書、工具書，對它的獨立的學術價值估計不足。我認為，這起碼是一種誤解。其實，年譜的編寫工作，並不是簡單的資料堆積和排比，而是一種嚴正的學術研究。它要求編著者在充分掌握原始資料的基礎上，以胸有全局的歷史透視力和求真求實的科學精神，在消化資料的過程中，來審視在歷史演變中譜主的生活和言行，再給以客觀的歷史分析、處理和著錄，不必溢美，不必掩醜，其目的，不僅是使讀者明瞭譜主的生平事蹟，而且通過他的行狀來認識歷史、評價人生，從生活中體味生命的真正意義和價值。對於一部以作家為譜主的年譜來說，則應在描述出他的生活史、創作史的過程中，顯示出他的人格成長史，突出他在思想和藝術上所達到的獨自境界；「風格即人格」，以人而及於文，人是第一義的，文則是第二義的，重在反

> 映他的人格的素質和文格的特色。胡適把年譜看成是傳記的一大進化，他認為最好的年譜應該是最高等的傳記的觀點。我認為他是真正體味到了年譜的真實意義和價值的。因此，年譜既是一部切要的工具書，也是具有自己獨特價值的學術著作。它的編著者，不僅應具有開闊的文化視野、充足的專業知識素養和嚴肅認真的科學態度，應該更具有歷史學家的史識、史見與史德。〔註1〕

以上這段話，是賈植芳先生寫於上世紀 80 年代末，今天讀來依然醍醐灌頂。他對年譜學術價值的論述也進一步堅定我對此書選題的寫作。在寫「許廣平後半生年譜」之前，我於 2019 年 9 月在臺灣出版了《高行健文學藝術年譜（1940～2017）》，全文 70 萬字共四卷本。應該說，我對寫作年譜已經有一定的經驗了。在近幾年進行學術研究中，我也越來越依賴用查找年譜的方式進行文獻的整合與研究脈絡的梳理。

想要對許廣平進行專題研究大概從 2017 年初博士畢業後開始，當時我很想由高行健轉入對魯迅的研究，以更深化自己對中國現代文學的思考。當一整套《魯迅全集》在面前一字排開時，我才意識到這是一項十分沉重的工作。考慮了一陣子之後，我打算從「許廣平」這個點切入，畢竟我做女性主義的專題思考已經有些年頭了。於是我著手搜集相關的資料，接著開始閱讀文本，漸漸地，我無法克服對文學性太弱的作品的厭倦，研究的興趣也變得索然。許廣平的文學創作是不成熟的。如果一個研究對象的文學作品不具備重要價值的話，這讓我難以投入時間、精力和熱情去用心地做，於是我決定擱置這項研究。

重拾此專題是在 2019 年底，當時我遭遇了《華文文學》刊發王德威先生文章的風波，被上級要求停職並轉崗。這個事情發生的兩個多月的時間裏，劉再復先生一直對我支持和鼓勵，到後期基本申訴無望的情況下，他鼓勵我做「魯迅一家」的專題研究。於是我又想到了「許廣平」，這次本來的目標是寫《國家的婦女——許廣平的另一面相》，擬以客觀的、中立的態度繼續我對中國女性在上世紀 30～70 年代這個時間段的考察和瞭解。2020 年 1 月初，我在做讀書筆記的同時也著手紀錄「許廣平年譜」，這是我為縷清研究對象的履

〔註 1〕引自賈植芳先生為《巴金年譜》一書所寫的序言。序（賈植芳），唐金海、張曉雲主編《巴金年譜（上、下卷）》第 1～2 頁，四川文藝出版社 1989 年 10 月第 1 版第 1 次印刷。

歷做的一個前期準備，雖然已經有多部許廣平的傳記問世，但是並沒有一部「許廣平年譜」。隨著閱讀的深入，我越來越懷疑以許廣平為個案來寫「國家的婦女」這個題目的可延展性。此時，劉先生也勸我修改寫作題目，他還將一個很有意思的學術專題擬了一個提綱發給我，鼓勵我另起爐灶。望著書房飄窗上堆積的參考書籍及文獻，我瞬間凌亂了，兩個多月的準備工夫又白費了嗎？考慮再三之後，我還是決定繼續下去，想著能做多少算多少吧。

許廣平身上的許多標簽是我探究和思考的動力：「五四」洗禮、婦女解放、魯迅的學生和伴侶、政治化女性等，還有一點，她出生的許氏家族籍貫是潮汕，具體地點為澄海溝南許地，位於今天的汕頭市金平區。也就是說，許廣平的家族曾經與我住在同一個區域中。現今的旅遊點「溝南許地」這塊牌子，用的就是魯迅書法的集字。已經出版的幾本許廣平的傳記，對許廣平的後半生幾乎都是略寫。我借助現有的公開出版的書籍和文獻資料，詳細記錄並研究她在這期間的各種細節，期望讓許廣平的形象更完整，讓閱讀者更瞭解當時的意識形態和文化氛圍，也為研究者從事相關的研究提供一點有用的參考資料。之後因為篇幅的調整和內容的剪裁，我將題目改為「許廣平後半生年譜——兼及魯迅的家人與友人等（1936～1968）」。

為了給相關的閱讀梳理出清晰的頭緒，我同時寫作了兩篇研究綜述——《許廣平文集出版 70 年》以及《許廣平傳記出版 40 年》，以附錄的方式一併收入書中。

修改於 2020 / 3 / 26

正　文

1936年

1月3日晚上，魯迅〔(1881～1936)，此時55歲〕肩及脅均大痛。〔註1〕

1月4日，魯迅往須藤醫院診，許廣平〔(1898～1968)，此時38歲〕攜海嬰〔(1929～2011)，此時7歲〕同去。〔註2〕

1月4日，魯迅收到陳銳信並曹靖華所贈小米一囊，以及《城與年》大略一本。陳銳當時是北平東北大學邊政系學生，中共地下黨員。由於「一二·九」抗日救亡運動迅速擴展到全國，北平學生聯合會派他去上海參加全國學生聯合會的籌備工作。陳銳考慮在上海人地生疏，為了避免在接上關係前發生意外，遂請求在東北大學任教的曹靖華協助。曹靖華把陳介紹給魯迅，並託他帶贈魯迅喜歡吃的小米。陳銳到上海後託內山書店轉交這封信和小米，約魯迅八日見面。這次會見了約兩個小時，魯迅深切關心抗日救亡運動，詳細詢問了北平「一二·九」、「一二·一六」兩次示威遊行和學生被捕的情況。陳銳此行在上海約半個月，魯迅始終熱忱而細心地予以照顧，曾經請許廣平去旅館看望他，瞭解他所等待的同學是否到達，接上了關係沒有，考慮他所住的旅館很貴，為了等人又不能移動，耽心他帶的錢用完了，主動送給他五十元旅費。〔註3〕

1月5日，魯迅給曹靖華〔(1897～1987)，此時39歲〕和胡風〔(1902～1985)，此時34歲〕各寫書信一封。〔註4〕

〔註1〕《魯迅年譜》第四卷第305頁。
〔註2〕《魯迅年譜》第四卷第305頁。
〔註3〕《魯迅年譜》第四卷第305～306頁。
〔註4〕《魯迅年譜》第四卷第306頁。

1月6日，魯迅晚上完成《花邊文學》的編輯。該書收入1934年所寫雜文61篇，於本年6月由上海聯華書局出版。〔註5〕

1月7日，魯迅致徐懋庸［（1910～1977），此時26歲］信。〔註6〕

1月8日，魯迅致沈雁冰信。〔註7〕

1月9日，魯迅為日本作家淺野要書杜牧詩一首。〔註8〕

1月13日，魯迅在內山書店遇日本相畫家堀尾純一，得堀尾所畫魯迅漫畫肖像一幅。〔註9〕

1月16日，魯迅完成《故事新編》校對。〔註10〕

1月17日，魯迅給沈雁冰回覆信件。〔註11〕

1月18日，魯迅給王冶秋回信。他託黃源交給文化生活出版社三百元，作為印製《死魂靈百圖》之用。魯迅希望這個圖冊印得考究，裝幀也要考究，但又不要賣得太貴。他知道這是賠本生意，而文化生活出版社的經濟情況並不好，所以決定自己出錢翻印。後來，紙張和封面設計都是經過魯迅再三研究才決定的。〔註12〕

1月19日，魯迅參與編輯的《海燕》元月號提前一天出版。魯迅署名齊物論的文章《文人比較學》和署名何干的《大小奇蹟》刊發在此刊上。〔註13〕

1月21日，魯迅給曹靖華寫信，其中談及沒有答應赴蘇聯「遊歷」的原因。

本年初，胡愈之奉命從香港秘密回上海，當面向魯迅轉達蘇聯邀請他去修養的建議，並幫助他買船票去香港，然後由黨負責送到莫斯科。據胡愈之回憶，魯迅婉謝說：「很感謝蘇聯朋友的好意，但我不去。蘇聯朋友關心我無非為了我需要養病；另外國民黨想搞我，處境有危險，到蘇聯安全。但我的想法不一樣，我五十多歲了，人總要死的，死了也不算短命，病也沒那麼危險。我在上海住慣了，離開有困難。另外我在這兒，還要鬥爭，還有任務，

〔註5〕《魯迅年譜》第四卷第307頁。
〔註6〕《魯迅年譜》第四卷第307頁。
〔註7〕《魯迅年譜》第四卷第308頁。
〔註8〕《魯迅年譜》第四卷第308頁。
〔註9〕《魯迅年譜》第四卷第308頁。
〔註10〕《魯迅年譜》第四卷第308頁。
〔註11〕《魯迅年譜》第四卷第309頁。
〔註12〕《魯迅年譜》第四卷第309頁。
〔註13〕《魯迅年譜》第四卷第309～310頁。

去蘇聯就完不成我的任務。敵人是搞不掉我的。這場鬥爭看來我勝利了，他們失敗了。他們對我沒有別的辦法，只有把我抓去殺掉，但我看不會，因為我老了，殺掉我，對我沒有什麼損失，他們卻損失不小，要負很大責任。敵人一天不殺我，我可以拿筆桿子鬥一天。我不怕敵人，敵人怕我。我離開上海去莫斯科，只會使敵人高興。請轉告蘇聯朋友，謝謝他們的好意，我還是不去。〔註 14〕

1 月 22 日，魯迅給胡風寫信。講有人造謠說他要投降南京。〔註 15〕

1 月 28 日，魯迅得到《故事新編》平裝及精裝各十本，此書由上海文化生活出版社印行，列為《文學叢刊》之一，是魯迅生前出版的最後一部作品集。魯迅作《〈凱綏・珂勒惠支版畫選集〉序目》。〔註 16〕

1 月 29 日，魯迅邀黃源、胡風和周文在陶陶居吃晚飯。因《文學》月刊在刊發周文的短篇小說刪去部分情節引起作者激烈抗議，故魯迅約飯勸解。〔註 17〕

1 月，魯迅給母親魯瑞［(1858～1943)，此時 78 歲］寫信，談及對海嬰的教育。

周海嬰從小喜歡玩拆卸，他寫道：

我竟斗膽地把那架父親特意為我買的留聲機也大卸開了，弄的滿手油污，把齒輪當舵輪旋轉著玩，趣味無窮。母親見了，吃了一驚，但她沒有斥責，只讓我復原。我辦到了。從此我越發膽大自信。一樓裏有一架縫紉機，是父親買給母親的，日本 JANOME 廠牌。我憑著拆卸留聲機的技術積累，拿它拆開裝攏，裝攏又拆開，性能仍然正常。

在我上學以後，有一次父親因我賴著不肯去學校，用報紙卷假意要打屁股。但是，待他瞭解了原因，便讓母親向教師請假，並向同學解釋：的確不是賴學，是因氣喘病發需在家休息，你們在街上也看到，他還去過醫院呢。這才解了小同學堵在我家門口，大唱「周海嬰，賴學精，看見先生難為情……」的尷尬局面，友好如初。我雖也偶然挨打罵，其實那只是虛張聲勢，嚇唬一下而已。父親自己給祖母的信中也說：「打起來，聲音雖然響，卻不痛的。」又

〔註 14〕《魯迅年譜》第四卷第 310～311 頁。
〔註 15〕《魯迅年譜》第四卷第 312 頁。
〔註 16〕《魯迅年譜》第四卷第 312 頁。
〔註 17〕《魯迅年譜》第四卷第 314 頁。

說：「有時是肯聽話的，也講道理的，所以近一年來，不但不挨打，也不大挨罵了。」這是一九三六年一月，父親去世前半年，我已將七歲。〔註 18〕

叔叔在他供職的商務印書館參加編輯了《兒童文庫》和《少年文庫》的叢書，每套幾十冊。他一齊購來贈給我。母親收藏了內容較深的少年文庫，讓我看淺的。我耐心反覆翻閱了多遍，不久翻膩了，向母親索取少年文庫，她讓我長大些再看，而我堅持要看這套書。爭論的聲音被父親聽到了，他便讓母親收回成命，從櫃子裏取出來，放在一樓外間我的專用櫃裏任憑選閱。這兩套叢書，包含文史、童話、常識、衛生、科普等等，相當於現在的《十萬個為什麼》，卻著重於文科。父親也不過問我選閱了哪些，或指定看哪幾篇，背誦哪幾段，完全「放任自流」。〔註 19〕

1 月，魯迅病重，周建人［（1888～1984），此時 48 歲］常去探望守護。〔註 20〕

1 月，蕭軍［（1907～1988），此時 29 歲］的《羊》出版。〔註 21〕

年初，胡風在魯迅先生的創議和全力支持下，編輯了《海燕》。登載魯迅的小說、雜文及聶紺弩、蕭軍、吳奚如等人的作品，受到歡迎。只出了兩期，即被禁止。〔註 22〕

年初，蕭紅［（1911～1942），此時 25 歲］與蕭軍搬至北四川路永樂里，之後幾乎每天去魯迅家。〔註 23〕

蕭紅回憶之前的事，這樣寫道：

有一天約好我去包餃子吃，那還是住在法租界，所以帶了外國酸菜和用絞肉機絞成的牛肉。就和許先生站在客廳後邊的方桌邊包起來，海嬰公子圍著鬧得起勁，一會兒把按成圓餅的麵拿去了，他說做了一隻船來，送在我們的眼前，我們不看它，轉身他又做了一隻小雞，許先生和我都不去看它，對他竭力避免加以讚美，若一讚美起來，怕他更做得起勁。

客廳在沒到黃昏就先黑了，背上感到些微的寒涼，知道衣裳不夠了，但

〔註 18〕周海嬰《記憶中的父親》，周海嬰著《直面與正視——魯迅與我七十年》第 31～32 頁。

〔註 19〕周海嬰《記憶中的父親》，周海嬰著《直面與正視——魯迅與我七十年》第 32 頁。

〔註 20〕《周建人年譜簡編》，謝德銑著《周建人評傳》第 371 頁。

〔註 21〕《蕭紅年譜》，〔日〕平石淑子著、崔莉、梁豔萍譯《蕭紅傳》第 370 頁。

〔註 22〕曉風《胡風年表簡編》，《新文學史料》1986 年第 4 期第 176 頁。

〔註 23〕《蕭紅年譜》，〔日〕平石淑子著、崔莉、梁豔萍譯《蕭紅傳》第 370 頁。

為了忙，沒有加衣裳去。等把餃子包完了看看那數目並不多，許先生這才知道我們談話談得太多，誤了工作。許先生怎樣離開家的，怎樣到天津讀書的，在女師大讀書時怎樣做了家庭教師，她去考家庭教師的那一段非常有趣，只取一名，可是考了好幾十名，她之能夠當選算是難的了。指望對於學費有一點補足，冬天來了，北平又冷，那家離學校又遠，每月除了車子錢之外，若傷風感冒還得自己拿出買阿斯匹林的錢來，每月薪金十元要從西城跑到東城……

餃子煮好，一上樓梯，就聽到樓上明朗的魯迅先生的笑聲衝下樓梯來，原來有幾個朋友在樓上也正談得熱鬧。那一天吃得是很好的。

以後我們又做過韭菜合子，又做過合葉餅，我一提議魯迅先生必然贊成，而我做得又不好，可是魯迅先生還是在飯桌上舉著筷子問許先生：「我再吃幾個嗎？」

因為魯迅先生的胃不大好，每飯後必吃脾自美胃藥丸一二粒。

梅雨季，很少有晴天，一天的上午剛一放晴，我高興極了，就到魯迅先生家去了，跑得上樓還喘著，魯迅先生說：「來啦！」我說：「來啦！」

我喘著連茶也喝不下。

魯迅先生就問我：

「有什麼事嗎？」

我說：「天晴啦，太陽出來啦。」

許先生和魯迅先生都笑著，一種對於衝破憂鬱心境的展然的會心的笑。

許先生從早晨忙到晚上，在樓下陪客人，一邊還手裏打著毛線。不然就是一邊談著話一邊站起來用手摘掉花盆裏花上已乾枯了的葉子。許先生每送一個客人，都要送到樓下的門口，替客人把門開開，客人走出去而後輕輕地關了門再上樓來。

來了客人還要到街上買魚或雞，買回來還要到廚房裏去工作。

魯迅先生臨時要寄一封信，就得許先生換起皮鞋子來到郵局或者大陸新村旁邊的信筒那裡去。落著雨的天，許先生就打起傘來。

許先生是忙的，許先生的笑是愉快的。但是頭髮有些是白了的。

夜裏去看電影，施高塔路的汽車房只有一輛車，魯迅先生一定不坐，一定讓我們坐。許先生，周建人夫人……海嬰，周建人的三位女公子。我們上車了。

魯迅先生陪客人到夜深，必同客人一道吃些點心，那餅乾就是從鋪子裏買來的，裝在餅乾盒子裏，到夜深許先生拿著碟子取出來，擺在魯迅先生的書桌上，吃完了，許先生打開立櫃再取一碟，還有向日葵子差不多每來客人必不可少。魯迅先生一邊抽著煙，一邊剝著瓜子吃，吃完了一碟魯迅先生必請許先生再拿一碟來。

客人一走，已經是下半夜了，本來已經是睡覺的時候了，可是魯迅先生正要開始工作。在工作之前，他稍微闔一闔眼睛，燃起一支煙來，躺在床邊上，這一支煙還沒有吸完，許先生差不多就在床裏邊睡著了（許先生為什麼睡得這樣快？因為第二天早晨六七點鐘就要起來管理家務）。海嬰這時也在三樓和保姆一道睡著了。

整個三層樓都是靜靜地。喊娘姨的聲音沒有，在樓梯上跑來跑去的聲音沒有。魯迅先生家裏五六間房子只住著五個人，三位是先生的全家，餘下的二位是年老的女傭人。

來了客人都是許先生親自倒茶，即或是麻煩到娘姨時，也是許先生下樓去吩咐，絕沒有站到樓梯口就大聲呼喚的時候。所以整個的房子都在靜悄悄之中。〔註24〕

許先生自己常常說：

「我是無事忙。」

這話很客氣，但忙是真的，每一餐飯，都好像沒有安靜地吃過。海嬰一會要這個，要那個；若一有客人，上街臨時買菜，下廚房煎炒還不說，就是擺到桌子上來，還要從菜碗裏為著客人選好的夾過去。飯後又是吃水果，若吃蘋果還要把皮削掉，若吃荸薺看客人削得慢而不好也要削了送給客人吃，那時魯迅先生還沒有生病。

許先生除了打毛線之外，還用機器縫衣裳，剪裁了許多件海嬰的內衫褲在窗下縫。

因此許先生對自己忽略了，每天上下樓跑著所穿的衣裳都是舊的，次數洗得太多，紐扣都洗脫了，也磨破了，那是幾年前的舊衣裳，春天時許先生穿了一件紫紅寧綢袍子，那料子是海嬰在嬰孩時候別人送給海嬰做被子的禮物。做被子，許先生說很可惜，就揀起來做一件袍子，正說著，海嬰來了，

〔註24〕蕭紅《回憶魯迅先生》，蕭紅、俞芳等著《我記憶中的魯迅先生——女性筆下的魯迅》第40～52頁。

許先生使眼神，且不要提到，若提到海嬰又要麻煩起來了，一定要說是他的，他就要要。

許先生冬天穿一雙大棉鞋，是她自己做的。一直到二三月早晚冷時還穿著。

有一次我和許先生在小花園裏一道拍一張照片，許先生說她的紐扣掉了，還拉著我站在她前邊遮住她。

許先生買東西也總是到便宜的店鋪去買，再不然，到減價的地方去買。

處處儉省，把儉省下來的錢，都印了書和印了畫。〔註 25〕

2 月 1 日，魯迅給宋紫佩寫信，祝賀他「五十大壽」。宋紫佩是魯迅在浙江兩級師範學堂任教時的學生，1913 年到北京，彼此過從甚密。魯迅離開北京後一直信託他照顧在北京的家務，成為幾十年的老朋友。魯迅還給黎烈文寫信，對他惠贈所譯的法國法郎士長篇小說《企鵝島》表示謝意。〔註 26〕

2 月 3 日，魯迅給增田涉寫信。對有些日本人在與自己的交往中不信守諾言表示嫌惡。〔註 27〕

2 月 7 日，魯迅寫信給黃源。重申不同意把《譯文》交黎明書局出版。因該書局曾出版希特勒《我的奮鬥》及《希特勒與新德意志》、《法西斯主義與新意大利》等反動書籍。〔註 28〕

2 月 9 日，魯迅應黃源之邀，赴宴賓樓夜飯。同席者有茅盾、黎烈文、巴金、吳郎西、黃源、胡風、蕭軍和蕭紅共 9 人，決定《譯文》由上海雜誌公司出版，於 3 月 16 日復刊，出特大號，名新一卷一期，由魯迅寫《復刊詞》。〔註 29〕

2 月 10 日，魯迅寫信給曹靖華，談到想彙編三十年的著述。魯迅寫信給黃萍蓀，拒絕他的約稿。〔註 30〕

2 月 13 日，魯迅會見陳銳，收到他帶來的曹靖華所贈小米一囊。據陳銳說，因當時北方局同中央失去了聯繫，他還將中共北方局給中央密寫報告一

〔註 25〕蕭紅《回憶魯迅先生》，蕭紅、俞芳等著《我記憶中的魯迅先生——女性筆下的魯迅》第 61 頁。

〔註 26〕《魯迅年譜》第四卷第 315 頁。

〔註 27〕《魯迅年譜》第四卷第 315 頁。

〔註 28〕《魯迅年譜》第四卷第 316 頁。

〔註 29〕《魯迅年譜》第四卷第 316 頁。

〔註 30〕《魯迅年譜》第四卷第 316～317 頁。

件交給魯迅，請設法轉交。魯迅隨即完成了這一請託。〔註 31〕

2 月 14 日，魯迅給沈雁冰寫信。他談到當時一部分人籌組的「作家協會」時說：「從此以後，是排日＝造反了。我看作家協會一定小產，不會像左聯，雖鎮壓，卻還有些人剩在地底下的。惟不知由此走到地面上，而且入於交際社會的作家，如何辦法耳。〔註 32〕

2 月 15 日，魯迅寫信給表侄阮善先，告訴他茅盾是《譯文》的發起人之一。〔註 33〕

2 月 17 日，魯迅寫作《記蘇聯版畫展覽會》，後文章刊發在 2 月 24 日的《申報》。該展覽展期一週，出版畫 200 餘幅，深受觀眾歡迎。〔註 34〕

2 月 19 日，魯迅收到夏傳經的信，即刻回覆。夏當時是南京市盛記布莊的店員，喜好讀書。魯迅與普通讀者間也互相關心、互相支持。〔註 35〕

2 月 20 日，魯迅在《海燕》月刊第 2 期發表兩篇文章——《難答的問題》和《登錯的文章》。〔註 36〕

2 月 21 日，魯迅給曹聚仁［(1900～1972)，此時 36 歲］和徐懋庸各寫書信一封。〔註 37〕

2 月 23 日，魯迅與許廣平攜海嬰往八仙橋青年會參觀蘇聯版畫展覽。

當天定購木刻三幅，共 20 美元。後蘇聯駐中國大使館大使鮑格洛莫夫將魯迅所訂購的版畫連同鑲好的鏡框一起贈送，並請美國朋友史沫特萊親自送給魯迅。同日，魯迅寫作《我要騙人》，表達在壓迫之下不能說出真心話的悲憤心情。〔註 38〕

2 月 29 日，魯迅給曹靖華寫信。〔註 39〕

2 月，魯迅和茅盾聯名致電中國共產黨中央委員會祝賀長征勝利：「在你們身上，寄託著中國與人類的希望」。〔註 40〕

〔註 31〕《魯迅年譜》第四卷第 318 頁。
〔註 32〕《魯迅年譜》第四卷第 318 頁。
〔註 33〕《魯迅年譜》第四卷第 319 頁。
〔註 34〕《魯迅年譜》第四卷第 319 頁。
〔註 35〕《魯迅年譜》第四卷第 320 頁。
〔註 36〕《魯迅年譜》第四卷第 321 頁。
〔註 37〕《魯迅年譜》第四卷第 321 頁。
〔註 38〕《魯迅年譜》第四卷第 322 頁。
〔註 39〕《魯迅年譜》第四卷第 323 頁。
〔註 40〕《魯迅年譜》第四卷第 323 頁。

春天，日本作家鹿地亙流亡到中國。胡風受魯迅之託，為鹿地亙口譯中國左翼作家茅盾、柏山、周文等的小說，並對每個人都寫了小傳，在日本《改造》月刊上發表。他還代選《魯迅雜文集》，為鹿地口譯並注釋。〔註 41〕

3 月 1 日，魯迅寄汪金門字一幅。這是應汪之請書錄的愛倫堡語：「一方面是莊嚴的工作，另一方面卻是荒淫與無恥。」〔註 42〕

3 月 2 日下午，魯迅「因為到一個冷房子裏去找書，不小心，中寒而大氣喘，幾乎卒倒」，即請須藤醫生來診。此次發病遷延一週始漸愈。〔註 43〕

3 月 8 日，魯迅寫作《〈譯文〉復刊詞》。〔註 44〕

3 月 10 日，魯迅扶病作《〈城與年〉插圖本小引》。〔註 45〕應魯迅要求曹靖華作《城與年》概略。〔註 46〕

3 月 11 日，魯迅作《白莽作〈孩兒塔〉序》和《〈遠方〉按語》，前者刊發在 4 月 1 日《文學叢報》月刊第 1 期；後者刊發在 3 月 16 日《譯文》月刊新 1 卷第 1 期。〔註 47〕

3 月 15 日，唐弢［(1913～1992)，此時 23 歲］致信魯迅，詢及天馬書店及文化生活出版社等情況。〔註 48〕

3 月 16 日，魯迅開始發表所譯俄國果戈理長篇小說《死魂靈》第二部及該書譯後記、《〈死魂靈百圖〉廣告》。〔註 49〕

3 月 16 日，曹靖華與尚佩秋合譯的《遠方》(葛達爾作）在《譯文》新 1 卷第 1 期特載。〔註 50〕

3 月 17 日，魯迅覆信給唐弢，談及自己在病中，並希望唐弢最好還是寫些長文章，「寫《自由談》上那樣的短文，有限制，有束縛，對於作者，其實也並無好處。」〔註 51〕魯迅還說：「我的住處還想不公開，這也並非不信任人，因為隨時會客的例一開，那就時間不能自己支配，連看看書的工夫也成片斷

〔註 41〕曉風《胡風年表簡編》，《新文學史料》1986 年第 4 期第 176 頁。
〔註 42〕《魯迅年譜》第四卷第 324 頁。
〔註 43〕《魯迅年譜》第四卷第 324 頁。
〔註 44〕《魯迅年譜》第四卷第 324 頁。
〔註 45〕《魯迅年譜》第四卷第 325 頁。
〔註 46〕冷柯（執筆）、毛粹《曹靖華年譜》，《曹靖華研究專集》第 417 頁。
〔註 47〕《魯迅年譜》第四卷第 326～327 頁。
〔註 48〕傅小北、楊幼生《唐弢年譜》，傅小北、楊幼生編《唐弢研究資料》第 428 頁。
〔註 49〕《魯迅年譜》第四卷第 327 頁。
〔註 50〕冷柯（執筆）、毛粹《曹靖華年譜》，《曹靖華研究專集》第 417 頁。
〔註 51〕傅小北、楊幼生《唐弢年譜》，傅小北、楊幼生編《唐弢研究資料》第 428 頁。

了。而且目前已和先前不同，體力也不容許我談天。」〔註 52〕

3 月 21 日，魯迅收到曹白的信及其所作木刻《魯迅像》一幅。〔註 53〕

3 月 23 日，魯迅給唐英偉寫信，談及當時的木刻創作。〔註 54〕

3 月 24 日，魯迅給曹靖華寫信，他說：「上海真是流氓世界，我的收入，幾乎被不知道什麼人的選本和翻版剝削完了。然而什麼法子也沒有。不過目前於生活還不受影響，將來也許要弄到隨時賣稿吃飯。」〔註 55〕

3 月 26 日，魯迅給曹白寫信，對中國木刻運動的發展表示關切。〔註 56〕

3 月，魯迅寫作《〈海上述懷〉上卷序言》。〔註 57〕

蕭紅寫道：

1936 年 3 月裏魯迅先生病了，靠在二樓的躺椅上，心臟跳動得比平日厲害，臉色略微灰了一點。

許先生正相反的，臉色是紅的，眼睛顯得大了，講話的聲音是平靜的，態度並沒有平日慌張。在樓下，一走進客廳來許先生就告訴我說：

「周先生病了，氣喘……喘得厲害，在樓上靠在躺椅上。」

魯迅先生呼喘的聲音，不用走到他的旁邊，一進了臥室就聽得到的。鼻子和鬍鬚在煽著，胸部一起一落。眼睛閉著，差不多永久不離開手的紙煙，也放棄了。藤躺椅後邊靠著枕頭，魯迅先生的頭有些向後，兩隻手空閒地垂著。眉頭仍和平日一樣沒有聚皺，臉上是平靜的、舒展的，似乎並沒有任何痛苦加在身上。

「來了嗎？」魯迅先生睜一睜眼睛，「不小心，著了涼……呼吸困難……到藏書的房子去翻一翻書……那房子因為沒有人住，特別涼……回來就……」

許先生看周先生說話吃力，趕快接著說周先生是怎樣氣喘的。

醫生看過了，吃了藥，但喘並未停，下午醫生又來過，剛剛走。

臥室在黃昏裏邊一點一點地暗下去，外邊起了一點小風，隔院的樹被風搖著發響。別人家的窗子有的被風打著發出自動關開的響聲，家家的流水道都是嘩啦嘩啦地響著水聲，一定是晚餐之後洗著杯盤的剩水。晚餐後該散步

〔註 52〕《魯迅年譜》第四卷第 328 頁。
〔註 53〕《魯迅年譜》第四卷第 328 頁。
〔註 54〕《魯迅年譜》第四卷第 329 頁。
〔註 55〕《魯迅年譜》第四卷第 329 頁。
〔註 56〕《魯迅年譜》第四卷第 329 頁。
〔註 57〕《魯迅年譜》第四卷第 330 頁。

的散步去了，該會朋友的會友去了，弄堂裏來去地稀疏不斷地走著人，而娘姨們還沒有解掉圍裙呢，就依著後門彼此搭訕起來。小孩子們三五一夥前門後門地跑著，弄堂外汽車穿來穿去。

魯迅先生坐在躺椅上，沉靜地，不動地闔著眼睛，略微灰了的臉色被爐裏的火光染紅了一點。紙煙聽子蹲在書桌上，蓋著蓋子，茶杯也蹲在桌子上。

許先生輕輕地在樓梯上走著，許先生一到樓下去，二樓就只剩下魯迅先生一個人坐在椅子上，哮喘把魯迅先生的胸部有規律性地抬得高高的。〔註 58〕

4 月 1 日，魯迅寫作《我的第一個師父》。同日，他給曹白寫信，對木刻創作談了意見。〔註 59〕

4 月 2 日，魯迅寫了三封信，一給杜和鑾、陳佩驥；一封給趙家璧，同意良友圖書印刷公司的建議，自己負責將蘇聯版畫展覽會的作品選編一冊蘇聯版畫集；一封給顏黎民，顏當時是中學生。〔註 60〕

4 月 5 日，魯迅寫信給王冶秋。他談及「左聯」已經解散，正在籌組的新協會他沒有興趣參與。他還說：「我的文章，未有閱歷的人實在不見得看得懂，而中國的讀書人，又是不注意世事的居多，所以真是無法可想。」〔註 61〕

4 月 7 日下午，魯迅往良友圖書印刷公司的編輯部為《蘇聯版畫集》選定版畫。同日，他寫作了《寫於深夜裏》，揭露秘密殺人的罪惡說：「暗暗的死，在一個人是極其慘苦的事。」〔註 62〕

4 月 11 日，魯迅作《續記》，載於 5 月 1 日《文學叢報》月刊第 2 期，題為《關於〈白莽遺詩序〉的聲明》。〔註 63〕

4 月，唐弢在魯迅和陳望道的幫助下，由上海天馬書店出版了第一本雜文集《推背集》，收 1933 年 6 月以來雜文、散文 85 篇。〔註 64〕

4 月 14 日，唐弢致信魯迅，詢及清代文字獄情況，魯迅當晚覆信，作了回答。〔註 65〕

〔註 58〕 蕭紅《回憶魯迅先生》，蕭紅、俞芳等著《我記憶中的魯迅先生——女性筆下的魯迅》第 53 頁。

〔註 59〕 《魯迅年譜》第四卷第 330 頁。

〔註 60〕 《魯迅年譜》第四卷第 331 頁。

〔註 61〕 《魯迅年譜》第四卷第 332 頁。

〔註 62〕 《魯迅年譜》第四卷第 334 頁。

〔註 63〕 《魯迅年譜》第四卷第 334 頁。

〔註 64〕 傅小北、楊幼生《唐弢年譜》，傅小北、楊幼生編《唐弢研究資料》第 428 頁。

〔註 65〕 傅小北、楊幼生《唐弢年譜》，傅小北、楊幼生編《唐弢研究資料》第 428 頁。

4 月 15 日，魯迅給顏黎民寫信，繼續就讀書問題對他進行勸導。〔註 66〕

4 月 16 日，魯迅寫作《三月的租界》，刊發在 5 月 10 日《夜鶯》月刊第 1 卷第 3 期。〔註 67〕

4 月 17 日晚上，魯迅編輯瞿秋白的《海上述林》（下卷）。〔註 68〕

4 月 20 日，魯迅給姚克寫信，說：「寫英文的必要，決不下於寫漢文，我想世界上洋熱昏一定很多，淋一桶冷水，給清楚一點，對於華洋兩面，都有益處的。」

4 月 23 日，魯迅給曹靖華寫信，表示不加入作家協會。〔註 69〕

4 月 24 日，魯迅給何家槐寫信。何於本月 20 日致函魯迅，並寄來「作家協會」發起「緣起」請魯迅簽名，魯迅 21 日收到，本日作覆，決定不加入。〔註 70〕

4 月，胡風第一本文藝評論集《文藝筆談》由上海生活書店出版；同時，上海文化生活出版社出版了他的翻譯小說集《山靈》。〔註 71〕

4 月，中共中央派馮雪峰［（1903～1976），此時 33 歲］為特派員，秘密到上海展開工作。臨行前，周恩來、張聞天、毛澤東等親自向他交代任務。〔註 72〕

4 月 25 日，馮雪峰抵達上海。〔註 73〕

4 月 26 日，馮雪峰秘密寓居魯迅家中。〔註 74〕在馮雪峰的創意下，胡風提出了「民族革命戰爭的大眾文學」口號，並得到了魯迅的同意。〔註 75〕

馮這一次是作為中共中央特派員專門來上海開展工作的。馮雪峰回憶當天的情況說：「那時已經黃昏，他在樓下已經從那個老女工那裡知道我在樓上了；我聽見他上來，心裏快樂得很激動，同時以為他也一定很高興，並且會先問我如何到上海之類的事情的。但他走進房來，悄然地握了握我興奮地

〔註 66〕《魯迅年譜》第四卷第 335 頁。
〔註 67〕《魯迅年譜》第四卷第 335 頁。
〔註 68〕《魯迅年譜》第四卷第 336 頁。
〔註 69〕《魯迅年譜》第四卷第 337 頁。
〔註 70〕《魯迅年譜》第四卷第 337 頁。
〔註 71〕曉風《胡風年表簡編》，《新文學史料》1986 年第 4 期第 176 頁。
〔註 72〕《馮雪峰大事年表》，孫琴安著《雪之歌——馮雪峰傳》第 330 頁。
〔註 73〕《馮雪峰大事年表》，孫琴安著《雪之歌——馮雪峰傳》第 330 頁。
〔註 74〕《馮雪峰大事年表》，孫琴安著《雪之歌——馮雪峰傳》第 330 頁。
〔註 75〕曉風《胡風年表簡編》，《新文學史料》1986 年第 4 期第 176 頁。

伸過去的手，絲毫也不以我的到來為意外，卻先說了這樣一句話：『這兩年來的事情，慢慢告訴你罷。』雖然他也高興的，微笑著看住我。但他的聲音裏含有憂鬱的情緒。」「當天晚飯前和吃晚飯時候，是我說的話更多。因為我總是很興奮，想把關於紅區的、關於我黨的、關於長征的、關於當時政治形勢和我黨的新政策的許多事情，一下子都告訴他。他是願意聽我的，看不出有疲倦或厭煩的表示，總是微笑地看住我，讓我講下去。」「晚飯後，他的精神，在我看來是愉快的；但他躺在那放在書桌旁的藤躺椅上面抽著煙，當我停止了說話只是坐著微笑地看著他的時候，他卻用嘲諷的口吻平平靜靜說出了這樣的話來：『我可真的要落伍了。……』我當時一點也不瞭解他的心境，所以不明白他這感慨是怎麼來的，而且我當時大概也毫不以為意，沒有說什麼；看情形他也不是要我回答什麼的。就這樣大家都不說話，靜默了分把鐘，他又平平靜靜地半『牢騷』半認真地說下去：『近來我確實覺得有些乏味，真想到什麼地方去玩玩去，什麼事情也不做。……」中間還有一些話，已經記不得了，但記得還說了下面這樣的話：『……脾氣也確實愈來愈壞，我可真的愈來愈看不起人了。』」「他忽然記起什麼來了，從躺椅上起來，走到近門口處靠後壁的桌子，從那裡撿出了我離開上海後兩年間他所印的畫集和插畫的書，拿來送給我，接著就告訴我他正在編校瞿秋白同志的《海上述林》的事情。大概也就在當晚，我把秋白同志在瑞金時的情形以及我所聽說的關於他被捕和就義時的一些事情，告訴了他。」從這一天起到魯迅逝世，魯迅和馮雪峰保持著親密的交往；馮雪峰再次成為溝通黨與魯迅之間的聯繫的主要人物。〔註 76〕

馮雪峰住魯迅處兩個多星期後，由周建人出面租屋，與周建人住在一起。〔註 77〕

4 月 30 日，魯迅寫作《〈出關〉的「關」》和《〈中國傑作小說〉小引》，前者刊發在 5 月 15 日《作家》月刊第 1 卷第 2 期；後者載東京改造社《改造》月刊 6 月號，文中說明中國的新文學發展的情況說：「一般說，目前的作者，創作上的不自由且不說，連處境也著實困難。第一，新文學是在外國文學潮流的推動下發生的，從中國古代文學方面，幾乎一點遺產也沒攝取。第二，外國文學的翻譯極其有限，連全集或傑作也沒有，所謂可資『他山之

〔註 76〕《魯迅年譜》第四卷第 339～340 頁。
〔註 77〕《周建人年譜簡編》，謝德銑著《周建人評傳》第 371 頁。

石』的東西實在太貧乏。但創作中的短篇小說是較有成績的，儘管這些作品還稱不上什麼傑作，要是比起最近流行的外國人寫的，以中國事情為題材的東西來，卻並不顯得更低劣。從真實這點來看，應該說是很優秀的。」〔註 78〕

4 月末，魯迅作《〈海上述林〉下卷序言》。載諸夏懷霜社版《海上述林》（下卷），署名編者。〔註 79〕

蕭紅寫道：

1936 年春，魯迅先生的身體不太好，但沒有什麼病，吃過了晚飯，坐在躺椅上，總要閉一閉眼睛沉靜一會兒。

許先生對我說，周先生在北京時，有時開著玩笑，手按著桌子一躍就能夠躍過去，而近年來沒有這麼做過，大概沒有以前那麼靈便了。

這話許先生和我是私下講的，魯迅先生沒有聽見，仍靠在躺椅上沉默著呢。

許先生開了火爐的門，裝著煤炭嘩嘩的響，把魯迅先生震醒了。一講起話來魯迅先生的精神又照常一樣。

魯迅先生睡在二樓的床上已經一個多月了，氣喘雖然停止，但每天發熱，尤其是下午熱度總在三十八度三十九度之間，有時也到三十九度多，那時魯迅先生的臉色是微紅的，目力是疲弱的，不吃東西，不大多睡，沒有一些呻吟，似乎全身都沒有什麼痛楚的地方。躺在床上有的時候張開眼睛看看，有的時候似睡非睡地安靜地躺著，茶吃得很少。差不多一刻也不停的紙煙，而今幾乎完全放棄了，紙煙聽子不放在床邊，而仍很遠地蹲在書桌上，若想吸一支，是請許先生付給的。

許先生從魯迅先生病起，更過度地忙了。按著時間給魯迅先生吃藥，按著時間給魯迅先生試體溫表，試過了之後還要把一張醫生發給的表格填好，那表格是一張硬紙，上面畫了無數根線，許先生就在這張紙上拿著米尺畫著度數，那表畫得如尖尖的小山丘似的，又像尖尖的水晶石，高的低的一排連地站著。許先生雖然每天畫，但那像是一條接連不斷的線，不過從低處到高處，從高處到低處，這高峰越高越不好，也就是魯迅先生的熱度越高了。

來看魯迅先生的人，多半都不到樓上來了，為的是請魯迅先生好好地靜

〔註 78〕《魯迅年譜》第四卷第 341～342 頁。
〔註 79〕《魯迅年譜》第四卷第 342 頁。

養，所以把客人這些事也推到許先生身上來了。還有書、報、信，都要許先生看過，必要的就告訴魯迅先生，不十分必要的，就先把它放在一處放一放，等魯迅先生好了些再取出來交給他。然而這家庭裏邊還有許多瑣事，比方年老的娘姨病了，要請兩天假；海嬰的牙齒脫掉一個要到牙醫那裡去看，但是帶著他去的人沒有，又得許先生。海嬰在幼稚園裏讀書，又是買鉛筆，買皮球，還有臨時出了些花頭，跑上樓來了，說要吃什麼花生糖什麼牛奶糖，他上樓來是一邊跑著一邊喊著，許先生連忙拉住了他，拉他下了樓才跟他講：「爸爸病啦。」而後拿出錢來，囑咐好娘姨，只買幾塊糖而不准讓他格外地多買。

收電燈費的來了，在樓下一打門，許先生就得趕快往樓下跑，怕的是再多打幾下，就要驚醒了魯迅先生。

海嬰最喜歡聽講故事，這也是無限的麻煩，許先生除了陪海嬰講故事之外，還要在長桌上偷一點工夫來看魯迅先生為著病耽擱了下來的未校完的校樣。

在這期間，許先生比魯迅更要擔當一切了。

魯迅先生吃飯，是在樓上單開一桌，那僅僅是一個方木盤，許先生每餐親手端到樓上去，那黑油漆的方木盤中擺著三四樣小菜，每樣都用小吃碟盛著，那小吃碟直徑不過二寸。一碟豌豆苗或菠菜或莧菜，把黃花魚或者雞之類也放在小碟裏端上樓去，若是雞，那雞也是全雞身上最好的一塊地方揀下來的肉，若是魚，也是魚身上最好一部分許先生才把它揀下放在小碟裏。

許先生用筷子來回地翻著樓下的飯桌上菜碗裏的東西，菜揀嫩的，不要莖，只要葉，魚肉之類，揀燒得軟的，沒有骨頭沒有刺的。

心裏存著無限的期望，無限的要求，用了比祈禱更虔誠的目光，許先生看著自己手裏選得精精緻致的菜盤子，而後腳板觸著樓梯上了樓。

希望魯迅先生多吃一口，多動一動筷，多喝一口雞湯。雞湯和牛奶是醫生所囑的，一定要多吃一些的。

把飯送上去，有時許先生陪在旁邊，有時走下樓來又做些別的事，半個鐘頭之後，到樓上去取盤子。這盤子裝得滿滿的，有時竟照原樣一動也沒有動又端下來了，這時候許先生的眉頭微微地皺了一點。旁邊若有什麼朋友許先生就說：「周先生的熱度高，什麼也吃不落，連茶也不願意吃，人很苦，人很吃力。」

有一天許先生用著波浪式的專門切麵包的刀切著一個麵包，是在客廳後邊方桌上切的，許先生一邊切著一邊對我說：

「勸周先生多吃些東西，周先生說，人好了再保養，現在勉強吃也是沒用的。」

許先生接著似乎問著我：

「這也是對的。」

而後把牛奶麵包送上樓去了。一碗燒好的雞湯，從方盤裏許先生把它端出來了，就擺在客廳後的方桌上。許先生上樓去了，那碗熱的雞湯在桌上自己悠然地冒著熱氣。

許先生由樓上回來還說呢：

「周先生平常就不喜歡吃湯之類，在病裏，更勉強不下了。」

那已經送上去的一碗牛奶又帶下來了。

許先生似乎安慰著自己似的：

「周先生人強，喜歡吃硬的，油炸的，就是吃飯也喜歡吃硬飯……」

許先生樓上樓下地跑，呼吸有些不平靜，坐在她旁邊，似乎可以聽到她心臟的跳動。〔註 80〕

5 月 2 日，魯迅給徐懋庸寫信，著重指出解散左翼作家聯盟一事並未善始善終地互相談論決定。〔註 81〕

5 月 3 日，魯迅給曹靖華寫信。〔註 82〕

5 月 4 日，魯迅給曹白和王冶秋各寫了一封信，談及自己的處境和心情。〔註 83〕

5 月 7 日，魯迅給臺靜農寫信，勸他莫與「第三種人」接近。〔註 84〕

5 月 8 日，魯迅給李霽野寫信，推辭撰寫自傳，也不贊成別人為自己作傳。同日，魯迅開始翻譯俄國果戈理《死魂靈》第二部第三章。〔註 85〕

5 月 9 日，胡風寫成短文《人民大眾向文學要求什麼？》，以反映「民族革命戰爭的大眾文學」口號。經魯迅和雪峰看過同意，在左聯盟員馬子華編

〔註 80〕蕭紅《回憶魯迅先生》，蕭紅、俞芳等著《我記憶中的魯迅先生——女性筆下的魯迅》第 56～58 頁。

〔註 81〕《魯迅年譜》第四卷第 343 頁。

〔註 82〕《魯迅年譜》第四卷第 344 頁。

〔註 83〕《魯迅年譜》第四卷第 345 頁。

〔註 84〕《魯迅年譜》第四卷第 345 頁。

〔註 85〕《魯迅年譜》第四卷第 345～346 頁。

的《文學叢報》第三期上發表。發表後，引起了圍攻。他服從雪峰的指示「沉默有時是最好的回答」，一直未再寫文章參加論爭。〔註 86〕

5 月 10 日，唐弢寄贈魯迅《推背集》一本，並寄去一函。〔註 87〕

由於文藝界兩個口號的論爭的表面化，刊物的態度一時成為注意的中心。本來就是「第三種人」據點的現代書局改組為今代書店。5 月中旬，今代書店要唐弢和莊啟東（左聯成員）合編一個文藝刊物，要求在當前文藝論爭中，編者嚴守中立，不屬於任何一面。唐弢自己則認為在抗日的總目標下可以有各種各樣的意見，卻不贊成內部展開爭論，有一種樸素的希望團結的願望。〔註 88〕

5 月 13 日，魯迅開始校對《海上述林》下卷。〔註 89〕

5 月 14 日，魯迅給曹靖華寫信。〔註 90〕

5 月 15 日，魯迅病發，午後往須藤五百三醫院求診，「云是胃病」。自 18 日至 6 月 1 日日記均有發熱記載，連日針藥不斷，5 月 31 日經美國肺病專家診斷為晚期肺結核。6 月 6 日至 30 日臥床不起，日記中斷。在此期間，魯迅仍以頑強的毅力堅持工作。〔註 91〕

5 月 16 日，魯迅發表果戈理《死魂靈》第二部第二章《譯後附記》，載《譯文》月刊新 1 卷第 3 期，署名編者。〔註 92〕

5 月 18 日，魯迅接見《救亡情報》記者陸詒，就抗日救亡運動和文化界聯合戰線問題發表了意見。訪問記發表於 5 月 30 日該刊第四期。〔註 93〕

5 月 22 日，唐弢給魯迅寫信，爭取他的支持。當天，在病中的魯迅即覆信唐弢。指出：「編刊物決不會『絕對的自由』，而且人也決不會『不屬於任何一面』，一做事，要看出來的。如果真的不屬於任何一面，那麼，他是一個怪人，或是一個滑人，刊物一定辦不好。」結論是：「對於這樣的一個要求條件，還是不編乾淨罷。」〔註 94〕

〔註 86〕曉風《胡風年表簡編》，《新文學史料》1986 年第 4 期第 176～177 頁。
〔註 87〕傅小北、楊幼生《唐弢年譜》，傅小北、楊幼生編《唐弢研究資料》第 428 頁。
〔註 88〕傅小北、楊幼生《唐弢年譜》，傅小北、楊幼生編《唐弢研究資料》第 428 頁。
〔註 89〕《魯迅年譜》第四卷第 346 頁。
〔註 90〕《魯迅年譜》第四卷第 346 頁。
〔註 91〕《魯迅年譜》第四卷第 346 頁。
〔註 92〕《魯迅年譜》第四卷第 347 頁。
〔註 93〕《魯迅年譜》第四卷第 347 頁。
〔註 94〕傅小北、楊幼生《唐弢年譜》，傅小北、楊幼生編《唐弢研究資料》第 428～429 頁。

唐弢接到魯迅的信後，和莊啟東爭取同一步調，謝絕了書店的約請。〔註 95〕

5 月 23 日，魯迅寫信給曹靖華，說「作家協會已改名文藝家協會，其中熱心者不多，大抵多數是敷衍，有些卻想藉此自利，或害人，我看是就要消沉，或變化的。」他又說「醫生還沒有查出發熱的原因。」〔註 96〕

5 月 25 日，魯迅寫信給時玳，表示同意時玳加入文藝家協會。〔註 97〕

5 月 30 日，唐弢的雜文集由上海新鐘書局出版。該書為「新鐘創作叢刊」第一輯第十一冊，共收雜文 46 篇。〔註 98〕該書出版後，即受到各方面的注意。此後十多天裏有 4 篇書評刊發在各類刊物。

5 月 31 日，魯迅同意由美國肺癆科醫生托馬斯·鄧恩醫生檢查病情。魯迅從 5 月 15 日發病以後不久，即臥床不起，每日低燒，一直請須藤五百三醫生診治，至 23 日還沒有查出發熱的原因。29 日日記記載，曾用強心針一針。這嚴重的病情，使朋友們極為擔憂。史沫萊特、茅盾、馮雪峰和許廣平經過認真商議，決定事先不徵求魯迅的同意，由史沫萊特請當時上海最好的兩個治肺病的醫生之一美國鄧醫生來診察。鄧醫生來，為免遭魯迅拒絕，先有馮雪峰去同魯迅商量，強調這是史沫萊特的主意，且醫生已經來了，希望魯迅同意。魯迅同意後，由茅盾任翻譯。經過打診、聽診之後，斷定病「甚危」，認為魯迅是最能抵抗疾病的典型的中國人，如果是歐洲人，則早在五年前就死掉了。七月初，拍攝 X 光胸部照片，證明鄧醫生的診斷「極準確」。鄧醫生檢查後，仍由須藤五百三醫生進行治療。〔註 99〕

蕭紅寫道：

在樓下的客廳裏許先生哭了。許先生手裏拿著一團毛線，那是海嬰的毛線衣拆了洗過之後又團起來的。

魯迅先生在無欲望狀態中，什麼也不吃，什麼也不想，睡覺是似睡非睡的。

天氣熱起來了，客廳的門窗都打開著，陽光跳躍在門外的花園裏。麻雀來了停在夾竹桃上叫了三兩聲就又飛去，院子裏的小孩子們唧唧喳喳地玩耍

〔註 95〕傅小北、楊幼生《唐弢年譜》，傅小北、楊幼生編《唐弢研究資料》第 429 頁。
〔註 96〕《魯迅年譜》第四卷第 349 頁。
〔註 97〕《魯迅年譜》第四卷第 349 頁。
〔註 98〕傅小北、楊幼生《唐弢年譜》，傅小北、楊幼生編《唐弢研究資料》第 429 頁。
〔註 99〕《魯迅年譜》第四卷第 350 頁。

著，風吹進去好像帶著熱氣，撲到人的身上，天氣從剛剛發芽的春天，變為夏天了。

樓上老醫生和魯迅先生談話的聲音隱約可以聽到。

樓下又來了客人。來的人總要問：

「周先生好一點嗎？」

許先生照常說：「還是那樣子。」

但今天說了眼淚就又流了滿臉。一邊拿起杯子來給客人倒茶，一邊用左手拿著手帕按著鼻子。

客人問：

「周先生又不大好嗎？」

許先生說：

「沒有的，是我心窄。」

過了一會兒，魯迅先生要找什麼東西，喊許先生上樓去，許先生連忙擦著眼睛，想說她不上樓的，但左右看了一看，沒有人能替代了她，於是帶著她那團還沒有纏完的毛線球上樓去了。

樓上坐著老醫生，還有兩位探望魯迅先生的客人，許先生一看了他們就自己低下了頭不好意思地笑了，她不敢到魯迅先生的面前去，背轉著身問魯迅先生要什麼呢，而後又是慌忙地把毛線縷掛在手上纏了起來。

一直到送老醫生下樓，許先生都是把背向魯迅先生而站著的。

許先生很鎮靜，沒有紊亂的神色，雖然說那天當著人哭過一次，但該做什麼，仍是做什麼，毛線該洗的已經洗了，曬的已經曬起，曬乾了的隨手就把它纏成團子。

「海嬰的毛線衣，每年拆一次，洗過之後再重打起，人一年一年地長，衣裳一年穿過，一年就小了。」

在樓下陪著熟的客人，一邊談著，一邊開始手裏動著竹針。

這種事情許先生是偷空就做的，夏天就開始預備著冬天的，冬天就做夏天的。〔註 100〕

6 月 1 日，毛澤東親自創辦作為抗大前身的「中國紅軍抗日大學」。從 1936 年 6 月至 1945 年日本帝國主義投降，抗大共辦了 8 期。第一期是創建

〔註 100〕蕭紅《回憶魯迅先生》，蕭紅、俞芳等著《我記憶中的魯迅先生——女性筆下的魯迅》第 59～61 頁。

的一期，從 1936 年 6 月至 12 月，名稱是「中國紅軍抗日軍政大學」，校址在瓦窯堡，後遷保安。學員有 1063 人，都是紅軍幹部。〔註 101〕

6 月 2 日，唐弢將先後經過寫信告訴魯迅。〔註 102〕

6 月 3 日，病情加重的魯迅仍覆信唐弢，支持他不編那種所謂「中立」的刊物：「刊物不編甚好，省卻許多麻煩。〔註 103〕

6 月 5 日，魯迅收到宋慶齡籲請入院治療的信。宋慶齡寫道：我懇求你立即進醫院去治療！因為你遲延一天，你的生命便增加一天的危險！你的生命並不是你個人的，而是屬於中國和中國革命的！為著中國和中國革命的前途，你有保存、珍重你身體的必要，因為中國需要您，革命需要您！〔註 104〕

6 月 6 日，魯迅中斷日記的寫作。這是自 1912 年 5 月 5 日起，二十多年來的第一次。6 月 30 日病稍愈，魯迅在大熱中補記 70 餘字。〔註 105〕

6 月 9 日，魯迅審定《答托洛斯基派的信》。載 7 月 1 日《文學叢報》月刊第 4 期和 7 月 1 日《現實文學》月刊第 1 期，署名魯迅。〔註 106〕

隨著日本帝國主義日益加緊吞併中國的侵略戰爭，中國文藝界做出了強烈的反應。1934 年 10 月，周揚借鑒蘇聯文藝界的情況，提出「在戰爭危機和民族危機直迫在眼前，將立刻決定中國民族的生死存亡的今日，『國防文學』的作品在中國是怎樣地需要呀。」這個提法當時並未引起注意。1935 年 11 月，又有「創造我們的『民族自衛』的文學」和開展「民族的革命文學運動」的提議。12 月，周立波正式提出「我們應當建立嶄新的國防文學」的口號。由於這次是根據 1935 年 8 月 2 日季米特洛夫在共產國際第七次代表大會上的報告《法西斯主義底進攻與共產國際為工人階級底反法西斯主義的統一而鬥爭的任務》以及王明在大會上的發言《論殖民地和半殖民地的革命運動與共產黨的策略》和他在莫斯科發表的「八一」宣言重新提出來的，而且同時在組織上解散了左翼作家聯盟，籌備成立文藝家協會，這樣就在「國防文學」的口號下開展了一個文學運動，有關刊物進行了大量的宣傳。魯迅對於匆促解散左聯有意見，對於注進「國防文學」這個口號的不正確的解釋有

〔註 101〕《第九章　在抗大》，《徐懋庸回憶錄》第 113 頁。
〔註 102〕傅小北、楊幼生《唐弢年譜》，傅小北、楊幼生編《唐弢研究資料》第 429 頁。
〔註 103〕傅小北、楊幼生《唐弢年譜》，傅小北、楊幼生編《唐弢研究資料》第 429 頁。
〔註 104〕《魯迅年譜》第四卷第 350 頁。
〔註 105〕《魯迅年譜》第四卷第 350 頁。
〔註 106〕《魯迅年譜》第四卷第 352 頁。

意見，拒絕參加文藝家協會，因此，「誣衊魯迅『反對統一戰線』的流言蜚語卻不但沒有停止，反而更盛起來，甚至把魯迅同托派相提並論。」6 月 3 日，托派分子陳仲山寫信並寄託派刊物給魯迅，荒謬地妄圖引魯迅為同調，惡毒攻擊斯大林和中國共產黨，攻擊以毛澤東為代表的中共中央的抗日民族統一戰線政策。這激起了魯迅極大的憤慨。馮雪峰回憶說：「他那時病在床上，我去看他，他還沒有對我說一句話，我也還沒有來得及坐下，他就忙著伸手向枕頭下面摸出那封信來，沉著臉遞給我，憤恨地說：『你看！可惡不可惡！』我看了後說：『他們自己碰上來，你迎頭給他們一棍罷！』他說：『等我病好一點的時候，我來寫一點。』可是，雖然決定要給以打擊了，而憤怒仍不稍減，又沉著臉說了一句：『可惡不可惡！』」「由於病重，一時無力執筆，為了及時打擊托派，提醒同志，魯迅接受馮雪峰的提議，口授大意，由馮雪峰擬稿，寫了這封著名的信。發表時文末注明：「這信由先生口授，O.V.筆寫。」在信中，魯迅嚴正地痛斥托派：「你們的高超的理論，將不受中國大眾所歡迎，你們的所為有背於中國人現在為人的道德。我要對你們講的話，就僅僅這一點。」同時聲明，熱烈擁護毛澤東等為代表的中國共產黨，和黨的抗日民族統一戰線政策，指出：「那切切實實，足踏在地上，為著現在中國人的生存而流血奮鬥者，我得引為同志，是自以為光榮的。」〔註 107〕

6 月 10 日，魯迅審定《論現在我們的文學運動》。該文載 7 月《現實文學》月刊第 1 期和《文學界》第 1 卷第 2 期，副題《病中答訪問者》，文末表明 O.V 筆錄，署名魯迅。

1935 年 12 月，「國防文學」被作為文藝界抗日統一戰線的口號正式提出來以後，報刊上進行了大量宣傳，也引起了爭論。馮雪峰從延安到達上海以後，在魯迅家遇見胡風，談及文藝界事，以為還是提「民族革命戰爭的大眾文學」這個口號較好，經與魯迅商量，「魯迅認為新提出一個左翼作家的口號是應該的，並說『大眾』兩字很必要，作為口號也不算太長，長一點也沒什麼。」於是由魯迅決定了提這個口號。胡風於 5 月 9 日寫成《人民大眾向文學要求什麼？》一文公布這一口號，但在文章發表以前，就已經把這個新的口號宣傳出去，發生了爭議。6 月 1 日胡風文章一發表，立即引起了公開的激烈的論爭。許多贊成「國防文學」而反對「民族革命戰爭的大眾文學」的論文作者，「用『左的宗派主義』、『不理解基本政策』等詞句和暗示的方法指責

〔註 107〕《魯迅年譜》第四卷第 352～353 頁。

魯迅。」有人甚至散步謠言，指責魯迅「破壞統一戰線和文藝家協會」。為了闡明在新形勢下自己對革命文學運動的主張，魯迅在重病中口授了本文。魯迅指出左翼作家聯盟進行的是無產階級革命文學運動，「民族革命戰爭的大眾文學，是無產階級革命文學的一發展，是無產革命文學在現在時候的真實的更廣大的內容。」「新的口號的提出，不能看作革命文學運動的停止，或者說『此路不通』了。所以，絕非停止了歷來的反對法西斯主義，反對一切反動者的血的鬥爭，而是將這鬥爭更深入，更擴大，更實際，更細微曲折，將鬥爭具體化到抗日反漢奸的鬥爭，將一切鬥爭匯合到抗日反漢奸鬥爭這總流裏去。決非革命文學要放棄它的階級的領導的責任，而是將它的責任更加重、更放大，重到和大到要使全民族，不分階級和黨派，一致去對外。這個民族的立場，才真是階級的立場。」文中批判了「托洛斯基的中國的徒孫們」反對抗日民族統一戰線的反動觀點；也批評了有些「戰友」強調「民族」而模糊階級界限的右傾思想。同時肯定了「民族革命戰爭的大眾文學」和「國防文學」的一致性，表達了顧全大局，堅持團結的願望。文章還對文藝批評、創作題材等問題闡述了重要意見。〔註 108〕

6 月 10 日，中國文藝家協會在上海成立，唐弢參加並成為會員。〔註 109〕

6 月 15 日，蕭紅作為最初發起人之一，與魯迅、茅盾、巴金、以群等 67 位作家聯合簽名發表《中國文藝工作者宣言》，反對內戰，號召愛國文藝工作者，發揮進步作用，創作優秀作品，積極行動起來，為祖國解放、民族獨立而鬥爭。〔註 110〕

魯迅後來曾說明：「《文藝工作者宣言》不過是發表意見，並無組織或團體，宣言登出，事情就完，此後是各人自己的實踐。」關於這個宣言發表的經過，巴金回憶說：「1936 年 5、6 月文藝家協會成立，發表了宣言。魯迅先生拒絕參加文藝家協會，他不參加協會的原因在他的書信中講得很明白。黎烈文、黃源、靳以和我還有別的一些人擁護魯迅的主張，也都沒有參加協會，更沒有在宣言上簽名。當時魯迅先生身體不好，外出活動較少。黎烈文和黃源經常去看魯迅先生。我向他們談起，我們也應該發表一個宣言，表示我們對當前民族危機的態度，他們同意我的意見。本來這個宣言由魯迅先生起草，我們大家簽名最好，可是先生有病，不便請他執筆。我們考慮之後，決定我

〔註 108〕《魯迅年譜》第四卷第 355～356。

〔註 109〕傅小北、楊幼生《唐弢年譜》，傅小北、楊幼生編《唐弢研究資料》第 429 頁。

〔註 110〕百度百科「蕭紅」。

們自己先起個草稿請先生修改後發表。這個宣言，黎烈文要我寫，我要他寫，推來推去並沒有談好。有天晚上，我和黎烈文又談起這件事，他答應第二天就去找魯迅先生，不過他要我起草宣言稿，我最後同意了。我開了夜車，寫了一個稿子。第二天我和黎烈文在北四川路新雅酒樓見面，他也帶來一份稿子。我說：『你寫了，我的就不用了。』他說：『還是用你的吧。』最後他說：『兩個稿子都拿去給魯迅先生看，由先生決定，請先生第一個簽名。』黎烈文當天從魯迅先生家出來拿了一份有先生親筆簽名的宣言稿找我和靳以，他已經把兩份草稿合併成一份宣言了。他在先生家裏就抄了同樣的幾份，出來交給黃源、胡風等人拿去找人簽名。……簽名的人並不是在同一份宣言稿上簽的名，因此，在各個刊物發表的宣言上簽名者的順序和人數都不一樣。宣言發表的前後，簽名者並沒有進行討論，也沒有成立任何組織。」〔註 111〕

6 月 16 日，曹靖華與魯迅等聯名發表的《中國文藝工作者宣言》刊登在《譯文》新 1 卷第 4 期。〔註 112〕

6 月 18 日，高爾基逝世。〔註 113〕

6 月 23 日，魯迅口述《〈蘇聯版畫集〉序》，由許廣平記錄。

該文刊發在良友圖書出版公司版《蘇聯版畫集》，署名魯迅。《蘇聯版畫集》所收的作品，出自二月間在上海舉行的蘇聯版畫展覽會，由魯迅於四月七日選定。魯迅曾應允作序，不料重病，纏綿有餘，「連拿一張紙的力氣也沒有」。於是將《記蘇聯版畫展覽》移作序文的前半，刪去上文的附記，口述了一段文字作序文的下半，合成全璧。〔註 114〕

6 月，魯迅發表所譯日本刈米達夫著《藥用植物》，載商務印書館「中學生自然研究叢書」《藥用植物及其他》，署名樂文。〔註 115〕

6 月，馮雪峰奉黨中央之命去香港，與潘漢年取得聯繫，隨即回滬。〔註 116〕

1936 的大半年，因魯迅的健康狀況起伏很大，許廣平和周海嬰的日子在憂喜交錯中度過。〔註 117〕

〔註 111〕《魯迅年譜》第四卷第 357～358 頁。
〔註 112〕冷柯（執筆）、毛粹《曹靖華年譜》，《曹靖華研究專集》第 417 頁。
〔註 113〕冷柯（執筆）、毛粹《曹靖華年譜》，《曹靖華研究專集》第 417 頁。
〔註 114〕《魯迅年譜》第四卷第 360 頁。
〔註 115〕《魯迅年譜》第四卷第 360 頁。
〔註 116〕《馮雪峰大事年表》，孫琴安著《雪之歌——馮雪峰傳》第 330 頁。
〔註 117〕周海嬰《父親的死》，周海嬰著《直面與正視——魯迅與我七十年》第 55 頁。

周海嬰寫道：

父親的健康狀況起伏很大，體力消耗得很多。因此，家裏的氣氛總與父親的健康息息相關。

每天清晨，我穿好衣服去上學。按照過去慣例，父親深夜寫作睡得很晚。今年以來，因為他不斷生病，母親就叮囑我，進出要小聲，切勿鬧出聲響，以免影響他休息。

遵照母親的囑咐，每天我從三樓下來總是躡手躡腳，不敢大聲說話。父親的房門一般不關，我悄悄鑽進臥室，側耳傾聽他的鼻息聲。父親睡在床外側，床頭凳子上有一個瓷杯，水中浸著他的假牙。瓷杯旁邊放著香煙、火柴和煙缸，還有象牙煙嘴。我自知對他的健康幫不了什麼，但總想盡點微力，讓他有一點欣喜，也算是一點安慰。於是輕輕地從煙盒裏抽出一支香煙，細心地插進被薰得又焦又黃的煙嘴裏面，放到他醒來以後伸手就能拿到的地方，然後悄然離去。這些動作十分輕捷，沒有一點聲響。也不敢像過去那樣每當出門，總要大聲說一聲「爸爸晏歇會！」。中午吃飯的時候，總盼望父親對自己安裝香煙的「功勞」誇獎一句。不料，父親往往故意不提。我忍不住，便迂迴曲折地詢問一句：「今朝煙嘴裏有啥末事？」父親聽後，微微一笑，便說：「小乖姑，香煙是你裝的吧。」聽到這句話，我覺得比什麼獎賞都貴重，心裏樂滋滋的，飯也吃得更香了，父親和母親也都相視一笑，藉此全家人心情寬鬆了。

然而父親的疾病卻是日漸加重了。來訪的客人不能一一會見，只得由母親耐心解釋和轉達意見。每當病情稍有好轉，就有蕭軍、蕭紅兩人來訪。這時候父親也下樓，和他們一邊交談，一邊參觀蕭紅的做飯手藝，包餃子和做「合子」（餡餅）這些十分拿手的北方飯食，一眨眼工夫就熱騰騰地上了桌，簡直是「阿拉丁」神燈魔力的再現。尤其是她那蔥花烙餅的技術更絕，雪白的麵層，夾以翠綠的蔥末，外黃裏嫩，又香又脆。這時候父親也不禁要多吃一兩口，並且贊不絕聲，與蕭軍、蕭紅邊吃邊談，有說有笑，以致壓在大家心頭的陰雲似乎也掃去了不少。這時，我小小的心靈裏只有一個願望，就是希望他們能夠常來，為我們帶來熱情、帶來歡快。

自六月以後，父親的疾病更令人擔憂了。連一向堅持的日記都不能記，可見他的病是相當嚴重了。〔註 118〕

〔註 118〕周海嬰《父親的死》，周海嬰著《直面與正視——魯迅與我七十年》第 55～57 頁。

6 月 30 日，魯迅補記自六日因病中斷的日記，說：「自此以後，日漸委頓，終至艱於起坐，遂不復記。其間一時頗虞奄忽，但竟漸愈，稍能坐立誦讀，至今可略作數十字矣。但日記是否以明日始，則近頗懶散，未能定也。六月三十下午大熱時志。」〔註 119〕

7 月，馮雪峰幫助被國民黨軟禁的丁玲逃離南京，經上海轉赴陝北。〔註 120〕

7 月，蕭紅因與蕭軍在感情上出現裂痕，為了求得解脫、緩解矛盾，她隻身東渡日本。〔註 121〕

7 月 1 日，魯迅恢複寫日記，至逝世前一日絕筆。病情稍為緩解，但針藥一直未斷。除少數幾日外，每日日記均記有病情或治療情況。〔註 122〕

蕭紅寫道：

許先生在窗下縫著衣裳，機器聲格答格答的，震著玻璃門有些顫抖。

窗外的黃昏，窗內許先生低著頭，樓上魯迅先生的咳嗽聲，都攪混在一起了，重續著、埋藏著力量。在痛苦中，在悲哀中，一種對於生的強烈的願望站得和強烈的火焰那樣堅定。

許先生的手指把捉了在縫的那張布片，頭有時隨著機器的力量低沉了一兩下。

許先生的面容是寧靜的、莊嚴的、沒有恐懼的，她坦蕩地在使用著機器。〔註 123〕

7 月 6 日，魯迅給母親和曹靖華各寫一封信，還接待日本友人增田涉來訪，他是專程從日本來探望魯迅病情的。

他給母親的信中陳述病情甚詳：「男自 5 月 16 日起，突然發熱，加以氣喘，從此日見沉重，至月底，頗近危險，幸一二日後，即見轉機，而發熱終不退。到七月初，乃用透物電光照視肺部，始知男蓋從少年時即有肺病，至少曾發病兩次，又曾生重症肋膜炎一次，現肋膜變厚，至於不通電光，但當時竟並不醫治，且不自知其重病而自然痊癒者，蓋身體底子極好之故也。現

〔註 119〕《魯迅年譜》第四卷第 360 頁。

〔註 120〕《馮雪峰大事年表》，孫琴安著《雪之歌——馮雪峰傳》第 330 頁。

〔註 121〕百度百科「蕭紅」。

〔註 122〕《魯迅年譜》第四卷第 361 頁。

〔註 123〕蕭紅《回憶魯迅先生》，蕭紅、俞芳等著《我記憶中的魯迅先生——女性筆下的魯迅》第 62 頁。

今年老，體力已衰，故舊病一發，遂竟纏綿至此。近日病狀，幾乎退盡，胃口早已復元，臉色亦早恢復，惟每日仍發微熱，但不高，則凡生肺病的人，無不如此，醫生每日來注射，據云數日後即可不發，而且再過兩星期，也可以停止吃藥了。」

給曹的信中說明自己所患「是可怕的肺結核」，但仍樂觀，認為「肺結核對青年是險症，但對於老人卻是不致命的。」並談到易地療養的意向：「本月二十左右，想離開上海三個月，九月再來。去的地方大概是日本，但未定實，至於到西湖去云云，那純粹是謠言。」〔註 124〕

7 月 7 日，魯迅讓許廣平代筆，寫信給曹白，贈予《蘇聯版畫集》一本。〔註 125〕

7 月 7 日，魯迅給趙家璧寫信，對良友圖書印製公司贈予《蘇聯版畫集》18 本表示謝意。信中還建議將曹靖華所譯的《煙袋》和《第四十一》合為一冊交良友圖書印製公司出版。

7 月 7 日，魯迅收到陳仲山第二封來信。魯迅的《答托洛斯基派的信》發表後，給了托派嚴重打擊，引起托派內部激烈鬥爭，陳獨秀知道後肆意辱罵魯迅，斥責陳仲山看錯了人，陳以此受到托派內部很大的壓力。陳仲山於 4 日再次寫信，一面攻擊魯迅的「覆信全篇避開政治問題不談」，「拿辱罵與誣衊代替了政治問題的討論」，一面歪曲中國共產黨的抗日民族統一戰線政策是「認為在日本壓迫下國內階級衝突會消滅」，攻擊這個政策「是一種幻想」，並為托派觀點以及托洛斯基本人在蘇聯的失敗辯護，還要求發表他這封信。魯迅在日記中說此為「托洛斯基派也」，不予置理。〔註 126〕

7 月 9 日，魯迅送別增田涉，贈以食品四種。增田涉回憶說：隔了五年重見時，他已經是躺在病床上的人，風貌變得非常險峻，神氣是凜冽的，儘管是非常戰鬥的卻顯得很可憐，像「受傷的狼」的樣子了。我認為這是由於疾病的侵犯和環境的困難增加所致。我忘記是七月的哪一天，被請去吃午飯，他只吃了一點點東西，便說：「我已經疲乏了，上樓去休息，你慢慢吃罷。」說完，他一面靠著扶梯，一面由廣平夫人扶著，腳步沉重地向上走去。我看著他的後影，一面喝著玫瑰酒，感傷地目送著他。同時心裏想：「先生是沒有希望了。」「但他的誠實、溫和的心情，還是同過去一樣。兩三天之後，我因

〔註 124〕《魯迅年譜》第四卷第 361 頁。
〔註 125〕《魯迅年譜》第四卷第 362 頁。
〔註 126〕《魯迅年譜》第四卷第 362 頁。

為第二天就要回國，去向他辭行，他已經準備好許多土產禮物；本來廣平夫人給包裝了的，他說夫人的包法不好，自己搶過去給重新包了，我感到一種說不出的感謝、溫暖的心情，默默地從側面看著他那並不特別靈巧的雙手的動作。〔註 127〕

7 月 10 日，魯迅在晚上校對完成重排本《花邊文學》。〔註 128〕

7 月 10 日，在北平的進步文化界舉行的高爾基追悼會上，曹靖華做《高爾基的生平和創作》的講話。〔註 129〕

7 月 11 日，魯迅給王冶秋寫信。談及易地療養事，說：「現在略不小心，就發熱，還不能離開醫生，所以恐怕總要到本月底才可以旅行，於九月底或十月中回滬。地點我想最好是長崎，因為總算國外，而知道我的人少，可以安靜些。離東京近，就不好。剩下的問題就是能否上陸。」這是魯迅第一次具體談到擬去日本療養，後幾經斟酌，終於沒有實現。〔註 130〕

7 月 15 日，魯迅雖然高燒到 38.5 度，但還是硬撐著身子為蕭紅東渡扶桑送行。他在家設了便宴，由許廣平親自下廚。席間，魯迅先生對蕭紅千叮嚀萬囑咐，賓主互道珍重。〔註 131〕

許廣平回憶說：魯迅先生不時在病，不能多見客人。她們搬到北四川路離我們不遠的地方來住下，據蕭軍先生說：「靠近些，為的可以方便，多幫忙。」……但每天來一兩次的不是他而是蕭紅女士，因此我不得不用最大的努力留出時間在樓下客廳陪蕭紅女士長談。她有時談的很開心，更多的是勉強談話而強烈的哀愁，時常侵襲上來，像用紙包著水，總設法不叫它滲出來。自然蕭紅女士也常用力克制，卻轉像加熱在水壺上，反而在壺外面滿都是水點，一些也遮不住。」「終於她到日本去了。直至魯迅先生死後才回到上海來。」〔註 132〕

7 月 15 日，唐弢的雜文《悼念瑪克辛．高爾基》刊發在《作家》第 1 卷第 4 號。〔註 133〕

7 月 16 日，魯迅收到李秉中 7 月 14 日來信。此信用「國民政府軍事委員

〔註 127〕《魯迅年譜》第四卷第 363 頁。

〔註 128〕《魯迅年譜》第四卷第 363 頁。

〔註 129〕冷柯（執筆）、毛粹《曹靖華年譜》，《曹靖華研究專集》第 417 頁。

〔註 130〕《魯迅年譜》第四卷第 363～364 頁。

〔註 131〕王科、徐塞、張英偉著《蕭軍評傳》第 81 頁。

〔註 132〕《魯迅年譜》第四卷第 364 頁。

〔註 133〕傅小北、楊幼生《唐弢年譜》，傅小北、楊幼生編《唐弢研究資料》第 429 頁。

會用箋」書寫，表示願為解除國民黨當局對魯迅的通緝進行斡旋，魯迅予以拒絕，即請許廣平代答。〔註 134〕

7 月 16 日，黃源為蕭紅開餞別會。蕭紅弟弟張秀珂從日本回國。〔註 135〕

7 月 17 日，蕭紅出發去日本。7 月 18 日過長崎，7 月 20 日到東京，7 月 21 日定下住所。〔註 136〕

7 月 19 日，魯迅給沈西苓寫信，表示不贊成將《阿 Q 正傳》改編成電影。〔註 137〕

7 月 21 日，魯迅作《捷克譯本》，刊發在十月《中流》半月刊第 1 卷第 4 期，題目為《捷克文譯本〈短篇小說選集〉序》，署名魯迅。〔註 138〕

7 月 23 日，魯迅給普實克寫信。說「要將我的《吶喊》，尤其是《阿 Q 正傳》譯成捷克文出版，是很以為榮幸的」。表示謝絕報酬，但希望得到「幾幅捷克古今文學家的畫像的複製品，或者版畫」。如果這種畫片難得，就給一本有很多插畫的捷克文的有名的文學作品，以便或介紹給中國讀者，或自己留作紀念。〔註 139〕

7 月，《死魂靈百圖》由魯迅出資，以三閒書屋名義出版。〔註 140〕

8 月 1 日，魯迅與許廣平攜海嬰邀內山完造前往慰問須藤五百三病。

須藤醫生又為魯迅檢查，診斷「肺已可矣，而肋膜間尚有積水」。前一判斷不確，12 日後魯迅即因肺支氣管破裂而吐血。體重下降到 38.7 公斤。這是逝世前有記錄的最低點。〔註 141〕

8 月 1 日，徐懋庸因「左聯」解散及兩個口號論爭等問題，寫信給魯迅，表示了自己的看法。〔註 142〕

8 月 2 日，魯迅給茅盾和曹白各寫信一封。當天他收到徐懋庸的信。

他對茅盾表示將為他主編的《中國的一日》挑選木刻插畫，談到自己的病情時認為「不足為意」，並詳細談及轉地療養事：「先曾決赴日本，昨忽想

〔註 134〕《魯迅年譜》第四卷第 364～365 頁。
〔註 135〕《蕭紅年譜》，〔日〕平石淑子著、崔莉、梁豔萍譯《蕭紅傳》第 370 頁。
〔註 136〕《蕭紅年譜》，〔日〕平石淑子著、崔莉、梁豔萍譯《蕭紅傳》第 370 頁。
〔註 137〕《魯迅年譜》第四卷第 365 頁。
〔註 138〕《魯迅年譜》第四卷第 365 頁。
〔註 139〕《魯迅年譜》第四卷第 366 頁。
〔註 140〕《魯迅年譜》第四卷第 367 頁。
〔註 141〕《魯迅年譜》第四卷第 368 頁。
〔註 142〕《徐懋庸小傳》，《徐懋庸回憶錄》第 188 頁。

及，獨往大家不放心，如攜家族同去，則一履彼國，我即化為翻譯，比在上海還要煩忙，如何休養？因此赴日之意，又復動搖，惟另覓一能日語者同往，我始可超然事外，故究竟如何，尚在考慮中也。」茅盾對此很關心，曾寫信建議，魯迅在此後致茅盾信中，時有所商量。

他在給曹白的信中對曹為《花邊文學》作的封面畫及郝力群的木刻作品作了評論。〔註 143〕

徐懋庸的這封信裏，對魯迅進行了錯誤的指責。一是不顧魯迅已經一再發表文章，擁護中國共產黨的抗日民族統一戰線政策的事實，指責魯迅「對於現在的基本政策沒有瞭解」，並說在抗日民族統一戰線中，無產階級不應該「以特殊的資格去要求領導權，以至嚇跑別的階層的戰友。」二是不顧魯迅對於「民族革命戰爭的大眾文學」口號的解釋，特別是對「民族革命戰爭的大眾文學」和「國防文學」兩個口號在抗日反漢奸等總的方向上的一致性的說明，指責提出「民族革命戰爭的大眾文學」「是錯誤的」，是「用以和『國防文學』對立的」。三是指責魯迅「最近半年來的言行，是無意地助長著惡劣的傾向的」，對於與魯迅接近的巴金、黃源、胡風等幾位作家，進行人身攻擊。四是指責魯迅「不看事而看人」，搞宗派主義，是最近半年來犯「錯誤的根由」。最後說：「以上所說，並非存心攻擊先生，實在很希望先生仔細想一想各種事情。」魯迅對此極感憤慨，除立即抱病公開答覆外，在致友人信中，曾一再表示：「正因為不入協會，群仙就大布圍剿陣，徐懋庸也明知我不久之前，病得要死，卻雄赳赳首先打上門來也。」「寫這信的雖是他一個，卻代表著某一群，試一細讀，看那口氣，即可了然。因此我以為更有公開答覆之必要。倘只我們彼此個人間事，無關大局，則何必在刊物上喋喋哉。」「如徐懋庸，他橫暴到忘其所以，竟用『實際解決』來恐嚇我了，則對於別的青年，可想而知。他們自有一夥，狼狽為奸，把持著文學界，弄得烏煙瘴氣。我病倘稍愈，還要給以暴露的，那麼，中國文藝的前途者庶幾有救。」〔註 144〕

8 月 5 日，魯迅完成《答徐懋庸並關於抗日統一戰線問題》一文。載 8 月 15 日《作家》月刊》第 1 卷第 5 期，署名魯迅。文章全面地回答了徐懋庸來信中的指責。首先重申擁護中國共產黨的抗日統一戰線的政策，認為這

〔註 143〕《魯迅年譜》第四卷第 369 頁。
〔註 144〕《魯迅年譜》第四卷第 369～370 頁。

是非常正確的，表示無條件地加入這戰線。其次，重申「贊成一切文學家，任何派別的文學家在抗日的口號之下統一起來的主張」。認為「文藝家在抗日問題上的聯合是無條件的，只要他不是漢奸，願意或者贊成抗日，則不論叫哥哥妹妹，之乎者也，或鴛鴦蝴蝶都無妨。但在文學問題上我們仍可以互相批判」。指出「我以為應當說：作家在『抗日』的旗幟，或者在『國防』的旗幟下聯合起來；不能說：作家在『國防文學』的口號下聯合起來，因為有些作者不寫『國防為主題』的作品，仍可從各方來參加抗日的聯合戰線；即使他像我一樣沒有加入『文學家協會』，也未必是『漢奸』。『國防文學』不能包括一切文學，因為在『國防文學』與『漢奸文學』之外，確又既非前者也非後者的文學」。第三，鄭重說明「民族革命戰爭的大眾文學」這口號，「不是胡風提的」，「也不是我一個人的『標新立異』，是幾個人大家經過一番商議的，茅盾先生就是參加商議的一個」。指出：「問題不在這口號由誰提出，只在它有沒有錯誤。如果它是為了推動一向囿於普羅革命文學的左翼作家們跑到抗日的民族革命戰爭的前線上去，它是為了補救『國防文學』這名詞本身的在文學思想的意義上的不明了性，以及糾正一些注進『國防文學』這名詞裏去的不正確的意見，為了這些理由而被提出，那麼它是正當的，正確的。」但「國防文學」這口號「仍應當存在，因為存在對於抗日運動有利益」。魯迅提出了兩個口號並存的意見，表現了以團結為重，顧全大局的精神。最後，魯迅詳細談到他和胡風、巴金、黃源諸人的關係。嚴厲批評了一些人「無憑無據，卻加給對方一個很壞的惡名」的「惡劣的傾向」和「實在是『左得可怕』的」作風和行為；嚴厲批評了「鍛鍊人罪，戲弄權威」的作風和行為。魯迅指出：「首先應該掃蕩的，倒是拉大旗作虎皮，包著自己，去嚇唬別人；小不如意，就倚勢定人罪名，而且重得可怕的橫暴者。」這樣才能建立有戰鬥力的文藝界抗日統一戰線。本文發表後引起了巨大反響，兩個口號的論爭雖還沒有停止，但雙方的意見更加清楚，是非日益分明。魯迅極重視這篇文章，曾多次和友人論及，說：「其中有極少一點文界之黑暗面可見。我以為文界敗相，必須掃蕩，但掃蕩一有效驗，壓迫也就隨之而至了。」〔註 145〕

8 月 6 日，魯迅寫信給時玳。談了自己的病情，並勸他「少管那些鬼鬼祟祟的文壇消息，多看譯出的理論和作品。」〔註 146〕

〔註 145〕《魯迅年譜》第四卷第 370～371 頁。
〔註 146〕《魯迅年譜》第四卷第 374 頁。

8 月 7 日，魯迅給曹白和趙家璧各寫一封信。他對曹表示對中國木刻現狀的關切，希望木刻界學習珂勒惠支。給趙寄去曹靖華所譯的《煙袋》和《第四十一》，交給良友圖書印刷公司出版，並取名為《蘇聯作家七人集》。〔註 147〕

8 月 7 日，許廣平帶著海嬰和魯迅一起去看病。

周海嬰寫道：

給我印象最深的是，有一次我和父母去須藤醫院診治，我比較簡單，只取一點藥品，便和母親進入一間有玻璃隔牆的換藥室，這時看見父親坐在一把有靠背的木椅上，斜側著身體，衣襟半敞著。再順眼細看，他的胸側插著一根很粗的針頭，尾部連有黃色半透明的橡皮管，接著地下一隻廣口粗瓶，瓶中已有約半瓶淡黃色液體，而橡皮管子裏還在徐徐滴下這種液體，其流速似乎與呼吸起伏約相適應，父親安詳地還與醫生用日語交談著。過了一會兒，拔去針頭，照常若無其事地和我們一同步行回家。後來，我看他的《日記》，在一九三六年八月七日記有「往須藤醫院，由妹尾醫師代診，並抽取肋膜間積水約二百格蘭（相當於兩百毫升），注射 Tacamol 一針。廣平、海嬰亦去。」我想，這大概就是我目睹的這一次了，離他去世僅兩月多一點，應該說，此時他已進入重病時期，而仍顯得如此滿不在乎，他對於自己的身體以至生命，真是太不看重了。〔註 148〕

8 月 7 日、17 日，唐弢兩次致信魯迅，希望得到一本《珂勒惠支畫選》，並詢問給魯迅寫信，可用何名。〔註 149〕

8 月 9 日，蕭紅寫作《孤獨的生活》。〔註 150〕

8 月 10 日，唐弢的散文《苦悶的時候》刊發在《文學界》第 1 卷第 3 期。〔註 151〕

8 月 13 日，魯迅給茅盾寫信，談到自己的病頗麻煩，而環境又不容他好好療養，並告知《海上述林》下卷校樣在陸續寄來，希望能在易地養病前

〔註 147〕《魯迅年譜》第四卷第 375 頁。

〔註 148〕周海嬰《記憶中的父親》，周海嬰著《直面與正視——魯迅與我七十年》第 26 頁。

〔註 149〕傅小北、楊幼生《唐弢年譜》，傅小北、楊幼生編《唐弢研究資料》第 429 頁。

〔註 150〕《蕭紅年譜》，〔日〕平石淑子著、崔莉、梁豔萍譯《蕭紅傳》第 371 頁。

〔註 151〕傅小北、楊幼生《唐弢年譜》，傅小北、楊幼生編《唐弢研究資料》第 429 頁。

校完付印。晚上開始見痰中帶血。這是他臥病以後第一次咳血。次日打止血針，15 日方抑止。由於醫生診斷於肺無害，仍顯得相當樂觀。在致友人信中說，「吐血，不過斷一小血管，所以並非肺病加重之兆」。又說：「我這次所生的，的確是肺病，而且是大家所畏懼的肺結核，我們結交至少已經二十多年了，其間發過四五回，但我不大喜歡嚷病，也頗漠視生命，淡然處之，所以也幾乎沒有人知道。這一回，是為了年齡關係，沒有先前那樣的容易制止和恢復了，又加以肋膜病，遂至纏綿了三個多月，還不能停止服藥。」其間曾一再與友人談到轉地療養實為必要，由於不能離開醫生去轉地療養，甚覺「悶悶」。〔註 152〕

8 月 14 日，蕭紅寫作詩歌《異國》。〔註 153〕

8 月 15 日，魯迅作《答世界社信》及《答世界社問：中國作家對於世界語的意見》。載十月《世界》月刊第 9、10 期合刊，署名魯迅。信中說明這幾天正在吐血，「所問的事，只能寫幾句空話塞責」。答問中說明了二十年來贊成世界語的三點理由：「一，是因為可以由此聯合世界上的一切人——尤其是被壓迫的人們；二，是為了自己的本行，以為它可以互相紹介文學；三，是因為見了幾個世界語家，都超乎口是心非的利己主義者之上。」〔註 154〕

8 月 18 日，魯迅給王正朔寫信，告知寄來的南陽漢畫像拓片一包共 67 張已收到，特別希望他將南陽市北關魏公橋橋基石刻拓出。〔註 155〕

8 月 20 日，魯迅對唐弢兩信一併作答，說明《畫集》早已分送淨盡，「容他日設法耳。」又說來信「可用周豫才」，「比魯迅稍不觸目而已。」〔註 156〕

8 月 23 日，魯迅作《「這也是生活」……》，載 9 月 5 日《中流》半月刊第 1 卷第 1 期，題《……這也是生活》，署名魯迅。他從文中自己臥病時的感受談起，說明生活中所熟悉的一切事物「都和我有關」；這些雖然極平凡，極細微，但「這也是生活」。「戰士的日常生活，是並不全部可歌可泣的，然而又無不和可歌可泣之部相關聯，這才是實際上的戰士。」〔註 157〕

〔註 152〕《魯迅年譜》第四卷第 375 頁。

〔註 153〕《蕭紅年譜》，〔日〕平石淑子著、崔莉、梁豔萍譯《蕭紅傳》第 371 頁。

〔註 154〕《魯迅年譜》第四卷第 376 頁。

〔註 155〕《魯迅年譜》第四卷第 376 頁。

〔註 156〕傅小北、楊幼生《唐弢年譜》，傅小北、楊幼生編《唐弢研究資料》第 429 頁。

〔註 157〕《魯迅年譜》第四卷第 377 頁。

8 月 25 日，魯迅給歐陽山寫信，談到《答徐懋庸並關於抗日統一戰線問題》時說：徐「明知我病到不能讀，寫，卻罵上門來，大有抄家之意。我這回的信是箭在弦上，不得不發，但一發表，一批徐派就在小報上哄哄的鬧起來，煞是好看，擬收集材料，待一年半載後，再作一文」。〔註 158〕

8 月 27 日，魯迅作《「立此存照」(一)》和《「立此存照」(二)》。前者藉以作覆古派的沒落和昏庸的寫照；後者藉以諷刺林語堂等人的文學主張。〔註 159〕

8 月 28 日，魯迅給楊霽雲寫信。對徐懋庸對自己的態度的前後變化作了分析，再次說明公開答覆徐懋庸的原因。說這封公開信的效驗「已極昭然，他們到底將在大家的眼前露出本相」。〔註 160〕

8 月 31 日，魯迅託內山完造給在柏林的武者小路實篤寫信並寄《珂勒惠支版畫選集》一本，請他轉交珂勒惠支。〔註 161〕

許廣平寫道：

今年的一整個夏天，正是魯迅先生被病纏繞得透不過氣來的時光，許多愛護他的人，都為了這個消息著急。然而病狀有些好起來了。在那個時候，他說出一個夢：他走出去，看見兩旁埋伏著兩個人，打算給他攻擊。他想：你們要當著我生病的時候攻擊我嗎？不要緊！我身邊還有匕首呢，投出去擲在敵人身上。

夢後不久，病更減輕了。一切惡的症候都逐漸消滅了。他可以稍稍散步些時，可以有力氣拔出身邊的匕首投向敵人，——用筆端衝倒一切，——還可以看看電影，生活生活。我們戰勝「死神」。在謳歌，在歡愉。生的欣喜佈在每一個友朋的心坎中，每一個惠臨的愛護他的人的顏面上。

他仍然可以工作，和病前一樣。他與我們同在一起奮鬥，向一切惡勢力。〔註 162〕

8 月，胡風的文藝理論《文學與生活》由上海生活書店出版。〔註 163〕

8 月，中共上海辦事處成立，馮雪峰任副主任，主任為潘漢年。〔註 164〕

〔註 158〕《魯迅年譜》第四卷第 377 頁。
〔註 159〕《魯迅年譜》第四卷第 377～378 頁。
〔註 160〕《魯迅年譜》第四卷第 378 頁。
〔註 161〕《魯迅年譜》第四卷第 378 頁。
〔註 162〕許廣平《最後的一天》，海嬰編《許廣平文集》第 2 卷第 367 頁。
〔註 163〕曉風《胡風年表簡編》，《新文學史料》1986 年第 4 期第 177 頁。
〔註 164〕《馮雪峰大事年表》，孫琴安著《雪之歌——馮雪峰傳》第 331 頁。

8月，蕭紅署名悄吟的散文集《商市街》由上海文化生活出版社初版。全書共41篇，是蕭紅和蕭軍在哈爾濱共同生活的寫照。全書既有連篇散文的整體性，又各自獨立成篇。〔註165〕

8月～10月，蕭軍去了青島、北平和天津。他在山東大學友人的宿舍中，完成了長篇小說《第三代》第一部的後半部和第二部、短篇小說《水靈山島》、《未完成的構圖》、《為了愛的緣故》。〔註166〕

秋天來臨，魯迅日益病重。

9月3日，魯迅給母親寫信，陳述得肺病已二三十年，發病四次的經過，並說，由於「自己也不喜歡多講，令人擔心，所以很少人知道」。〔註167〕

周海嬰寫道：

秋天來臨，一片蕭瑟。因為父親日益病重，家裏寂靜得像醫院一樣。每天要測量體溫，醫生也不時前來注射（有時由護士代替）。我耳聞目睹的大都是有關治病的事情，因此，心情更加晦暗。每次吃飯也沒有過去的那種歡樂氣氛了，父親雖然還是下樓和我們一起吃飯，但吃得很少，有時提前上樓回他的房裏去。陪客人同餐，也不能終席。所以大家感到一種無形的壓力正在越來越沉重地向我們襲來。我雖然不懂父親病情的變化，也不懂什麼叫做「死期」，但腦子裏影影綽綽地感到它會產生巨大的不幸，而且與父親的生命有關。只是希望它不要降臨，離得越遠越好。

有一天，父親的呼吸比較費力。內山完造先生得知，就親自帶來一隻長方形的匣子，上面連有一根電線可以接上電源。打開開關以後，只見匣子微微發出一種「吱吱嚶嚶」的聲音，匣內閃出綠色的微光。過了一陣，便可聞到大雷雨之後空氣中特有的一股氣息——臭氧。一九三六年九月十二日，父親在日記中寫道：「夜內山君來，並持來阿純發生機一具。」說的便是這件事。使用它的目的，是為了使呼吸舒暢一點，但試用了幾次，似乎沒有明顯的療效。不久，內山先生也就派人取回去了。〔註168〕

9月4日，蕭紅寫作《家族以外的人》。〔註169〕

〔註165〕《蕭紅主要作品錄》，邢富君編《蕭紅代表作》第373頁。
〔註166〕王科、徐塞、張英偉著《蕭軍評傳》第82頁。
〔註167〕《魯迅年譜》第四卷第378頁。
〔註168〕周海嬰《父親的死》，周海嬰著《直面與正視——魯迅與我七十年》第57頁。
〔註169〕《蕭紅年譜》，〔日〕平石淑子著、崔莉、梁豔萍譯《蕭紅傳》第371頁。

9 月 5 日，魯迅寫作《死》。載 9 月 20 日《中流》半月刊第 1 卷第 2 期，署名魯迅。本文從珂勒惠支以「死」為題材的版畫談起，進而分析了中國不同經濟地位的人對待「死」的觀念，對「極富貴者」想要超脫冥律、成佛飛昇和「小康者」想要繼續在冥間享福等予以嘲諷，指出，只有被壓迫者才「確信自己並未造出該入畜生道的罪孽，他們從來沒有能墮畜生道的地位，權勢和金錢」。文中談到自己在病中曾有過「死」的預想，感到有許多應該動手的事情「要趕快做」。並且擬了七條遺囑：「一，不得因為喪事，收受任何人的一文錢。——但老朋友的，不在此例。二，趕快收斂，埋掉，拉倒。三，不要做任何關於紀念的事情。四，忘記我，管自己生活。——倘不，那就真是糊塗蟲。五，孩子長大，倘無才能，可尋點小事情過活，萬不可去做空頭文學家或美術家。六，別人應許給你的事物，不可當真。七，損著別人的牙眼，卻反對報復，主張寬容的人，萬勿和他接近。」最後還說：「又曾想到歐洲人臨死時，往往有一種儀式，是請別人寬恕，自己也寬恕別人。我的怨敵可謂多矣，倘有新式的人問起我來，怎麼回答呢？我想了一想，決定的是，讓他們怨恨去，我也一個都不寬恕。」〔註 170〕

9 月 5 日，唐弢的雜文《對於兩個口號的一點意見》刊發在《中流》創刊號。〔註 171〕

9 月 11 日，曹靖華譯作《第四座避彈室》（葛達爾作）在《譯文》第 2 卷第 1 期發表；《鐵流》由生活書店出版。〔註 172〕

9 月 14 日，蕭紅進入東亞學校學習。〔註 173〕

9 月 20 日，魯迅寫作《女弔》。載 10 月 5 日《中流》半月刊第 1 卷第 3 期。文中回憶了紹興戲演出「女弔」的情景指出：女弔是紹興人在戲劇上創造的「一個殆復仇性的，比別的一切鬼魂更美，更強的鬼魂」，讚揚被壓迫者的復仇精神。〔註 174〕

9 月 20 日，魯迅與巴金、王統照、林語堂、周瘦鵑、茅盾、郭沫若、傅東華聯名發表《文藝界同人為團結禦侮與言論自由宣言》。載《新認識》第二號。宣言表示「我們是文學者，因此亦主張全國文學界同人應不分新舊派

〔註 170〕《魯迅年譜》第四卷第 379～380 頁。
〔註 171〕傅小北、楊幼生《唐弢年譜》，傅小北、楊幼生編《唐弢研究資料》第 429 頁。
〔註 172〕冷柯（執筆）、毛粹《曹靖華年譜》，《曹靖華研究專集》第 417 頁。
〔註 173〕《蕭紅年譜》，〔日〕平石淑子著、崔莉、梁豔萍譯《蕭紅傳》第 370 頁。
〔註 174〕《魯迅年譜》第四卷第 380 頁。

別，為抗日救國而聯合。文學是生活的反映，而生活是複雜多方面的，各階層的；其在作家個人或集團，平時對文學之見解，趣味，與作風，新派與舊派不同，左派與右派亦各異，然而無論新舊左右，其為中國人則一，其不願為亡國奴則一；各個抗日之動機，或有不同，抗日的立場亦許各異，然而同為抗日則一，同為抗日的力量則一。在文學上，我們不強求其相同，但在抗日救國上，我們應團結一致以求行動之更有力。我們不必強求抗日立場之劃一，但主張抗日的力量即刻統一起來！」「我們固甚盼全國從事文學者能急當前之所應急，但救亡之道初非一端，其在作家亦然。故在文學上我們寧主張各人各派之自由發展，與自由創作。」同時「主張言論的自由，急應爭得。言論自由與文藝活動的自由，不但是文化發展的關鍵，而在今日更為民族生存之所繫。」要求一概廢止阻礙人民言論自由之法規。〔註 175〕

9 月 21 日，魯迅作《「立此存照」(三)》和《「立此存照」(四)》，署名曉角。前者認為應正視暴露中國的黑暗的作品。後者指出「衛國和經商不同，值得與否，並不是第一著也。」〔註 176〕

9 月 22 日，魯迅給母親寫信談及海嬰被玻璃割傷手的事。

周海嬰寫道：

我小時候十分頑皮貪玩。但是我們小朋友之間並不常在弄堂玩耍，因為在那裡玩耍受日本孩子欺負。母親就讓我們在家裏玩，這樣她做家務時就不用牽掛著時不時探頭察看。有一回，開頭我們還安靜地看書、玩耍，不久便打鬧開了，在客廳和飯廳之間追逐打鬧，轉著轉著眼看小朋友被我追到，他順手關閉了內外間的玻璃門，我叫不開、推不開，便發力猛推，推了幾下，手一滑，從豎格上一下子脫滑，敲擊到玻璃上，「砰」的一聲玻璃碎裂，右手腕和掌心割了兩個裂口，血汩汩而下。小朋友嚇得悄悄溜走了，而我也只顧從傷口處挖出碎玻璃，至少有三四小片。許是剛剛割破，倒未有痛感。父親聽到我手腕受了傷，便從二樓走下來，我迎了上去，覺得是自己闖的禍，也沒有哭的理由。父親很鎮定，也不責罵，只從樓梯邊的櫃裏取出外傷藥水，用紗布替我包紮，裹好之後，仍什麼話也沒說，就上樓了。

後來他在給祖母的信中提到這件事：「前天玻璃割破了手，鮮血淋漓……」這是一九三六年九月二十二日寫的，距父親去世僅二十七天。有一張母親和

〔註 175〕《魯迅年譜》第四卷第 380～381 頁。
〔註 176〕《魯迅年譜》第四卷第 381 頁。

我在萬國殯儀館站在一起的照片，可以看到我右手腕包紮著紗布，可見當時傷得不輕。〔註 177〕

9 月 25 日，魯迅給許壽裳寫信，委婉地表示不同意他「以佛法救中國」。〔註 178〕

9 月 27 日，魯迅作《「立存此照」（七）》，載 10 月 20 日《中流》半月刊第 1 卷第 4 期，署名曉角。魯迅在寄出這篇文稿時說：「我仍間或發熱，但報總不能不看，一看，則昏話之多，令人髮指。例如此次《兒童專刊》上一文，竟主張中國人殺日本人，應加倍治罪，此雖日本人尚未敢作此種主張，此作者真畜類也。」這一篇按寫作次序應為《「立此存照」（七）》，為了及時批判上述謬論，改為（五）提前刊出，原（五）則改為（七），刊出時不料已成遺作！〔註 179〕

9 月 28 日，魯迅給普實克寫信。再次表示「我同意將我的作品譯成捷克文，這事情，已經是給我的很大的光榮，所以我不要報酬，雖然外國作家是收受的，但我並不願意同他們一樣。先前，我的作品曾經譯成法、英、俄、日本文，我都不收報酬，現在也不應該對於捷克特別收受。況且，將來要給我書籍或圖畫，我的所得已經夠多了。」〔註 180〕

9 月 30 日，魯迅下午校對完成瞿秋白《海上述林》下卷。

9 月，魯迅作《「立此存照」（五）》和《「立此存照」（六）》，前者刊 11 月 5 日《中流》半月刊第 1 卷第 5 期，為手稿製版，署名曉角，目錄署魯迅遺著；後者載 10 月 20 日《中流》半月刊第 1 卷第 4 期，署名曉角。〔註 181〕

9 月，蕭紅寫作《紅的果園》。〔註 182〕

9 月，徐懋庸翻譯的《斯大林傳》（巴比塞著）由上海大陸書社、新知書店出版。〔註 183〕

9 月末～10 月 11 日，蕭軍在北京、天津等地旅行。〔註 184〕

〔註 177〕周海嬰《記憶中的父親》，周海嬰著《直面與正視——魯迅與我七十年》第 33～34 頁。

〔註 178〕《魯迅年譜》第四卷第 382 頁。

〔註 179〕《魯迅年譜》第四卷第 382 頁。

〔註 180〕《魯迅年譜》第四卷第 383 頁。

〔註 181〕《魯迅年譜》第四卷第 383 頁。

〔註 182〕《蕭紅年譜》，〔日〕平石淑子著、崔莉、梁豔萍譯《蕭紅傳》第 371 頁。

〔註 183〕《徐懋庸小傳》，《徐懋庸回憶錄》第 190 頁。

〔註 184〕《蕭紅年譜》，〔日〕平石淑子著、崔莉、梁豔萍譯《蕭紅傳》第 370 頁。

10 月 2 日，魯迅收到日本印就的《海上述林》上卷，即分送諸友好及相關者，並託馮雪峰轉送毛澤東、周恩來各一本。魯迅於 1935 年 6 月得到瞿秋白為國民黨殺害的確信後，極為憤怒和悼惜。隨即設法從書店贖出了瞿秋白的有關譯稿，親自編輯、校對，託人送到日本去印刷，雖在重病中仍堅持盡快做好這一件事，以為「亡友的紀念」。當看到樣本頗好時，既欣慰又悲痛，說：「倘其生存，見之當亦高興，而今竟已歸土，哀哉。」魯迅認為：「我把他的作品出版，是一個紀念，也是一個抗議，一個示威！……人給殺掉了，作品是不能給殺掉的，也是殺不掉的！」〔註 185〕

10 月 3 日，周建人代購《越縵堂日記補》一部交給魯迅。〔註 186〕

10 月 5 日，魯迅給茅盾寫信。談到王統照邀請擔任《文學》顧問一事說：「『顧問』之列，我不願加入，因為先前為了這一類職銜，吃苦不少，而且甚至於由此發生事端，所以現在要迴避了。」〔註 187〕

10 月 6 日，魯迅給曹白寫信。當時日本帝國主義加緊侵佔中國的步伐，駐在上海的日本兵警時時進行騷擾。9 月 23 日魯迅在日記中就記了「街上有兵警備」的事。此後又有居民紛紛搬家的情形。魯迅在信中談到搬家的打算：「種種騷擾，我是過慣了的，一二八時，還陷在火線裏。至於搬家，卻早在想，因為這裡實在是住厭了。但條件很難，一要租界，二要價廉，三要清靜，如此天堂，恐怕不容易找到，而且我又沒有力氣，動彈不得，所以也許到底不過是想想而已。」魯迅寓所處在日本人聚集的北四川路底，環境不好，更急於搬家。逝世前一天晚上，非常堅決急迫地要求周建人替他找房子，說「電燈沒有也不要緊，我可以點洋燈，搬進去後再辦接火等手續。」並且親自寫了「周裕齋印」四個字，請周建人代他去刻一方印，以備租房子訂約用。〔註 188〕

10 月 8 日，魯迅到八仙橋青年會參觀「中華全國木刻第二回流動展覽會」，會見了林夫、陳煙橋、白薇、新波和曹白等青年木刻家，作了廣泛的談話。〔註 189〕

10 月 9 日，魯迅作《關於太炎先生二三事》和《紹介〈海上述林〉上卷》。

〔註 185〕《魯迅年譜》第四卷第 384 頁。

〔註 186〕《周建人年譜簡編》，謝德銑著《周建人評傳》第 371 頁。

〔註 187〕《魯迅年譜》第四卷第 385 頁。

〔註 188〕《魯迅年譜》第四卷第 385 頁。

〔註 189〕《魯迅年譜》第四卷第 385 頁。

前者載 1937 年 3 月 10 日《二三事》(《工作與學習叢刊之一》),署名魯迅。文中全面地概述了章太炎一生的功過。後者載 10 月 16 日《譯文》月刊新 2 卷第 2 期,未署名。文中稱讚《海上述林》「作家即係大家,譯者又是名手,信而且達,並世無兩」,「足以益人,足以傳世」。〔註 190〕

10 月 10 日,魯迅看根據俄國普希金原作改編的電影《杜勃羅夫斯基》(又譯《復仇遇豔》),「覺得很好」,當夜在給兩位友人的信中都勸他們「快去看一看罷」。這是魯迅看的最後一部電影。魯迅說過:我的娛樂只有看電影,而可惜很少有好的。」〔註 191〕

王蘊如寫道:「後來魯迅生病了,我們每星期要去兩趟:一次星期三,一次星期六。當然只有星期六才帶孩子去。魯迅逝世前的頭幾天,記得是十月十日,我和建人去看他。誰知他和許廣平去看電影了。我們就坐在樓下等了很久。他們看電影回來,說:「對不起,對不起,讓你們久等了。」精神還很好,沒有想到過了幾天就去世了。」〔註 192〕

10 月 12 日,蕭軍回到上海,住在呂班路 256 弄一所旅館裏。

10 月 13 日,蕭軍焦急地跑到魯迅家中探視病情。當他看到先生的身體有好轉,真有說不出的欣慰。先生就是他慈父般的導師啊。他把從青島帶回來的黃燦燦的小米和自己新版的短篇小說集《江上》、蕭紅的散文集《商市街》送給先生,並給小海嬰帶來了五個火紅的大石榴。〔註 193〕

10 月 15 日,魯迅給曹白寫信;發表《半夏小集》,載 10 月《作家》月刊第 2 卷第 1 期,署名魯迅,該文批評當時載宣傳抗日民族統一戰線過程中文藝界出現的右的思想傾向,也鞭撻了其他一些醜惡的社會現象。〔註 194〕

10 月 16 日,魯迅作《曹靖華譯〈蘇聯作家七人集〉序》,載 11 月良友圖書印刷公司出版的《蘇聯作家七人集》,題《魯迅序》,署名魯迅。序文批評翻譯界一哄而起,一哄而散的風氣,讚揚了曹精華 20 年來腳踏實地、精益求精地從事翻譯工作的精神。〔註 195〕

〔註 190〕《魯迅年譜》第四卷第 386～387 頁。
〔註 191〕《魯迅年譜》第四卷第 387 頁。
〔註 192〕王蘊如《回憶魯迅在上海的片斷》,蕭紅、俞芳等著《我記憶中的魯迅先生》第 149 頁。
〔註 193〕王科、徐塞、張英偉著《蕭軍評傳》第 83 頁。
〔註 194〕《魯迅年譜》第四卷第 388 頁。
〔註 195〕《魯迅年譜》第四卷第 388 頁。

10 月 17 日，上午魯迅寫作《因太炎先生而想起的二三事》。這是魯迅的最後一篇文稿，未寫完而輟筆，文中揭露吳稚暉的醜惡面目。下午與胡風訪日本友人鹿地亙、池田幸子夫婦，談到《死》《女弔》和從日本留學歸國後在紹興的一些生活情形，以及參觀中華全國第二回流動木刻展覽會的感想等等，甚為歡快。〔註 196〕傍晚周建人來，談到晚間十一點才走。魯迅讓周建人另覓住屋，急於搬家。〔註 197〕這天下午，小海嬰預感到父親即將去世。

許廣平寫道：

直至 17 日的上午，他還在續寫《因太炎先生而想起的二三事》一文的中段。（他沒有料到這是最後的工作，他原稿壓在桌子上，預備稍緩再執筆。）午後，他願意出去散步，我因有些事在樓下，見他穿好了袍子下扶梯。那時外面正有些風，但他已決心外出，衣服穿好之後，是很難勸止的。不過我姑且留難他，我說：「衣裳穿夠了嗎？」他探手摩摩，裏面穿了絨線背心。說：「夠了。」我又說：「車錢帶了沒有？」他理也不理就自己走去了。

回來天已不早了，隨便談談，傍晚時建人先生也來了。精神甚好，談至十一時，建人先生才走。

到十二時，我急急整理臥具。催促他，警告他，時候不早了。他靠在躺椅上，說：「我再抽一支煙，你先睡吧。」〔註 198〕

周海嬰寫道：說來也許奇怪，父親去世前兩天，我下午放學回家，突然耳朵裏聽到遙遠空中有人對我說「你爸爸要死啦！」這句話非常清晰，我大為驚訝，急忙環顧四週，附近並沒有什麼人。但這句話卻異常鮮明地送入我的耳鼓。一個七歲的人就產生幻聽？而且在此後這麼多年再也不曾發生過，這真是一個不解之謎。當時我快步回家，走上三樓，把這件事告訴許媽。許媽斥我：「瞎三話四，哪裏會有這種事。」〔註 199〕

周海嬰寫道：關於父親的突然亡故，後來據日本友人鹿地亙回憶，前一天（筆者按：應該是「前兩天」），父親曾步行到他寓所訪談，離去已是傍晚，那時天氣轉冷，以致當晚就氣喘不止，並不斷加重，僅半天（筆者按：應該

〔註 196〕《魯迅年譜》第四卷第 389 頁。

〔註 197〕《周建人年譜簡編》，謝德銑著《周建人評傳》第 372 頁。

〔註 198〕許廣平《最後的一天》，海嬰編《許廣平文集》第 2 卷第 367～368 頁。

〔註 199〕周海嬰《父親的死》，周海嬰著《直面與正視——魯迅與我七十年》第 57～58 頁。

是「一天半」）就告別人世。鹿地亙也就成了父親最後一位訪問過的朋友。〔註 200〕

10 月 18 日，魯迅身體情況惡化。

許廣平寫道：

等他到床上來，看看鐘，已經一時了。二時他曾起來小解，人還好好的。再睡下，三時半，見他坐起來，我也坐起來。細察他呼吸有些異常，似氣喘初發的樣子。後來繼以咳嗆，咳嗽困難，兼之氣喘更加厲害。他告訴我：「兩點起來過就覺睡眠不好，做噩夢。」那時正在深夜，請醫生是不方便的，而且這回氣喘是第三次了，也不覺得比前二次厲害。為了減輕痛苦起見，我把自己購置在家裏的「忽蘇爾」氣喘藥拿出來看：說明書上病肺的也可以服，心臟性氣喘也可以服。並且說明急病每隔一二時可連服三次，所以三點四十分，我給他服藥一包。至五點四十分，服第三次藥，但病態並不見減輕。

從三時半病勢急變起，他就不能安寢，連斜靠休息也不可能。終夜屈曲著身子，雙手抱腿而坐。那種苦狀，我看了難過極了。在精神上雖然我分擔他的痛苦，但在肉體上，是他獨自擔受一切的磨難。他的心臟跳動得很快，咚咚的聲響，我在旁也聽得十分清澈。那時天正放亮，我見他拿左手按右手的脈門。脈跳得太快了，他是曉得的。

他叫我早上七點鐘去託內山先生打電話請醫生。我等到六點鐘就匆匆的盥洗起來，六點半左右就預備去。他坐到寫字桌前，要了紙筆，帶起眼鏡預備寫便條。我見他氣喘太苦了，我要求他不要寫了，由我親口託請內山先生好了，他不答應。無論什麼事他都不肯馬虎的，就是在最困苦的關頭，他也支撐起來，仍舊執筆，但是寫不成字，勉強寫起來，每個字改正又改正。寫至中途，我又要求不要寫了，其餘的由我口說好了。他聽了很不高興，放下筆，歎一口氣，又拿起筆來續寫，許久才湊成了那條子。

清晨書店還沒有開門，走到內山先生的寓所前，先生已走出來了，匆匆的託了他打電話，我就急急回家了。

不久內山先生也親自到來，親手給他藥吃，並且替他按摩背脊很久。他告訴內山先生說苦得很，我們聽了都非常難受。

須藤醫生來了，給他注射。那時雙足冰冷，醫生命給他熱水袋暖腳，再

〔註 200〕周海嬰《父親的死》，周海嬰著《直面與正視——魯迅與我七十年》第 60～61 頁。

包裹起來。兩手指甲發紫色大約是血壓變態的緣故。我見醫生很注意看他的手指，心想這回是很不平常而更嚴重了。但仍然坐在寫子桌前椅子上。

後來換到躺椅上坐。八點多日報到了。他問我：「報上有什麼事體？」我說：「沒說什麼，只有《譯文》的廣告。」我知道他要曉得更多些，我又說：「你的翻譯《死魂靈》登出來了，在頭一篇上。《作家》和《中流》的廣告還沒有。」

我為什麼提起《作家》和《中流》呢？這也是他的脾氣。在往常，晚間撕日曆時，如果有什麼和他有關係的書出版時——但敵人罵他的文章，他倒不急於要看，——他就愛提起：「明天什麼書的廣告要出來了。」他懷著自己印好了一本好書出版時一樣的歡情，熬至第二天早晨，等待報紙到手，就急急地披覽。如果報紙到得遲些，或者報紙上沒有照預定的登出廣告，那麼，他很失望。虛擬出種種變故，直至廣告出來或刊物到手才放心。

當我告訴他《譯文》廣告出來了，《死魂靈》也登出了，別的也連帶知道，我以為可以使他安心了。然而不！他說：「報紙給我，眼鏡拿來。」我把那有廣告的一張報給他，他一面喘息一面細看《譯文》廣告，看了好久才放下。原來他是在關心別人的文字，雖然在這樣苦惱的狀況底下，他還記掛著別人。這，我沒有瞭解他，我不配崇仰他。這是他最後一次和文字接觸，也是他最後一次和大眾接觸。

在躺椅上仍舊不能靠下來，我拿一張小桌子墊起枕頭給他伏著，還是在那裡喘息。醫生又給他注射，但病狀並不輕減，後來躺到床上了。

中午吃了大半杯牛奶，一直在那裡喘息不止，見了醫生似乎也在訴苦。

六點鐘左右看護婦來了，給他注射和吸入酸素，氧氣。

七點半鐘我送牛奶給他，他說：「不要吃。」過了些時，他又問：「是不是牛奶來了？」我說：「來了。」他說：「給我吃一些。」飲了小半杯就不要了。其實是吃不下去，不過他恐怕太衰弱了支持不住，所以才勉強吃的。到此刻為止，我推測他還是希望好起來。他並不希望輕易放下他的奮鬥力的。

晚飯後，內山先生通知我：希望建人先生來。我說：「日裏我問過他，要不要見見建人先生，他說不要。所以沒有來。」內山先生說：「還是請他來好。」後來建人先生來了。

喘息一直使他苦惱，連說話也不方便。看護和我在旁照料，給他揩汗。腿以上不時的出汗，腿以下是冰冷的。用兩個熱水袋溫他。每隔兩小時注強心針，另外吸入氧氣。

十二點那一次注射後，我怕看護熬一夜受不住，我叫她困一下，到兩點鐘注射時叫醒她。這時由我看護他，給他揩汗。不過汗有些黏冷，不像平常。揩他手，他就緊握我的手，而且好幾次如此。陪在旁邊，他就說：「時候不早了，你也可以睡了。」我說：「我不瞌睡。」為了使他滿意，我就對面的斜靠在床腳上。好幾次，他抬起頭來看我，我也照樣看他。有時我還陪笑的告訴他病似乎輕鬆些了。但他不說什麼又躺下了。也許這時他有什麼預感嗎？他沒有說。我是沒有想到問。後來連揩手汗時，他緊握我的手，我也沒有勇氣緊握回他了。我怕刺激他難過，我裝做不知道。輕輕的放鬆他的手，給他蓋好棉被。後來回想：我不知道，應不應該也緊握他的手，甚至緊緊的擁抱住他。在死神的手裏把我的敬愛的人奪回來。如今是遲了！死神奏凱歌了。我那追不回的後悔呀。〔註 201〕

10 月 19 日，魯迅去世。許廣平、周建人和護士田島一直在旁陪侍。〔註 202〕

魯迅晨五時二十五分逝世於上海北四川路底施高塔路大陸新村九號寓所。六時許生前好友馮雪峰、黃源、蕭軍、內山完造、鹿地亙夫婦聞訊趕到寓所。宋慶齡得訊後也立即趕到寓所。〔註 203〕

許廣平寫道：

從十二時至四時，中間飲過三次茶，起來解一次小手。人似乎有些煩躁。有好多次推開棉被，我們怕他受冷，連忙蓋好。他一刻又推開，看護沒法子，大約告訴他心臟十分貧弱，不可亂動，他往後就不大推開了。

五時，喘息看來似乎輕減，然而看護不等到六時就又給他注射，心想情形必不大好。同時她叫我託人請醫生，那時內山先生的店員終夜在客室守候，我匆匆囑託他，建人先生也到樓上，看見他已頭稍朝內，呼吸輕微了。連打了幾針也不見好轉。

他們要我呼喚他，我千呼萬喚也不見他應一聲。天是那麼黑暗。黎明之前的烏黑呀，把他捲走了。黑暗是那麼大的力量，連戰鬥了幾十年的他也抵抗不住。醫生說：過了這一夜，再過了明天，沒有危險了。他就來不及等待到明天，那光明的白晝呀。而黑夜，那可詛咒的黑夜，我現在天天睜著眼睛

〔註 201〕許廣平《最後的一天》，海嬰編《許廣平文集》第 2 卷第 368～371 頁。
〔註 202〕《周建人年譜簡編》，謝德銑著《周建人評傳》第 372 頁。
〔註 203〕《魯迅年譜》第四卷第 392 頁。

瞪它，我將詛咒它直到我的末日來臨。〔註 204〕

周海嬰寫道：

這年十月十九日清晨，我從沉睡中醒來，覺得天色不早，陽光比往常上學的時候亮多了。我十分詫異，許媽為什麼忘了叫我起床？連忙穿衣服。這時樓梯輕輕響了，許媽來到三樓，低聲說：「弟弟，今朝儂勿要上學堂去了。」我急忙問為什麼。只見許媽眼睛發紅，但卻強抑著淚水，遲緩地對我說：「爸爸嘸沒了，儂現在勿要下樓去。」我意識到，這不幸的一天，終於降臨了。

我沒有時間思索，不顧許媽的勸阻，急促地奔向父親的房間。父親仍如過去清晨入睡一般躺在床上，那麼平靜，那麼安詳。好像經過徹夜的寫作以後，正在作一次深長的休憩。但房間的空氣十分低沉，壓得人喘不過氣來。母親流著眼淚，趕過來拉我的手，緊緊地貼住我，像是生怕再失去什麼。我只覺得悲哀從心頭湧起，挨著母親無言地流淚。父親的床邊還有幾個親友，也在靜靜地等待，似乎在等待父親的醒來。時間彷彿凝滯了，秒針一秒一秒地前進，時光一分一分地流逝，卻帶不走整個房間裏面的愁苦和悲痛。

不一會兒，那個日本女護士似乎下了決心，她走到床前，很有經驗地伏下身去，再聽聽父親的胸口，心臟是否跳動，等到確認心跳已經停止，她便伸開雙手隔著棉被，用力振動父親脊瘦的胸膛，左右搖動，上下振動，想用振動方法，使他的心臟重新跳動。這一切，她做得那樣專心，充滿著必勝的信念，沒有一絲一毫的猶豫。我們也屏息等待，等待奇蹟的出現。希望他只是暫時的昏迷，暫時的假死，忽然一下蘇醒睜開眼睛。然而父親終於沒有蘇醒，終於離我們而去，再也不能慈愛地叫我「小乖姑」，不能用鬍鬚來刺我的雙頰了……

我的淚水順著臉頰傾瀉而下，連衣襟都濕了。我再也沒有爸爸了，在這茫茫無邊的黑暗世界之中，就只剩下我和母親兩個人了。我那一向無所憂慮的幼小心靈突然變了，感到應該和母親共同分擔些什麼，生活、悲哀，一切一切。母親擁著我說：「現在儂爸爸沒有了，我們兩人相依為命。」我越加緊貼母親，想要融進她溫暖的胸膛裏去。

過了一會兒，又來了一些人，有錄製電影的，有拍攝遺照的……室內開始雜亂起來，不似剛才那樣寂靜了。

這時來了一位日本雕像家，叫奧田杏花，他走近父親的床前，伏身打開

〔註 204〕許廣平《最後的一天》，海嬰編《許廣平文集》第 2 卷第 371～372 頁。

一隻箱子，從瓶子裏挖出黃色黏厚的凡士林油膏，塗在父親面頰上，先從額頭塗起，仔細地往下，慢慢擦勻，再用調好的白色石膏糊，用手指和刮刀一層層地搽勻，間或薄敷細紗布，直到呈平整的半圓形狀。等待了半個鐘頭，奧田先生托著面具邊緣，慢慢向上提起，終於面具脫離了。我看到面具裏黏脫十幾根父親的眉毛和鬍子，心裏一陣異樣的揪疼，想衝上去責問幾句，身子卻動不了，母親擁著我。她沒有作聲，我又能說什麼呢！奧田先生對面膜的胎具很滿意，轉頭和內山完造先生講了幾句，就離開了。

八九點鐘以後，前來弔唁的人漸漸多起來了，但大家的動作仍然很輕，只是默默地哀悼。忽然，我聽到樓梯咚咚一陣猛響，我來不及猜想，聲到人隨，只見一個大漢，沒有猶豫，沒有停歇，沒有客套和應酬，直撲父親床前，跪倒在地，像一頭獅子一樣石破天驚般號啕大哭。他伏在父親胸前好久沒有起身，頭上的帽子，沿著父親的身體急速滾動，一直滾到床邊，這些他都顧不上，只是從肺腑深處旁若無人地發出悲痛地呼號。我從充滿淚水的眼簾中望去，看出是蕭軍。這位重友誼的關東大漢，前不幾天還在和父親一起談笑盤桓，為父親消愁解悶呢！而今也只能用這種方式來表達他對父親的感情了。我不記得這種情景持續了多久，也記不得是誰扶他起來，勸住他哭泣的。但這最後訣別的一幕，從此在我腦海中凝結，雖然時光像流水一般逝去，始終難以忘懷。〔註 205〕

大家在宋慶齡參加下商定了治喪委員會名單，最初的名單是：蔡元培、馬相伯、宋慶齡、毛澤東、內山完造、史沫萊特、沈鈞儒、茅盾和蕭參九人，後增加：曹靖華、許季茀、胡愈之、胡風、周作人和周建人，共十三人。發表《魯迅先生訃告》，全文如下：

「魯迅（周樹人）先生於 1936 年 10 月 19 日上午 5 時 25 分病卒於上海寓所，享年 56 歲。即日移置萬國殯儀館，由 20 日上午 10 時至下午 5 時為各界瞻仰遺容的時間，依先生的遺言『不得因為喪事收受任何人的一文錢』，除祭奠和表示哀悼的挽詞花圈等以外，謝絕一切金錢上的贈送。謹此訃聞。」

當天上午《大滬晚報》、《大晚報》、《華美晚報》、《大美晚報》（中文版和英文版）等晚報發表魯迅逝世消息。第二天上海、北平各日報發表魯迅逝世消息，並多編輯專刊表示追悼。〔註 206〕

〔註 205〕周海嬰《父親的死》，周海嬰著《直面與正視——魯迅與我七十年》第 58～60 頁。

〔註 206〕《魯迅年譜》第四卷第 392 頁。

20 日開始瞻仰遺容。當天「簽名瞻仰遺容的一共是 4462 人，外省 46 個團體。」21 日繼續瞻仰遺容，下午 3 時入殮。22 日上午繼續瞻仰遺容。下午 1 時 50 分舉行啟靈祭，2 點 30 分啟靈，送葬行列以「魯迅先生喪儀」特大橫幅為前導，接著是輓聯隊、花圈隊、輓歌隊、遺像、靈車、家屬車、執紼者、徒步送殯者和送殯汽車。行列兩旁，在租界區有騎馬的印度巡捕和徒步的巡捕，中國界有中國警察，全部武裝戒備。送葬行列在低啞和陰沉的送葬歌聲中安寧地行進。4 點 30 分左右抵達墓地，舉行葬儀。蔡元培、沈鈞儒、宋慶齡、內山完造、章乃器、鄒韜奮發表了演說，蕭軍代表「治喪辦事處」和《譯文》、《作家》、《中流》、《文季》等四個雜誌社致詞，上海民眾代表獻「民族魂」白底黑字旗一面，覆於棺上，「在一片沉重廣茫練似的哀悼的歌聲底纏裏裏，先生的靈柩，便輕輕地垂落進穴中。」〔註 207〕

中國共產黨中央委員會和蘇維埃中央政府為魯迅逝世曾發出三分電報。一致許廣平《為追悼魯迅先生告全國同胞和全世界人士書》，一是《為追悼魯迅先生告全國同胞和全世界人士書》，一是《為追悼與紀念魯迅先生致中國國民黨中央委員會與南京國民黨南京政府電》。〔註 208〕

喬麗華在《朱安傳》中寫道：上海的各家報紙於當日紛紛報導了「中國文壇巨星隕落」的消息，北平西三條的家裏，也很快得知了這一噩耗。對此，周作人［(1885～1967)，此時 51 歲］曾有如下回憶提及魯迅母親魯瑞的反應：她雖是疼愛她的兒子，但也能夠堅忍，在什麼必要的時候。我還記得在魯迅去世的那時候，上海來電報通知我，等我去告訴她知道，我一時覺得沒有辦法，便往北平圖書館找宋子佩，先告訴了他，要他一同前去。去了覺得不好就說，就那麼經過了好些工夫，這才把要說的話說了出來，看情形沒有什麼，兩個人才放下了心。她卻說道：「我早有點料到了，你們兩個人同來，不像是尋常的事情，而且是那樣遲延儘管說些不要緊的話，愈加叫我猜著是為老大的事來的了。〔註 209〕

北平《世界日報》的記者在 19 日當天就去八道灣採訪了周作人，之後又到西三條見到了朱安［(1879～1947)，此時 57 歲］。

謝德銑在《周建人評傳》中寫道：魯迅咽氣前，周建人曾打電話給馮雪

〔註 207〕《魯迅年譜》第四卷第 393 頁。
〔註 208〕《魯迅年譜》第四卷第 393～396 頁。
〔註 209〕喬麗華著《朱安傳》第 187 頁。

峰，告知病情惡化的消息，馮雪峰立即轉告了宋慶齡。但當他們趕到魯迅家時，魯迅已斷氣三十多分鐘了。接著，周建人電告了北京的周作人。由於馮雪峰是遵照黨的指派去參與魯迅喪事的，不能公開活動，因此，只好藏在周建人家中，同沈鈞儒、許廣平、周建人商量善後問題。接著成立了魯迅先生治喪委員會，除周氏兄弟外，還有蔡元培、內山完造、宋慶齡、史沫萊特、沈鈞儒、蕭參、曹靖華、許季茀、茅盾、胡愈之、胡風等 11 人。從 19 日起至 22 日止，周建人參加了魯迅入殮、弔祭、受輓聯、出殯、安葬等全部殯喪活動，並攝下了魯迅先生葬儀的珍貴照片一套，共 46 張。〔註 210〕

王科、徐塞、張英偉在《蕭軍評傳》中寫道：當蕭軍和黃源夫婦冒著淅瀝的秋雨趕到大陸新村魯迅先生的寓所時，魯迅已經緊閉上了那雙睿智深沉的眼睛。他撲跪到魯迅先生的床前，撫摸著先生的雙腿，放聲慟哭，淚如泉湧……從 19 日到 22 日，蕭軍為魯迅先生守靈三天三夜，眼睛都紅腫了。〔註 211〕

10 月 20 日，《世界日報》報導：「記者首訪周作人於苦雨齋，經述來意後，周即戚然謂：誠然先兄逝世消息，余於今日八時許已接三弟建人電告矣。電中並囑老母年事已高，最好不使之聞悉，余接電後，因往商同鄉宋琳君，以兇信終難隱瞞，遂託宋持電往告，老母聞此噩耗私衷之悲痛可知也。」〔註 212〕

10 月 20 日，《世界日報》刊登了題為《周夫人述悲懷》的報導：朱女士年已屆五十八歲，老態龍鍾，髮髻已結白繩，眼淚盈眶，哀痛之情流露無遺。記者略事寒暄後，朱女士即操紹興語談前兩週尚接其（即指魯迅）由滬來信，索取書籍，並謂近來身體漸趨痊復，熱度亦退，已停止注射，前四日又來信謂體氣益好，不料吾人正欣慰問，今晨突接噩耗，萬分怨痛，本人本擬即日南下奔喪，但因阿姑年逾八旬，殘年風燭，聆此消息，當更傷心，扶持之役，責無旁貸，事實上又難成行，真使人莫知所措也。記者以朱女士傷感過度，精神不佳，不敢過事長談，遂即興辭。

從這篇報導看，朱安也曾打算南下奔喪。從她的思想來說，丈夫去世，本應她這個「正室」親自出面料理喪事，可事實上又很難做到，因此她也一時覺得「莫知所措」，感到十分為難。據許廣平回憶，魯老太太雖說剛聽到噩耗的時候表現得很鎮靜，不怎麼哭，「但之後不會走路，寸步都需要扶持。」

〔註 210〕謝德銑著《周建人評傳》第 134 頁。
〔註 211〕王科、徐塞、張英偉著《蕭軍評傳》第 83 頁。
〔註 212〕喬麗華著《朱安傳》第 188 頁。

婆婆年高體弱，去上海自然是不現實的。〔註 213〕

10 月 20 日，北平方面在西四條的家裏，也設立起靈堂，接待前來弔唁的親朋好友。客人們看到，南屋客廳的牆上，掛著陶元慶畫的魯迅的肖像，肖像下方是一張書案，上面供著文房用具、香煙、點心等，都是魯迅生前喜愛的東西。朱安一身素服，點燃香火，在嫋嫋青煙中，祭奠丈夫的在天之靈。

魯迅的去世，對婆媳二人都是個沉重的打擊。當時在北平的魯迅的親友許壽裳、壽洙鄰、孫伏園、沈兼士、馬幼漁、曹靖華、朱自清等都曾以各種方式弔唁，或特意登門慰問兩位老人。據孫伏園回憶，21 日他到北京，22 日就去西三條。他和三弟春苕在靈前行禮後，由周太太（即朱安）陪著到上房見周老太太，老太太自然不免悲戚，見到他，傷心地感歎：「論壽，五十六歲也不算短了；只是我的壽太長了些；譬如我去年死了，今年不是什麼也不知道了麼？」而朱安悽楚的神情，也深深地感動了客人們。〔註 214〕

西三條 21 號是個小四合院，北屋三間是婆媳倆起居的地方，魯老太太大約是過度傷心，各家記者上門，她沒有露面。〔註 215〕

俞芳在《魯迅先生的母親——魯太夫人》中寫道：大先生逝世，對於太師母，真是晴天霹靂，噩耗傳來，她老人家傷心到了極點。大先生 1926 年離開北平，1929 年、1932 年兩次回北平看望太師母，都留給老人家以健康的印象。太師母萬萬沒有想到 1932 年 11 月 28 日和大先生一別，竟成母子永訣！可是太師母注意克制自已的感情，儘量不在別人面前哭泣，只是在大先生逝世的第七天那一天，她老人家實在忍不住了，大哭了一場。她老人家說：一個女人，最傷心的是死了丈夫或孩子。接著說：端姑死得早，太先生臥病三年，他的逝世總有些想得到的。老四（椿壽）死了幾十年，至今我還常常想到他。老大是我最心愛的兒子，他竟死在我的前頭，怎麼能不傷心呢？〔註 216〕

10 月 20 日《民國日報》消息稱，魯迅逝世的噩耗傳到北平，曹靖華、丁非等聞耗悲痛失聲」。據關山復、王振乾、岳欣回憶：「曹先生上課，同學詢問魯迅逝世消息，他沉重地點了點頭，眼淚便流下來了，很長時間說不出一句話來，心情非常難過、沉痛。」〔註 217〕

〔註 213〕喬麗華著《朱安傳》第 192～193 頁。

〔註 214〕喬麗華著《朱安傳》第 190 頁。

〔註 215〕喬麗華著《朱安傳》第 195 頁。

〔註 216〕俞芳《魯迅先生的母親——魯太夫人》，蕭紅、俞芳等著《我記憶中的魯迅先生》第 216 頁。

〔註 217〕冷柯（執筆）、毛粹《曹靖華年譜》，《曹靖華研究專集》第 418 頁。

徐懋庸的心情也十分沉痛，他寫了一副輓聯：敵乎友乎，余惟自問；知我罪我，公已無言。曹聚仁的輓聯是：文苑苦蕭條，一卒彷徨獨荷戟。高丘今寂寞，芳荃零落痛餘香。曹和徐是鄰居，這兩副輓聯都是曹夫人王春翠送到殯儀館去的。〔註 218〕

10 月 21 日，蔣光慈的夫人吳似鴻到殯儀館弔唁魯迅先生。她寫道：我到了殯儀館門口，在壁角看到蓬頭垢面的許廣平和可憐的小海嬰悲哀地肅立著，使人感到一陣心痛。我又見到上海出版界，如開明書店章錫琛等七八個人，也去弔唁魯迅，立在草地上談話。當時，上海地下黨組織發動工人、學生、市民、文化界舉行隆重弔唁儀禮，我也隨隊伍魚貫而入。走到魯迅靈柩邊時，見靈柩平放在地上，魯迅先生安臥著，棺還沒有加蓋，所以，瞻仰遺容的人低頭就能看見。魯迅先生頭髮梳得有亮光，頭下擱一隻白枕頭，穿著長袍馬褂，臉色很安詳，好像睡著的樣子，比我以前在「野風畫會」樓梯上看到的，似乎年輕很多。瞻仰了先生遺容，進一步激起了我敬仰之心，我噙著眼淚自然地把頭低下去，向他老人家行了最後的敬禮。〔註 219〕

10 月 22 日，魯迅葬禮，許廣平與周海嬰目送魯迅遺體。〔註 220〕

7 歲的海嬰題寫「魯迅先生之墓」墓碑。〔註 221〕

許廣平的獻詞是：

魯迅夫子，悲哀的氛圍籠罩了一切，我們對你的死，有什麼話說！

你曾對我說：我好像一隻牛，吃的是草，擠出來的是牛奶、血。你不曉得，什麼是休息，什麼是娛樂。工作，工作！死的前一日還在執筆。如今……

希望我們大眾，契而不捨，跟著你的足跡！〔註 222〕

周建人與宋慶齡等主持喪葬活動。〔註 223〕馮雪峰代表中共中央主持魯迅治喪工作。〔註 224〕胡風也是治喪委員會成員，參加了全部治喪工作。〔註 225〕

〔註 218〕李勇著《曹聚仁研究》第 137～138.

〔註 219〕吳似鴻《關於魯迅先生的片斷回憶》，蕭紅、俞芳等著《我記憶中的魯迅先生》第 162 頁。

〔註 220〕《廣闊平遠——許廣平 120 週年誕辰紀念展》第三部分《線團》。

〔註 221〕《周海嬰大事年表》，《周海嬰紀念集》第 226 頁，人民文學出版社 2012 年 9 月第 1 版第 1 次印刷。

〔註 222〕《廣闊平遠——許廣平 120 週年誕辰紀念展》第三部分《線團》。

〔註 223〕《周建人年譜簡編》，謝德銑著《周建人評傳》第 372 頁。

〔註 224〕《馮雪峰大事年表》，孫琴安著《雪之歌——馮雪峰傳》第 331 頁。

〔註 225〕曉風《胡風年表簡編》，《新文學史料》1986 年第 4 期第 177 頁。

唐弢參加送葬儀式，同群眾一同呼喊口號：「爭取民族解放來紀念魯迅先生！」之後，寫了不少紀念魯迅的文章。〔註 226〕

事前，蕭軍和治喪辦事處的同志選定了移靈路線，並同軍警當局進行了交涉。軍警千方百計要刁難和破壞。他們知道，魯迅的葬禮就是一種聲討。一萬多人的送葬隊伍浩浩蕩蕩地通過上海最繁華的市區，悲沉的送葬樂曲使人肝腸欲斷。街道兩旁的行人也沉浸在巨大的悲痛中，他們為中國失去一位偉人而落淚哀傷。蕭軍是這支萬人遊行隊伍的總指揮，他跑前跑後，嗓子都嘶啞了，引導著這支隊伍向墓地進發。送葬中，蕭軍還是十六個抬棺人之一，他要用自己的臂膀把恩師送到他安息的寢地。安葬前，蕭軍代表魯迅治喪辦事處全體同人和魯迅先生生前熱心支持的《作家》、《譯文》、《中流》、《文季》四大刊物講話。他莊嚴地宣告：「魯迅先生的死，正是為他們點起了最後送葬的火把！」「我們要復仇和前進！」蕭軍熱血沸騰的講話激起了送葬群眾一陣陣暴風雨般的掌聲和口號聲。〔註 227〕蕭紅在日本的中國報紙上確認了魯迅去世的消息。〔註 228〕

謝德銑寫道：在中國共產黨的組織下，上海市民、工人、教師、學生三萬人參加了魯迅先生殯儀及葬禮活動。這實際上是對國民黨統治的一次盛大示威，在中國近代史上是少見的。〔註 229〕

吳似鴻回憶道：10 月 23 日下午，參加魯迅先生葬儀的長長的送葬隊伍，從徐家匯一直排到萬國公墓。開頭我們在執輓聯隊，後來在半途換到唱歌隊去了。隊伍前面舉著「魯迅先生葬儀」的黑布白字，一路上唱著《哀悼歌》：「哀悼魯迅先生，哀悼魯迅先生……」我們每人手執一面白旗，我也拿著白旗唱著歌走在隊伍中間。記得走過日本人辦的同文書院門口時，許多日本學生穿了黑色的學生制服，戴了眼鏡，看到了這麼長而整齊的隊伍，大為驚奇，都嘖嘖稱讚說：「中國出了這麼偉大的作家，了不起！」

到了墓地，人已經密密層層了。當時，蔡元培、宋慶齡、內山完造和沈鈞儒先生等，是坐汽車來的，立到高臺上。我與沈茲九站在墓前長凳上。這時，司儀吹起號筒，我拼命挨到前面，聽蔡元培先生致詞，其中有一句話給我的印象最深，就是：「魯迅愛『真』，他的文字的表現，或是美術的批評，

〔註 226〕傅小北、楊幼生《唐弢年譜》，傅小北、楊幼生編《唐弢研究資料》第 429 頁。
〔註 227〕王科、徐塞、張英偉著《蕭軍評傳》第 84 頁。
〔註 228〕《蕭紅年譜》，〔日〕平石淑子著、崔莉、梁豔萍譯《蕭紅傳》第 371 頁。
〔註 229〕謝德銑著《周建人評傳》第 134 頁。

都以真實做標準。」宋慶齡先生那時大約四十來歲，長得很端正標緻，也用上海口音和廣東口音講了幾句。接著，內山完造也講了話。最後，沈鈞儒先生也講了，他很激動地說：「高爾基前幾個月死了，死後由蘇聯政府替他國葬。現在，像魯迅這樣偉大的作家，我們人民群眾一致要求國葬，但政府不管。今天我們人民自己來葬，到的都是民眾自己，這個我想魯迅先生一定很願意！」這時，臺下群情激憤，很多人突然喊出「打倒帝國主義，打倒漢奸」的口號來。

暮色已經籠罩下來。人們把靈柩抬到了墓穴所在處。大家唱起了安息歌。最後，魯迅先生的靈柩用繩子弔下墓穴裏，然後，輕輕地覆蓋了「民族魂」的大旗。蓋上石板後，葬儀也就結束了。……記得我當時想得很多，走得也很遲。〔註 230〕

10 月 23 日，唐弢的文章《魯迅先生不死》刊發在《申報》。〔註 231〕

10 月 24 日，曹靖華撰寫《我們應該怎樣來紀念魯迅》在《讀書生活》第 5 卷第 1 期發表。〔註 232〕

10 月 24 日，蕭紅寫作《海外的悲悼》。〔註 233〕

10 月 26 日，唐弢的文章《由活著的肩起》刊發在《立報》。〔註 234〕

10 月 29 日，許廣平寫作《我怕》。〔註 235〕

秋末，在友人蔡詠裳的邀請下，許廣平和周海嬰往杭州小憩。〔註 236〕

周海嬰寫道：

回溯到 1936 年秋末，父親過世後，悲痛的母親健康狀況很不好，於是一位蔡姓阿姨建議母親去杭州異地休養，她認為這樣至少有助於減輕失去親人的哀傷。母親自然不能丟下方才 8 歲的我，讓我隨去做「跟屁蟲」。蔡阿姨是做黨的地下工作。〔註 237〕

〔註 230〕吳似鴻《關於魯迅先生的片斷回憶》，蕭紅、俞芳等著《我記憶中的魯迅先生》第 162～163 頁。

〔註 231〕傅小北、楊幼生《唐弢年譜》，傅小北、楊幼生編《唐弢研究資料》第 430 頁。

〔註 232〕冷柯（執筆）、毛粹《曹靖華年譜》，《曹靖華研究專集》第 418 頁。

〔註 233〕《蕭紅年譜》，〔日〕平石淑子著、崔莉、梁豔萍譯《蕭紅傳》第 371 頁。

〔註 234〕傅小北、楊幼生《唐弢年譜》，傅小北、楊幼生編《唐弢研究資料》第 430 頁。

〔註 235〕《許廣平著述編目》，陳漱渝著《許廣平的一生》第 178 頁。

〔註 236〕《廣闊平遠——許廣平 120 週年誕辰紀念展》第三部分《線團》中，將此時間寫為 1937 年，根據周海嬰的講述，應該是 1936 年秋末。

〔註 237〕周海嬰《自序・鏡匣人間》第 4 頁，《歷史的「暗室」——周海嬰早期攝影集

周海嬰後來談及對魯迅之死的疑問。他寫道：

建人叔叔是這樣對我說的，父親臨死前，確實肺病極重，美國友人史沫萊特請一位美國肺科專家鄧（DUNN）醫生來會診。孫夫人宋慶齡也在這裡起了幫助作用。鄧醫生檢查之後對我們說：病人的肋膜裏邊積水，要馬上抽掉，熱度就會退下來，胃口隨之就會開，東西能吃得下去，身體的抵抗力就會增加。如果現在就開始治療、休養，至少還可活十年；如果不這樣做，不出半年就死。治療方法極簡單，任何一個醫生都會做。你們商量一下，找一個中國醫生，讓他來找我，我會告訴他治療方案，只要照我說的去做就行，無須我親自治療。提到是否要拍「X」光片，鄧醫生說，「經我檢查，與拍片子一樣」。講得十分把握。鄧醫生的診斷是結核性肋膜炎，而須藤醫生則一口否定。直到一個多月後才承認，才抽積水。我相信叔叔說的話，因為現在我也知道，這種診斷連一般醫科高年級學生都能通過聽診得出的，而不應該被誤診。況且須藤醫生已為父親看病多年，更不該搞錯。

叔叔接著說：上邊這些話，是你爸爸媽媽親自講給我聽的。那時我還通過馮雪峰的妻子，也同馮先生談過，但他仍贊成老醫生繼續看下去，這樣鄧醫生的建議就被擱置起來。孰料鄧醫生的診斷頗為準確，十月份你父親就去世了，距他的會診，恰好半年。你父親死後，須藤寫了一張治療經過，使用的藥物等等；你母親經常提起這份報告，說這不符合當時治療的實際情況。診斷報告的前段，講魯迅怎麼怎麼剛強一類空話，後段講述用藥，把診斷肋膜積水的時間提前了。這種倒填治療時間的做法，非常可疑。記得須藤醫生曾代表日本方面邀請魯迅到日本治療，遭到魯迅斷然拒絕，說：「日本我是不去的！」是否引起日本某個方面做出什麼決定呢？再聯繫到魯迅病重時，迫不及待地要搬到法租界住，甚至對我說，你尋妥看過即可，這裡邊更有值得懷疑之處。也許魯迅有了什麼預感，但理由始終不曾透露。我為租屋還代刻了一個化名圖章。這件事距他逝世很近，由於病情發展很快，終於沒有搬成。

須藤醫生在我父親去世後，再也沒有遇到過。當時以為，也許是我們遷往法租界之故吧。但到了解放後，我母親東渡訪問日本，曾見到許多舊日的老朋友，裏面也有為我家治過病的醫生，都親切相晤各敘別後的艱苦歲月。奇怪的是，其中卻沒有這位與我家的關係那麼不同尋常的須藤醫生，也沒有

1946～1956》，張永林、周令飛主編，廣西師範大學出版社，2011年9月第1版第1次印刷。

聽到誰人來傳個話，問候幾句。日本人向來重禮儀，母親訪日又是媒體追蹤報導的目標，他竟會毫不知情，什麼表示也沒有，這是不可思議的。只間接聽說，他還活著，仍在行醫，在一個遠離繁華城市的偏僻小地方。難道他曾經診治過的病人太多，真的遺忘了嗎？一句話，他怎麼會在那麼多熟人裏消失了呢？

叔叔又講，魯迅死後，你病了想找醫生診治，那時還沒有離開虹口大陸新村，問內山完造先生該找哪位醫生，內山講了一句：「海嬰的病，不要叫須藤看了吧！」那意思似乎是已經有一個讓他治壞了，別讓第二個再受害了。

商務印書館一位叫趙平聲的人曾在「一・二八」前講過，須藤醫生是日本「烏龍會」的副會長，這是個「在鄉軍人」團體，其性質是支持侵略中國的，所以這個醫生不大靠得住。叔叔聽了就對父親講，並建議現在中日關係緊張，還是謹慎些不找須藤醫生吧。父親當時猶豫了一下，說：「還是叫他看下去，大概不要緊吧。

也許是多疑，還有一件事，母親也對我說過多次。她對用藥雖是外行，有一件事卻一直耿耿於懷。她說，肺結核病在活動發展期，按常識是應該抑制它的擴展。雖然那時還沒有特效藥，但總是有治療的辦法，例如注射「空氣針」等。但是，須藤醫生卻是用了激素類針劑，表面上病人自我感覺暢快些，但促進了疾病的發展蔓延。

母親還說，父親臨死前一天，病情頗為危急，呼吸局促，冷汗淋漓，十分痛苦。問須藤醫生病情的發展，老醫生說：「過了今天就好了。」母親後悔地講，我總往好轉緩解的方面去想，不料這句話是雙關語，我當時太天真了。到了凌晨，父親終於因心臟衰竭而亡故了。母親當時的傷心悔恨，我想誰都能想像得出的。

使我懷疑的一點是：須藤似乎是故意在對父親的病採取拖延行為，因為在那個年代，即使並不太重的病症，只要有需要，經濟上又許可，即可送入醫院治療。須藤為什麼沒有提出這樣的建議，而只讓父親挨在家裏消極等死？〔註 238〕

周海嬰後來還談及魯迅的喪事和棺木，幾乎所有費用都是自家承擔。他寫道：

〔註 238〕周海嬰《父親的死》，周海嬰著《直面與正視——魯迅與我七十年》第 63～68 頁。

父親去世後，墳地選在虹橋路萬國公墓。現在看起來那裡離市區不遠，而那個年代，被視為冷僻的遠郊，所以有一大塊地方可供土葬。那是孫夫人宋慶齡推薦的，因為在墓穴的不遠處有一大塊土地是宋家墓地。

我沒有跟隨母親去看過墓地的印象，只有和母親、孫夫人宋慶齡、茅盾夫人孔德沚和嬸嬸王蘊如這幾個人一起去挑選棺木的記憶。那是在萬國殯儀館職工來移走父親遺體後的次日。我們是早晨乘汽車去的，先看了幾家中國人開設的棺木店，店鋪陳列的棺木，有些檔次很高，也有平民化的。它們清一色是中國式的棺木，板材有些很厚，顯得很笨重。油漆上等，光澤鑒人。也有本色的，未曾油漆過。走了幾家都不中意。聽到大家議論，傾向買西洋式的，既大方又符合父親的身份。因此，轉回到萬國公墓附設的售棺展示室，從西洋式裏挑選合適的。我看見母親反覆巡視，打算選定一具中等價位，經濟上能承受的棺材。她們邊看邊議，最後大家讓母親買一口相當昂貴的西洋式棺木，也就是人們在葬禮照片裏所看到的那一具。我感到母親的憂鬱。但時間過午，不再尋找另一家，便這樣確定了。

有文章說，這具西式棺木是宋慶齡出資購買贈予的。胡愈之先生也有這樣的回憶。對於宋先生，我始終心存感激，因為無論她與父親的友誼，對父親生病和喪事的關懷幫助，以及後來對我們孤寡母子的關懷是眾所周知的。至少，或許她有過這個動議和表示吧。但是，我從母親挑選棺木時和嬸嬸王蘊如商量的判斷，這棺木是自費購買的。

除了棺木，連葬禮費用、殯儀館等等的開支，據說也有文章說是出於「救國會」的全力資助。對此我仍是這個態度，不論是與否，一樣地萬分感激。因為，「救國會」確實也對父親的後事給予過幫助。我希望我的子子孫孫永遠記住這一點。

但是，從虹口搬遷到法租界稍稍安定之後，母親就結算喪葬的開支，全部的支出按當時物價，令人驚駭。母親還取出一份銀行活期存摺，指著告訴我：「原先爸爸生前，考慮到如果自己有生命的意外，你年齡小又多病，恐怕我一時離不開家裏去尋工作。你還要去讀書、看病吃藥，積蓄了這筆款子，粗茶淡飯可以將就幾年。如今，只剩下這麼一點了。為了節省開銷，請叔叔嬸嬸全家搬進來同住，也好有個照應。我尋到一家學校去教書，可放心離開半日，你在三叔家裏共飯。要乖，聽話，媽媽喜歡你。」我以為母親沒有必要向稚齡七歲的兒童講不實之言。也許「救國會」確實有這個願望，或者有過決定，但是經費拮据，最終難以兌現。而共商其事的成員以及「耳聞」的人氏，便以此作為事實，並據此寫了回憶文章，也未可知。我內心雖有疑雲但深知這件重大的史實，不能借推斷而輕易抹殺，因此，我特地去請教了三位重要見證人，現將所得摘錄如下：

第一位是梅志先生（胡風夫人）。她這樣說：「我想你應該去向胡愈之瞭解情況。因為魯迅先生喪事是馮雪峰代表黨在幕後操辦的，當時胡愈之也參加。胡風每晚都去向他們彙報、請示。救國會參加辦喪事是馮（雪峰）的決定，說過由救國會出錢，可是後來分文未出。抬棺人也是由馮決定的。」

第二位是黃源先生。他答覆說：「至於喪事費用，購棺木的錢，究竟是誰出的，出多少，（我）都沒有親自參與，事後也沒有問過你媽媽，說不確切。你一追究，我說不出來。我在（紀念）宋慶齡和魯迅的文章中也說過，棺木的錢是宋（慶齡）出的，但要追究，根據什麼，還是誰告訴我的，我就說不出來了（1984 年 5 月 10 日函）

再去函胡愈之先生。他回覆如下：「救國會當時是非法的團體，是沒有錢的。救國會長沈鈞儒題了『民族魂』三個大字，蓋在棺木上。但主持葬禮的是蔡元培、宋慶齡和沈鈞儒。宋慶齡親自到殯儀館，選定了棺木，又買了下來，但實際上可能由中共付錢的，因宋（慶齡）也沒有很多錢。」（1984 年 7 月 10 日）

我又從救國會的資料裏查到：（魯迅）喪（葬）後，宋（慶齡）聲明過，所有捐款用於紀念，並非資助喪事。

綜合上面幾位重要人士的證明，父親的棺木似乎並非由救國會或孫夫人宋慶齡出資。我母親歷來對黨感恩戴德，如果棺木確實是馮雪峰代表黨付的款，母親在國民黨的統治下需要保守秘密的話，那麼解放後直到她去世，時間約二十年，完全可以不必為這件事保密了。在「文革」期間她心臟病很嚴重，明知自己健康很差，隨時可能不測，有些事她就口述，讓秘書記錄下來，而唯獨仍將這件事深埋於心底秘而不宣，是不可思議的。而且，從馮雪峰生前歷年的文章、講話裏，也沒有看到他講過魯迅的棺木是我黨付的款。

寫到這裡，想到了二位極其有關的人，打了電話詢問。一位是馮雪峰的長子馮夏熊。他對這個問題的回答是：他父親生前談論中認為棺木喪葬費是宋慶齡支付的。沒有講過當時是由他把地下黨的款子交給治喪委員會或者我的母親（1999 年 11 月 19 日詢問）。另一位是母親生前的秘書王永昌。他在母親身邊工作了近十年，1959 年曾幫助母親寫《魯迅回憶錄》。他對這個問題的回答：（我母親）從未講過魯迅的喪葬費和買棺木的錢，是救國會或是宋慶齡或是地下黨支付的（1999 年 11 月 19 日）。他們二位的證言足以從側面否定了他人或團體曾經在經濟上給予支持。〔註 239〕

母親在 1940 年 4 月致許壽裳長函一封，其中有如下一段：「周先生死後去印《且介亭》三冊，費去七百元，印《魯迅書簡》，費去二千元；喪費三千餘元；從二五年三月病起至死，每月醫藥費虧空百餘元，共約千餘元（周先生病死，為什麼一個人也不來負責？這時倒來迫錢了）；以上連家用、印書、喪費、病費，最少共用去一萬五千四百餘。收入……陸續收到共四千餘元。……實虧空一萬餘元。但此巨數，絕非架空，有事實可依據。」

由這封通信中可以讀出，母親如何的忍辱負重，她只能向她的世交許壽裳老師訴說，「周先生病死（包括）喪費三千餘元，為什麼一個人也不來負責？」可見從魯迅去世之後三年多的時光，沒有一個人「負責」喪葬費用，而聽憑讓母親承擔這麼大的重荷。〔註 240〕

10 月，朱安寫信給周建人，希望許廣平帶海嬰到北京一起生活。她在信中與許廣平姐妹相稱。〔註 241〕

10 月 29 日，胡風寫了紀念文章《悲痛的告別》。之後他參加了日譯《大魯迅全集》的出版工作，為不懂中文的譯者做了大量的逐句解釋和校正工作，繼續為鹿地口譯，解釋《魯迅雜文集》，並替每一本雜文集寫了解題。翻譯了日本普羅作家須井一描寫日本工人共產黨員鬥爭的中篇小說《棉花》（載於《譯文》月刊）。〔註 242〕

10 月 30 日，曹靖華的《弔豫才》在《通俗文藝》第 4 卷第 8 期發表。〔註 243〕

11 月 1 日，曹靖華的《紀念魯迅先生》在《實報半月刊》第 2 卷第 2 期發表。〔註 244〕

〔註 239〕周海嬰《父親的死》，周海嬰著《直面與正視——魯迅與我七十年》第 70～73 頁。

〔註 240〕周海嬰《父親的死》，周海嬰著《直面與正視——魯迅與我七十年》第 80～81 頁。

〔註 241〕喬麗華著《朱安傳》第 200～201 頁。

〔註 242〕曉風《胡風年表簡編》，《新文學史料》1986 年第 4 期第 177 頁。

〔註 243〕冷柯（執筆）、毛粹《曹靖華年譜》，《曹靖華研究專集》第 418 頁。

〔註 244〕冷柯（執筆）、毛粹《曹靖華年譜》，《曹靖華研究專集》第 418 頁。

11 月 1 日，《實報半月刊》登載了魯迅母親與朱安的合影照及朱安守靈的單人照。

雖然作為舊式夫人，在過去流逝的歲月裏，她一天也沒有得到丈夫的愛，他們之間有著無法填補的鴻溝，但她始終留意著丈夫的情況，對他的每一封來信都記得清清楚楚。在外人面前，她也沒有吐露一絲一毫的怨言，更沒有任何的失態，體現了傳統女性溫柔敦厚的一面。〔註 245〕

11 月 5 日，許廣平寫作《最後的一天》。〔註 246〕**這是魯迅死後的兩星期又四天。**〔註 247〕

11 月 5 日，許廣平署名景宋的文章《獻辭》和《片段的記述》刊發在《中流》半月刊第 1 卷第 5 期。〔註 248〕

11 月上旬，許廣平從上海大陸新村搬遷至法租界霞飛坊 64 號。周海嬰由大陸小學轉至上海市私立海光小學，與兩位堂姐（周建人女兒）同校。〔註 249〕

11 月，唐弢寫作《憶魯迅先生》。〔註 250〕

11 月，蕭紅署名悄吟的小說、散文集《橋》由上海文化生活出版社初版，共收作品 13 篇。〔註 251〕

11 月 5 日，唐弢的文章《向高牆頭示威》刊發在《中流》第 1 卷第 5 期。〔註 252〕

11 月 6 日，唐弢的譯文《鄉村外一篇》（屠格涅夫）刊發在《譯文》新 2 卷第 3 期。〔註 253〕

11 月中旬，蔡元培和宋慶齡、周建人發起組織魯迅先生紀念委員會，並著手《魯迅全集》的出版工作。〔註 254〕

11 月 15 日，許廣平署名景宋的文章《最後的一天》刊發在《作家》第 2 卷第 2 期。之後被收入《魯迅先生紀念集》及中華編譯館出版的由曹聚仁、

〔註 245〕喬麗華著《朱安傳》第 197 頁。
〔註 246〕《許廣平著述編目》，陳漱渝著《許廣平的一生》第 178 頁。
〔註 247〕許廣平《最後的一天》，海嬰編《許廣平文集》第 2 卷第 372 頁。
〔註 248〕《許廣平著述編目》，陳漱渝著《許廣平的一生》第 178 頁。
〔註 249〕《周海嬰大事年表》，《周海嬰紀念集》第 226 頁。
〔註 250〕傅小北、楊幼生《唐弢年譜》，傅小北、楊幼生編《唐弢研究資料》第 430 頁。
〔註 251〕《蕭紅主要作品錄》，邢富君編《蕭紅代表作》第 374 頁。
〔註 252〕傅小北、楊幼生《唐弢年譜》，傅小北、楊幼生編《唐弢研究資料》第 430 頁。
〔註 253〕傅小北、楊幼生《唐弢年譜》，傅小北、楊幼生編《唐弢研究資料》第 430 頁。
〔註 254〕謝德銑著《周建人評傳》第 134 頁。

鄧珂雲編的《魯迅手冊》中。〔註 255〕

11 月 15 日，唐弢的文章《紀念魯迅先生》刊發在《作家》第 2 卷第 2 期。〔註 256〕

11 月 16 日，曹靖華譯作四幕劇《恐懼》（亞非諾甘諾夫作）在《譯文》新 2 卷第 3 期載，4、5 期連載。〔註 257〕

11 月 17 日，曹靖華的《弔豫才先生》在《戰時文藝》第 1 期發表。〔註 258〕

11 月，曹靖華的《生命中的一聲巨雷》在《作家》月刊第 2 卷第 2 號發表。〔註 259〕

11 月，曹靖華譯作《蘇聯作家七人集》由良友圖書印刷公司出版。該書原譯名為《共產黨員的煙袋》，為《未名叢刊》中《煙袋》與《第四十一》兩書之合集，內收 11 個短篇。譯者在書前題曰：「謹以此書紀念豫才先生」。〔註 260〕

11 月 20 日，唐弢的散文《藥》刊發在《中流》第 1 卷第 6 期。〔註 261〕

11 月 29 日，《許廣平談魯迅的印象》刊載在《立報》。〔註 262〕

12 月 12 日，蕭紅寫作《永久的憧憬和追求》。〔註 263〕

12 月 26 日，魯迅的母親魯瑞八十大壽。周建人與許廣平等聯名為母親祝壽。〔註 264〕周海嬰正出水痘。

周海嬰寫道：

1936 年 12 月，是祖母八十歲大壽。那年父親剛去世，她老人家與八道灣的次子又形同陌生人，因此，極盼望母親和我，還有叔叔嬸嬸能夠北上相聚。祖母更希望能見到我這個長孫，這是她老人家最大的心願。不料正在母親替我準備北上的冬衣時，我突然出水痘了，不能見風受涼，旅行只得取消，

〔註 255〕《許廣平著述編目》，陳漱渝著《許廣平的一生》第 178 頁。
〔註 256〕傅小北、楊幼生《唐弢年譜》，傅小北、楊幼生編《唐弢研究資料》第 430 頁。
〔註 257〕冷柯（執筆）、毛粹《曹靖華年譜》，《曹靖華研究專集》第 418 頁。
〔註 258〕冷柯（執筆）、毛粹《曹靖華年譜》，《曹靖華研究專集》第 418 頁。
〔註 259〕冷柯（執筆）、毛粹《曹靖華年譜》，《曹靖華研究專集》第 418 頁。
〔註 260〕冷柯（執筆）、毛粹《曹靖華年譜》，《曹靖華研究專集》第 418 頁。
〔註 261〕傅小北、楊幼生《唐弢年譜》，傅小北、楊幼生編《唐弢研究資料》第 430 頁。
〔註 262〕《許廣平著述編目》，陳漱渝著《許廣平的一生》第 178 頁。
〔註 263〕《蕭紅年譜》，〔日〕平石淑子著、崔莉、梁豔萍譯《蕭紅傳》第 371 頁。
〔註 264〕《周建人年譜簡編》，謝德銑著《周建人評傳》第 372 頁。

由叔叔嬸嬸做代表了。〔註 265〕

12 月，許廣平剛從失掉親人的痛苦中掙扎出來，即刊登《徵集魯迅先生書信啟事》。後來共收到 70 多位受信人寄來的 800 多封書信。〔註 266〕

12 月 31 日，許廣平寫作《元旦憶感》。〔註 267〕

這年，曹聚仁編著的《國故零簡》和《文筆散策》在上海出版〔註 268〕；他的原配王春翠出版散文集《竹葉集》，該書名乃魯迅所定。〔註 269〕元月至 10 月，曹靖華與魯迅通信十幾封。據《魯迅日記》載，魯迅致曹靖華書信 17 封，失一封，現存魯迅手跡 16 封。〔註 270〕蕭軍的第一部長篇小說《八月的鄉村》再版；上海文化生活出版社又出版他的一部散文和詩的合集《綠葉的故事》。〔註 271〕年底，胡風搬到法租界穎村，與馮雪峰、周建人家合住一棟樓。〔註 272〕徐懋庸的《文藝思潮小史》由上海生活書店出版；他的《街頭文談》由上海光明書局出版。〔註 273〕

〔註 265〕周海嬰《建人叔叔的不幸婚姻》，周海嬰著《直面與正視——魯迅與我七十年》第 102 頁。
〔註 266〕《中華女傑許廣平》，《廣州高第街許氏家族》第 83 頁。
〔註 267〕《許廣平著述編目》，陳漱渝著《許廣平的一生》第 178 頁。
〔註 268〕李勇著《曹聚仁研究》第 188 頁。
〔註 269〕李勇著《曹聚仁研究》第 13 頁。
〔註 270〕冷柯（執筆）、毛粹《曹靖華年譜》，《曹靖華研究專集》第 418 頁。
〔註 271〕王科、徐塞、張英偉著《蕭軍評傳》第 98 頁。
〔註 272〕曉風《胡風年表簡編》，《新文學史料》1986 年第 4 期第 177 頁。
〔註 273〕《徐懋庸小傳》，《徐懋庸回憶錄》第 188 頁。

1937 年

1 月 1 日，許廣平署名景宋的文章《我怕》刊發在《熱風》第 1 卷第 1 期。後被收入《魯迅先生紀念集》。〔註 1〕

1 月 3 日，蕭紅創作詩歌《沙粒》。〔註 2〕

1 月 9 日，蕭紅離開東京回中國。〔註 3〕

1 月 10 日，唐弢的文章《偷營》被《好文章》第四期轉載。〔註 4〕

1 月 13 日，就徵集魯迅書信事，徐懋庸致函周建人和許廣平。〔註 5〕

1 月 13 日，忍受著離愁病苦的蕭紅回到上海。蕭軍把她接到了呂班路的新居。〔註 6〕

1 月，馮雪峰自滬赴延安向黨中央彙報工作，同毛澤東等領導人長談。〔註 7〕

1 月，胡風的第一本詩集《野花與箭》由上海文化生活書店出版社出版。〔註 8〕

年初，許廣平和蕭軍、蕭紅、周海嬰祭掃魯迅墓。〔註 9〕

1 月 15 日，許廣平署名景宋的《元旦憶感》刊發在《中流》第 1 卷第 9

〔註 1〕《許廣平著述編目》，陳漱渝著《許廣平的一生》第 178 頁。

〔註 2〕《蕭紅年譜》，〔日〕平石淑子著、崔莉、梁豔萍譯《蕭紅傳》第 371 頁。

〔註 3〕《蕭紅年譜》，〔日〕平石淑子著、崔莉、梁豔萍譯《蕭紅傳》第 371 頁。

〔註 4〕傅小北、楊幼生《唐弢年譜》，傅小北、楊幼生編《唐弢研究資料》第 430 頁。

〔註 5〕《周建人年譜簡編》，謝德銑著《周建人評傳》第 372 頁。

〔註 6〕王科、徐塞、張英偉著《蕭軍評傳》第 84 頁。

〔註 7〕《馮雪峰大事年表》，孫琴安著《雪之歌——馮雪峰傳》第 331 頁。

〔註 8〕曉風《胡風年表簡編》，《新文學史料》1986 年第 4 期第 177 頁。

〔註 9〕《廣闊平遠——許廣平 120 週年誕辰紀念展》第四部分《向日葵》。

期，後被收入《關於魯迅的生活》。〔註 10〕

1 月，再登《許廣平為徵集魯迅先生書信緊急啟事》。〔註 11〕

1 月 24 日，許廣平寫作《魯迅〈夜記〉編後記》，〔註 12〕完成《夜記》的編輯工作。

魯迅在大病中曾寫下《半夏小集》等四篇雜文，準備出版《夜記》，並已刊登廣告，由於長逝而未完成。許廣平為了完成魯迅未竟之事，僅用三個月時間，於 1937 年 1 月 24 日完成了《夜記》的編輯工作。〔註 13〕

1 月，許廣平出資，委託周建人定製水泥石一塊，豎於魯迅墓前。墓碑上嵌魯迅瓷像及周海嬰寫的「魯迅先生之墓」。〔註 14〕

年初，徐懋庸下決心找機會去延安。他說：自從我寫了那封被認為是攻擊魯迅的信而受到魯迅公開駁斥後，周揚等片面批評我，而不檢討他們自己，我不服，因而 1937 年初，我下了決心，想找機會到延安去，向黨中央彙報情況，請求指示，所以開始給生活書店譯《列寧家書集》一書，準備以此書稿作為安家之費和旅費。〔註 15〕

1 月～7 月，抗大第二期，是統一戰線形成的一期，改名為「中國人民抗日軍政大學」，校址遷延安，學員 2767 人，絕大部分是紅軍一、二、四方面軍和陝北紅軍幹部，開始有了外來知識青年。這一期總結了十年內戰的經驗。毛澤東的《實踐論》就是這時候（1937 年 7 月）在抗大講的。〔註 16〕

元月，「雙十二」事變之後，曹靖華還在搞學生運動。據他自述：「因為東北大學是張學良籌辦的關係，所以『雙十二』一發生，國民黨教育部就把東北大學的經費停了。我呢，不發工資更要去上課，上課可使學生不致於走散，可集中力量搞好學生運動。我在北平幾個大學教書，一直到『七七』事變，上完了最後一課。北平的學生都遷校了。盧溝橋事變以後，北平被日本人佔領了。不願意當亡國奴，就千方百計地要外逃。途中，東北大學學生對於我特別關懷照料。我由北平輾轉到天津，經煙臺、濟南、徐州一路，東大

〔註 10〕《許廣平著述編目》，陳漱渝著《許廣平的一生》第 178 頁。
〔註 11〕《魯迅許廣平大事記》，龍呂黃、劉世洋編《以沫相濡亦可哀》第 218 頁。
〔註 12〕《許廣平著述編目》，陳漱渝著《許廣平的一生》第 179 頁。
〔註 13〕《中華女傑許廣平》，《廣州高第街許氏家族》第 83 頁。
〔註 14〕《周建人年譜簡編》，謝德銑著《周建人評傳》第 372 頁。
〔註 15〕《去延安的過程》，《徐懋庸回憶錄》第 198 頁。
〔註 16〕《第九章　在抗大》，《徐懋庸回憶錄》第 113 頁。

同學幫了不少忙。」〔註 17〕

2 月 10 日，許廣平署名景宋的詩歌《頌普希金》刊發在《時代日報》。〔註 18〕

2 月 16 日，曹靖華和黃源的文章《普式庚年表》在《譯文》新 2 卷「普式庚逝世百年紀念號」第 6 期發表；曹靖華的譯作《恐懼》在《譯文》新 3 卷第 4 期連載完。〔註 19〕

2 月 16 日，唐弢翻譯的文章《普希庚的流行之基礎》刊發在《譯文》新 2 卷第 6 期。〔註 20〕

2 月，馮雪峰返回上海。〔註 21〕

2 月 20 日，許廣平署名景宋的詩歌《為了愛》刊發在《中流》第 1 卷第 11 期。〔註 22〕

3 月 25 日，許廣平署名景宋的文章《母親》（記魯迅先生的母親）刊發在《工作與學習叢刊之二：原野》。〔註 23〕

3 月，蕭紅寫下《拜墓詩——為魯迅先生》。〔註 24〕

此時，回到上海的蕭紅與蕭軍的關係有所好轉，參與了蕭軍編輯的《魯迅先生紀念集》的資料收集工作。〔註 25〕

在編輯《魯迅先生紀念集》時，蕭軍負責國內外各報刊悼文及「逝世消息摘要」的剪裁、選定、輯錄，還有全部發稿、校對、分類、順序的編定以及《逝世經過略記》的撰寫。他寫了兩篇悼念魯迅先生的文章——《十月十五日》和《讓他自己……》。前者是散文，後者是九封魯迅書簡的注釋。每到週日，無論雨雪風霜，蕭軍總要到墓地去拜謁魯迅先生，獻上一束芬芳的鮮花，寄託自己的哀思，這個剛強的遼西漢子，像在母親的黃土墳前一樣，熱淚橫流！〔註 26〕

〔註 17〕冷柯（執筆）、毛粹《曹靖華年譜》，《曹靖華研究專集》第 419 頁。
〔註 18〕《許廣平著述編目》，陳漱渝著《許廣平的一生》第 178 頁。
〔註 19〕冷柯（執筆）、毛粹《曹靖華年譜》，《曹靖華研究專集》第 419 頁。
〔註 20〕傅小北、楊幼生《唐弢年譜》，傅小北、楊幼生編《唐弢研究資料》第 430 頁。
〔註 21〕《馮雪峰大事年表》，孫琴安著《雪之歌——馮雪峰傳》第 331 頁。
〔註 22〕《許廣平著述編目》，陳漱渝著《許廣平的一生》第 179 頁。
〔註 23〕《許廣平著述編目》，陳漱渝著《許廣平的一生》第 179 頁。
〔註 24〕百度百科「蕭紅」。
〔註 25〕百度百科「蕭紅」。
〔註 26〕王科、徐塞、張英偉著《蕭軍評傳》第 84 頁。

值得一提的還有，蕭軍與狄克發生的一場武鬥衝突。早在魯迅先生逝世一個月後，蕭軍到墓地掃墓，把剛剛出版的《中流》、《作家》、《譯文》三本雜誌當作祭品在墓前焚化了。這本來是寄託哀思的形式，可張春橋、馬吉蜂化名狄克在他們的小報上大做文章，辛辣譏諷，說蕭軍是「魯門家將」、「孝子賢孫」，焚燒刊物是封建迷信的可笑舉動。這使蕭軍憤怒至極。於是他找上門去，約定時間、地點要和他們比武決鬥。張春橋、馬吉蜂接受了約定。春末的一天傍晚，在拉都路南頭徐家匯河的南面菜地裏，馬吉蜂和他的見證人張春橋，蕭軍和他的見證人蕭紅、聶紺弩都準時到場了。頭兩回合，馬吉蜂三拳兩腳就被蕭軍打倒在地，正要比試第三個回合時，他們被查夜的法國巡捕沖散了。蕭軍正告馬吉蜂和張春橋：「你們有小報可以天天寫文章罵我，我沒有別的，只有拳頭——揍你們！」這以後，狄克他們再也不敢登載謾罵蕭軍的文章了。〔註 27〕

春天，胡風按馮雪峰指示，編輯了《工作與學習》叢刊四期：《二三事》、《原野》、《收穫》、《黎明》，刊登魯迅遺作及其他作者如景宋、許壽裳、茅盾、艾青等的作品，後被國民黨禁止。〔註 28〕

4 月 5 日，許廣平《為徵集魯迅先生書信緊急啟事》刊發在《中流》第 2 卷第 2 期。〔註 29〕

4 月 16 日，唐弢的翻譯文章《我見了西班牙》刊發在《譯文》第 3 卷第 2 期。〔註 30〕

4 月 19 日，許廣平寫作《魯迅〈病中通信〉附記》。〔註 31〕

4 月，《夜記》出版。〔註 32〕**此書署名景宋編校，由上海文化生活出版社出版。共輯錄魯迅雜文十四篇。卷末有景宋所作《編後記》。**〔註 33〕

4 月 23 日，蕭紅的《拜墓詩——為魯迅先生》發表在《文藝》上。

5 月，蕭紅的短篇小說集《牛車上》由上海文化生活出版社初版，共收作品 5 篇。〔註 34〕

〔註 27〕王科、徐塞、張英偉著《蕭軍評傳》第 84～85 頁。
〔註 28〕曉風《胡風年表簡編》，《新文學史料》1986 年第 4 期第 177 頁。
〔註 29〕《許廣平著述編目》，陳漱渝著《許廣平的一生》第 179 頁。
〔註 30〕傅小北、楊幼生《唐弢年譜》，傅小北、楊幼生編《唐弢研究資料》第 430 頁。
〔註 31〕《許廣平著述編目》，陳漱渝著《許廣平的一生》第 179 頁。
〔註 32〕《魯迅許廣平大事記》，龍呂黃、劉世洋編《以沫相濡亦可哀》第 219 頁。
〔註 33〕《許廣平著述編目》，陳漱渝著《許廣平的一生》第 166 頁。
〔註 34〕《蕭紅主要作品錄》，邢富君編《蕭紅代表作》第 374 頁。

5 月，許廣平的《魯迅〈病中通信〉附記》被收入上海文化生活出版社出版的《收穫》。〔註 35〕

6 月 1 日，曹靖華作《關於〈城與年〉(上)》在《創世紀》月刊創刊號發表。〔註 36〕

6 月 25 日，許廣平寫作《魯迅〈且介亭雜文末編〉後記》。〔註 37〕

6 月，許廣平編印手跡影印本《魯迅書簡》以三閒書屋名義出版。〔註 38〕本書收集了魯迅致國內外人士和團體的書簡 67 封。〔註 39〕

6 月，胡風遷居法租界永康路。〔註 40〕

上半年，華北形勢日益緊張，北京城的陷落已是早晚的事：「走」與「不走」，成了北京學界議論的中心。〔註 41〕

6 月，周作人寫了一篇《桑下談・序》，對中國現有政治勢力都持不相信態度，既不願南下隨國民黨，也不肯北上跟共產黨走，於是只有住下來。〔註 42〕

6 月 16 日，周作人寫完了《日本管窺之四》，最後說：「日本文化可談，而日本國民性終於是謎似的不可懂，則許多切實的問題便無可談，文化亦只清談而已」，並聲明「就此結束管窺，正是十分適宜」，開張沒有幾年的「日本店」終於關門了。這時距離日本侵略軍炮轟盧溝橋，只有 20 多天了。〔註 43〕

6 月 16 日，曹靖華譯作五幕劇《糧食》在《譯文》新 3 卷第 4 期發表；譯作《第四十一》由良友圖書印刷公司出插圖本，附作者《序「第四十一」並致中國讀者》及譯者《前記》。〔註 44〕

6 月，上海生活書屋出版夏徵農編的《魯迅研究》，內收入周建人的《魯迅先生對於科學》。這是魯迅逝世後第一部魯迅研究論文集。〔註 45〕

〔註 35〕《許廣平著述編目》，陳漱渝著《許廣平的一生》第 179 頁。
〔註 36〕冷柯（執筆）、毛粹《曹靖華年譜》，《曹靖華研究專集》第 419 頁。
〔註 37〕《許廣平著述編目》，陳漱渝著《許廣平的一生》第 179 頁。
〔註 38〕《魯迅許廣平大事記》，龍呂黃、劉世洋編《以沫相濡亦可哀》第 219 頁。
〔註 39〕《許廣平著述編目》，陳漱渝著《許廣平的一生》第 166 頁。
〔註 40〕曉風《胡風年表簡編》，《新文學史料》1986 年第 4 期第 177 頁。
〔註 41〕錢理群著《周作人傳》第 97 頁。
〔註 42〕錢理群著《周作人傳》第 97～98 頁。
〔註 43〕錢理群著《周作人傳》第 98 頁。
〔註 44〕冷柯（執筆）、毛粹《曹靖華年譜》，《曹靖華研究專集》第 419 頁。
〔註 45〕《周建人年譜簡編》，謝德銑著《周建人評傳》第 372 頁。

6月，周建人與劉紀合編《動物學》，由商務印書館出版。〔註46〕

7月初，胡風與梅志母子回蘄春探親。數日後，盧溝橋事變發生，胡風把梅志母子留在鄉下，單身趕回上海。〔註47〕

7月18日，魯迅先生紀念委員會成立在上海宣告成立，推舉宋慶齡為主席，蔡元培、周建人等十七人為委員。蔡元培因病未參加，囑周建人代表。〔註48〕

蔡元培提議請于右任先生等也參加紀念會，提議宋慶齡為紀念委員會的永久委員長。會上，大家一致推選宋慶齡為主席，但正式發函件時，寫的卻是「主席蔡元培、副主席宋慶齡」。估計可能由於宋慶齡非常尊重辛亥元老蔡元培，在公布時自己謙讓的緣故。〔註49〕

7月，馮雪峰會見以周恩來為首的中共中央代表團。〔註50〕

7月，朱安就出版魯迅全集的事情，第一次給許廣平寫信，此信也是一封委託書。〔註51〕

7月，魯迅生前編好的《且介亭雜文》、《且介亭雜文二集》和《且介亭雜文末編》（末編係魯迅生前著手編集，逝世後由許廣平補編而成）〔註52〕由上海三閒書屋出版。「末編」根據魯迅生前《且介亭雜文》的體例，輯錄了《且介亭雜文》第一、二集未及收集的魯迅雜文35篇，書末有景宋所作《後記》。〔註53〕

7月，中國婦女抗敵後援會在上海成立，何香凝任主席。許廣平是該會的骨幹成員，並成為上海婦女慰勞分會的負責人之一，她利用多種方式支持抗戰，同時撰寫多篇文章表明抗戰的立場和態度。〔註54〕

7月，許廣平與好友常瑞麟之子謝綏星、周海嬰在上海合影。〔註55〕

7月，徐懋庸的《不驚人集》由上海千秋出版社出版。〔註56〕

〔註46〕《周建人年譜簡編》，謝德銑著《周建人評傳》第372頁。

〔註47〕曉風《胡風年表簡編》，《新文學史料》1986年第4期第177頁。

〔註48〕《周建人年譜簡編》，謝德銑著《周建人評傳》第372頁。

〔註49〕謝德銑著《周建人評傳》第135頁。

〔註50〕《馮雪峰大事年表》，孫琴安著《雪之歌——馮雪峰傳》第331頁。

〔註51〕喬麗華著《朱安傳》第203頁。

〔註52〕《魯迅生平著譯簡表》，《魯迅全集》第18卷第43頁。

〔註53〕《許廣平著述編目》，陳漱渝著《許廣平的一生》第166頁。

〔註54〕《廣闊平遠——許廣平120週年誕辰紀念展》第四部分《向日葵》。

〔註55〕《廣闊平遠——許廣平120週年誕辰紀念展》第四部分《向日葵》。

7 月 29 日，「盧溝橋事變」之後，北平陷落。

8 月 9 日，北平淪陷前後學術文化界人士紛紛南下，北平大學與清華大學也宣布南遷，這一天，剛從南京回到北平的北京大學文學院院長胡適及教授葉公超、梁實秋等一起撤離北平。但南下隊伍中始終未見周作人。〔註 57〕

8 月 13 日，上海抗戰爆發。唐弢的雜文的矛頭指向民族敵人，寫下了《「和敵人一起倒下」》、《所謂上海中立區》、《粉碎敵人的計劃》、《我也為傷兵請命》等戰鬥檄文。〔註 58〕

8 月 13 日，日軍大舉進攻上海。蕭紅、蕭軍不顧危險，幫助日本進步作家鹿地亙、池田幸子夫婦躲過特務機關搜捕，保護他們安全轉移。〔註 59〕蕭軍還幫助許廣平校對《魯迅先生紀念集》，寫了《後記》，交給文化生活出版社負責人吳郎西付印；他出版了中篇小說《涓涓》；他給斯諾寫了《小傳》等。〔註 60〕

8 月 13 日，胡風開始記日記。為大事記式。〔註 61〕

8 月 13 日，徐懋庸打算去武漢。他說：1937 年 8 月 13 日上海抗日戰爭發生後，徐步、張庚等決定把《生活知識》遷到武漢，約我也去武漢。於是我 8 月下旬回老家安置家眷，在老家等徐步他們到武漢後來信。〔註 62〕

上海淪陷，商務印書館總管理處遷設長沙，成立長沙分廠，上海、香港設管理辦事處。周建人留在上海辦事處。從事修訂《辭源》等編輯工作，以後又在儲能中學教書。在這艱難的日子裏，他和留在上海的文化教育界愛國知識分子一起，秘密組織「馬列主義讀書會」，為民族獨立與解放而鬥爭。〔註 63〕

8 月 20 日，許廣平署名景宋的文章《小小的感想》刊發在上海《立報》。〔註 64〕

8 月 22 日，蕭紅寫作《失眠之夜》。〔註 65〕

〔註 56〕《徐懋庸小傳》，《徐懋庸回憶錄》第 188 頁。
〔註 57〕錢理群著《周作人傳》第 103 頁。
〔註 58〕傅小北、楊幼生《唐弢年譜》，傅小北、楊幼生編《唐弢研究資料》第 430 頁。
〔註 59〕百度百科「蕭紅」。
〔註 60〕王科、徐塞、張英偉著《蕭軍評傳》第 86 頁。
〔註 61〕曉風《胡風年表簡編》，《新文學史料》1986 年第 4 期第 177 頁。
〔註 62〕《去延安的過程》，《徐懋庸回憶錄》第 198 頁。
〔註 63〕謝德銑著《周建人評傳》第 139～140 頁。
〔註 64〕《許廣平著述編目》，陳漱渝著《許廣平的一生》第 179 頁。
〔註 65〕《蕭紅年譜》，〔日〕平石淑子著、崔莉、梁豔萍譯《蕭紅傳》第 371 頁。

8 月，上海抗戰打響。胡風寫了《為祖國而歌》、《血誓》等詩篇。〔註 66〕

8 月～1938 年 3 月，抗大第三期是開始擴大的一期，校址仍在延安。學員 1272 人，一部分為八路軍幹部，大部分為外來知識青年。毛澤東這時期到抗大講了《矛盾論》。〔註 67〕

9 月 7 日，許廣平署名景宋的文章《炮火中的感想》刊發在上海《救亡日報》。〔註 68〕

9 月上旬，蕭軍和蕭紅向魯迅墓獻上最後一束鮮花，灑淚西行。〔註 69〕

蕭紅、蕭軍撤往武漢，結識青年詩人蔣錫金，住進他在武昌水陸前街小金龍巷 25 號的寓所。不久，東北籍青年作家端木蕻良也搬來與他們同住。蕭紅、蕭軍與從東北各地流亡到武漢的舒群、白朗、羅烽、孔羅蓀等青年作家積極投身於抗戰文藝活動，並在武漢形成一個很有影響的東北作家群。蕭紅創作了多篇以抗日為主題的作品，《天空的點綴》《失眠之夜》《在東京》《火線外二章：窗邊、小生命和戰士》等散文的發表，對宣傳推動人民抗戰起到積極作用。〔註 70〕

此時的武漢，雖然已成為全國抗戰的中心，但是還籠罩著白色恐怖的陰雲。蕭軍常常穿一件哥薩克襯衫，紮著軍人式的武裝帶，出入於小金龍巷。本來這身裝束就夠引人注目的了，更何況這裡是武漢左翼作家經常聚會的地方，被人稱為「作家俱樂部」呢！當時，經常來這裡研究工作的還有胡風和聶紺弩等。他們以高昂的革命激情投入到抗日救亡之中，共同主辦革命文藝刊物《七月》，胡風任主編。《七月》是在上海創刊的，因戰爭影響，只出版了兩期，就由胡風先行移至武漢出刊。編輯除二蕭外，還有端木蕻良、彭柏山、田間、曹白等。他們慘淡經營這本刊物。「七月」這個名字還是蕭紅起的，七月打響抗戰第一槍。蕭軍為《七月》寫了很多文章，他寫了雜文《不是戰勝，就是滅亡》、紀念魯迅先生的文章《週年祭》，還連載長篇小說《第三代》。蕭軍還積極參加各種抗日救亡活動。〔註 71〕

9 月，馮雪峰向潘漢年請假，準備寫以長征為題材的長篇小說。〔註 72〕

〔註 66〕曉風《胡風年表簡編》，《新文學史料》1986 年第 4 期第 177 頁。

〔註 67〕《第九章　在抗大》，《徐懋庸回憶錄》第 113 頁。

〔註 68〕《許廣平著述編目》，陳漱渝著《許廣平的一生》第 179 頁。

〔註 69〕王科、徐塞、張英偉著《蕭軍評傳》第 86 頁。

〔註 70〕百度百科「蕭紅」。

〔註 71〕王科、徐塞、張英偉著《蕭軍評傳》第 116～117 頁。

〔註 72〕《馮雪峰大事年表》，孫琴安著《雪之歌——馮雪峰傳》第 330 頁。

9 月 25 日，胡風撤離上海去武漢。〔註 73〕

10 月 1 日，胡風到武漢。住在武昌小朝街老友金宗武家。〔註 74〕胡風首次見到周恩來。從此，一直受到周的關注和指導，經常參加周和文藝工作者的談話，並為周和日本友人的談話作翻譯。〔註 75〕

10 月 10 日，蕭紅與蕭軍離開上海。〔註 76〕

10 月 16 日，胡風將《七月》改為半月刊在漢口出版。友人熊子民負責聯繫出版並發行。在《七月》上發表了大量來自延安及革命根據地、八路軍、新四軍的作品。主要撰稿人有丁玲、艾青、東平、田間、蕭軍、蕭紅、曹白、黃既（黃樹則）、綠川英子等人。它堅持反映生活、反映抗戰、反映人民的希望和感情，得到了讀者的熱烈歡迎。〔註 77〕

10 月，許廣平署名景宋的《獻辭》和《片段的記述》被收入上海文化生活出版社出版的《魯迅先生紀念集》卷首。〔註 78〕

10 月 17 日，許廣平署名景宋的文章《週年祭》刊發在《烽火》第 7 期。〔註 79〕

10 月 19 日，許廣平署名景宋的文章《紀念魯迅與抗日戰爭》刊發在《救亡日報》，後被收入 1937 年抗戰出版部《戰時小叢書之三：魯迅與抗日戰爭》及 1938 年抗戰出版部由汪馥泉編的《魯迅逝世週年紀念冊》。〔註 80〕

10 月 19 日，武漢各界召開魯迅逝世一週年紀念會，胡風被推為主席。〔註 81〕

10 月 23 日，中國文藝界救亡協會成立，唐弢加入為會員。〔註 82〕

10 月，許廣平署名景宋的文章《魯迅先生的關於婦女》刊發在《婦女生活》第 5 卷第 3 期。〔註 83〕

〔註 73〕曉風《胡風年表簡編》，《新文學史料》1986 年第 4 期第 177 頁。
〔註 74〕曉風《胡風年表簡編》，《新文學史料》1986 年第 4 期第 177 頁。
〔註 75〕曉風《胡風年表簡編》，《新文學史料》1986 年第 4 期第 177 頁。
〔註 76〕《蕭紅年譜》，〔日〕平石淑子著、崔莉、梁豔萍譯《蕭紅傳》第 371 頁。
〔註 77〕曉風《胡風年表簡編》，《新文學史料》1986 年第 4 期第 177 頁。
〔註 78〕《許廣平著述編目》，陳漱渝著《許廣平的一生》第 178 頁。
〔註 79〕《許廣平著述編目》，陳漱渝著《許廣平的一生》第 179 頁。
〔註 80〕《許廣平著述編目》，陳漱渝著《許廣平的一生》第 179 頁。
〔註 81〕曉風《胡風年表簡編》，《新文學史料》1986 年第 4 期第 177 頁。
〔註 82〕傅小北、楊幼生《唐弢年譜》，傅小北、楊幼生編《唐弢研究資料》第 430 頁。
〔註 83〕《許廣平著述編目》，陳漱渝著《許廣平的一生》第 180 頁。

10 月，周建人的文章《魯迅先生小的時候》在上海《救亡日報》發表。〔註 84〕

11 月 1 日，許廣平署名景宋的文章《關於魯迅先生的病中日記和宋慶齡先生的來信》刊發在《宇宙風》雜誌第 50 期。後被收入《關於魯迅的生活》。〔註 85〕

11 月 1 日，《宇宙風》以「知堂在北平」的醒目標題，公布了周作人 8 月 6 日、20 日與 9 月 20 日寫給編輯陶亢德的信。此信透露出周作人正「在無聊中寫小文消遣」。〔註 86〕

11 月 4 日，蕭軍應漢口廣播電臺的邀請進行了一次廣播演講，他慷慨激昂地談到了幾年流亡生活的感受，表達了自己以身許國的決心，受到人們的歡迎。〔註 87〕

秋冬，曹靖華到西北聯大任教。西北聯大在陝西西安，是北平大學、北師大、北洋工學院遷到西北後組成的；最初名西北臨時大學，繼改為西北聯合大學。〔註 88〕

11 月 17 日，滯留北平的北大教授鄭天挺、陳雪屏、邱椿等人乘河北輪南下。〔註 89〕

11 月 29 日，北大留平教授在著名史學家孟心史先生家集會時，只剩下孟、馬（幼漁）、馮（漢叔）、周（作人）四人了。據說北大已承認該四人為「留平教授」，每月寄津貼費 50 元；並且以後校長蔣夢麟還從南方馳電北京，委託周作人等保管北大校產云云。〔註 90〕

11 月，「魯迅全集編輯委員會」成立，霞飛坊作為編校場所。〔註 91〕

11 月，周建人的文章《魯迅先生和自然科學》在《宇宙風》第 50 期發表。〔註 92〕

11 月，胡風的二哥張名水將梅志母子送達武漢。〔註 93〕

〔註 84〕《周建人年譜簡編》，謝德銑著《周建人評傳》第 373 頁。
〔註 85〕《許廣平著述編目》，陳漱渝著《許廣平的一生》第 180 頁。
〔註 86〕錢理群著《周作人傳》第 104 頁。
〔註 87〕王科、徐塞、張英偉著《蕭軍評傳》第 117 頁。
〔註 88〕冷柯（執筆）、毛粹《曹靖華年譜》，《曹靖華研究專集》第 419 頁。
〔註 89〕錢理群著《周作人傳》第 104 頁。
〔註 90〕錢理群著《周作人傳》第 104 頁。
〔註 91〕《周海嬰大事年表》，《周海嬰紀念集》第 226 頁。
〔註 92〕《周建人年譜簡編》，謝德銑著《周建人評傳》第 373 頁。
〔註 93〕曉風《胡風年表簡編》，《新文學史料》1986 年第 4 期第 177 頁。

11 月 12 日，上海淪陷後，許廣平為了保存魯迅遺物繼續堅守在上海，一邊整理魯迅遺稿，一邊投入到反對日本帝國主義的洪流中。〔註 94〕

11 月 12 日，國民黨軍隊退出上海，上海成為「孤島」。唐弢住在法租界西區的一所平房裏，有一段時間，沒有寫作，只是沉悶和潛思。直到次年 2 月，《文匯報》創刊，柯靈主編副刊《世紀風》，才又重新拿起筆來。〔註 95〕

12 月 10 日，三個特務到小金龍巷誘捕蕭軍。蕭軍看他們拿不出逮捕證，「叭」地一個鐵砂掌打倒為首的特務。另兩個特務一哄而上，連嚷帶叫，但他們不是蕭軍的對手。蕭軍把幾個人打得鬼哭狼嚎引來一大群看熱鬧的人。不知情的警察以打架鬥毆為名拘留了蕭軍和蕭紅。蕭軍被捕的消息傳遍了武漢三鎮。文藝界和教育界知道二蕭被捕和蔣錫金被綁架的消息後以各種形式發表聲明，抗議當局的暴行。後來因為武漢八路軍辦事處負責人董必武出面交涉，加上抗日民主運動高潮期間，國民黨不得不把人放了。〔註 96〕

12 月 20 日，許廣平署名景宋的文章《醫》刊發在《離騷》創刊號。〔註 97〕

12 月 20 日，馮雪峰回義烏。此後失去黨組織關係近兩年。〔註 98〕

12 月，曹靖華在西安作《十二月的風》，在當地《救亡》月刊第 3 期發表。〔註 99〕

12 月，徐懋庸在漢口見到李公樸，李正在為「民族革命大學」招生和聘請教師，他表示願意去「民大」工作。〔註 100〕

12 月，共產黨地下出版機關「復社」成立，倡議者有胡愈之、許廣平、周建人等 20 人，決定出版《魯迅全集》。〔註 101〕**不少人前去義務參加校對，唐弢是其中的一個。**〔註 102〕

復社成立之初，社員每人拿出五十元作為該社活動經費。當時，上海租界有比較雄厚的印刷技術力量。由於戰爭，許多印刷工廠關閉，大批印刷工

〔註 94〕《廣闊平遠——許廣平 120 週年誕辰紀念展》第四部分《向日葵》。
〔註 95〕傅小北、楊幼生《唐弢年譜》，傅小北、楊幼生編《唐弢研究資料》第 430 頁。
〔註 96〕王科、徐塞、張英偉著《蕭軍評傳》第 118～119 頁。
〔註 97〕《許廣平著述編目》，陳漱渝著《許廣平的一生》第 180 頁。
〔註 98〕《馮雪峰大事年表》，孫琴安著《雪之歌——馮雪峰傳》第 330 頁。
〔註 99〕冷柯（執筆）、毛粹《曹靖華年譜》，《曹靖華研究專集》第 419 頁。
〔註 100〕《去延安的過程》，《徐懋庸回憶錄》第 199 頁。
〔註 101〕《周建人年譜簡編》，謝德銑著《周建人評傳》第 373 頁。
〔註 102〕傅小北、楊幼生《唐弢年譜》，傅小北、楊幼生編《唐弢研究資料》第 431 頁。

人失業，紙張也隨之跌價。復社利用這一條件，冒著風險，出版了一些進步讀物。它出版的第一本書，即斯諾的《西行漫記》。此書的出版，為復社奠定了在出版界的地位，為出版《魯迅全集》積累了一定的資金。〔註 103〕

12 月，周恩來作為國共談判的首席代表，來武漢國民政府擔任新成立的軍委會政治部副部長。到武漢後，周恩來和各界人士，包括各地來武漢的知名文藝界人士，進行廣泛的接觸。在和文藝界人士的晤談中，他號召文藝界的同志在抗日民族統一戰線的旗幟下緊密團結起來，組織一個包括各方面人士、一切愛國抗日力量在內的文藝團體。蕭軍、蔣錫金、孔羅蓀等人積極響應，參加了文協的籌備、組織工作。〔註 104〕

12 月，胡風為《新華日報》編文藝副刊《星期文藝》，編了四期後停刊。〔註 105〕

年底，徐懋庸在臨汾民大講了一個多星期的課，課程為《帝國主義》。〔註 106〕

這年，曹聚仁編著的《元人曲論》、《文思》、《魯迅手冊》（編）、《老子集注》（范應元集注直解，曹聚仁增訂）在上海出版。〔註 107〕蕭軍的散文和小說合集《十月十五日》由上海文化生活出版社出版。〔註 108〕徐懋庸翻譯了法國巴比塞編的《列寧家書集》，由生活書店出版。〔註 109〕

〔註 103〕謝德銑著《周建人評傳》第 143 頁。
〔註 104〕王科、徐塞、張英偉著《蕭軍評傳》第 117 頁。
〔註 105〕曉風《胡風年表簡編》，《新文學史料》1986 年第 4 期第 177 頁。
〔註 106〕《去延安的過程》，《徐懋庸回憶錄》第 199 頁。
〔註 107〕李勇著《曹聚仁研究》第 188～189 頁。
〔註 108〕王科、徐塞、張英偉著《蕭軍評傳》第 105 頁。
〔註 109〕《徐懋庸小傳》，《徐懋庸回憶錄》第 190 頁。

1938 年

1 月，許廣平編校的《魯迅譯著書目續編　附：魯迅先生的名、號、筆名》被收入上海復社出版二十卷本《魯迅全集》。〔註 1〕

1 月 8 日，胡風舉辦抗戰木刻展覽會，他編選篇目，布置展覽，並寫了《抗敵木刻展覽會小介》。〔註 2〕

1 月，《七月》自第七期起，改由上海雜誌公司出版。〔註 3〕

年初，蕭紅參加《七月》座談會。〔註 4〕

1 月 27 日，蕭紅、蕭軍和聶紺弩、艾青、田間、端木蕻良等人應民族大學副校長李公樸之邀，離開武漢到山西臨汾民族大學任教擔任文藝指導員。〔註 5〕

1 月底，梅志母子回蘄春過春節。〔註 6〕

2 月 6 日，蕭紅等人抵達目的地。〔註 7〕

2 月，臨汾形勢緊張，蕭紅、端木蕻良隨丁玲率領的西北戰地服務團去了西安。〔註 8〕

除了感情的異動，二蕭的分道揚鑣還在於價值觀的不同。蕭軍認為：人都是一樣的，生命的價值也是一樣的，為了爭取祖國的解放，我們每個人都

〔註 1〕《許廣平著述編目》，陳漱渝著《許廣平的一生》第 180 頁。
〔註 2〕曉風《胡風年表簡編》，《新文學史料》1986 年第 4 期第 177 頁。
〔註 3〕曉風《胡風年表簡編》，《新文學史料》1986 年第 4 期第 177 頁。
〔註 4〕《蕭紅年譜》，〔日〕平石淑子著、崔莉、梁豔萍譯《蕭紅傳》第 371 頁。
〔註 5〕百度百科「蕭紅」。
〔註 6〕曉風《胡風年表簡編》，《新文學史料》1986 年第 4 期第 177 頁。
〔註 7〕《蕭紅年譜》，〔日〕平石淑子著、崔莉、梁豔萍譯《蕭紅傳》第 371 頁。
〔註 8〕百度百科「蕭紅」。

應該赴湯蹈火，在戰場上為祖國戰死是光榮的。因此，我要到前線去，我以我血薦軒轅！而蕭紅卻認為蕭軍太固執，簡直是英雄主義，逞強主義。一個作家去打游擊，不會比真正的游擊隊員價值大些。萬一犧牲了，生活經驗、創作才能這些損失，不僅僅是個人的，而是全民族文學事業上的重大損失。她勸蕭軍堅守自己的文學崗位，和她一起到運城去。蕭軍認為兩人已經很難再繼續生活在一起了。〔註9〕

2月9日，周作人出席「更生中國文化建設座談會」。「座談會」是由大阪每日新聞社出面召開的，卻有著日本軍方的背景。出席座談的，有日本陸軍特務部的代表，以及偽華北臨時政府議政委員長兼教育總署督辦湯爾和，新民會副會長張燕卿等「要員」。周作人在會上沒有發表什麼特別言論，只是自稱「長期從事於東洋文學及日本文學系的工作」，致力於「研究日本」云云，但出席會議本身即表示了與日本軍方合作的姿態。《每日新聞》刊載會議消息時，毫不含糊地將周作人與偽政權的建立聯繫起來：「中日兩國的文化提攜這問題，於『中華民國臨時政府』的機構之擴充及其活潑的推動下，是具有促進作用的。」〔註10〕

2月25日，蕭軍取得一張去五臺山的通行證，但是路已經不通了，他只得加入學校撤退的隊伍。〔註11〕

2月下旬，徐懋庸離開運城去西安。〔註12〕

3月1日，胡風在出版的《七月》第10期上第一次發表了毛澤東於1937年10月19日在延安陝北公學魯迅逝世週年紀念大會上的講演記錄稿，題為《毛澤東論魯迅》。〔註13〕

3月2日，蕭軍到了鄉寧，在客店足足睡了三天。〔註14〕

3月6日，徐懋庸在曹聚仁弟弟曹藝的幫助下乘車去延安。〔註15〕

3月8日，在驟寒中蕭軍進入了吉縣。「民大」的軍政系此時正駐在吉縣。在離開鄉寧的時候，學校已經發出通知，讓蕭軍離開藝術隊到軍政系教書。

〔註9〕王科、徐塞、張英偉著《蕭軍評傳》第122頁。
〔註10〕錢理群著《周作人傳》第104頁。
〔註11〕王科、徐塞、張英偉著《蕭軍評傳》第124頁。
〔註12〕《去延安的過程》，《徐懋庸回憶錄》第200頁。
〔註13〕曉風《胡風年表簡編》，《新文學史料》1986年第4期第177頁。
〔註14〕王科、徐塞、張英偉著《蕭軍評傳》第125頁。
〔註15〕《去延安的過程》，《徐懋庸回憶錄》第201頁。

在吉縣，蕭軍和其他幾位教授受到了「民大」校長、二戰區司令長官閻錫山的接見。當聽說閻錫山要親自講《物產證券學》或《共產主義的錯誤》時，蕭軍十分憤怒，認為國難當頭，你還不忘反共！他決心要走，幾經交涉，他拿到了閻錫山具名的去延安的通行證。〔註 16〕

3 月 16 日，曹靖華作《重版〈鐵流〉記》，在《七月》第 2 集第 5 期發表；作《故都在烽煙裏》刊於《救亡》週刊第 6、7 期。〔註 17〕

3 月 20 日，蕭軍到了延安城。他在《臨汾到延安》一文中寫道：天氣是晴朗的，路上一種濃鬱的使人陶醉的泥土味，隨處升騰著……〔註 18〕有一天，丁玲帶他去毛澤東的駐地楊家嶺。在一間簡樸的窯洞中，毛澤東和周恩來接見了這兩位作家。他們對見到《八月的鄉村》的作者十分高興，詢問東北的情況，瞭解魯迅先生的情況，還有關心女作家蕭紅。蕭軍一一作答，興奮得滿臉閃著紅光。〔註 19〕

春天，胡風回蘄春家鄉，幾天後回到武漢。〔註 20〕

3 月 27 日，「中華全國文藝界抗敵協會」在漢口舉行成立大會，標誌著文藝界抗日民族統一戰線的組成，推舉周恩來為名譽主席，老舍、郭沫若、曹靖華等 45 人為理事。〔註 21〕

3 月 27 日，「中華全國文藝界抗敵協會」召開成立大會。胡風為鹿地亙講話作翻譯並被選為理事。在會上宣讀了由他起草的《致日本被壓迫作家書》。一週後，文協開第一次理事會，胡風被選為常務理事，並為研究股副主任，主持研究股的日常工作。〔註 22〕

春天，徐懋庸到延安。〔註 23〕

3 月，曹聚仁由武漢趕到徐州，參加了臺兒莊戰役的全面報導。〔註 24〕

4 月 5 日，曹聚仁首先向中央社報導了殲敵的戰報。〔註 25〕

〔註 16〕王科、徐塞、張英偉著《蕭軍評傳》第 125 頁。
〔註 17〕冷柯（執筆）、毛粹《曹靖華年譜》，《曹靖華研究專集》第 420 頁。
〔註 18〕王科、徐塞、張英偉著《蕭軍評傳》第 126 頁。
〔註 19〕王科、徐塞、張英偉著《蕭軍評傳》第 128 頁。
〔註 20〕曉風《胡風年表簡編》，《新文學史料》1986 年第 4 期第 177 頁。
〔註 21〕冷柯（執筆）、毛粹《曹靖華年譜》，《曹靖華研究專集》第 420 頁。
〔註 22〕曉風《胡風年表簡編》，《新文學史料》1986 年第 4 期第 177 頁。
〔註 23〕《徐懋庸小傳》，《徐懋庸回憶錄》第 188 頁。
〔註 24〕李勇著《曹聚仁研究》第 5 頁。
〔註 25〕李勇著《曹聚仁研究》第 5 頁。

4月，許廣平與王任叔（巴人）主持編校《魯迅全集》。〔註26〕

4月22日，許廣平寫作《魯迅〈集外集拾遺〉編後說明》。〔註27〕

4月23日，許廣平署名廣平的文章《寫在〈嵇康集〉序的後面》刊發在《華美週報》第1卷第1期。〔註28〕

4月24日，胡風主持召開《七月》座談會，討論關於舊形式的利用問題。參加者有艾青、聶紺弩、歐陽凡海、吳組緗、奚如、鹿地亙等人。〔註29〕周恩來提請國民黨政治部第三廳聘胡風為設計委員之一，但被王明用他沒有擁護「國防文學」口號為理由否決了。〔註30〕胡風為俞鴻模的海燕書店編選了《七月詩叢》和《七月文叢》數本。〔註31〕胡風在對敵（日）宣傳委員會任編譯，約兩個月。編了些日語傳單和對日宣傳手冊等。〔註32〕胡風介紹一些革命青年通過八路軍辦事處去延安。〔註33〕武漢戰事緊張。梅志母子隨金宗武夫人去宜都。〔註34〕

4月，許廣平寫作《魯迅〈哀詩三首〉》（悼范愛農）。〔註35〕

4月，蕭紅與端木蕻良一起回到武漢。〔註36〕二蕭在西安大雁塔下訣別，六年共患難的伴侶生活完結了。〔註37〕

4月28日，應作家吳渤（白危）的邀約去開展抗日救亡工作，蕭軍到了黃河之濱的土城蘭州。和他同行的，有東北老友、戲劇家塞克、舞臺燈光專家朱星南、民歌收集者、作曲家王洛賓及他的妻子羅珊共五人。按著吳渤提供的地址，他們找到了炭市街49號前院王蓬秋先生家。王蓬秋原來在上海、南京工作，1935年到甘肅。他是一位愛國志士，幾個孩子都積極參加了抗日救亡運動。大女兒王德謙原是上海大同大學中文系學生，思想進步，愛好文學，與吳渤是志同道合的好朋友。吳渤來蘭州開展抗戰文藝運動後一直住在

〔註26〕《魯迅許廣平大事記》，龍呂黃、劉世洋編《以沫相濡亦可哀》第219頁。
〔註27〕《許廣平著述編目》，陳漱渝著《許廣平的一生》第180頁。
〔註28〕《許廣平著述編目》，陳漱渝著《許廣平的一生》第180頁。
〔註29〕曉風《胡風年表簡編》，《新文學史料》1986年第4期第177頁。
〔註30〕曉風《胡風年表簡編》，《新文學史料》1986年第4期第177頁。
〔註31〕曉風《胡風年表簡編》，《新文學史料》1986年第4期第177頁。
〔註32〕曉風《胡風年表簡編》，《新文學史料》1986年第4期第177頁。
〔註33〕曉風《胡風年表簡編》，《新文學史料》1986年第4期第177頁。
〔註34〕曉風《胡風年表簡編》，《新文學史料》1986年第4期第177～178頁。
〔註35〕《許廣平著述編目》，陳漱渝著《許廣平的一生》第180頁。
〔註36〕百度百科「蕭紅」。
〔註37〕王科、徐塞、張英偉著《蕭軍評傳》第131頁。

她家。蕭軍和塞克他們的到來，王家一家人十分高興，德謙美麗的二妹，曾在上海電車上與蕭軍見過一面的德芬，更是高興得不行。蕭軍也注意到了這位聰明文靜的蘇州美專學生。這天晚上，「王氏小劇團」——王德芬兄妹組成的文藝宣傳隊在「民眾教育館」演出街頭劇《放下你的鞭子》，蕭軍他們都去看了。〔註 38〕

4 月底，上海出版的《文摘戰時旬刊》第 19 期，全文譯載了大阪《每日新聞》所發的消息，並轉發了照片：周作人長袍馬褂，躋身於戎裝的日本特務頭子與華服、西裝的漢奸文人中間。消息傳出，全國輿論大嘩。唐弢後來追憶說，周作人投敵的消息在人們、特別是青少年中引起一種「被原來信任過的人欺騙了、侮辱了似的心情」，並因此而產生一種深刻的「痛苦」。在短暫的驚疑以後，全國文化界立刻響起一片憤怒的譴責、抗議聲。〔註 39〕

4 月～11 月，抗大第四期是猛烈發展的一期，學員 5562 名，絕大部分是外來知識青年。校址仍在延安。11 月敵機轟炸後，校部及延安城內各大隊遷至城外。這一期學習了毛澤東的《論持久戰》和黨的擴大的六屆六中全會文件。這一期開展了紀念建校兩週年的盛大活動並對來延安參觀的國際學生聯合會代表團舉行了盛大的歡迎活動，擴大了國際影響。〔註 40〕

5 月 5 日，武漢文化界抗敵協會通電全國文化界，嚴厲譴責周作人「不惜葬送過去之清名，公然附和倭寇，出賣人格」，並「請緣鳴鼓而攻之義，聲明周作人、錢稻孫及其他參與所謂『更生中國文化建設座談會』諸漢奸，應即驅逐我文化界之外，藉示精神制裁」。

5 月 6 日，武漢《新華日報》發表短評指出：「周的晚節不忠實實非偶然」，是他「把自己的生活和現社會脫離得遠遠的」的必然結果。

5 月 14 日，《抗戰文藝》1 卷 4 號發表茅盾、郁達夫、老舍、馮乃超、王平陵、胡風、胡秋原、張天翼、丁玲等 18 人《給周作人的一封公開信》指出：「先生出席『更生中國文化座談會』之舉」，「實係背叛民族，屈膝事敵之恨事，凡我文藝界同人無一人不為先生惜，亦無一人不以此為恥」。公開信向周作人發出忠告：「民族生死關頭，個人榮辱分際，有不可不詳察熟慮，為先生告者」，「希望幡然悔悟，急速離平，間道南來，參加抗敵建國工作，則國人

〔註 38〕王科、徐塞、張英偉著《蕭軍評傳》第 131～132 頁。
〔註 39〕錢理群著《周作人傳》第 105 頁。
〔註 40〕《第九章　在抗大》，《徐懋庸回憶錄》第 113 頁。

因先生在文藝上過去之功績，及今後之奮發自贖，不難重予愛護。否則惟有一致聲討，公認先生為民族之大罪人，文藝界之叛逆者。一念之差，忠邪千載，幸明辨之！」據說這封公開信係樓適夷起草，經郁達夫修改；其中「忠告」均為郁達夫所加，顯然還為周作人留有某些「餘地」。詩人艾青還以《懺悔吧，周作人》為題寫了一首詩，表達了年輕一代的情緒。〔註 41〕

5 月，蕭紅與端木蕻良結婚。〔註 42〕

5 月，蕭軍與王德芬相愛。在不斷的交往中，王德芬欽佩蕭軍的剛直與豪爽；蕭軍也愛上這個美麗純真的小姑娘。在五月份這一個月裏，兩人竟交換了 70 封情書！王家一家人除了大姐德謙之外，幾乎都對他們結婚的打算持反對態度。理由是：德芬只是不諳世事的 19 歲的小姑娘，而蕭軍卻是離過兩次婚的 31 歲作家。這實在不靠譜！〔註 43〕

5 月 19 日，許廣平寫作《魯迅〈譯叢補〉編後記》。〔註 44〕

5 月 23 日，許廣平的《魯迅〈譯叢補〉編後記》刊發在《文匯報・世紀風》，後被收入二十卷本《魯迅全集》。〔註 45〕

5 月 26 日，許廣平寫作《魯迅〈死魂靈〉附記》。〔註 46〕

5 月 29 日，許廣平寫作《魯迅〈譯叢補〉編後再記》。〔註 47〕

5 月 31 日晚上，蕭軍拜見了王蓬秋夫婦，誠懇地表示與德芬至死不渝傾心相愛的決心。〔註 48〕

5 月，許廣平編校的《集外集拾遺》由魯迅全集出版社出版，本書收錄了魯迅自編文集以及《集外集》之外的魯迅佚文、佚詩、譯文 88 篇，繫年排列。書末有景宋《編後說明》。〔註 49〕

6 月 2 日，蘭州《民國日報》刊登了蕭軍與王德芬訂婚的啟事。消息傳出後，朋友們要喝喜酒，蕭軍在民眾通訊社請了一桌客，大家對這對新婚夫婦表示了熱烈祝賀。〔註 50〕

〔註 41〕錢理群著《周作人傳》第 105 頁。
〔註 42〕百度百科「蕭紅」。
〔註 43〕王科、徐塞、張英偉著《蕭軍評傳》第 133 頁。
〔註 44〕《許廣平著述編目》，陳漱渝著《許廣平的一生》第 180 頁。
〔註 45〕《許廣平著述編目》，陳漱渝著《許廣平的一生》第 180 頁。
〔註 46〕《許廣平著述編目》，陳漱渝著《許廣平的一生》第 180 頁。
〔註 47〕《許廣平著述編目》，陳漱渝著《許廣平的一生》第 180 頁。
〔註 48〕王科、徐塞、張英偉著《蕭軍評傳》第 134 頁。
〔註 49〕《許廣平著述編目》，陳漱渝著《許廣平的一生》第 166 頁。
〔註 50〕王科、徐塞、張英偉著《蕭軍評傳》第 134 頁。

6 月 6 日清晨，蕭軍夫婦離開蘭州。黃河之濱這閃電般的戀情貫穿了他們艱苦的一生。〔註 51〕

6 月，曹靖華譯作《遠方》由文化生活出版社出版，被收入少年讀物叢刊。《星花》被收入當年《魯迅全集》第十九卷內。〔註 52〕

6 月，徐懋庸開始在抗大擔任三大隊的教員。〔註 53〕

6 月，許廣平編校的《譯外補》由魯迅全集出版社出版。本書按魯迅《壁下譯叢》體例輯成，收錄魯迅散佚譯文，其中有論文 17 篇、小說 11 篇、雜文 8 篇、詩 3 首。卷末有許廣平撰寫的《編後記》和《編後再記》。〔註 54〕

7 月 7 日，許廣平寫下《〈魯迅全集〉編校後記》一文，說明《魯迅全集》編纂的相關事宜，8 月 5 日此文發表在《上海婦女》第 1 卷第 8 期上。〔註 55〕

7 月 18 日，蕭軍夫婦到達成都。蕭軍接手了《新民報》的副刊編輯。〔註 56〕

7 月，曹靖華譯作《鐵流》由上海生活書店初版改版，譯者寫了重版《鐵流》後記。〔註 57〕

夏天，因急需翻譯人才，正在西北聯大任教的曹靖華趕赴武漢。他自述道：「西北聯大戰事吃緊，由西安遷到漢中，一天，忽然得到電報，要我星夜趕赴武漢。到武漢見到了周恩來同志。他說，國共又合作了，現在需要翻譯人員，你是北伐戰爭時期的老翻譯人員，大家都同意你來，你就到武漢來吧。我說，服從黨的調遣，決定到武漢來，不過我得回漢中把工作安排一下才能來。」〔註 58〕

7 月，抗大成立編譯科，徐懋庸被調到編譯科工作。據他講，編譯科的任務主要是編譯軍事教材的，那些懂俄文的同志翻譯了一些俄文書籍，徐則無法文書可譯。在中宣部副部長楊松主持下，參加了一本《社會科學概論》的編寫，徐寫「帝國主義」一章，其他執筆者還有王思華、王學文、柯伯年等。〔註 59〕

〔註 51〕王科、徐塞、張英偉著《蕭軍評傳》第 134 頁。
〔註 52〕冷柯（執筆）、毛粹《曹靖華年譜》，《曹靖華研究專集》第 420～421 頁。
〔註 53〕《第九章　在抗大》，《徐懋庸回憶錄》第 116 頁。
〔註 54〕《許廣平著述編目》，陳漱渝著《許廣平的一生》第 166 頁。
〔註 55〕《魯迅許廣平大事記》，龍呂黃、劉世洋編《以沫相濡亦可哀》第 219 頁。
〔註 56〕王科、徐塞、張英偉著《蕭軍評傳》第 135 頁。
〔註 57〕冷柯（執筆）、毛粹《曹靖華年譜》，《曹靖華研究專集》第 421 頁。
〔註 58〕冷柯（執筆）、毛粹《曹靖華年譜》，《曹靖華研究專集》第 420 頁。
〔註 59〕《第九章　在抗大》，《徐懋庸回憶錄》第 117 頁。

8 月 1 日，許廣平署名景宋主編的《魯迅全集》（二十卷本）由魯迅先生紀念委員會編輯出版。本書收錄了當時已經發現的魯迅全集著述和譯作，共二十卷，計收創作、論著、輯錄、考證 29 種，譯著 32 種。由魯迅紀念委員會組織班子集體編校並出版。卷末景宋寫了《編校後記》。〔註 60〕

8 月 1 日，唐弢署名馬前卒的詩《〈驛火〉獻詩》刊發在《驛火》創刊號。〔註 61〕

8 月 5 日，許廣平的《〈魯迅全集〉編校後記》刊發在《上海婦女》第 1 卷第 8 期。〔註 62〕

8 月，胡適的一封信從倫敦寄給周作人。他寫道：臧暉先生昨夜作一個夢，夢見苦雨齋中吃茶的老僧，忽然放下茶盅出門去，飄然一杖天南行。天南萬里豈不辛苦？只為智者識得重與輕。夢醒我自披衣開窗坐，有誰知我此時一點相思情。」這是真正的朋友的勸說，也是智者的忠告，而且幾乎是在「走向深淵」前的最後時刻寄來的，周作人應該懂得它的份量。〔註 63〕

8 月，胡風的評論集《密雲期風習小紀》由武漢海燕書店出版。〔註 64〕

8 月，徐懋庸加入中國共產黨。〔註 65〕介紹人是艾思奇和張庚，候補期半年。〔註 66〕

抗戰時期，徐懋庸歷任抗日軍政大學教員、政教科副科長、晉冀魯豫邊區文聯主任，主編《華北文藝》。〔註 67〕

8 月，武漢大轟炸。〔註 68〕

9 月，蕭紅與馮乃超夫人李聲韻從漢口去宜昌，又隻身前往重慶。〔註 69〕

9 月 10 日，曹靖華作《魯迅先生的翻譯》在《公論叢書》第一輯發表。〔註 70〕

〔註 60〕《許廣平著述編目》，陳漱渝著《許廣平的一生》第 166～167 頁。

〔註 61〕傅小北、楊幼生《唐弢年譜》，傅小北、楊幼生編《唐弢研究資料》第 431 頁。

〔註 62〕《許廣平著述編目》，陳漱渝著《許廣平的一生》第 180 頁。

〔註 63〕錢理群著《周作人傳》第 106 頁。

〔註 64〕曉風《胡風年表簡編》，《新文學史料》1986 年第 4 期第 178 頁。

〔註 65〕《徐懋庸小傳》，《徐懋庸回憶錄》第 188 頁。

〔註 66〕《第九章　在抗大》，《徐懋庸回憶錄》第 117 頁。

〔註 67〕《徐懋庸小傳》，《徐懋庸回憶錄》第 188 頁。

〔註 68〕《蕭紅年譜》，〔日〕平石淑子著、崔莉、梁豔萍譯《蕭紅傳》第 372 頁。

〔註 69〕《蕭紅年譜》，〔日〕平石淑子著、崔莉、梁豔萍譯《蕭紅傳》第 372 頁。

〔註 70〕冷柯（執筆）、毛粹《曹靖華年譜》，《曹靖華研究專集》第 421 頁。

9 月 15 日，由魯迅先生紀念委員會和「復社」主持編印的〔註 71〕《魯迅全集》正式出齊，共 600 萬字。

魯迅逝世後，許廣平抱著「把一切還給魯迅」的信念，賡續魯迅的事業，為保存魯迅遺物、手稿、弘揚魯迅精神，付出了巨大努力。〔註 72〕《魯迅全集》出版後，許廣平又開始整理《魯迅日記》。〔註 73〕

許廣平在《因校對〈三十年集〉而引起的舊話》中寫道：

從廣州到上海後，雖然彼此朝夕相見，然而他整個精神都放在工作上，所以後期十年的著作成績，較二十年前的著作生涯雖只占三分之一，而其成就，則以短短的十年而超過了二十年，這也是到了現在想起來，於萬分自愧中稍可聊以自慰的了。

周海嬰寫道：

《魯迅全集》分為木箱精裝紀念本和沒有木箱的精裝本；再有一種，是紅色布封面裝幀，這是普及本，便於低薪讀者購買。因為還收集了父親的翻譯作品，全集共有二十卷，堪稱洋洋大觀。魯迅生前未曾出版過他的全集。1938 年母親將魯迅的全部文稿（包括譯文）編成《魯迅全集》。這就是大家通常說的 1938 年版。〔註 74〕

蒯斯曛在《回憶〈魯迅全集〉的校對》中寫道：

擔任校對工作的十個人，五個是業餘的……專職的五個人中，許廣平先生最忙，她日夜校著二稿，還不斷為我們找魯迅先生的原稿或作品的初版本，來解決疑難。

9 月 21 日，周作人回覆胡適詩一首：「老僧假裝好吃苦茶」，實在的情況還是苦雨。近來屋漏地上又浸水，結果只好改號苦住。晚間拼好蒲團想睡覺，忽然接到一封遠方的信。海天萬里八行詩，多謝臧暉居士的問訊。我謝謝你很厚的情意，可惜我行腳卻不能做到；並不是出了家特別忙，因為庵裏住的好些老小。我還只能關門敲木魚念經，出門托缽募化些米麵——老僧始終是老僧，希望將來見得居士的面。」詩中所說有真有假。這首詩寄往中國駐華盛頓大使館，收信人卻寫的是胡適臨時的別號「胡安定」，因此，信沒

〔註 71〕《周建人年譜簡編》，謝德銑著《周建人評傳》第 373 頁。
〔註 72〕《廣闊平遠——許廣平 120 週年誕辰紀念展》第三部分《線團》。
〔註 73〕《廣闊平遠——許廣平 120 週年誕辰紀念展》第三部分《線團》。
〔註 74〕周海嬰《遷入霞飛坊》，周海嬰著《直面與正視——魯迅與我七十年》第 144 頁。

有及時送到胡適手中。〔註 75〕

9 月，蕭軍支持文學朋友宋壽彭、劉魯華在祠堂街合資開辦了一所進步書店——「跋涉書店」，牌匾是由他親自題寫的。跋涉書店主要出售進步書籍，哺育革命青年。蕭軍此時開始創作的旅行散文集《側面》，就是由這個書店印製的。〔註 76〕

9 月，《七月》第三集（十八期）結束。胡風與書店合同期滿，《七月》就此停刊。〔註 77〕

9 月 28 日，胡風撤離武漢。〔註 78〕

10 月開始，文藝界發生關於「魯迅風」雜文的論爭。〔註 79〕

10 月初，曹靖華回到漢中。他本擬將工作安排好即赴武漢，但立即又捲入反國民黨法西斯統治鬥爭的漩渦中，當時的教育次長乘小轎車由四川到漢中，當面給他扣上在學生中「宣傳與三民主義不相容的馬克思列寧主義」的帽子，把他解聘了。〔註 80〕

10 月 4 日，胡風到宜都，與梅志母子及從蘄春撤離的家人彙集。閒居，看了一些書。〔註 81〕

10 月 5 日，許廣平署名景宋的兩篇文章《雙十獻詞》和《看過〈人之初〉之後》刊發在《上海婦女》第 1 卷第 12 期。〔註 82〕

10 月 10 日，許廣平的《給上海的青年朋友》刊發在《譯報週刊》第 1 卷第 1 期。〔註 83〕

10 月 16 日，許廣平署名景宋的文章《魯迅和青年們》刊發在《文藝陣地》第 1 卷第 1 期。〔註 84〕

10 月 16 日，許廣平署名景宋的文章《年青人與魯迅》刊發在《少年讀物》雜誌第 4 期。〔註 85〕

〔註 75〕錢理群著《周作人傳》第 106～107 頁。
〔註 76〕王科、徐塞、張英偉著《蕭軍評傳》第 136 頁。
〔註 77〕曉風《胡風年表簡編》，《新文學史料》1986 年第 4 期第 178 頁。
〔註 78〕曉風《胡風年表簡編》，《新文學史料》1986 年第 4 期第 178 頁。
〔註 79〕傅小北、楊幼生《唐弢年譜》，傅小北、楊幼生編《唐弢研究資料》第 431 頁。
〔註 80〕冷柯（執筆）、毛粹《曹靖華年譜》，《曹靖華研究專集》第 420 頁。
〔註 81〕曉風《胡風年表簡編》，《新文學史料》1986 年第 4 期第 178 頁。
〔註 82〕《許廣平著述編目》，陳漱渝著《許廣平的一生》第 181 頁。
〔註 83〕《許廣平著述編目》，陳漱渝著《許廣平的一生》第 181 頁。
〔註 84〕《許廣平著述編目》，陳漱渝著《許廣平的一生》第 181 頁。
〔註 85〕《許廣平著述編目》，陳漱渝著《許廣平的一生》第 181 頁。

10 月 19 日、20 日、21 日、22 日、24 日，許廣平署名景宋的文章《略談魯迅先生的筆名》在《申報・自由談》上連載。〔註 86〕

10 月 19 日，許廣平署名景宋的文章《關於魯迅先生的病中日記》刊發在《申報・自由談》。〔註 87〕

10 月 19 日，蕭軍在成都市魯迅先生逝世二週年紀念大會上，慷慨激昂作了「魯迅生平」的報告，引起強烈反響。〔註 88〕

10 月 20 日，許廣平署名景宋的文章《關於漢唐石刻畫像》刊發在《文匯報》。〔註 89〕

10 月 25 日，許廣平署名景宋的文章《紀念還不是時候》刊發在《文藝》半月刊第 2 卷第 2 期。〔註 90〕

10 月 26 日，日軍佔領漢口。〔註 91〕

10 月 27 日，胡風得到老舍、伍蠡甫電報，邀請他往重慶復旦大學任教，胡風同意了。〔註 92〕

10 月，許廣平署名景宋的文章刊發在《文匯報》副刊《世界風》。〔註 93〕

11 月 5 日，許廣平的《魯迅逝世二週年紀念會》（發言摘要）摘錄了許廣平的發言，刊發在《上海婦女》第 2 卷第 2 期。〔註 94〕

11 月 10 日，許廣平的《關於漢唐石刻畫像》被收入《文獻》第 2 期。〔註 95〕

11 月 10 日，胡風和梅志母子離開宜都赴重慶。〔註 96〕

11 月 10 日～18 日，胡風一家在宜昌滯留等船。〔註 97〕

11 月 20 日～26 日，胡風一家在萬縣滯留等船。〔註 98〕

〔註 86〕《許廣平著述編目》，陳漱渝著《許廣平的一生》第 181 頁。
〔註 87〕《許廣平著述編目》，陳漱渝著《許廣平的一生》第 181 頁。
〔註 88〕王科、徐塞、張英偉著《蕭軍評傳》第 136 頁。
〔註 89〕《許廣平著述編目》，陳漱渝著《許廣平的一生》第 181 頁。
〔註 90〕《許廣平著述編目》，陳漱渝著《許廣平的一生》第 181 頁。
〔註 91〕《蕭紅年譜》，〔日〕平石淑子著、崔莉、梁豔萍譯《蕭紅傳》第 372 頁。
〔註 92〕曉風《胡風年表簡編》，《新文學史料》1986 年第 4 期第 178 頁。
〔註 93〕《許廣平著述編目》，陳漱渝著《許廣平的一生》第 182 頁。
〔註 94〕《許廣平著述編目》，陳漱渝著《許廣平的一生》第 182 頁。
〔註 95〕《許廣平著述編目》，陳漱渝著《許廣平的一生》第 181 頁。
〔註 96〕曉風《胡風年表簡編》，《新文學史料》1986 年第 4 期第 178 頁。
〔註 97〕曉風《胡風年表簡編》，《新文學史料》1986 年第 4 期第 178 頁。
〔註 98〕曉風《胡風年表簡編》，《新文學史料》1986 年第 4 期第 178 頁。

11 月，蕭紅在江津白朗家生下一子，產後第四天，蕭紅稱孩子頭天夜裏抽風而死。產後蕭紅回到重慶，應邀寫下一些紀念魯迅先生的文章，主要有《記住我們的導師》《記憶中的魯迅先生》《魯迅先生生活散記》《魯迅先生生活憶略》等。〔註 99〕

11 月，雜文集《邊鼓集》由上海文匯有限公司作為「文匯報文藝叢刊之一」出版，分為六卷，收文載道、周木齋、周黎庵、屈軼（王任叔）、柯靈、風子（唐弢）的雜文各一卷，唐弢共收雜文 26 篇。〔註 100〕《邊鼓集》出版後，國民黨趁機挑撥，唐弢即與巴人等「魯迅風」雜文的作家著文反擊，發表《幫手與幫口》、《不通與不懂》等雜文。〔註 101〕

12 月 2 日，胡風到達重慶，暫住旅館。〔註 102〕

12 月 5 日，胡風參加《新華日報》十六名死難烈士的追悼會，並送挽辭「民族英魂」。〔註 103〕

12 月，蕭軍在一二・九紀念大會上登臺演講，闡述了一二・九的偉大歷史意義。當時，會場混進了許多特務，不斷進行破壞搗亂。見此情景，蕭軍即興講了三個意味深長的小故事，含譏帶諷，嬉笑怒罵，那弦外之音激起了會場上一陣陣哄笑聲。特務們氣得剛想採取措施，蕭軍的演講戛然而止，在群眾的簇擁之下上街遊行示威去了。特務們一籌莫展。〔註 104〕

12 月 10 日，胡風在文史地學會及抗戰文藝習作會講《抗戰後的文藝動向》。〔註 105〕

12 月 15 日，胡風參加文協詩歌座談會，討論抗戰以來的詩歌。〔註 106〕胡風在抗敵文協中改任研究股主任，直至 1945 年抗戰勝利。他和老舍一起，參加了文協的各項工作，抵制了國民黨的分裂或利用的陰謀企圖。並主持召開各種座談會、文藝習作會及學術討論會等。〔註 107〕胡風應聘在北碚復旦大學主講《創作論》及《日語選讀》，以維持生活。每週需往返重慶、北碚至少

〔註 99〕百度百科「蕭紅」。

〔註 100〕傅小北、楊幼生《唐弢年譜》，傅小北、楊幼生編《唐弢研究資料》第 431 頁。

〔註 101〕傅小北、楊幼生《唐弢年譜》，傅小北、楊幼生編《唐弢研究資料》第 431 頁。

〔註 102〕曉風《胡風年表簡編》，《新文學史料》1986 年第 4 期第 178 頁。

〔註 103〕曉風《胡風年表簡編》，《新文學史料》1986 年第 4 期第 178 頁。

〔註 104〕王科、徐塞、張英偉著《蕭軍評傳》第 136 頁。

〔註 105〕曉風《胡風年表簡編》，《新文學史料》1986 年第 4 期第 178 頁。

〔註 106〕曉風《胡風年表簡編》，《新文學史料》1986 年第 4 期第 178 頁。

〔註 107〕曉風《胡風年表簡編》，《新文學史料》1986 年第 4 期第 178 頁。

一次。〔註 108〕胡風任中蘇文協候補理事。〔註 109〕胡風在國際宣傳處對日宣傳科任特派員，翻譯日文報刊文章等。〔註 110〕

12 月 24 日，許廣平署名景宋的文章《扁桃腺》刊發在《華美週報》第 1 卷第 36 期。〔註 111〕

12 月，由《譯報》編輯部出面，召集「魯迅風」雜文論爭諸方人士座談，最後聯合發表《我們對於「魯迅風」雜文的意見》，署名有應眼群、孔另境、柯靈、唐弢、巴人等共 37 人。〔註 112〕

這年，許廣平署名景宋的文章《魯迅先生大病時的重要意見》刊發在《文摘》。〔註 113〕周建人翻譯的《馬克思主義和自然科學》由上海珠林書店出版。〔註 114〕唐弢應聘在中共地下黨領導、巴人主持的社會科學講習所講授文學課程，還兼其他幾所學校的文學課。〔註 115〕馮雪峰在家鄉寫有關長征的小說，初名《紅進記》，後改名為《盧代之死》。〔註 116〕

〔註 108〕曉風《胡風年表簡編》，《新文學史料》1986 年第 4 期第 178 頁。
〔註 109〕曉風《胡風年表簡編》，《新文學史料》1986 年第 4 期第 178 頁。
〔註 110〕曉風《胡風年表簡編》，《新文學史料》1986 年第 4 期第 178 頁。
〔註 111〕《許廣平著述編目》，陳漱渝著《許廣平的一生》第 182 頁。
〔註 112〕傅小北、楊幼生《唐弢年譜》，傅小北、楊幼生編《唐弢研究資料》第 431 頁。
〔註 113〕《許廣平著述編目》，陳漱渝著《許廣平的一生》第 181 頁。
〔註 114〕《周建人年譜簡編》，謝德銑著《周建人評傳》第 374 頁。
〔註 115〕傅小北、楊幼生《唐弢年譜》，傅小北、楊幼生編《唐弢研究資料》第 431 頁。
〔註 116〕《馮雪峰大事年表》，孫琴安著《雪之歌——馮雪峰傳》第 331 頁。

1939 年

元旦，周作人遭遇槍殺事件。此事促使正在「隱居」與「出山」二者之間猶豫不決的他作出抉擇。〔註 1〕槍殺事件發生後，周作人不敢出門。警區署第二天即派了便衣住在周作人家裏，既是保護，又是監視。周作人倒也安心接受，而且越來越離不開這種保護。他順理成章地辭去了燕大教書的職務。〔註 2〕

1 月 10 日，胡風參加文協詩歌座談會，作了《略觀抗戰以來的詩》的報告。〔註 3〕

1 月，胡風的女兒張曉風出生。〔註 4〕

1 月起，許廣平每月負擔朱安費用 40 至 50 元。

由於上海與北平匯兌十分艱難，許廣平委託李霽野設法每月按需給西四條送上生活費，許再將款項集中託人捎帶或設法彙寄給李霽野。這筆錢加上周作人每月負擔 50 元，兩位老人勉強度日。〔註 5〕

1 月 9 日，蕭紅寫作《牙粉醫病法》。〔註 6〕

1 月 11 日，「魯迅風」雜文作家的同人刊物《魯迅風》創刊，唐弢是該刊的骨幹。〔註 7〕

〔註 1〕錢理群著《周作人傳》第 108 頁。

〔註 2〕錢理群著《周作人傳》第 111 頁。

〔註 3〕曉風《胡風年表簡編》，《新文學史料》1986 年第 4 期第 178 頁。

〔註 4〕曉風《胡風年表簡編》，《新文學史料》1986 年第 4 期第 178 頁。

〔註 5〕喬麗華著《朱安傳》第 209 頁。

〔註 6〕《蕭紅年譜》，〔日〕平石淑子著、崔莉、梁豔萍譯《蕭紅傳》第 373 頁。

〔註 7〕傅小北、楊幼生《唐弢年譜》，傅小北、楊幼生編《唐弢研究資料》第 431 頁。

1月11日，許廣平署名景宋的文章《〈魯迅風〉與魯迅》刊發在《魯迅風》第1期。〔註8〕

1月12日，周作人收下了北大任命他為圖書館館長的聘書。他在當天的日記中這樣寫：「下午收北大聘書，仍是關於圖書館事，而事實上不能不當。」寥寥七個字，就將關係民族大義，也關係個人命運的決定性的一步，交代過去了。〔註9〕

1月14日，經過周密籌備，中華全國文藝界抗敵協會成都分會成立了。蕭軍被選為理事，並擔任會刊《筆陣》的常務編委。文協成立後，蕭軍結識了許多進步文藝工作者，如劉開渠、王朝聞、沙汀、李劼人、陳翔鶴、何其芳、蕭滌非等。大家齊心協力開展抗日救亡工作。〔註10〕

1月18日，唐弢署名風子在《魯迅風》上發表散文詩《拾得的夢》。〔註11〕

1月20日，許廣平署名景宋的文章《一二八拾零》刊發在《上海婦女》第2卷第7期。〔註12〕

1月～1940年3月，抗大第五期是深入敵後的一期。根據抗日戰爭行將進入相持階段的新形勢，為了配合發展敵後游擊戰爭的新任務，貫徹毛澤東「向鬥爭中學習」的指示，1938年底，抗大的一部分開赴敵後，創建了一、二分校。七月，總校在羅瑞卿率領下開赴敵後（延安留下的為三分校），十月間，到達晉察冀邊區，1940年2月又轉移到晉東南，駐山西武鄉的蟠龍一帶。1940年後，在八路軍和新四軍各抗日民主根據地又先後成立四至十等七個分校。學員共4962人。〔註13〕

1月30日，蕭紅寫作《曠野的呼喊》。〔註14〕

2月1日，唐弢署名風子在《魯迅風》第4期發表散文詩《心的故事》。〔註15〕

2月6日，胡風參加文協詩歌座談會，討論工作。〔註16〕

〔註8〕《許廣平著述編目》，陳漱渝著《許廣平的一生》第182頁。
〔註9〕錢理群著《周作人傳》第111頁。
〔註10〕王科、徐塞、張英偉著《蕭軍評傳》第136～137頁。
〔註11〕傅小北、楊幼生《唐弢年譜》，傅小北、楊幼生編《唐弢研究資料》第431頁。
〔註12〕《許廣平著述編目》，陳漱渝著《許廣平的一生》第182頁。
〔註13〕《第九章　在抗大》，《徐懋庸回憶錄》第114頁。
〔註14〕《蕭紅年譜》，〔日〕平石淑子著、崔莉、梁艷萍譯《蕭紅傳》第372頁。
〔註15〕傅小北、楊幼生《唐弢年譜》，傅小北、楊幼生編《唐弢研究資料》第431頁。
〔註16〕曉風《胡風年表簡編》，《新文學史料》1986年第4期第178頁。

2 月 8 日，許廣平署名景宋的文章《魯迅先生的日記》刊發在《魯迅風》第 5 期。〔註 17〕

2 月 28 日，胡風參加文協第一次召開的小說座談會。〔註 18〕

3 月 1 日，胡風參加文協詩歌座談會，討論工作。〔註 19〕

3 月 10 日，許廣平署名景宋的文章《敬悼列寧夫人逝世》刊發在《文獻》第 6 期。〔註 20〕

3 月 15 日，唐弢署名風子在《魯迅風》第 9 期刊發散文詩《黎明之前》。〔註 21〕

3 月 22 日，許廣平署名景宋的文章《從女性的立場說「新女性」》刊發在《魯迅風》第 10 期。〔註 22〕

3 月 22 日，蕭軍完成了 19 萬字的散文集《側面》。〔註 23〕

3 月 28 日，許廣平署名景宋的文章《魯迅先生的學習精神》刊發在香港《大公報》文藝副刊上。〔註 24〕

3 月 28 日，周作人接受了委派他為北大文學院籌備員的職務。〔註 25〕

3 月 31 日，許廣平的文章《文人的窮》刊發在新加坡《星洲日報》副刊《晨星》。〔註 26〕

春天，曹靖華離開西北聯合大學，帶著一家四口，越過當年依然是「難以上青天」的蜀道，夜宿在荒山茅舍中，與豬共眠，最後到了重慶。在重慶八路軍辦事處見到了周恩來。他說：「我全知道了。你被解聘了，那是早料到的事，因為權在他們手裏。你挖國民黨的牆角，國民黨解聘你。這是他們的『理所當然』。你挖得對不對呢？挖得對，挖得好。你被解聘了，沒關係。中蘇文化協會改組了，你是改組後的該會的理事，是我們提名的，你就到那裡去吧。你會俄語，這工具正用得著，在那裡公開介紹反映十月革命和反法西

〔註 17〕《許廣平著述編目》，陳漱渝著《許廣平的一生》第 182 頁。
〔註 18〕曉風《胡風年表簡編》，《新文學史料》1986 年第 4 期第 178 頁。
〔註 19〕曉風《胡風年表簡編》，《新文學史料》1986 年第 4 期第 178 頁。
〔註 20〕《許廣平著述編目》，陳漱渝著《許廣平的一生》第 182 頁。
〔註 21〕傅小北、楊幼生《唐弢年譜》，傅小北、楊幼生編《唐弢研究資料》第 431 頁。
〔註 22〕《許廣平著述編目》，陳漱渝著《許廣平的一生》第 182 頁。
〔註 23〕王科、徐塞、張英偉著《蕭軍評傳》第 137 頁。
〔註 24〕《許廣平著述編目》，陳漱渝著《許廣平的一生》第 182 頁。
〔註 25〕錢理群著《周作人傳》第 111 頁。
〔註 26〕《許廣平著述編目》，陳漱渝著《許廣平的一生》第 182 頁。

斯的文藝作品吧，這對中國讀者，對中國革命有用……」〔註 27〕

春天，蕭紅寫作《林小兒》和《滑竿》。〔註 28〕

4 月，蕭紅寫作《長安寺》。〔註 29〕

4 月 8 日，蕭軍和川大教授謝文炳應邀在「文藝演講會」上演講。此活動由成都文協在春熙青年禮堂舉行。蕭軍的題目是《奴才文學和奴隸文學》，他猛烈抨擊了汪精衛之流及其漢奸文人，受到聽眾的熱烈歡迎。〔註 30〕

4 月 9 日，胡風參加文協年會。代表大會宣讀了他起草的《致全世界反法西斯侵略戰爭的作家電》。〔註 31〕

4 月 9 日，全國文藝界抗敵協會改選第二屆文協理事，曹靖華當選，並任《中蘇文化》和生活書店的編委。〔註 32〕

4 月 12 日，唐弢署名風子在《魯迅風》第 13 期發表散文詩《童年》。〔註 33〕

4 月 13 日，唐弢署名風子在《文匯報 世紀風》發表散文《死——死有重於泰山，有輕於鴻毛》。〔註 34〕

4 月 16 日，許廣平署名景宋的文章《話劇在上海》刊發在《文藝陣地》第 3 卷第 1 期。〔註 35〕

4 月 24 日，許廣平署名景宋的文章《輸將》刊發在《文匯報》的世紀風副刊。〔註 36〕

4 月 25 日，許廣平署名景宋的文章《女戰士和女英雄》刊發在《上海婦女》第 2 卷第 12 期。〔註 37〕

4 月 28 日，周作人「往北大本部陪宴，來者皆憲兵隊長，共三席。」〔註 38〕

〔註 27〕冷柯（執筆）、毛粹《曹靖華年譜》，《曹靖華研究專集》第 421 頁。
〔註 28〕《蕭紅年譜》，〔日〕平石淑子著、崔莉、梁豔萍譯《蕭紅傳》第 372 頁。
〔註 29〕《蕭紅年譜》，〔日〕平石淑子著、崔莉、梁豔萍譯《蕭紅傳》第 372 頁。
〔註 30〕王科、徐塞、張英偉著《蕭軍評傳》第 137 頁。
〔註 31〕曉風《胡風年表簡編》，《新文學史料》1986 年第 4 期第 178 頁。
〔註 32〕冷柯（執筆）、毛粹《曹靖華年譜》，《曹靖華研究專集》第 421 頁。
〔註 33〕傅小北、楊幼生《唐弢年譜》，傅小北、楊幼生編《唐弢研究資料》第 431 頁。
〔註 34〕傅小北、楊幼生《唐弢年譜》，傅小北、楊幼生編《唐弢研究資料》第 431 頁。
〔註 35〕《許廣平著述編目》，陳漱渝著《許廣平的一生》第 183 頁。
〔註 36〕《許廣平著述編目》，陳漱渝著《許廣平的一生》第 183 頁。
〔註 37〕《許廣平著述編目》，陳漱渝著《許廣平的一生》第 183 頁。
〔註 38〕錢理群著《周作人傳》第 111 頁。

5 月 8 日，周作人「往北大赴招考會」後，又「往赴湯爾和招宴」。〔註 39〕

5 月 14 日，許廣平署名景宋的文章《紀念母親節》刊發在新加坡《星洲日報》副刊的《婦女界》。〔註 40〕

5 月 26 日，周作人「往北大辦公處，應公宴，來者皆雙方教育文化之官」。〔註 41〕

5 月，在延安的一天晚上，蕭三和毛澤東談起烈士何叔衡、蔡和森、瞿秋白（1899～1935）。毛澤東沉默了許久，對瞿秋白的不幸犧牲，特別感到惋惜，他說：「是啊！假如他活著，現在領導邊區的文化運動該有多好啊！」〔註 42〕

6 月，抗大建校三週年，毛澤東親臨慶祝大會作了《被敵人反對是好事不是壞事》的講話。〔註 43〕

6 月 10 日，因日機大轟炸，為了妻兒安全，胡風搬到北碚黃桷鎮帥家壩的兩間用羊圈豬欄改成的小破屋住下。〔註 44〕

6 月 18 日，胡風參加高爾基逝世三週年紀念會，作了報告，並替鹿地講話作翻譯。〔註 45〕在即將作為作家戰地訪問團（南團）成員之一出發上前線慰問前，胡風突發痔瘡甚劇，因此未能成行。〔註 46〕夏天，經過數月的奔波努力，《七月》終於復刊。改為月刊，每四期為一集。由於大書店不願意接受，只得由華中圖書公司出版，發行很受影響。這時的《七月》，除繼續介紹革命根據地來稿外，主要撰稿者多為大後方青年作家，如路翎、S.M 等。〔註 47〕

下半年，馮雪峰由中共中央東南局組織部恢復其組織關係，任中共中央東南局文化工作委員會委員。〔註 48〕

夏天，李何林編著《近二十年中國文藝思潮論》，曹靖華幫助出版並尋找

〔註 39〕錢理群著《周作人傳》第 111 頁。
〔註 40〕《許廣平著述編目》，陳漱渝著《許廣平的一生》第 183 頁。
〔註 41〕錢理群著《周作人傳》第 111 頁。
〔註 42〕蕭三《憶秋白〈革命回憶錄〉》，原載《人民日報》1980 年 6 月 16 日，周永詳編寫《瞿秋白年譜（1899～1935）》第 129 頁。
〔註 43〕《第九章　在抗大》，《徐懋庸回憶錄》第 114 頁。
〔註 44〕曉風《胡風年表簡編》，《新文學史料》1986 年第 4 期第 178 頁。
〔註 45〕曉風《胡風年表簡編》，《新文學史料》1986 年第 4 期第 178 頁。
〔註 46〕曉風《胡風年表簡編》，《新文學史料》1986 年第 4 期第 178 頁。
〔註 47〕曉風《胡風年表簡編》，《新文學史料》1986 年第 4 期第 178 頁。
〔註 48〕《馮雪峰大事年表》，孫琴安著《雪之歌——馮雪峰傳》第 331 頁。

瞿秋白的遺照。〔註 49〕

7 月 19 日，周作人與當時已被委任為偽北京大學秘書長的錢稻孫，共同討論北大文學院教職員人事安排。〔註 50〕

7 月，許廣平署名景宋的文章《阿 Q 的上演》刊發在《中法劇社首次公演〈阿 Q 正傳〉特刊》。〔註 51〕

7 月 30 日，許廣平署名景宋的文章《生活亂談》刊發在《上海婦女》第 3 卷第 6 期。〔註 52〕

7 月，世界書局出版鄭振鐸、王任叔、孔另境主編的「大時代文藝叢書」《橫眉集》，收入孔另境、王任叔、文載道、周木齋、周黎庵、風子（唐弢）和柯靈七人的雜文。唐弢共收入 21 篇，《後記》1 篇。同月，「大時代文藝叢書」又出版是詩歌散文集《松濤集》，收入（陳）白曙、石靈、宗玨、武桂芳、風子（唐弢）、柯靈、關露和戴平方八人的散文和詩，唐弢共收入 16 篇。〔註 53〕

夏季，端木蕻良在重慶復旦大學任教，蕭紅隨之住進大學宿舍。〔註 54〕

8 月 1 日，9 月 1 日、10 月 1 日，曹靖華譯《我是勞動人民的兒子》（中篇小說）在《中蘇文化》第 4 卷第 1 期、第 2 期、第 3 期刊載。曹靖華為《中蘇文化》編委之一。〔註 55〕

8 月 20 日、9 月 5 日、9 月 20 日，許廣平署名景宋的文章《魯迅先生與海嬰》在《魯迅風》上連載。〔註 56〕

8 月，周作人接任北京大學教授北大文學院院長之職。

9 月 3 日，周作人參加了東亞文化協議會文學部的會議，成為日本軍方控制的東亞文化協會的成員。〔註 57〕周作人的這一切活動不過是應酬。連文學院院長，他也是掛名，日常事務由學院秘書代理，他只是一個星期偶然去看

〔註 49〕冷柯（執筆）、毛粹《曹靖華年譜》，《曹靖華研究專集》第 421 頁。
〔註 50〕錢理群著《周作人傳》第 111 頁。
〔註 51〕《許廣平著述編目》，陳漱渝著《許廣平的一生》第 183 頁。
〔註 52〕《許廣平著述編目》，陳漱渝著《許廣平的一生》第 183 頁。
〔註 53〕傅小北、楊幼生《唐弢年譜》，傅小北、楊幼生編《唐弢研究資料》第 431～432 頁。
〔註 54〕《蕭紅年譜》，〔日〕平石淑子著、崔莉、梁豔萍譯《蕭紅傳》第 372 頁。
〔註 55〕冷柯（執筆）、毛粹《曹靖華年譜》，《曹靖華研究專集》第 422 頁。
〔註 56〕《許廣平著述編目》，陳漱渝著《許廣平的一生》第 183 頁。
〔註 57〕錢理群著《周作人傳》第 111 頁。

一次。看來日方也寧願讓周作人這麼閒著，他們原也只是要「周作人」這個名字罷了。周作人的應酬，出賣名字，自然都是有償的，「周家不僅結束了靠借貸過日子的窘況，而且開始大興土木。生活也日益闊綽，設宴招飲漸成常事，並且購置起虎皮衣裘來。〔註 58〕

9 月 25 日，許廣平與十週歲的周海嬰合影。〔註 59〕

9 月，唐弢的書《文章修養》由文化生活出版社出版上冊。〔註 60〕

9 月，曹靖華《蘇聯作家七人集》由生活書店出版。〔註 61〕

10 月 1 日，曹靖華作《魯迅在蘇聯》在《中蘇文化》4 卷 3 期發表。〔註 62〕

10 月 19 日，胡風參加文協等十四個單位舉辦的「魯迅逝世三週年紀念會」並作了關於魯迅生平的報告，大會主席為邵力子。〔註 63〕

10 月 19 日，蕭軍參加成都舉行的「魯迅先生逝世三週年紀念大會」，會後發表了三篇文章。〔註 64〕

10 月 19 日，許廣平署名景宋的文章《魯迅先生的晚年（1926～1936）》刊發在《文藝新聞》第 3 期，被收入《魯迅研究資料》第一輯。〔註 65〕

10 月 20 日，許廣平署名景宋的文章《魯迅先生與家庭》刊發在《上海婦女》第 3 卷第 9 期。〔註 66〕

10 月 25 日，許廣平署名景宋的文章《魯迅的生活之一》刊發在上海《職業生活》雜誌。〔註 67〕

10 月，許廣平署名景宋的兩篇文章《魯迅的日常生活》和《魯迅先生的寫作生活》刊發在《中蘇文化》第 4 卷第 3 期，後被收入《欣慰的回憶》一書。〔註 68〕

10 月，蕭紅完成《回憶魯迅先生》。〔註 69〕

〔註 58〕錢理群著《周作人傳》第 111～112 頁。
〔註 59〕《廣闊平遠——許廣平 120 週年誕辰紀念展》第四部分《向日葵》。
〔註 60〕傅小北、楊幼生《唐弢年譜》，傅小北、楊幼生編《唐弢研究資料》第 432 頁。
〔註 61〕冷柯（執筆）、毛粹《曹靖華年譜》，《曹靖華研究專集》第 422 頁。
〔註 62〕冷柯（執筆）、毛粹《曹靖華年譜》，《曹靖華研究專集》第 422 頁。
〔註 63〕曉風《胡風年表簡編》，《新文學史料》1986 年第 4 期第 178 頁。
〔註 64〕王科、徐塞、張英偉著《蕭軍評傳》第 137 頁。
〔註 65〕《許廣平著述編目》，陳漱渝著《許廣平的一生》第 183 頁。
〔註 66〕《許廣平著述編目》，陳漱渝著《許廣平的一生》第 183 頁。
〔註 67〕《許廣平著述編目》，陳漱渝著《許廣平的一生》第 184 頁。
〔註 68〕《許廣平著述編目》，陳漱渝著《許廣平的一生》第 184 頁。
〔註 69〕《蕭紅年譜》，〔日〕平石淑子著、崔莉、梁豔萍譯《蕭紅傳》第 372 頁。

10 月，胡風的父親死於旅途。〔註 70〕

11 月 1 日，許廣平署名景宋的文章《魯迅先生的娛樂》刊發在《文藝陣地》第 4 卷第 1 期。〔註 71〕

11 月 7 日，胡風參加蘇聯大使館慶祝十月革命二十二週年茶會。〔註 72〕

11 月，唐弢的書《文章修養》由文化生活出版社出版下冊。〔註 73〕

11 月 25 日，許廣平署名景宋的文章《我的小學時代》刊發在《上海婦女》第 3 卷第 11 期。〔註 74〕

12 月 10 日，許廣平收到郁達夫從南洋寄來問候的信。〔註 75〕

12 月 16 日，蕭軍在日寇轟炸機的狂轟濫炸之中完成了四幕話劇《幸福之家》。這是他進行話劇創作的嘗試。〔註 76〕

12 月 21 日，胡風參加中蘇文協舉辦的慶祝斯大林六十壽辰茶會。〔註 77〕

12 月 21 日，曹靖華譯作《斯大林論列寧》（係《論列寧》集裏的首篇）在《中蘇文化》「斯大林六十壽辰慶祝專號」發表。〔註 78〕

12 月，許廣平寫作文章《魯迅與中國木刻運動》。〔註 79〕

1938 年至 1939 年，海嬰因哮喘病發作，小學三四年級時斷時續，大部分時間在家補習。〔註 80〕

冬天，蕭紅和端木蕻良搬到黃桷樹鎮上名秉莊，住在靳以樓下。〔註 81〕

年底，胡適看到周作人的信時，周作人已脫下老僧的袈裟，變成日本侵略軍麾下的「督辦」了。〔註 82〕

這年，許廣平署名景宋的文章《憧憬的南洋》刊發在《文藝長城》第 5、6 期合刊。〔註 83〕周建人留在上海從事抗日救亡活動及翻譯自然科學著作。

〔註 70〕曉風《胡風年表簡編》，《新文學史料》1986 年第 4 期第 178 頁。
〔註 71〕《許廣平著述編目》，陳漱渝著《許廣平的一生》第 184 頁。
〔註 72〕曉風《胡風年表簡編》，《新文學史料》1986 年第 4 期第 178 頁。
〔註 73〕傅小北、楊幼生《唐弢年譜》，傅小北、楊幼生編《唐弢研究資料》第 432 頁。
〔註 74〕《許廣平著述編目》，陳漱渝著《許廣平的一生》第 184 頁。
〔註 75〕周海嬰《堅守上海》，周海嬰著《直面與正視——魯迅與我七十年》第 199 頁。
〔註 76〕王科、徐塞、張英偉著《蕭軍評傳》第 137 頁。
〔註 77〕曉風《胡風年表簡編》，《新文學史料》1986 年第 4 期第 178 頁。
〔註 78〕冷柯（執筆）、毛粹《曹靖華年譜》，《曹靖華研究專集》第 422 頁。
〔註 79〕《許廣平著述編目》，陳漱渝著《許廣平的一生》第 184 頁。
〔註 80〕《周海嬰大事年表》，《周海嬰紀念集》第 226 頁。
〔註 81〕百度百科「蕭紅」。
〔註 82〕錢理群著《周作人傳》第 107 頁。
〔註 83〕《許廣平著述編目》，陳漱渝著《許廣平的一生》第 184 頁。

〔註 84〕曹靖華譯作《鐵流》出版生活書店版。〔註 85〕唐弢的家庭發生大的變故，從 4 月到 11 月，他失去了四個親人：三歲的兒子、患肺結核的妻子、五歲的次子、鎮江家鄉的祖母。這對他的思想影響很大，除了繼續寫了許多戰鬥性的雜文外，他也寫了一些充滿哀傷的散文。〔註 86〕

〔註 84〕《周建人年譜簡編》，謝德銑著《周建人評傳》第 374 頁。
〔註 85〕冷柯（執筆）、毛粹《曹靖華年譜》，《曹靖華研究專集》第 422 頁。
〔註 86〕傅小北、楊幼生《唐弢年譜》，傅小北、楊幼生編《唐弢研究資料》第 432 頁。

1940 年

1 月 3 日，許廣平給郁達夫寫回信。告知魯迅逝世三年來母子生活的現狀和苦況、上海被整肅的氛圍並提及郁達夫的哥哥郁華之死。〔註 1〕

許廣平寫道：

自魯迅逝世後，我還支持著度日，有時寫些小文，但不能賣錢。上海文人多如此，偶然收到三五元的酬金，真是杯水車薪，毫無補益。《魯迅全集》雖出了，但頭兩版因要普及，徇朋友之情，每部（20 冊）只收版稅一二元，其中便宜了託總經售的書店，他們費國幣十一二元買下（名為讀者預約），再在香港南洋賣外幣若乾元，轉手之間，便大發其財。而內地重慶，只生活書店編輯部有一部，因書去內地運費極昂而價低，不上算也。經此挫折，出書處沒有本錢，不能再印，我們連些微版稅都落空了。而目前上海生活費較站前貴了兩三倍以上，有時是難以預料地不可捉摸。平均若是平常百元可過去的，現非二三百元不可了。似此突增負擔，有生活費的還不易維持，毫無保障者就更不堪設想了。而我經常還有兩重負擔，北平方面，每月開銷，魯迅死後，我一直擔負支持全部到兩年之久。實不得已，才去信二先生周作人，請他負擔，他並不回信，只由老太太來字說他擔任一半，其餘一半及意外開銷還要我設法，想到她們的孤苦，我也只好硬著頭皮設法，如此又度去了一年。但上海近來開銷更大了，房租大漲，再加海嬰體弱，哮喘時發，不得不多方醫治。每月生活費及醫藥（非常貴）以及營養等費，只他一人有時至百金以上；其餘共計每月非二三百元不可。如何能維持得久遠呢？有醫生說，最好到熱帶地方去，氣候暖，海嬰不易感冒，氣管慢性炎或可能好起來，免

〔註 1〕周海嬰《堅守上海》，周海嬰著《直面與正視——魯迅與我七十年》第 198 頁。

成終身廢人（現不能讀書）。所以一面欲乘此解決生活的負擔，以職業來的所得來維持二人生活；一面也望如此他可能健康起來。去秋二人又病了，先是他病，後來傳給了我，總之體弱即易罹一切病症。有些朋友看到不忍，就多方設法，給謀出路，因此有寫信給先生之事。〔註 2〕

對去南洋的可能，許廣平這樣說：但聞國際護照，現在國際關係複雜，多所限制，不易批准。如非有職業在彼，或不易弄到。現時只能在滬勉強支持著，找些小事做做，再待機會。〔註 3〕

對給南洋報刊寫稿，許廣平這樣說：承命多寫文章，更見先生垂念周詳，惟寄到國外，自不能寫不痛不癢的文字，若有關痛癢的，又恐寄出不易。〔註 4〕

對上海文壇，許廣平這樣說：目前此地較一九二七（年）以後，更不堪言。主持動手者，似仍為一九二七（年）以後的那批人，真是駕輕就熟；再兼泰山重壓，小民真如卵之易碎。目前有一茅女士（茅麗瑛烈士）不過做些婦女職業的要求，及為救濟難民舉辦一次義賣，也被慘致擊斃。自此人人自危，大有生命不知何日喪之感。我住上海，並不活動，又兼小孩多疾，終日做看護還來不及，外面事自管不得許多。不過還是中國人，或者這就是罪名，也難說。現時大家就覺得彷彿住在火海，也不容易自拔。因為到別處去生活（費）一樣高，也許更困難，普通人都覺得如此，令兄（郁華）之事，更無論了。他是忠於職守的好人，很幸運地，在他未逝世的前些天，蒙郁風招去她家夜飯，後又見到令兄，這真是難得的一面之緣。及到入殮的一天，也曾到殯儀館去祭過；說不出的悲憤，在每個弔客的心頭橫梗著。然而蕭殺之氣凌厲，大家不由得不守緘默，只見花圈，不見多少輓聯。〔註 5〕

此信提及郁達夫在南洋發起募捐，為「魯迅紀念基金」籌到了 120 元，希望對許廣平母子的生活有所幫助。周海嬰說：我後來知道：據說正處困難之中的黨曾通過地下渠道，給過我們一些資助。梅志阿姨也告訴我，沈鈞儒和胡風這些老朋友，雖然身在大後方，仍常常商量怎麼能設法託人帶些生活

〔註 2〕周海嬰《堅守上海》，周海嬰著《直面與正視——魯迅與我七十年》第 199～200 頁。

〔註 3〕周海嬰《堅守上海》，周海嬰著《直面與正視——魯迅與我七十年》第 200 頁。

〔註 4〕周海嬰《堅守上海》，周海嬰著《直面與正視——魯迅與我七十年》第 200 頁。

〔註 5〕周海嬰《堅守上海》，周海嬰著《直面與正視——魯迅與我七十年》第 200～201 頁。

費接濟許先生。〔註 6〕

1 月 10 日，許廣平署名景宋的文章《新年》刊發在《上海婦女》第 4 卷第 2 期。〔註 7〕

年初，曹聚仁前往贛南協助蔣經國幹起了「新政」，同時受蔣的委派主持《正氣日報》的編務工作。〔註 8〕這段時間，是曹的第二個妻子鄧珂雲隨行。鄧在 30 年代中期與曹聚仁由師生戀墜入情海，雙雙赴大江南北做戰地記者，繼而結婚，在洛陽安下了新家。〔註 9〕

1 月 19 日，蕭紅與端木蕻良赴香港。〔註 10〕

1 月，蕭紅的長篇小說《馬伯樂》由重慶大時代書局初版，列入《文藝叢書》，此為《馬伯樂》第一部。〔註 11〕

1 月 28 日，胡風主持文協的戰地文藝工作座談會。〔註 12〕

1 月～3 月，曹靖華譯作《我是勞動人民的兒子》在《中蘇文化》第 5 卷第 1、2、3 期連載。〔註 13〕

2 月 1 日，曹靖華譯作《列寧的童年》（烏里亞諾夫作）在《文藝陣地》第 4 卷第 7 期發表。〔註 14〕

2 月 1 日，許廣平 1 月 3 日回覆郁達夫的信〔註 15〕**被加上標題《孤寡之聲》刊發在新加坡《星洲日報》副刊《晨星》。**〔註 16〕

2 月 3 日，胡風主持文協的詩歌晚會，討論如何推行詩歌運動。〔註 17〕

2 月 5 日，中華全國文藝界抗敵協會香港分會在大東酒店為蕭紅和端木蕻良二人舉行歡迎會。〔註 18〕

〔註 6〕周海嬰《堅守上海》，周海嬰著《直面與正視——魯迅與我七十年》第 201～202 頁。

〔註 7〕《許廣平著述編目》，陳漱渝著《許廣平的一生》第 184 頁。

〔註 8〕李勇著《曹聚仁研究》第 3 頁。

〔註 9〕李勇著《曹聚仁研究》第 33 頁。

〔註 10〕《蕭紅年譜》，〔日〕平石淑子著、崔莉、梁豔萍譯《蕭紅傳》第 373 頁。

〔註 11〕《蕭紅主要作品錄》，邢富君編《蕭紅代表作》第 375 頁。

〔註 12〕曉風《胡風年表簡編》，《新文學史料》1986 年第 4 期第 178 頁。

〔註 13〕冷柯（執筆）、毛粹《曹靖華年譜》，《曹靖華研究專集》第 423 頁。

〔註 14〕冷柯（執筆）、毛粹《曹靖華年譜》，《曹靖華研究專集》第 423 頁。

〔註 15〕周海嬰《堅守上海》，周海嬰著《直面與正視——魯迅與我七十年》第 198 頁。

〔註 16〕《許廣平著述編目》，陳漱渝著《許廣平的一生》第 184 頁。

〔註 17〕曉風《胡風年表簡編》，《新文學史料》1986 年第 4 期第 178 頁。

〔註 18〕百度百科「蕭紅」。

2月6日、7日，胡風在行知學校參觀和講演。〔註19〕

2月21日，胡風主持文協的戲劇晚會，討論對目前戲劇工作的意見和感想。〔註20〕

3月1日，唐弢在《宇宙風》乙刊第22期發表散文《我要逃避》。這是他為紀念妻子和孩子逝去而寫的。〔註21〕

3月8日，曹靖華譯作《蘇聯空中女英雄——作家拉斯科瓦》在《中蘇文化》第5卷第3期發表。〔註22〕

3月，蕭紅參加香港女校紀念三八勞軍籌備委員會在堅道養中女子中學舉行的座談會。〔註23〕同月，蕭紅的短篇小說集《曠野的呼喊》由上海雜誌公司初版，共收作品7篇。〔註24〕

春天，成都的進步人士和文化團體的安全受到了嚴重威脅。〔註25〕

3月7日，蕭軍以旅遊為名隻身赴峨眉，然後又從嘉定經宜賓、瀘州、白沙赴重慶。〔註26〕

3月23日，胡風主持文協的詩歌晚會。〔註27〕

3月27日，蕭軍到達重慶文協。〔註28〕

3月，巴金為許廣平到香港餞行。邀請一起吃飯的還有唐弢、李健吾、王統照、高季琳、趙家璧等。〔註29〕

4月，許廣平的《魯迅與中國木刻運動》刊發在上海《耕耘》雜誌。〔註30〕

4月，許廣平給許壽裳寫信。該信收入《許廣平文集》第3卷，標題為「致季茀」。〔註31〕

〔註19〕曉風《胡風年表簡編》,《新文學史料》1986年第4期第178頁。

〔註20〕曉風《胡風年表簡編》,《新文學史料》1986年第4期第178頁。

〔註21〕傅小北、楊幼生《唐弢年譜》,傅小北、楊幼生編《唐弢研究資料》第432頁。

〔註22〕冷柯（執筆）、毛粹《曹靖華年譜》,《曹靖華研究專集》第423頁。

〔註23〕百度百科「蕭紅」。

〔註24〕《蕭紅主要作品錄》，邢富君編《蕭紅代表作》第374頁。

〔註25〕王科、徐塞、張英偉著《蕭軍評傳》第137頁。

〔註26〕王科、徐塞、張英偉著《蕭軍評傳》第137頁。

〔註27〕曉風《胡風年表簡編》,《新文學史料》1986年第4期第178頁。

〔註28〕王科、徐塞、張英偉著《蕭軍評傳》第137頁。

〔註29〕陳夢熊《許廣平的香港之行》,《魯迅研究動態》1988年第11期第39頁。

〔註30〕《許廣平著述編目》，陳漱渝著《許廣平的一生》第184頁。

〔註31〕海嬰編《許廣平文集》第三卷第332～339頁。

4 月，許廣平隻身從上海去香港，到香港後逗留了五六天。〔註 32〕

陳夢熊在《許廣平的香港之行》中寫道：

11 日下午一時許，船靠九龍，由同船相遇的陸小姐陪同落腳在中環她親戚開設的旅店裏。逗留了五六天後，又匆匆地返滬了。許先生此行的目的，顯然不在觀光和旅行，而是瞭解當時香港的環境和情況，無疑有著移居香港的設想的。事實上，當時許先生蟄居的上海租界，環境日趨惡化，「孤島」已有淪陷之勢，有影響的進步人士大都做離滬的打算。何況南洋文藝界的進步人士發動了募捐，已有匯款援助魯迅遺屬之舉。只是當時香港亦籠罩於第二次世界大戰的陰霾下，局面極不穩定，她「登陸的頭一天夜裏，就遇到燈火管制，特別空防」。加上香港百物昂貴，「比起上海物價，那時大約昂貴到三分之一的比例」，毫無固定收入的她，也難維持。此外，香港的進步文人也有「喘不過氣之感，那是因為地面太窄小了，動不動似乎都有眼睛在監視著，大家都料不到要住多長久」。既然如此，許先生也就不想在此長住，只「在五六天之後又急急地搭船回滬了」。此行日程較短，又是隻身前往，故不為外界所知道。至於唐弢先生說她當時有移居香港的意圖，是很對的。〔註 33〕

4 月 14 日，胡風主持文協的馬雅可夫斯基逝世十週年紀念晚會，從馬雅可夫斯基談到詩的一般特質問題，詩的大眾化問題，街頭詩問題，朗誦詩問題。〔註 34〕

4 月中旬，接到蕭軍平安抵渝的書信後，王德芬帶著七個月的女兒蕭歌，在劉開渠夫婦的資助下，飛抵重慶，和蕭軍團聚在南溫泉文協宿舍。此時，蕭軍的《幸福之家》已經在重慶出版了。〔註 35〕

4 月，曹靖華譯作《恐懼》由文化生活出版社出版。〔註 36〕

4 月，唐弢的書《投影集》由上海文化生活出版社出版，收雜文散文 25 篇，序 1 篇。大都是經魯迅勸告後寫的一些篇幅較長的雜感。該書為巴金主編的「文學叢刊」第六集中的一冊。〔註 37〕

4 月 15 日～12 月，抗大第六期是戰爭中學習的一期，也是總校開赴敵後

〔註 32〕陳夢熊《許廣平的香港之行》，《魯迅研究動態》1988 年第 11 期第 39 頁。

〔註 33〕陳夢熊《許廣平的香港之行》，《魯迅研究動態》1988 年第 11 期第 42 頁。

〔註 34〕曉風《胡風年表簡編》，《新文學史料》1986 年第 4 期第 178 頁。

〔註 35〕王科、徐塞、張英偉著《蕭軍評傳》第 138 頁。

〔註 36〕冷柯（執筆）、毛粹《曹靖華年譜》，《曹靖華研究專集》第 423 頁。

〔註 37〕傅小北、楊幼生《唐弢年譜》，傅小北、楊幼生編《唐弢研究資料》第 432 頁。

的第一期。這期與四、五期不同，學員成份都是八路軍、新四軍及山西決死隊送來的幹部，共 4900 人。校址初在蟠龍，後移到黎城的霞莊一帶。1940 年底，遷駐河北邢臺的漿水一帶，校部駐在前南峪，校政治部駐在漿水鎮上。四、五月間，羅瑞卿調往八路軍野戰政治部任主任，滕代遠任副校長。抗大學生參加了百團大戰，由於敵人經常進行「掃蕩」，抗大的學生也經常參加「反掃蕩」的鬥爭。〔註 38〕

5 月 13 日，胡風赴新生活運動會婦女執委會講演。〔註 39〕

5 月 27 日，胡風住所周圍落下三個炸彈，兩個殺傷彈。屋門窗玻璃被震壞。北碚、黃桷鎮有相當數目的死傷。復旦教務長孫寒冰被炸死。〔註 40〕

6 月 3 日，胡風搬家到石子山，住土房三間，和通俗讀物編刊社為鄰。〔註 41〕

6 月 24 日，北碚又被炸，延燒了一半。胡風的住房受震動。〔註 42〕

6 月 25 日，胡風參加通俗讀物編刊社的「民族形式討論會」。〔註 43〕

6 月，國際宣傳處不滿胡風積極從事「抗敵文協」和《七月》的工作，要求他每天去國際宣傳處上班，他於是辭職。〔註 44〕

6 月，蕭軍一邊創作話劇《恩仇以外》，一邊參加八路軍辦事處舉辦的各種活動。經「八辦」負責的董必武、鄧穎超等領導批准，在「東北救亡總會」會長於毅夫的幫助下，蕭軍和老友舒群一起去延安。為了掩護身份，蕭軍化妝成八路軍醫生，王德芬扮成護士，舒群扮成衛兵。〔註 45〕

6 月，散文集《蕭紅》由重慶大時代書局初版，共收蕭紅的散文 17 篇。〔註 46〕

初夏，蕭軍成了「邊區文協」的專業作家。剛到延安的一段日子，蕭軍主要從事文藝創作。除了續寫長篇小說《第三代》外，他完成了始於重慶創作的四幕話劇《恩仇以外》。〔註 47〕

〔註 38〕《第九章　在抗大》，《徐懋庸回憶錄》第 115 頁。
〔註 39〕曉風《胡風年表簡編》，《新文學史料》1986 年第 4 期第 178 頁。
〔註 40〕曉風《胡風年表簡編》，《新文學史料》1986 年第 4 期第 178 頁。
〔註 41〕曉風《胡風年表簡編》，《新文學史料》1986 年第 4 期第 179 頁。
〔註 42〕曉風《胡風年表簡編》，《新文學史料》1986 年第 4 期第 179 頁。
〔註 43〕曉風《胡風年表簡編》，《新文學史料》1986 年第 4 期第 179 頁。
〔註 44〕曉風《胡風年表簡編》，《新文學史料》1986 年第 4 期第 179 頁。
〔註 45〕王科、徐塞、張英偉著《蕭軍評傳》第 143 頁。
〔註 46〕《蕭紅主要作品錄》，邢富君編《蕭紅代表作》第 374 頁。
〔註 47〕王科、徐塞、張英偉著《蕭軍評傳》第 144 頁。

7 月，蕭紅的散文《回憶魯迅先生》由重慶婦女生活社初版。〔註 48〕

7 月，蕭紅創作啞劇劇本《民族魂魯迅》。〔註 49〕

7 月 3 日，許廣平的《旅行小感》一文刊發在上海的《燎原文藝月刊》第一期。〔註 50〕

7 月 7 日，曹靖華作《抗戰三年來蘇聯文學之介紹》在《中蘇文化》抗戰三週年紀念特刊發表。〔註 51〕

7 月，許廣平寫作文章《民元前的魯迅先生》。〔註 52〕

8 月 1 日，許廣平署名景宋的文章《瑣談》刊發在上海《學習》雜誌。〔註 53〕

8 月 3 日，文協在中蘇文化協會舉辦魯迅六十誕辰紀念會，郭沫若、沈鈞儒等到會講話。〔註 54〕

8 月 3 日，香港文協、青年記者協會香港分會、華人政府文員協會等文藝團體聯合在加路連山的孔聖堂召開紀念會，紀念魯迅先生六十誕辰，蕭紅負責報告魯迅先生生平事項，紀念會上還演出了蕭紅到港後寫的啞劇《民族魂魯迅》。〔註 55〕

8 月，國民黨為加強統治，要教授入黨並按時上班。胡風因而不能再在復旦任教，從而失業。〔註 56〕

8 月 3 日，許廣平署名景宋的文章《留存於魯迅先生處的幾位友人的舊詩集錄》刊發在上海《週報》第 2 卷第 8 期。〔註 57〕

8 月，上海各民眾團體在法租界某劇場秘密舉行魯迅誕生 60 週年紀念，出席者共二、三百人。許廣平、周建人和「孤島」左翼文藝界領導王任叔（巴人）等在主席臺就座，許廣平作了講話，周建人也在會上追懷魯迅。〔註 58〕

〔註 48〕《蕭紅主要作品錄》，邢富君編《蕭紅代表作》第 375 頁。

〔註 49〕《蕭紅年譜》，〔日〕平石淑子著、崔莉、梁豔萍譯《蕭紅傳》第 372 頁。

〔註 50〕陳夢熊《許廣平的香港之行》，《魯迅研究動態》1988 年第 11 期第 41 頁。

〔註 51〕冷柯（執筆）、毛粹《曹靖華年譜》，《曹靖華研究專集》第 423 頁。

〔註 52〕《許廣平著述編目》，陳漱渝著《許廣平的一生》第 185 頁。

〔註 53〕《許廣平著述編目》，陳漱渝著《許廣平的一生》第 185 頁。

〔註 54〕唐金海、張曉雲主編《巴金年譜（上、下卷）》第 544 頁，四川文藝出版社 1989 年 10 月第 1 版第 1 次印刷。

〔註 55〕百度百科「蕭紅」。

〔註 56〕曉風《胡風年表簡編》，《新文學史料》1986 年第 4 期第 179 頁。

〔註 57〕《許廣平著述編目》，陳漱渝著《許廣平的一生》第 185 頁。

〔註 58〕《周建人年譜簡編》，謝德銑著《周建人評傳》第 374 頁。

8月，周建人署名克士的文章《略講關於魯迅的事情》刊發於《學習》（半月刊）第2卷第9期。

8月15日，周建人的文章《在上海文藝界紀念魯迅六十誕辰大會上的演說詞》發表在《星島日報》。〔註59〕

8月，唐弢的文章《魯迅思想與魯迅精神》發表在《文陣叢刊二：論魯迅》（總50號）。〔註60〕

8月15日，曹靖華作《論卡達耶夫》在《中蘇文化》第7卷第1期發表。〔註61〕

夏秋之間，曹靖華到家鄉給學校師生講話。

據張忠毅回憶（當年盧氏縣莘園中學學生，任盧氏實驗小學校長）：他穿著長衫，有縣裏國民黨頭頭們跟著，名義上是保護，實際上是監視。那正是抗日戰爭時期，那天講話是8月15晚上，他借著仲秋明月給我們講了八月十五殺韃子的故事，當時年幼不懂事，後來才知道寓意是很深刻的。〔註62〕

9月1日，蕭紅的《呼蘭河傳》開始在《星島日報》副刊《星座》連載。〔註63〕

9月16日，許廣平署名景宋的文章《魯迅年譜的經過》刊發在《宇宙風（乙刊）》第2卷第9期。〔註64〕

10月，郭沫若在國民黨軍事委員會政治部下組成文化工作委員會，有專任、兼任委員各十名。經周恩來提名，胡風被聘為專任委員，從而解決了生活問題，直至1945年4月文工會解散。〔註65〕

10月13日，胡風寫成《論民族形式問題》。〔註66〕

10月19日，胡風參加十二個團體舉辦的「魯迅逝世四週年紀念會」，作了簡短的報告。馮玉祥為大會主席，講演者還有郭沫若、田漢等。晚上，參加文協聚餐，周恩來、沈鈞儒等作關於魯迅的講演。〔註67〕

〔註59〕《周建人年譜簡編》，謝德銑著《周建人評傳》第374頁。
〔註60〕傅小北、楊幼生《唐弢年譜》，傅小北、楊幼生編《唐弢研究資料》第432頁。
〔註61〕冷柯（執筆）、毛粹《曹靖華年譜》，《曹靖華研究專集》第423頁。
〔註62〕冷柯（執筆）、毛粹《曹靖華年譜》，《曹靖華研究專集》第423頁。
〔註63〕百度百科「蕭紅」。
〔註64〕《許廣平著述編目》，陳漱渝著《許廣平的一生》第185頁。
〔註65〕曉風《胡風年表簡編》，《新文學史料》1986年第4期第179頁。
〔註66〕曉風《胡風年表簡編》，《新文學史料》1986年第4期第179頁。
〔註67〕曉風《胡風年表簡編》，《新文學史料》1986年第4期第179頁。

10 月 20 日，胡風主持文協的魯迅紀念晚會。〔註 68〕

在延安各界紀念魯迅先生逝世四週年大會上，蕭軍負責起草了《魯迅先生逝世四週年延安各界紀念大會宣言》。〔註 69〕

10 月 25 日，曹靖華譯作《偵探隊長》（斯達夫斯基作）在《中蘇文化》第 7 卷第 5 期發表。〔註 70〕

10 月 25 日，唐弢的文章《停棹小唱》刊發在福建永安出版的《現代文藝》第 2 卷第 1 期。〔註 71〕

10 月 27 日，胡風主持文協的詩歌晚會，艾青報告三年來的詩。〔註 72〕

11 月 1 日～12 月 1 日，曹靖華譯作中篇小說《油船德賓特號》（克雷莫夫著）在《抗戰文藝》第 6 卷第 3 第 4 期連載。作《魯迅與翻譯》在《抗戰文藝》第 6 卷第 4 期「魯迅先生逝世四週年紀念特輯」發表，原載上海《公論叢刊》。〔註 73〕

11 月 10 日，胡風主持文學的戲劇晚會，討論怎樣表現主題與怎樣創造人物。〔註 74〕

11 月 19 日，許廣平署名景宋的文章《魯迅先生對批評的態度》刊發在上海奔流出版社出版的《奔流新集之一：直入》。〔註 75〕

11 月，許廣平署名景宋的文章《魯迅先生在北平的反帝鬥爭》刊發在上海天一書店出版《文藝界叢刊之一：麗芒湖上》及《橫眉》，被收入《欣慰的紀念》一書時，改題目為《魯迅先生及女師大事件》。〔註 76〕

11 月 17 日，胡風參加文協小說晚會。〔註 77〕

11 月 20 日，唐弢編輯「文藝界叢刊」第一輯《麗芒湖上》出版，上面刊發有他署名風子的雜文《笑》。〔註 78〕

〔註 68〕曉風《胡風年表簡編》，《新文學史料》1986 年第 4 期第 179 頁。
〔註 69〕王科、徐塞、張英偉著《蕭軍評傳》第 144 頁。
〔註 70〕冷柯（執筆）、毛粹《曹靖華年譜》，《曹靖華研究專集》第 423 頁。
〔註 71〕傅小北、楊幼生《唐弢年譜》，傅小北、楊幼生編《唐弢研究資料》第 432 頁。
〔註 72〕曉風《胡風年表簡編》，《新文學史料》1986 年第 4 期第 179 頁。
〔註 73〕冷柯（執筆）、毛粹《曹靖華年譜》，《曹靖華研究專集》第 423 頁。
〔註 74〕曉風《胡風年表簡編》，《新文學史料》1986 年第 4 期第 179 頁。
〔註 75〕《許廣平著述編目》，陳漱渝著《許廣平的一生》第 185 頁。
〔註 76〕《許廣平著述編目》，陳漱渝著《許廣平的一生》第 185 頁。
〔註 77〕曉風《胡風年表簡編》，《新文學史料》1986 年第 4 期第 179 頁。
〔註 78〕傅小北、楊幼生《唐弢年譜》，傅小北、楊幼生編《唐弢研究資料》第 432 頁。

12 月 1 日，許廣平署名景宋的文章《民元前的魯迅先生》刊發在《抗戰文藝》第 6 卷第 4 期。〔註 79〕

12 月 1 日，許廣平署名景宋的文章《信》刊發在《抗戰文藝》第 6 卷第 4 期。〔註 80〕

12 月 1 日，胡風主持文協的戲劇晚會，討論怎樣發揚戲劇上的現實主義。〔註 81〕

12 月 8 日，胡風參加文協的小說晚會。〔註 82〕

12 月，胡風擬《文協致蘇聯作家書》；編成《民族形式討論集》；胡風的評論集《論民族形式問題》由重慶生活書店出版。〔註 83〕

12 月 15 日，曹靖華譯作《機關槍手雷巴克》（斯達夫斯基作）在《中蘇文化》第 7 卷第 6 期發表；譯作《保衛察里津》（阿・托爾斯泰作）在《文學月刊》第 2 卷第 5 期「蘇聯文學專號」發表，同期刊出翻譯故事《小笛和水罐》（卡達耶夫作）。〔註 84〕

12 月 19 日，在汪偽中央政治委員會 31 次會議上，正式通過了「特派周作人為華北政務委員會委員，並指定為常委委員兼教育總署督辦」一案。第二天，北京《實報》上披露了這一消息。當天，周作人就接待了《東亞新報》與福岡、偽滿洲、偽蒙疆等各報記者和偽中華通訊社記者絡繹不絕的採訪。周作人就任教育督辦的幕後牽線人之一，日本特設文化特務機關興亞院華北聯絡部文化局的調查官松井大佐，也特地拜訪了周作人，並對《庸報》記者發表談話，表示「此次以平素不喜歡政治生活之當代文學界權威者周作人氏，出任巨艱。鄙人覺得非常榮幸」。〔註 85〕

12 月 20 日，蕭紅完成《呼蘭河傳》。〔註 86〕

12 月 25 日，周作人第一次參加汪偽政委會宴會。〔註 87〕

12 月，汪偽《中華日報》廣告欄裏出現「打倒賣國賊汪精衛」字樣，唐

〔註 79〕《許廣平著述編目》，陳漱渝著《許廣平的一生》第 185 頁。

〔註 80〕《許廣平著述編目》，陳漱渝著《許廣平的一生》第 185 頁。

〔註 81〕曉風《胡風年表簡編》，《新文學史料》1986 年第 4 期第 179 頁。

〔註 82〕曉風《胡風年表簡編》，《新文學史料》1986 年第 4 期第 179 頁。

〔註 83〕曉風《胡風年表簡編》，《新文學史料》1986 年第 4 期第 179 頁。

〔註 84〕冷柯（執筆）、毛粹《曹靖華年譜》，《曹靖華研究專集》第 423 頁。

〔註 85〕錢理群著《周作人傳》第 115 頁。

〔註 86〕《蕭紅年譜》，〔日〕平石淑子著、崔莉、梁豔萍譯《蕭紅傳》第 373 頁。

〔註 87〕錢理群著《周作人傳》第 115 頁。

弢作雜文《蠅矢篇》記其事。同月，唐弢的雜文集《短長書》由北社出版，為列車（陸象賢）編「北社叢書」第四種，收雜文 16 篇，序 1 篇。〔註 88〕

12 月 27 日，蕭紅的《呼蘭河傳》在《星島日報》連載完畢。〔註 89〕

這年，許廣平開設「魯迅全集出版社」，正式出版發行魯迅著作。〔註 90〕

周海嬰在《堅守上海》中寫道：

關於出版社，我至今還保存著當年母親手書的一個賬本，那是 1942 年 12 月份到 1943 年 6 月，總共七個月。

從這 24 筆帳目的趨勢可以看出，想以出版父親著作來維持生計，談何容易？從這年（1943）的三四月開始，書籍的銷售情況越發清淡。光明書店要了 50 本書，不欠付。兄弟書店也是七天後才付款。單行本僅賣五十至一百二十本，且經過一個半月之久，扣除成本，實際沒有賺頭，可以說是在吃老本。而整整七個月裏，《全集》僅賣出了三部，《三十年集》四十四部，單行本一千八百五十本。我記得母親接到書店要書的清單，總是又喜又憂，心裏矛盾得很：既有可以藉以糊口的收入，又是虧本生意。銷出去的書一般總是由我把書送到四馬路的書店，店裏也常常不拿出現金，只能交給一張遠期支票。支票軋入銀行的戶頭裏，有時遇到退票，再去書店換一張支票，等於拖延付款。好不容易等到可以支付的日期，書店忽然又來一個電話，說再遲幾天銀行才有款，母親也無可奈何。而對這種困境，母親只得連客戶是誰都不管了。比如中央書店也過來訂購，母親想這家是國民黨背景的店，賣還是不賣，雖然猶豫了一陣，最終還是將書發了出去。過後倒也未有什麼動靜。想必他們也是在商言商，只為利潤計，並不考慮政治吧，這才放了心。賬面上所記賣了三部紀念本，這是母親不肯輕易出手的，只因手頭實在拮据才忍痛割愛的。當時母親為此常常流露出的那種焦慮和無奈，直到今天還清晰地呈現在我的眼前。〔註 91〕

周海嬰還談及許廣平被一個熟朋友欺詐的往事。此人之前曾在內山完造的書店供職，受到內山和魯迅先生的信任。後來內山回日本，他求許廣平給他一份差事，許廣平就答應了。他在經營和銷售上很有一套，雖然很是算計，

〔註 88〕傅小北、楊幼生《唐弢年譜》，傅小北、楊幼生編《唐弢研究資料》第 433 頁。

〔註 89〕百度百科「蕭紅」。

〔註 90〕周海嬰《堅守上海》，周海嬰著《直面與正視——魯迅與我七十年》第 202 頁。

〔註 91〕周海嬰《堅守上海》，周海嬰著《直面與正視——魯迅與我七十年》第 203～204 頁。

但許廣平還是很信任他，連魯迅的「手稿和自己積蓄的錢，都交付他保管」〔註 92〕。一直到後來發現他居然「趁機搞起個冒牌出版社，來與『魯迅全集出版社』爭搶生意」〔註 93〕，才徹底看透了他。周海嬰寫道：

1946 年的冬天，快到春節時候，他突然闖來我家，說沒有錢過年了，要拉母親一同去跳黃浦江。意圖很明白，他要討回歸還的一筆錢。為此糾纏了一個上午。直到母親告訴他，錢是從魯迅著作中得來的，並已用於重修魯迅墓，他才無奈而去。

新中國成立，他也許看到形勢變了，母親有了地位，也許確實有了悔悟之意。有一天，母親忽然收到他的信，說自己文化低，做過很對不起你的事，希望你原諒云云。母親沒有回信，從此就未再聯繫。〔註 94〕

這年，周建人曾和鄭易里、趙平生、何封、董秋斯、羅稷南、胡曲園、陳珪如等一起，組織哲學座談會，並創辦了由讀書出版社出版的《哲學雜誌》。這是中國較早的進步哲學雜誌。刊載過列寧的《唯物論與經驗批判論》以及黑格爾、梅林的著作、蘇聯的哲學論文等，由於時局惡化，該刊僅出版第二期之後就停止了。〔註 95〕唐弢考取了上海郵局甲等郵務員。〔註 96〕馮雪峰完成《盧代之死》初稿，約 50 萬字。〔註 97〕

據曹靖華自述：「周恩來同志把我安排在中蘇文化協會工作期間，主要負責編譯蘇聯抗擊法西斯的文學。主編中蘇文化協會主辦的蘇聯反法西斯的文藝聯叢，出版有《列寧隔離日記》，獲斯大林文學獎金的名著《團的兒子》、《夢》、《人民是不朽的》、《巴黎的陷落》、《喀秋莎》、《一個愛和平的人》、《斯大林格勒》、《兩姊妹》、《虹》、《城與年》、《侵略》、《望穿秋水》、《保衛察里津》、《魔戒船》、《盧笛集》、《藍圍巾》、《飛吧，我的歌》、《我怎樣學習寫作》、《光榮》、《死後》、《水手的靈魂》、《復仇的火焰》、《天藍色的信封》、《鼓風爐旁四十年》、《演員自我修養》、《俄羅斯問題》等幾十部作品。當時住在郊區沙坪壩——合作新村，全是『乾打壘』的小土屋，十二、三平方米，隔成前後兩間，外面，有一間小小的廚房。我的一家四口，就在這裡熬過了

〔註 92〕周海嬰《堅守上海》，周海嬰著《直面與正視——魯迅與我七十年》第 207 頁。
〔註 93〕周海嬰《堅守上海》，周海嬰著《直面與正視——魯迅與我七十年》第 209 頁。
〔註 94〕周海嬰《堅守上海》，周海嬰著《直面與正視——魯迅與我七十年》第 210 頁。
〔註 95〕謝德銑著《周建人評傳》第 140～141 頁。
〔註 96〕傅小北、楊幼生《唐弢年譜》，傅小北、楊幼生編《唐弢研究資料》第 433 頁。
〔註 97〕《馮雪峰大事年表》，孫琴安著《雪之歌——馮雪峰傳》第 331 頁。

八年抗戰艱苦的歲月。當年，我三天在城裏，處理事務工作，三天在家，搞文學工作，那時雁冰同志夫婦多次到鄉下來看我，非常支持我主編的《蘇聯文藝叢書》，欣然擔任了《團的兒子》、《人民是不朽的》等書的翻譯工作。」〔註 98〕

1940 年以後，由於抗日戰爭形勢的發展，特別是黨的統一戰線政策影響不斷擴大，延安的文化人越來越多。有從國統區飛來的，有從其他地方跑來的，還有土生土長的。這樣，就產生了一些矛盾。當時延安文藝界主要有三個「山頭」，柯仲平領導的「文協」，丁玲領導的「文抗」，周揚領導的「魯藝」。三家雖有共同抗日目標和革命要求，但對一些理論和實踐的問題卻很多爭論。因此，蕭軍和一些人鬧得很不愉快。鬱悶的蕭軍想離開延安回重慶。〔註 99〕

〔註 98〕冷柯（執筆）、毛粹《曹靖華年譜》，《曹靖華研究專集》第 423 頁。
〔註 99〕王科、徐塞、張英偉著《蕭軍評傳》第 144～145 頁。

1941 年

1 月 1 日，曹靖華譯《致青年作家》（阿·托爾斯泰著）；《小花兒——七瓣小花兒》（卡達耶夫著）在《中蘇文化》文藝特輯上發表。〔註 1〕

元旦，周作人正式接到汪精衛簽署的偽南京政府委任狀。〔註 2〕

1 月 4 日，赴教育總署舉行就職典禮，並向教署全體職員致訓詞等等；這場「就職」的傀儡戲至此結束，「一隻腿入水」的周作人終於「完全下水」了。從此，苦住庵主人周作人就變成了偽教育總署督辦周作人，周作人從形式上完成了從「學者文人」到「政治官僚」的角色轉變，實現了他「老而為吏」的宿願與追求。〔註 3〕

1 月 10 日，曹靖華譯《列寧的故事》（左琴科著）在《文藝陣地》第 6 卷第 1 期發表。〔註 4〕

年初，據曹靖華自述：「皖南事變，新四軍問題發生後，國民黨在重慶妄圖大屠殺，把不跟他走的知識分子殺絕。八路軍辦事處派人一天找我多次，要告訴我這個消息，叫我遠走高飛，可是我在鄉下寫書，一點也不知道。一天我到中蘇文化協會辦公事，同志們說辦事處有急事找你，我便即刻趕到曾家岩。周恩來同志告訴我，敵人有一個計劃，跟著黨走，反國民黨的人，一概殺絕，趕快走吧！不過現在已經封鎖了，往外走不出去了，應就地躲起來，多年來，咱們的人犧牲得夠慘了，今後一個也不能再犧牲了。接著就把一包

〔註 1〕冷柯（執筆）、毛粹《曹靖華年譜》，《曹靖華研究專集》第 425 頁。

〔註 2〕錢理群著《周作人傳》第 115 頁。

〔註 3〕錢理群著《周作人傳》第 115 頁。

〔註 4〕冷柯（執筆）、毛粹《曹靖華年譜》，《曹靖華研究專集》第 425 頁。

鈔票給我。錢我不拿，周恩來同志就說，你這是十足的舊讀書人的『潔癖』，當然，潔身自好，有它好的一面，可是這是黨的錢，你今天不拿這錢，這個門都不讓你出。於是我只好把錢拿著走了。過了兩天，我又把錢送回來了。恩來同志詳細問了我安排得怎麼樣，我告訴了一遍，他說可以。我就把那包錢交回，說用不著了。他又說：你這是讀書人的『潔癖』，以後要改。」〔註 5〕

1 月，蕭軍創辦文藝月會月刊《文藝月報》，由他和丁玲、舒群、劉雪葦輪流主編。〔註 6〕同時，蕭軍擔任了魯迅研究會的主任幹事。此時的「魯研會」隸屬「文抗」——中華全國文藝界抗敵協會領導。〔註 7〕

1 月，蕭紅《馬伯樂》（第一部）出版。〔註 8〕

1 月～12 月，抗大第七期是進一步建設的一期。此期注意了正規制度的建立，大大縮小了組織機構，改進了工作作風，制定了精密的教學計劃，編寫了許多教材。總校校址仍在邢臺漿水，學員成份與六期相同，共 2551 人。〔註 9〕

2 月 26 日，馮雪峰因皖南事變發生而在家鄉被捕，不久即囚禁於上饒集中營。在獄中堅貞不屈。〔註 10〕

2 月，曹靖華譯《兩座堡壘》（卡達耶夫著）在《中蘇文化》8 卷 2 期「蘇聯紅軍節 23 週年紀念特輯」發表；《人類同我們在一起的》（愛倫堡作）、《在頓河流域》（肖洛霍夫作）、《自由的搖籃》（吉洪諾夫作）在《中蘇文化》2、3 期合刊上發表。〔註 11〕

2 月至 11 月，蕭紅的續稿《馬伯樂》連載於香港《時代批評》第 3 卷第 64 期至 82 期。最後一章文末注有「第九章完，全文未完」字樣。此為《馬伯樂》第二部，未刊單行本。〔註 12〕

3 月，胡風編成雜文集《刺源草》、譯文集《人與文學》及評論集《民族戰爭與文藝性格》。〔註 13〕《七月》出至第七集，停刊。兩年多的重慶時期，

〔註 5〕冷柯（執筆）、毛粹《曹靖華年譜》，《曹靖華研究專集》第 424 頁。
〔註 6〕百度百科「蕭軍」。
〔註 7〕王科、徐塞、張英偉著《蕭軍評傳》第 144 頁。
〔註 8〕《蕭紅年譜》，〔日〕平石淑子著、崔莉、梁豔萍譯《蕭紅傳》第 373 頁。
〔註 9〕《蕭紅年譜》，〔日〕平石淑子著、崔莉、梁豔萍譯《蕭紅傳》第 373 頁。
〔註 10〕《馮雪峰大事年表》，孫琴安著《雪之歌——馮雪峰傳》第 331 頁。
〔註 11〕冷柯（執筆）、毛粹《曹靖華年譜》，《曹靖華研究專集》第 425 頁。
〔註 12〕《蕭紅主要作品錄》，邢富君編《蕭紅代表作》第 375 頁。
〔註 13〕曉風《胡風年表簡編》，《新文學史料》1986 年第 4 期第 179 頁。

胡風經常去訪周恩來，接受關於文藝工作的指示。〔註 14〕

3 月，唐弢的雜文集《勞薪輯》由福建永安的改進出版社出版，為「現代文藝叢刊」（六），共收 1931 年 7 月至 1940 年 9 月所寫雜文 76 篇，題記 1 篇。〔註 15〕

3 月 15 日，文協改選第四屆理事，郭沫若、曹靖華等 25 人被選為在渝理事。〔註 16〕

4 月，美國進步作家史沫萊特回國途徑香港，特意到九龍看望病中的蕭紅。蕭紅聽從史沫萊特的建議到瑪麗醫院做全面檢查，發現患有肺結核。〔註 17〕

4 月，周作人與錢稻孫等一行人赴日本東京出席東亞文化協議會文學部會。這是周作人第四次踏上日本本土。但今非昔比，今日之周作人是作為日本軍隊卵翼下的偽華北政務委員會教育總署督辦及日本軍方直接控制的偽東亞文化協議會會長的身份，前來參拜的。〔註 18〕

4 月 16 日，周作人夥同錢稻孫一同往湯島第一陸軍醫院慰問在侵華戰爭中負傷的日本傷病人員，並捐獻 500 元。次日，又赴橫須賀海軍病院慰問日本海軍傷病人員，也捐獻 500 元。〔註 19〕

4 月 20 日，曹靖華譯《夢》（卡達耶夫作）在《中蘇文化》第 8 卷第 3、4 期發表。〔註 20〕

5 月 7 日，胡風為抗議國民黨發動皖南事變，按黨的安排，全家離開重慶赴香港。〔註 21〕

5 月 20 日，曹靖華譯《小鳥》（卡達耶夫作）在《中蘇文化》第 8 卷第 5 期發表。應蘇聯《國際文學》徵文，作《抗戰以來蘇聯文學在中國》。〔註 22〕

6 月 5 日，路上經貴陽、宜山、柳州、石龍、桂平、貴縣、郁林、廣州灣，胡風到達香港。〔註 23〕

〔註 14〕曉風《胡風年表簡編》，《新文學史料》1986 年第 4 期第 179 頁。
〔註 15〕傅小北、楊幼生《唐弢年譜》，傅小北、楊幼生編《唐弢研究資料》第 433 頁。
〔註 16〕冷柯（執筆）、毛粹《曹靖華年譜》，《曹靖華研究專集》第 424 頁。
〔註 17〕百度百科「蕭紅」。
〔註 18〕錢理群著《周作人傳》第 117 頁。
〔註 19〕錢理群著《周作人傳》第 117 頁。
〔註 20〕冷柯（執筆）、毛粹《曹靖華年譜》，《曹靖華研究專集》第 425 頁。
〔註 21〕曉風《胡風年表簡編》，《新文學史料》1986 年第 4 期第 179 頁。
〔註 22〕冷柯（執筆）、毛粹《曹靖華年譜》，《曹靖華研究專集》第 425 頁。
〔註 23〕曉風《胡風年表簡編》，《新文學史料》1986 年第 4 期第 179 頁。

6月6日，胡風拜訪了蕭紅。〔註24〕胡風在香港半年間，生活大半由黨照料和維持。他為《筆談》、《華商報》、《大眾生活》等撰稿；計劃出《七月》香港版，因註冊問題，未成；想繼續出《七月文叢》、《七月詩叢》，因困難太多，只出了《呼吸》一本。〔註25〕

6月18日，中蘇文化協會、文協等十單位為高爾基逝世五週年舉行晚會，曹靖華報告高爾基生平。〔註26〕

6月18日，唐弢署名風子的速寫《奇聞七則之一》刊發在《雜文叢刊》第四輯《湛盧》。〔註27〕

6月25日，曹靖華《高爾基生平》（報告）、譯作《文學史片言》（高爾基的未發表的文學史導言）在《中蘇文化》第8卷第6期「文藝專號」上發表。〔註28〕

7月1日，蕭紅的短篇小說《小城三月》發表於香港《時代文學》第2號。〔註29〕

7月4日，梅志攜兒女到上海。〔註30〕

7月11日，郭沫若、茅盾、曹靖華等264人撰文《中國文化界致蘇聯科學院會員書》，響應其一致起來反對文化與科學最惡毒的敵人——法西斯強盜的通電，表示「我們要英勇地並肩作戰，撲滅人類的公敵」。刊登在當日的《新華日報》上。〔註31〕

7月17日，北平偽中央廣播電臺裏突然播放周作人的廣播講話。聲音依然低沉和緩，卻不再談童話謎語妖精打架，而是「治安強化運動」。「治安強化」就意味著燒殺搶掠，無人區，三光政策……，它在淪陷區人民中留下最恐怖的記憶。〔註32〕

7月下旬，蕭軍向毛澤東辭行。毛澤東接見他時，蕭軍向毛反映了他見到、聽到和知道的文藝界問題，並談了自己的感受和意見。這引起毛的重視，

〔註24〕《蕭紅年譜》，〔日〕平石淑子著、崔莉、梁豔萍譯《蕭紅傳》第373頁。
〔註25〕曉風《胡風年表簡編》，《新文學史料》1986年第4期第179頁。
〔註26〕冷柯（執筆）、毛粹《曹靖華年譜》，《曹靖華研究專集》第424頁。
〔註27〕傅小北、楊幼生《唐弢年譜》，傅小北、楊幼生編《唐弢研究資料》第433頁。
〔註28〕冷柯（執筆）、毛粹《曹靖華年譜》，《曹靖華研究專集》第425頁。
〔註29〕《蕭紅主要作品錄》，邢富君編《蕭紅代表作》第375頁。
〔註30〕曉風《胡風年表簡編》，《新文學史料》1986年第4期第179頁。
〔註31〕冷柯（執筆）、毛粹《曹靖華年譜》，《曹靖華研究專集》第425頁。
〔註32〕錢理群著《周作人傳》第117頁。

要他留下來搜集文藝界各方面的情況。7 月底，蕭軍給毛寫了兩封信。

8 月 2 日，毛澤東給蕭軍回信。信中毛勸蕭要注意調理人我關係，省察自己的弱點。〔註 33〕

8 月 10 日，許廣平寫作《〈魯迅三十年集〉印行經過》。〔註 34〕

8 月 12 日，毛澤東親自致信蕭軍，邀請蕭軍及艾青、舒群、羅烽、白朗等人到他那兒做客。早飯後，蕭軍夫婦抱著剛滿月的兒子蕭鳴和艾青、韋荌夫婦、羅烽、白朗夫婦以及舒群一同去毛家。毛主席準備了豐盛的午餐招待幾位作家，朱總司令、陳雲、凱豐同志作陪。席間，作家們和領導暢談了許多文藝問題，十分融洽。〔註 35〕

8 月 23 日，黨中央和毛主席為改善作家們的工作和生活條件，讓作家們從偏僻的楊家溝搬到寬敞的藍家坪，並捐款修建了作家俱樂部。蕭軍和他的錦州老鄉、畫家張仃對俱樂部進行了裝修。〔註 36〕

9 月 1 日，唐弢的文章《悼木齋》刊發在《宇宙風》乙刊第 51 期。〔註 37〕

9 月 3 日，唐弢的文章《追悼周木齋》發表在《雜文叢刊》第六輯《巨闕》。〔註 38〕

9 月 30 日，許廣平寫作《魯迅〈勢所必至，理有固然〉附記》。〔註 39〕

10 月 9 日，曹靖華譯作《阿．托爾斯泰自傳》在《新華日報》連載。〔註 40〕

10 月，曹靖華譯作《鐵流》重慶再版。〔註 41〕

10 月，許廣平署名景宋編校的《魯迅三十年集》由魯迅全集出版社出版。本書收入魯迅 1906 年至 1936 年間的創作、著作、輯錄和考證計 29 種 30 冊。為減輕讀者負擔，同時也受經典和出版條件限制，本書未收入魯迅的譯作。卷末有景宋作《〈魯迅三十年集〉印行經過》。〔註 42〕

〔註 33〕王科、徐塞、張英偉著《蕭軍評傳》第 145 頁。
〔註 34〕《許廣平著述編目》，陳漱渝著《許廣平的一生》第 185 頁。
〔註 35〕王科、徐塞、張英偉著《蕭軍評傳》第 145～146 頁。
〔註 36〕王科、徐塞、張英偉著《蕭軍評傳》第 146 頁。
〔註 37〕傅小北、楊幼生《唐弢年譜》，傅小北、楊幼生編《唐弢研究資料》第 433 頁。
〔註 38〕傅小北、楊幼生《唐弢年譜》，傅小北、楊幼生編《唐弢研究資料》第 433 頁。
〔註 39〕《許廣平著述編目》，陳漱渝著《許廣平的一生》第 186 頁。
〔註 40〕冷柯（執筆）、毛粹《曹靖華年譜》，《曹靖華研究專集》第 425 頁。
〔註 41〕冷柯（執筆）、毛粹《曹靖華年譜》，《曹靖華研究專集》第 425 頁。
〔註 42〕《許廣平著述編目》，陳漱渝著《許廣平的一生》第 167 頁。

10 月 18 日，許廣平署名景宋的文章《如果魯迅先生還在》刊發在《上海週報》第 4 卷第 17 期。〔註 43〕

10 月 19 日，曹靖華在魯迅逝世五週年紀念會上，作《魯迅與翻譯》的報告。〔註 44〕

10 月，許廣平的《因校對〈三十年集〉而引起的話舊》刊發在上海《學習》雜誌。後被收入《關於魯迅的生活》一書。〔註 45〕

10 月，蕭紅住院打空氣針治療。〔註 46〕

11 月 16 日，許廣平的文章《關於〈序跋集〉的序》刊發在《蕭蕭》半月刊第 2 期。〔註 47〕

11 月，許廣平署名景宋的文章《魯迅〈勢所必至，理有固然〉附記》被刊發在上海《奔流新集之一：直入》。〔註 48〕

11 月，曹靖華譯作《油船德賓特號》（克雷莫夫著）由讀書出版社出版，為文學月報叢書之一。〔註 49〕

11 月底，蕭紅因受醫院冷遇，返回九龍家中養病。〔註 50〕

11 月至 1942 年 11 月一年之間，周作人三次南下，風塵僕僕於徐州、涿縣、保定、井陘、彰德、石門一帶，「視察」各地治安強化運動開展情況。每到一處，都先去拜見當地日本憲兵隊及特務機關，然後慰問陸軍醫院傷病「勇士」，檢閱地方保甲自衛團，視察工礦企業機關學校，發表各種訓示，再馬不停蹄地奔向另一處。〔註 51〕

12 月 1 日，梅志將女兒留在上海，攜長子到香港。〔註 52〕

12 月 7 日，日軍偷襲珍珠港，太平洋戰爭爆發。同時，日軍侵佔上海租界。〔註 53〕

12 月 8 日，九龍陷於炮火，柳亞子先生應蕭紅之約，到九龍樂道蕭紅住

〔註 43〕《許廣平著述編目》，陳漱渝著《許廣平的一生》第 186 頁。
〔註 44〕冷柯（執筆）、毛粹《曹靖華年譜》，《曹靖華研究專集》第 425 頁。
〔註 45〕《許廣平著述編目》，陳漱渝著《許廣平的一生》第 186 頁。
〔註 46〕百度百科「蕭紅」。
〔註 47〕《許廣平著述編目》，陳漱渝著《許廣平的一生》第 186 頁。
〔註 48〕《許廣平著述編目》，陳漱渝著《許廣平的一生》第 186 頁。
〔註 49〕冷柯（執筆）、毛粹《曹靖華年譜》，《曹靖華研究專集》第 425 頁。
〔註 50〕百度百科「蕭紅」。
〔註 51〕錢理群著《周作人傳》第 119 頁。
〔註 52〕曉風《胡風年表簡編》，《新文學史料》1986 年第 4 期第 179 頁。
〔註 53〕《廣闊平遠——許廣平 120 週年誕辰紀念展》第四部分《向日葵》。

處去探望她。次日，端木蕻良和青年作家駱賓基護送蕭紅從九龍轉移到香港島，住進思豪酒店。〔註 54〕

12 月 15 日凌晨，日本憲兵衝入許廣平家中，許廣平被捕。〔註 55〕

日軍搜查了寓所，抄走了魯迅朋友贈送的不少譯著及 1922 年《魯迅日記》手稿。〔註 56〕

12 月 16 日，周海嬰被送到王任叔家避難。〔註 57〕

12 月 18 日，周海嬰轉往位於福熙路（今延安西路）四明村 38 號 3 樓周建人寓所避難。〔註 58〕

周建人所在的商務印書館總部由長沙遷往重慶，上海辦事處發行所及工廠，遭到日敵封閉和掠奪，常常連薪水也發不出。當時，他的大女兒周曄 15 歲，二女兒周瑾 13 歲，小女周蕖 9 歲，都得上學讀書，家庭負擔很重。他自己也患上了肺病，身體日益虛弱，全家生計成了極大的問題。這時，周建人曾一度希望能到蘇北解放區去，並設法託人傳播信息。就在這困難的時刻，得到了黨組織的關懷。陳毅同志聞訊，曾親自派了一位姓齊的秘書前去看望，專程給他送了一千元；並告訴他，解放區生活十分艱苦，不利於養病，還是留在上海安心養病，照顧婦孺，幫助安撫好魯迅的遺屬。〔註 59〕

年底，陝甘寧邊區政府主席林伯渠、副主席高自立聘請蕭軍為參議員。蕭軍參政議政，提出幾項建議都被邊區政府採納了。〔註 60〕

這年，日軍將許廣平囚於憲兵總部。敵人威迫利誘，皮鞭、電刑，折磨得她昏迷了三次，但她始終堅貞不屈。〔註 61〕蕭紅的長篇小說《呼蘭河傳》由桂林河山出版社初版。〔註 62〕曹靖華的譯作《油船德賓特號》在《抗戰文藝》第 7 卷 1、2、3 期合刊繼續連刊，至 11 月 10 日出版的 4、5 期合刊續載完；譯作《小笛和小罐》（故事）由讀書出版社發行。〔註 63〕

〔註 54〕百度百科「蕭紅」。
〔註 55〕《廣闊平遠——許廣平 120 週年誕辰紀念展》第四部分《向日葵》。
〔註 56〕謝德銑著《周建人評傳》第 144 頁。
〔註 57〕《周海嬰大事年表》，《周海嬰紀念集》第 226 頁。
〔註 58〕《周海嬰大事年表》，《周海嬰紀念集》第 226 頁。
〔註 59〕謝德銑著《周建人評傳》第 144 頁。
〔註 60〕王科、徐塞、張英偉著《蕭軍評傳》第 146 頁。
〔註 61〕《中華女傑許廣平》，《廣州高第街許氏家族》第 84 頁。
〔註 62〕《蕭紅主要作品錄》，邢富君編《蕭紅代表作》第 375 頁。
〔註 63〕冷柯（執筆）、毛粹《曹靖華年譜》，《曹靖華研究專集》第 425 頁。

1942 年

1 月 12 日，日軍佔領香港。蕭紅病情加重，被送進香港跑馬地養和醫院，因庸醫誤診為喉瘤而錯動喉管，手術致使蕭紅不能飲食，身體衰弱。〔註 1〕

1 月 12 日，胡風脫險出九龍。他得東江游擊隊幫助，從九龍經惠陽、老隆、曲江。〔註 2〕

1 月 15 日，曹靖華編譯《蘇聯作家的反希特勒的戰地報告》包括《經過戰鬥的人們》（沙揚諾夫）；《北極圈外》（威爾塔），在《文藝雜誌》第 1 卷第 1 期發表，署曹靖華譯；同期刊出蘇聯民間故事選《魔戒指》、《獵人裴德怎樣趕走了日本人》、《英雄之死》等，署靖華譯。〔註 3〕

1 月 18 日，端木蕻良和駱賓基將蕭紅轉入瑪麗醫院。〔註 4〕

1 月 19 日，蕭紅精神漸復，在紙上寫下「我將與藍天碧水永處，留下那半部《紅樓》給別人寫了」,「半生盡遭白眼冷遇，身先死，不甘，不甘。」〔註 5〕

1 月 20 日，曹靖華翻譯《逃亡》（左琴科著），系列寧故事之一，在《中蘇文化》第 10 卷第 2 期發表。〔註 6〕

1 月 21 日，瑪麗醫院由日軍接管，蕭紅被送進紅十字會在聖提士反女校設立的臨時醫院。〔註 7〕

〔註 1〕百度百科「蕭紅」。
〔註 2〕曉風《胡風年表簡編》,《新文學史料》1986 年第 4 期第 179 頁。
〔註 3〕冷柯（執筆）、毛粹《曹靖華年譜》,《曹靖華研究專集》第 426 頁。
〔註 4〕百度百科「蕭紅」。
〔註 5〕百度百科「蕭紅」。
〔註 6〕冷柯（執筆）、毛粹《曹靖華年譜》,《曹靖華研究專集》第 426 頁。
〔註 7〕百度百科「蕭紅」。

1月22日上午10點，蕭紅病逝，享年31歲。〔註8〕

1月，毛澤東、陳雲等得知馮雪峰被囚消息，電告在重慶的周恩來、董必武，請他們設法營救。〔註9〕

年初，因「掃蕩」殘酷，中央命令送老弱病殘和孕婦回延安。徐懋庸的妻子劉蘊文此時懷孕，帶女兒回延安。不久，八路軍總部通知徐懋庸，劉蘊文過封鎖線時被敵人俘虜，且已犧牲。〔註10〕

2月15日，曹靖華譯《蘇聯民間故事選：夏伯陽之死；夏伯陽活著呢；兄弟們找真理》在《文藝雜誌》第1卷第2期發表，署靖華譯。〔註11〕

2月27日，許廣平被送進了極司菲爾路「七十六號」這個使人談虎變色的汪偽特工總部。〔註12〕

3月1日，許廣平出獄，周海嬰被接回霞飛坊家，他們將家中所藏可能找來麻煩的書籍、照片和文稿銷毀。〔註13〕

幸得中共地下工作者袁殊和日本朋友內山完造的幫助，使得許廣平得以釋放。被捕76天，許廣平出來時頭髮都變白了。她實踐了她「犧牲個人，保全團體」的誓言，拼著生命保護了眾多朋友的安全。出獄後，為了同志們的安全，她「被迫」與世隔絕，熬過了痛苦與孤寂的兩年多。〔註14〕

周海嬰在《堅守上海》中寫道：

從獄中出來，母親面臨兩個選擇：是帶著我離開上海到抗戰的內地重慶，還是堅守在上海？當時母親和我的身體狀況都不佳。母親出獄後身體十分虛弱，兩個膝蓋被電刑燒成焦黑色的圓塊，步履艱難，且又貧血咳嗽，我也又到了氣喘病發季節，夜不能寐。因此我們兩人都不宜長途跋涉。

但母親最主要的考慮是霞飛坊裏存有許多父親的遺物，這是母親心中的至寶，她如何忍心離開？當然也根本不可能隨身帶著遷移。因此，雖然她在日本憲兵那裡吃了這麼大的苦頭，也明知他們絕不輕易放過自己，會隨時隨地盯著她的一舉一動，母親仍決心留下來，堅守父親的遺物。朋友中間有不放心的，如凌山阿姨多次關切地問過母親，而她的決心始終不曾動搖。

〔註8〕百度百科「蕭紅」。

〔註9〕《馮雪峰大事年表》，孫琴安著《雪之歌——馮雪峰傳》第331頁。

〔註10〕《第九章　在抗大》，《徐懋庸回憶錄》第118頁。

〔註11〕冷柯（執筆）、毛粹《曹靖華年譜》，《曹靖華研究專集》第426頁。

〔註12〕《中華女傑許廣平》，《廣州高第街許氏家族》第84頁。

〔註13〕《周海嬰大事年表》，《周海嬰紀念集》第227頁。

〔註14〕《中華女傑許廣平》，《廣州高第街許氏家族》第84頁。

另一方面，困守上海的親戚朋友也不在少數。首先是幾個遠房舅舅，他們並沒有流露出離開的意思。也有一些朋友由於家里人口多，後方又缺少謀生的關係，只能忍而不動。其中一些文化界人，如叔父周建人和夏丏尊、柯靈、董秋斯等等，認為孤島也有抗日工作可做，就有意識地潛伏下來暗裏進行鬥爭。這些都使母親感到自己並不孤獨。

但是，要在夾縫裏求生存談何容易。父親生前雖為我們母子準備了一筆錢，但由於喪事和搬家，已幾乎告罄。而在日常生活方面，母親早已儘量壓縮開支，並把所住的一樓、二樓和二層、三層樓的亭子間都租出去。母親和我擠進三樓的書籍夾縫裏棲身。當時我還在發育長身體的年齡，照理應該多補充些營養。但生活的拮据甚至連葷腥都買不起。偶而買到了豬肉，媽媽總把瘦的讓給我吃，而我天真竟以為「媽媽喜歡吃肥肉」，從而鬧出笑話。〔註 15〕

鄭振鐸在《〈遭難前後〉序言》中寫道：

她以超人的力量，偉大的犧牲精神，拼著一己的生命，來衛護著無數朋友們的。這是一位先驅者的大無畏的表現！這是中華兒女們的最聖潔的精神典型！她在抗戰初期的時候，曾盡了力量加入了好些重要的團體，其中之一是復社，還有一個上海人民團體的聯合的救亡組織。這些組織的份子，人數很多，全靠了她的勇氣和犧牲，得以保全。〔註 16〕

3 月 6 日，胡風到桂林。〔註 17〕

3 月 15 日，曹靖華譯《蘇聯民間故事選：三個兒子》、《鮮紅的花》、《瑪麗亞和伊凡較長短》、《正義》、《最寶貴的東西》、《裴多霞怎樣遇見列寧》在《文藝雜誌》第 1 卷第 3 期發表，署靖華譯。〔註 18〕

4 月 4 日，蕭軍在毛主席談話的啟發下，寫成了一篇雜文《論同志之「愛」與「耐」》，送交毛審閱刪改後投給《解放日報》。4 月 8 日發表。發表之前，毛親自打電話給舒群，建議文中刪掉自己的名字。〔註 19〕

4 月 10 日，曹靖華翻譯小說《加拉喬夫》（蘇・達夫斯基作），在《文藝陣地》第 6 卷第 4 期發表，署靖華譯。〔註 20〕

〔註 15〕周海嬰《堅守上海》，周海嬰著《直面與正視——魯迅與我七十年》第 197～198 頁。

〔註 16〕《廣闊平遠——許廣平 120 週年誕辰紀念展》第四部分《向日葵》。

〔註 17〕曉風《胡風年表簡編》，《新文學史料》1986 年第 4 期第 179 頁。

〔註 18〕冷柯（執筆）、毛粹《曹靖華年譜》，《曹靖華研究專集》第 426 頁。

〔註 19〕王科、徐塞、張英偉著《蕭軍評傳》第 146 頁。

〔註 20〕冷柯（執筆）、毛粹《曹靖華年譜》，《曹靖華研究專集》第 426 頁。

4 月 15 日，曹靖華作《「第四十一」等單行本前記》在《文藝生活》第 2 卷第 2 期「隨筆三則」欄內發表，署靖華。譯《列寧的故事》（左琴科作），在《文藝雜誌》第 1 卷第 3 期發表，署靖華譯。〔註 21〕

5 月 1 日，在延安文抗作家俱樂部舉行蕭紅追悼會。〔註 22〕

5 月 1 日～1945 年 8 月，抗大準備反攻的一期。1942 年毛澤東進行整風，開展大生產運動，並設立陸軍中學，提高幹部的文化水平。校址仍在邢臺漿水鎮。1942 年年底，黨中央命令總校返回陝甘寧邊區，在綏德繼續整風審幹，並總結經驗，為抗日戰爭反攻階段作準備。本期時間最長，學員共 6000 人。〔註 23〕

5 月 2 日，蕭軍在楊家嶺中共中央辦公廳大禮堂參加「延安文藝座談會」，毛主席、朱總司令、凱豐、陳雲、博古等領導參加了會議，在延安的文藝界人士大都參加了會議。蕭軍第一個發言，題目是《對於當前文藝諸問題的我見》。〔註 24〕

5 月 2 日～10 日，為慶祝「滿洲帝國」十週年紀念，周作人作為汪精衛的隨員，赴偽滿訪問，其中最具有戲劇性的場面，是「謁見」偽滿國傀儡皇帝溥儀。從「滿洲帝國」歸來，周作人又匆匆趕往南京，去為汪精衛祝壽。汪政府各頭面人物「立法院院長」陳公博，「考試院院長」江亢虎，「監察院院長」梁鴻志……親自接見不說，汪精衛還特設家宴招待，周作人算是備受青睞與禮遇。〔註 25〕

5 月 15 日，蕭軍的發言《對當前文藝諸問題的我見》刊載在《解放日報》上。〔註 26〕

5 月 16 日，會議召開第二次大會。在毛澤東的主持下，大家又就文藝與政治的關係、文藝的源流、文藝工作的方向、方針、文藝批評的標準，文藝作品的傾向性等問題進行了熱烈的討論，並取得共識。〔註 27〕

5 月 23 日，毛澤東在閉幕式上作了總結，就是黨的文藝工作的綱領性文

〔註 21〕冷柯（執筆）、毛粹《曹靖華年譜》，《曹靖華研究專集》第 426 頁。
〔註 22〕《蕭紅年譜》，〔日〕平石淑子著、崔莉、梁豔萍譯《蕭紅傳》第 373 頁。
〔註 23〕《第九章　在抗大》，《徐懋庸回憶錄》第 115 頁。
〔註 24〕王科、徐塞、張英偉著《蕭軍評傳》第 147 頁。
〔註 25〕錢理群著《周作人傳》第 118 頁。
〔註 26〕王科、徐塞、張英偉著《蕭軍評傳》第 147 頁。
〔註 27〕王科、徐塞、張英偉著《蕭軍評傳》第 147 頁。

件——《在延安文藝座談會上的講話》。〔註 28〕

5 月 30 日，胡風為海燕劇藝社和文化供應社文學組談《北京人》。〔註 29〕

6 月 15 日，《文藝月報》第 15 期為「紀念蕭紅逝世特輯」。〔註 30〕

6 月 18 日，端午節也即詩人節。胡風參加文協紀念會，作了關於抗戰以來詩發展的講演。胡風由讀者出資組織了只有一個工作人員的南天出版社，另編印了《七月詩叢》十多種，《七月文叢》數種，包括他的評論集《民族戰爭與文藝性格》、詩集《為祖國而歌》及譯文集《人與文學》等，有些書遭到了國民黨的刪、禁，克服了種種困難，才得以出版。〔註 31〕胡風幫助路翎出版了《飢餓的郭素娥》及《青春的祝福》，做了大量的修改及校對等工作。〔註 32〕

6 月 20 日，曹靖華作《戰鬥的藝術家——高爾基》在《中蘇文化》第 11 卷第 5、6 期合刊發表。〔註 33〕

8 月，許廣平署名景宋的文章《民元前的魯迅先生》被收入上海書店出版的由茅盾和適夷編的《文陣叢刊之二：論魯迅》。〔註 34〕

10 月 19 日，蕭軍在兩千多人參加的「魯迅逝世六週年紀念大會」上，宣讀《備忘錄》。因為「同情王實味」被打入另冊，幾乎擱筆 3 年。之前，王實味發表了幾篇「暴露黑暗」的文章如《野百合花》、《政治家、藝術家》等，受到批判。蕭軍在一次批判王實味的馬列學院會議上發了兩句牢騷。馬列學院郭小川等四同志代表延安八大團體、一百零八人向蕭軍提出抗議，要求他賠禮道歉，蕭軍斷然拒絕。他接著上書中共中央、毛主席說明真相，並提出自己的意見。這份材料名曰《備忘錄》。在 10 月 19 日會上，蕭軍與丁玲、劉白羽、周揚、柯仲平、陳學昭、李伯釗、艾青展開了「激烈的辯論，越辯越不服氣」，最後憤然退出會場。1942 年「文抗」解散，舊址改作中組部招待所。「文抗」的老同志都分配到各個單位去了，但蕭軍無處可去。〔註 35〕

10 月，曹靖華譯《虹》（瓦西列夫斯卡婭著）由新華書店晉察冀分店翻

〔註 28〕王科、徐塞、張英偉著《蕭軍評傳》第 147 頁。
〔註 29〕曉風《胡風年表簡編》，《新文學史料》1986 年第 4 期第 179 頁。
〔註 30〕《蕭紅年譜》，〔日〕平石淑子著、崔莉、梁豔萍譯《蕭紅傳》第 373 頁。
〔註 31〕曉風《胡風年表簡編》，《新文學史料》1986 年第 4 期第 179 頁。
〔註 32〕曉風《胡風年表簡編》，《新文學史料》1986 年第 4 期第 179 頁。
〔註 33〕冷柯（執筆）、毛粹《曹靖華年譜》，《曹靖華研究專集》第 426 頁。
〔註 34〕《許廣平著述編目》，陳漱渝著《許廣平的一生》第 185 頁。
〔註 35〕王科、徐塞、張英偉著《蕭軍評傳》第 149 頁。

印、北平新知識書店出版。〔註 36〕

10 月，汪精衛由南京飛抵北平，出席 1942 年度新民全會聯誼會，周作人不僅親往機場迎送，還專程前往中南海勤政殿拜望汪精衛夫人陳璧君。〔註 37〕

11 月，經郭靜唐、宦鄉等交涉，馮雪峰以保外就醫為由出獄。〔註 38〕

12 月 8 日，為配合汪偽政府所發起的以訓練青少年為中心的「新國民運動」，華北地區成立了「中華民國新民青少年團中央統監部」，王揖唐任統監，周作人任副統監，是日成立了統監部成立大會。周作人在會上作了《齊一意志，發揮力量》的訓詞。下午在天安門檢閱青少年團訓練的分列式，周作人頭戴日本軍帽，身穿日本軍裝，主持檢閱式。〔註 39〕

12 月 15 日，曹靖華譯《怎樣征服夷爾穆哈努穆》（蘇聯民間故事）在《文藝雜誌》第 2 卷第 1 期發表，署靖華譯。〔註 40〕

12 月 26 日，魯瑞 86 歲生日，周作人的兒子周豐一照例去給她拍照。沒想到卻成了遺照。〔註 41〕

年底，徐懋庸與王韋結婚。〔註 42〕

這年，唐弢被迫離開郵局，躲到上海西區，停止了寫作。後經劉哲民介紹進聯華銀行擔任秘書，同時開始《魯迅全集》的補遺工作。〔註 43〕曹靖華自述：「在重慶中蘇文化協會那幾年間，主要精力都用在編譯「蘇聯抗戰文藝連叢」了。那是周恩來同志的設想。他說，蘇德戰爭和人類的關係都很大，那次戰爭幸虧把希特勒打敗了，這對世界和平是很有意義的。倘使希特勒和墨索里尼得勢，世界人民就陷入災難中。」蘇德戰爭期間，他主要編譯《日日夜夜》一類的作品。〔註 44〕

〔註 36〕冷柯（執筆）、毛粹《曹靖華年譜》，《曹靖華研究專集》第 426 頁。
〔註 37〕錢理群著《周作人傳》第 118 頁。
〔註 38〕《馮雪峰大事年表》，孫琴安著《雪之歌——馮雪峰傳》第 331 頁。
〔註 39〕錢理群著《周作人傳》第 119 頁。
〔註 40〕冷柯（執筆）、毛粹《曹靖華年譜》，《曹靖華研究專集》第 426 頁。
〔註 41〕錢理群著《周作人傳》第 135 頁。
〔註 42〕《第九章　在抗大》，《徐懋庸回憶錄》第 118 頁。
〔註 43〕傅小北、楊幼生《唐弢年譜》，傅小北、楊幼生編《唐弢研究資料》第 433 頁。
〔註 44〕冷柯（執筆）、毛粹《曹靖華年譜》，《曹靖華研究專集》第 426 頁。

1943 年

1 月 19 日，洪深、茅盾、曹靖華等 25 人，為紀念張靜廬從事出版活動 25 週年，發起徵文徵畫活動。〔註 1〕

1 月 28 日，胡風赴青年會軍人服務部巡迴工作團講演新文學史。〔註 2〕

2 月，在日本軍方導演下，以王揖唐為首的華北政務委員會全班人馬共署辭職呈書，周作人自也不例外。但經過緊張的幕後活動，新的政委會中，除朱深代王揖唐任委員長，蘇體仁換周作人任教育督辦外，別無更動，而王揖唐下任又被選為偽國民政府委員，周作人下臺後則無下文。因此，說來說去，所謂政委會改組，僅僅是周作人一人被罷了官。這使周作人極為尷尬，也大為惱怒。〔註 3〕

春天，曹聚仁陷於贛南的人事糾紛，拂袖離開。〔註 4〕

3 月 9 日，胡風赴廣西藝術館講演《關於藝術方法的所見》。〔註 5〕

3 月 14 日，胡風離開桂林赴重慶。〔註 6〕

3 月 27 日，經獨山、馬場坪、貴陽、遵義、綦江等，胡風到達重慶。他繼續從事抗敵文協及文工會的工作，參加各項會議。〔註 7〕

3 月 27 日，中華全國文化界抗敵協會在文化會堂舉行成立五週年紀念會，

〔註 1〕冷柯（執筆）、毛粹《曹靖華年譜》，《曹靖華研究專集》第 427 頁。

〔註 2〕曉風《胡風年表簡編》，《新文學史料》1986 年第 4 期第 179 頁。

〔註 3〕錢理群著《周作人傳》第 123 頁。

〔註 4〕李勇著《曹聚仁研究》第 3 頁。

〔註 5〕曉風《胡風年表簡編》，《新文學史料》1986 年第 4 期第 179 頁。

〔註 6〕曉風《胡風年表簡編》，《新文學史料》1986 年第 4 期第 179 頁。

〔註 7〕曉風《胡風年表簡編》，《新文學史料》1986 年第 4 期第 179 頁。

在改造理事中曹靖華等 9 人被選為監事。〔註 8〕

3 月，馮雪峰在浙江雲和小順鎮與家人團聚。〔註 9〕

3 月，唐弢的舊體詩《彈指》刊發在《萬象》第 2 年第 9 期。〔註 10〕

4 月，唐弢的散文《野眺》刊發在《萬象》第 2 年第 10 期。〔註 11〕

4 月 21 日，胡風赴文工會講演。〔註 12〕

4 月 22 日，魯迅的母親魯瑞去世，享年 87 歲。

5 月 15 日，周作人的文章《先母事略》刊發在《同聲》3 卷 3 號上。他這樣回憶母親：先母性弘毅有定識，待人忠厚，見有急難，恒不惜自損以濟人」,「關心時世安危，時與兒輩說論，深以不能再見太平為恨。」熟識他們母子關係的俞芳告訴我們,周作人的母親是把她的愛同樣給她的三個兒子的；卻為自己身體不好，未能親自餵養周作人，不得不將帶領的責任交給祖母，而感到深深的遺憾。老人經常對俞芳稱讚周作人從小性格和順，對人謙和，遇事好商量，不斷提及的事實是：老大進三味書屋時，是給他買了一張有抽屜的書桌的，老二讀書時，因為家用緊，只從家裏搬去一張沒有抽屜的方桌，一經解釋，他就欣然接受了。後來老二也去南京讀書，家裏卻連原來給老大的八元錢也難籌措了，老二理解家裏的難處，拿了點路費，也高高興興地上路了。老人每講及此，總流露出某種抱歉的意思。偶而也談到周作人的弱點，如性格軟弱，比較自私，云云。魯迅離開北平後，老人的生活費一直是魯迅負責，但周作人也並不像外界傳說那樣根本不照料老人，他本人因為工作忙，雖較少來看望，夫人信子卻隔了一段時間總要前來問候，有時也帶些日本點心給老人吃，這是可以以周作人的日記為證的。有一件事，老人總是說起的：自己來北平後，患了腎炎，醫生讓大量吃西瓜，果然見效，可是秋冬季節，沒有西瓜怎麼辦，還是信子想出了煎熬西瓜膏保存的方法，使老人一年四季都能吃到西瓜汁，腎炎治好了，老人是滿意的。魯迅逝世消息傳來，老人悲痛地對周作人說：「老二，以後我全要靠你了。」周作人只說：「我苦哉，我苦哉……」這表態自然很不妥，老人卻只怪他不會說話，母親對於子女總是寬容的。從 1938 年 1 月開始，周作人開始承擔老人的生活費，每月 50 元，

〔註 8〕冷柯（執筆）、毛粹《曹靖華年譜》,《曹靖華研究專集》第 427 頁。

〔註 9〕《馮雪峰大事年表》，孫琴安著《雪之歌——馮雪峰傳》第 331 頁。

〔註 10〕傅小北、楊幼生《唐弢年譜》，傅小北、楊幼生編《唐弢研究資料》第 433 頁。

〔註 11〕傅小北、楊幼生《唐弢年譜》，傅小北、楊幼生編《唐弢研究資料》第 433 頁。

〔註 12〕曉風《胡風年表簡編》,《新文學史料》1986 年第 4 期第 179 頁。

原也不算太少，但以後物價飛漲卻再也沒有增加。至於寡嫂，周作人是從來不照顧的，以至後來有被迫出賣魯迅藏書的事，周作人還乘機想扣下一部分他看上的書。老人每年過生日那一天，周作人總叫飯館辦一桌酒席送去，由老人找幾個合適的人同吃，又叫兒子豐一照一張相，以作紀念。〔註 13〕

6 月初，馮雪峰奉周恩來之召，從桂林到重慶，公開活動。〔註 14〕

6 月 7 日，胡風參加文協與文化引動委員會舉辦的文化晚會。〔註 15〕

上半年，曹靖華翻譯《母與子》，寫作《蘇聯聯名女作家瓦西列夫斯卡——序〈虹〉》在《中蘇文化》季刊第 2 號刊載。《虹》、《保衛察里津》以「蘇聯文藝叢書」出版。〔註 16〕

7 月，柯靈繼陳蝶衣後接編《萬象》，唐弢成了該刊的積極撰稿人，以多種筆名寫雜文，以若思筆名寫散文，以潛羽筆名寫小說。〔註 17〕

7 月，唐弢發表散文詩《尋夢人》。〔註 18〕

7 月 29 日，胡風赴中央文化運動委員會講演《論對於文藝的二、三流行見解》。〔註 19〕

8 月，唐弢發表小說《海和它的子女們》。〔註 20〕

8 月 1 日，許廣平署名浩波的文章《記荔枝灣》刊發在《萬象》8 月號。〔註 21〕

8 月 10 日，胡風赴文工會講演《文藝上的幾個基本觀念》。〔註 22〕

8 月 14 日，胡風赴文工會講演《論創作的過程》。〔註 23〕

9 月，曹靖華的譯作《星花》由東方書店印行。〔註 24〕

9 月，唐弢發表散文詩《自春徂秋》。〔註 25〕

〔註 13〕錢理群著《周作人傳》第 134～135 頁。
〔註 14〕《馮雪峰大事年表》，孫琴安著《雪之歌——馮雪峰傳》第 331 頁。
〔註 15〕曉風《胡風年表簡編》，《新文學史料》1986 年第 4 期第 179 頁。
〔註 16〕冷柯（執筆）、毛粹《曹靖華年譜》，《曹靖華研究專集》第 427～428 頁。
〔註 17〕傅小北、楊幼生《唐弢年譜》，傅小北、楊幼生編《唐弢研究資料》第 434 頁。
〔註 18〕傅小北、楊幼生《唐弢年譜》，傅小北、楊幼生編《唐弢研究資料》第 434 頁。
〔註 19〕曉風《胡風年表簡編》，《新文學史料》1986 年第 4 期第 180 頁。
〔註 20〕傅小北、楊幼生《唐弢年譜》，傅小北、楊幼生編《唐弢研究資料》第 434 頁。
〔註 21〕《許廣平著述編目》，陳漱渝著《許廣平的一生》第 186 頁。
〔註 22〕曉風《胡風年表簡編》，《新文學史料》1986 年第 4 期第 180 頁。
〔註 23〕曉風《胡風年表簡編》，《新文學史料》1986 年第 4 期第 180 頁。
〔註 24〕冷柯（執筆）、毛粹《曹靖華年譜》，《曹靖華研究專集》第 428 頁。
〔註 25〕傅小北、楊幼生《唐弢年譜》，傅小北、楊幼生編《唐弢研究資料》第 434 頁。

10月19日，抗敵文工會召集魯迅紀念會，胡風演講40分鐘。〔註26〕

11月2日，胡風遷至陳家祠堂李家院子。〔註27〕

12月10日，蕭軍舉家遷往延安縣川口區第六鄉劉莊。當時，招待所的蔡主任全然不考慮將近臨產的王德芬的困難，硬要她每天三餐都到山下食堂就餐。蕭軍和他吵了一架，就決心當個老百姓，和當地的老鄉一樣：「自己開荒，自己種地，自己砍柴、挑水、煮飯……一切自力更生地活下去」。〔註28〕

12月，馮雪峰在獄中寫的新詩結集出版，名為《真實之歌》。〔註29〕

12月30日，胡風主持文協的辭年懇談晚會。〔註30〕

這年，曹聚仁編著的《大江南線》在上海出版。〔註31〕曹靖華在家書中寫道：「那時候咱們和國民黨貌合神離。他們另外還有一套文化機關，也有刊物，重慶有書店，咱們的書店有生活書店、新知書店、讀書生活出版社，後來改為『三聯書店』。那時物價飛漲，『此地米價 555 元一斗，一無所有的人一家數口，孩子們還要上學，一切生活全仗一支禿筆來維持生活……家無隔宿糧。愛人入川以來，沒有睡過天明覺，一家四口的鞋子、衣服、縫洗、收拾房院、喂雞、種菜、做飯、教孩子……另外抽暇為我閱譯著，抄文摘……我的數百萬言的書，字字滲透了她的血汗。』」他還寫道：「當時直接在周、董領導下的進步文藝工作者，有一個未定名的「核心」，每隔一段舉行座談，交換情況，探討「抗暴」策略，每次座談會有黨的負責同志參加，如林老、王若飛，座談地點都在天宮府郭沫若同志的一搖三晃的小破樓上。〔註32〕

〔註26〕曉風《胡風年表簡編》，《新文學史料》1986年第4期第180頁。
〔註27〕曉風《胡風年表簡編》，《新文學史料》1986年第4期第180頁。
〔註28〕王科、徐塞、張英偉著《蕭軍評傳》第150頁。
〔註29〕《馮雪峰大事年表》，孫琴安著《雪之歌——馮雪峰傳》第332頁。
〔註30〕曉風《胡風年表簡編》，《新文學史料》1986年第4期第180頁。
〔註31〕李勇著《曹聚仁研究》第189頁。
〔註32〕冷柯（執筆）、毛粹《曹靖華年譜》，《曹靖華研究專集》第427頁。

1944 年

1 月 3 日，蕭軍親自接生了第二個女兒蕭耘。在劉莊，蕭軍一家住在一間石頭砌的窯洞裏，牆上沒有抹灰，大石塊裸露著。蕭軍每天要到三十里外的荒山上去砍柴，要洗衣做飯，經受一個普通勞動農民的艱辛。〔註 1〕

1 月，唐弢發表小說《稻場上》。〔註 2〕

3 月，毛澤東的秘書胡喬木和延安縣委書記王丕年帶來毛澤東的關切，蕭軍同意回延安。〔註 3〕

3 月 6 日，延安縣委派了兩頭毛驢，將蕭軍一家送到了中央黨校三部。蕭軍結束了三個月的鄉居生活。之後他參與京劇改革，創作了《武王伐紂》中的一折戲《鹿臺恨》。後來還登臺演出京劇《蕭何月下追韓信》，他扮演的是韓信。〔註 4〕

3 月 18、19 日，胡風在文工會報告文藝問題。〔註 5〕

4 月，許廣平寫作《〈丁聰阿 Q 正傳的插圖〉序》。〔註 6〕

4 月 16 日，胡風參加文協成立六週年紀念會。在會上宣讀了他起草的年會論文《文藝工作的發展及其努力方向》。〔註 7〕

4 月 17 日，胡風參加老舍創作二十年紀念會，作了題為《我與老舍》的

〔註 1〕王科、徐塞、張英偉著《蕭軍評傳》第 150 頁。

〔註 2〕傅小北、楊幼生《唐弢年譜》，傅小北、楊幼生編《唐弢研究資料》第 434 頁。

〔註 3〕王科、徐塞、張英偉著《蕭軍評傳》第 150～151 頁。

〔註 4〕王科、徐塞、張英偉著《蕭軍評傳》第 150 頁。

〔註 5〕曉風《胡風年表簡編》，《新文學史料》1986 年第 4 期第 180 頁。

〔註 6〕《許廣平著述編目》，陳漱渝著《許廣平的一生》第 186 頁。

〔註 7〕曉風《胡風年表簡編》，《新文學史料》1986 年第 4 期第 180 頁。

發言。〔註 8〕

春天，桂林失陷，南天出版社遷到重慶。胡風繼續為它編《七月詩叢》，重印了在桂林印過的書，又排印了路翎的長篇小說《財主的兒女們》。〔註 9〕

4 月，唐弢發表散文詩《捨》。〔註 10〕

5 月，唐弢發表雜文《謠言辯》和《「破門」解》，同時發表散文詩《小品二章〈鏡、枕〉》。〔註 11〕

夏天，許廣平將尚未全部發表的《魯迅日記》手稿抄寫數份，以利保存。〔註 12〕

6 月，第二戰場開闢。胡風為文協擬「向全世界反法西斯作家致敬電」。〔註 13〕

6 月 19 日，胡風在文工會作關於高爾基的講演。〔註 14〕

6 月 25 日，胡風主持詩人節慶祝會。〔註 15〕

6 月，唐弢發表《逃與趨》、《謎》和《官商頌》。〔註 16〕

7 月 15 日，胡風赴文工會參加契訶夫逝世四十週年紀念會，並作了講演。〔註 17〕

7 月，唐弢發表小說《山村之夜》。〔註 18〕

9 月，唐弢發表散文《學賈》。〔註 19〕

9 月 10 日，許廣平《就「魯迅先生遺書出售問題」啟事》刊發在上海《申報》。〔註 20〕

在報上看到「魯迅先生在平家屬擬將其藏書出售」之事，許廣平當即致函周作人，並在鄭振鐸等友人的協助下，保全魯迅北平藏書。〔註 21〕

〔註 8〕曉風《胡風年表簡編》，《新文學史料》1986 年第 4 期第 180 頁。
〔註 9〕曉風《胡風年表簡編》，《新文學史料》1986 年第 4 期第 180 頁。
〔註 10〕傅小北、楊幼生《唐弢年譜》，傅小北、楊幼生編《唐弢研究資料》第 434 頁。
〔註 11〕傅小北、楊幼生《唐弢年譜》，傅小北、楊幼生編《唐弢研究資料》第 434 頁。
〔註 12〕《魯迅許廣平大事記》，龍呂黄、劉世洋編《以沫相濡亦可哀》第 219 頁。
〔註 13〕曉風《胡風年表簡編》，《新文學史料》1986 年第 4 期第 180 頁。
〔註 14〕曉風《胡風年表簡編》，《新文學史料》1986 年第 4 期第 180 頁。
〔註 15〕曉風《胡風年表簡編》，《新文學史料》1986 年第 4 期第 180 頁。
〔註 16〕傅小北、楊幼生《唐弢年譜》，傅小北、楊幼生編《唐弢研究資料》第 434 頁。
〔註 17〕曉風《胡風年表簡編》，《新文學史料》1986 年第 4 期第 180 頁。
〔註 18〕傅小北、楊幼生《唐弢年譜》，傅小北、楊幼生編《唐弢研究資料》第 434 頁。
〔註 19〕傅小北、楊幼生《唐弢年譜》，傅小北、楊幼生編《唐弢研究資料》第 434 頁。
〔註 20〕《許廣平著述編目》，陳漱渝著《許廣平的一生》第 186 頁。
〔註 21〕《廣闊平遠——許廣平 120 週年誕辰紀念展》第四部分《向日葵》。

10 月 1 日，郭沫若、茅盾、曹靖華等參加了鄒韜奮隆重追悼會。〔註 22〕

10 月 10 日，許廣平《就「魯迅先生遺書出售問題」啟事》被收入《文藝春秋叢刊：兩年》。〔註 23〕

10 月 15 日，唐弢與同事劉哲民遊北平，同時受鄭振鐸等委託，訪魯迅在京家屬朱安夫人，阻止出售魯迅藏書。〔註 24〕唐弢這樣講述見到朱安的情景：那天宋紫佩陪著哲民和我去到西四條二十一號的時候，天色已近黃昏，朱夫人和原來伺候魯老太太的女工正在用膳，見到我們，兩位老人把手裏的碗放了下來，裏面是湯水似的稀粥，桌子碟子裏有幾塊醬蘿蔔。朱夫人身材矮小，狹長臉，裹著南方中年婦女常用的黑絲絨包頭，看去精幹。聽說我們來自上海，她的臉色立刻陰沉下來。宋紫佩說明來意，我將上海家屬和友好對藏書的意見補說幾句。她聽了一言不發。過一會，卻衝著宋紫佩說：「你們總說魯迅遺物，要保存，要保存！我也是魯迅遺物，你們也得保存保存我呀！」說著有點激動的樣子。〔註 25〕

10 月 19 日，魯迅先生逝世八週年紀念會在重慶以茶會形式舉行，被特務二、三十人搗亂會場。胡風被特務圍攻。〔註 26〕

胡風寫道：

1944 年魯迅先生逝世紀念，還是處在不能公開開大會的情況下面，只好在百齡餐廳用茶話會的形式舉行。人數限制得很少，也用不著讓國民黨文化官參加。有孫夫人、沈鈞儒和幾個外國記者出席。但還是混進來了幾個特務。

主席致了開會辭後，一個青年馬上站了起來，說是剛從淪陷後的上海來的，他在上海時知道許廣平投敵了，所以不應該開會紀念魯迅。這出乎我的意料，動火了。我雖然不相信許廣平投了敵，也只好就他的話馬上站起來駁了他：「我不相信許廣平投了敵，但即使如此，為什麼會影響紀念魯迅先生？汪精衛不是孫中山的大信徒麼？但早已連三民主義都帶去叛國投敵了，是不是我們就不應該紀念孫中山先生呢？……」

馬上幾個特務紛紛站起來斥責我「污辱總理……」，特務發言時，孫夫人起身退席。到我發言後引起特務斥責時，夏衍也走了。我又站起來正要反擊，

〔註 22〕冷柯（執筆）、毛粹《曹靖華年譜》，《曹靖華研究專集》第 428 頁。

〔註 23〕《許廣平著述編目》，陳漱渝著《許廣平的一生》第 186 頁。

〔註 24〕傅小北、楊幼生《唐弢年譜》，傅小北、楊幼生編《唐弢研究資料》第 434 頁。

〔註 25〕喬麗華著《朱安傳》第 220 頁。

〔註 26〕曉風《胡風年表簡編》，《新文學史料》1986 年第 4 期第 180 頁。

被幾個人拉到了會場門口，從衣帽間取了帽子和手杖，還想從後面高聲反擊幾句，但被人推出了門外。幸而馮雪峰還好，正站起來講著什麼。……〔註27〕

11月，馮雪峰的雜文集《鄉風與市風》由重慶作家書屋出版。〔註28〕

11月，胡風出版雜文集《棘源草》。由於《七月》登記證已被國民黨弔銷，需另行籌辦新雜誌。按規定，胡風重新登記必須在銀行有一筆存款作為保證金。周恩來給了這筆錢，新雜誌《希望》才得以登記出版。〔註29〕

11月，唐弢署名晦庵發表散文《帝城十日》，記錄北平之行。同期《萬象》上還發表它的散文《以蟲鳴秋》。〔註30〕

12月，唐弢發表散文《三遷》。〔註31〕

12月，馮雪峰的雜文集《有進無退》由重慶國際文化服務社出版。〔註32〕

12月，胡風為文協擬《結束募集援助貧病作家捐款的公啟》。〔註33〕

12月30日，胡風主持文協辭年晚會。〔註34〕

這年，朱安已是66歲的老人，年老體弱，又不幸身處亂世，想要設法變賣家產維持生計，也是不得已。幸虧有許廣平等出面阻止。為保存魯迅的藏書等遺物，許廣平在自己生活亦相當艱難的情況下，不斷地寄上錢款，維持她的生活。自此，朱安和許廣平的通信不斷，她的信最初是寫給海嬰的，後來也直接寫給「許女士」了。在給海嬰的信中，她多次感激許廣平的救助，還鼓勵海嬰「早自努力，光大門楣，為汝父增色」。對此，周海嬰寫道：「我從來沒有見過朱安，所以也談不上什麼印象。不過從她與母親往來信件看，她對我還是很關愛的。我知道在她心裏，把我當作香火繼承人一樣看待。」〔註35〕

這年，曹靖華譯作《侵略》、《虹》（訂正桂林版）由東南出版社重版；《鮮紅的花》、《夢》由東南出版社出版。〔註36〕周建人被迫辭職，離開了他工作

〔註27〕梅志《幾點補遺》，蕭紅、俞芳等著《我記憶中的魯迅先生》第143～144頁。
〔註28〕《馮雪峰大事年表》，孫琴安著《雪之歌——馮雪峰傳》第332頁。
〔註29〕曉風《胡風年表簡編》，《新文學史料》1986年第4期第180頁。
〔註30〕傅小北、楊幼生《唐弢年譜》，傅小北、楊幼生編《唐弢研究資料》第434頁。
〔註31〕傅小北、楊幼生《唐弢年譜》，傅小北、楊幼生編《唐弢研究資料》第434頁。
〔註32〕《馮雪峰大事年表》，孫琴安著《雪之歌——馮雪峰傳》第332頁。
〔註33〕曉風《胡風年表簡編》，《新文學史料》1986年第4期第180頁。
〔註34〕曉風《胡風年表簡編》，《新文學史料》1986年第4期第180頁。
〔註35〕喬麗華著《朱安傳》第225頁。
〔註36〕冷柯（執筆）、毛粹《曹靖華年譜》，《曹靖華研究專集》第428頁。

23 年之久的商務印書館。〔註 37〕

謝德銑寫道：1944 年底，抗日戰爭進入戰略反攻階段，日本帝國主義者在中國淪陷區的經濟，也面臨總崩潰的局面。在這種形勢下，商務印書館總經理王雲五被迫宣布大幅裁員，即凡在 1944 年底辭職的職員，可以得到一筆退職費。在這樣的情況下，周建人別無選擇，不得不辭去了他在商務印書館的職務。〔註 38〕

〔註 37〕《周建人年譜簡編》，謝德銑著《周建人評傳》第 375 頁。
〔註 38〕謝德銑著《周建人評傳》第 145 頁。

1945 年

1 月，胡風主編的《希望》第一期出版。在這一期上，為了引起論爭，迷惑國民黨審查官，藉以擴大延安整風的影響，發表了舒蕪的《論主觀》，引起了文化界的非議。這成了後來批判胡風的哲學思想以至文藝思想的導火線。〔註 1〕《希望》在重慶共出四期，合為第一集。〔註 2〕

3 月，胡風為文協擬《向羅曼羅蘭致敬》。〔註 3〕

3 月 25 日，胡風參加「羅曼・羅蘭追悼會」。〔註 4〕

3 月 27 日，胡風主持文協的「羅曼・羅蘭紀念晚會」。〔註 5〕

3 月，蕭軍夫婦被分配到魯迅藝術文學院，蕭軍擔任了文學系講師。除了擔負部分教學任務外，蕭軍用主要精力繼續自己沒有完成的長篇小說《第三代》。在延安呆了五年，小說家蕭軍高產的卻是雜文。〔註 6〕

4 月，曹靖華譯作《阿・托爾斯泰自傳》在《中蘇文化》第 16 卷第 3 期發表。〔註 8〕

4 月 15 日，曹靖華作《無言的悲愴》及「曹靖華、戈寶權唁電」在《中蘇文化》「阿・托爾斯泰逝世紀念特輯」發表。〔註 9〕

4 月 20 日，中國共產黨六屆七次擴大全會作出《關於若干歷史問題的決

〔註 1〕曉風《胡風年表簡編》，《新文學史料》1986 年第 4 期第 180 頁。
〔註 2〕曉風《胡風年表簡編》，《新文學史料》1986 年第 4 期第 180 頁。
〔註 3〕曉風《胡風年表簡編》，《新文學史料》1986 年第 4 期第 180 頁。
〔註 4〕曉風《胡風年表簡編》，《新文學史料》1986 年第 4 期第 180 頁。
〔註 5〕曉風《胡風年表簡編》，《新文學史料》1986 年第 4 期第 180 頁。
〔註 6〕王科、徐塞、張英偉著《蕭軍評傳》第 151 頁。
〔註 8〕冷柯（執筆）、毛粹《曹靖華年譜》，《曹靖華研究專集》第 429 頁。
〔註 9〕冷柯（執筆）、毛粹《曹靖華年譜》，《曹靖華研究專集》第 429 頁。

議》，對瞿秋白作出正確的評價。決議指出：「所謂犯『調和路線錯誤』的瞿秋白同志，是當時黨內有威信的領導者之一，他在被打擊以後，仍繼續做了許多有益的工作（主要是在文化方面），在 1935 年 6 月英勇地犧牲在敵人的屠刀之下。」他的「無產階級英雄氣概，乃是永遠值得我們紀念的。」〔註 7〕

6 月，唐弢署名晦庵在《萬象》6 月號（第 4 年第 7 期）上首次發表《書話》十條，分別為《吶喊》、《周作人最早的書》、《鄰二佚文》、《草原故事》、《史鐵爾》、《子夜的舞蹈》、《落葉之一》、《落葉之二》、《刻意集》和《萌芽的蛻化》。〔註 10〕

6 月 16 日，柯靈第二次被日本憲兵隊逮捕，託人帶出口信，告訴日憲也準備逮捕唐弢。唐弢只得離家外出躲避，以「王晦庵」名義，由中共地下黨員，他的學生錢松壽為他在龍華弄到一張「居住證」，經錢家圭介紹，蟄居在徐家匯另一地下黨員葉克平任副校長的培真中學。〔註 11〕

6 月 19 日，曹靖華在文協、中蘇文化協會聯合舉行高爾基逝世九週年紀念會上報告了高爾基生平。〔註 12〕

8 月 13 日，文協舉行慶祝抗日戰爭勝利歡談會。大會還討論了賣國投敵的文化漢奸問題，隨即就成立附逆文化人調查委員會，推老舍、曹靖華等 18 人為委員，負責調查附逆文化人，該調查委員會 22 日開會決議附逆文化人的範圍及處理辦法。〔註 13〕

8 月 15 日，日本無條件投降。唐弢應召重返郵局工作。〔註 14〕

8 月，毛澤東到重慶，與國民黨和平談判。〔註 15〕期間，馮雪峰與毛澤東交談。〔註 16〕毛兩次看望中蘇文化協會同志。〔註 17〕

8 月 15 日，蕭軍寫了一首詩《勝利到來了！——但我們決不能忘記》。〔註 18〕

〔註 7〕原載《毛澤東選集》第 3 卷第 916 頁，周永詳編寫《瞿秋白年譜（1899～1935）》第 130 頁。

〔註 10〕傅小北、楊幼生《唐弢年譜》，傅小北、楊幼生編《唐弢研究資料》第 434 頁。

〔註 11〕傅小北、楊幼生《唐弢年譜》，傅小北、楊幼生編《唐弢研究資料》第 434 頁。

〔註 12〕冷柯（執筆）、毛粹《曹靖華年譜》，《曹靖華研究專集》第 428 頁。

〔註 13〕冷柯（執筆）、毛粹《曹靖華年譜》，《曹靖華研究專集》第 429 頁。

〔註 14〕傅小北、楊幼生《唐弢年譜》，傅小北、楊幼生編《唐弢研究資料》第 434 頁。

〔註 15〕曉風《胡風年表簡編》，《新文學史料》1986 年第 4 期第 180 頁。

〔註 16〕《馮雪峰大事年表》，孫琴安著《雪之歌——馮雪峰傳》第 332 頁。

〔註 17〕冷柯（執筆）、毛粹《曹靖華年譜》，《曹靖華研究專集》第 428 頁。

〔註 18〕王科、徐塞、張英偉著《蕭軍評傳》第 154 頁。

8 月 15 日，周作人在日記中寫道：「中日均放送發表戰事終了。下午 1 時頃往綜研所訪阪本與李、陳、黃諸君。雨中回家。」戰爭結束了。中國勝利了。日本戰敗了。在意識到這一切時，周作人想到了什麼？這一日，他在「雨中」奔走，是懷著怎樣的心情呢？〔註 19〕

周建人則在抗戰勝利後根據地下黨的意見，被介紹到開明書店工作。他的學生章錫琛在開明書店任經理，書店老闆徐伯昕是進步文化人士，表示歡迎他在開明掛職領薪。這樣，解決了他全家的生計問題。〔註 20〕

8 月 20 日，蕭軍又創作詩三首《撫今追昔錄》。〔註 21〕

8 月 22 日，蕭軍的京劇劇本《武王伐紂》定稿，共成 4 集，每集約 30 場，總計 120 分場。鴻篇巨製，戲劇史上罕見。〔註 22〕

9 月 4 日，胡風到曾家岩 50 號參加歡迎毛澤東的舞會，與毛作斷續的談話。晚，宿於 50 號。〔註 23〕

抗戰勝利後，上海婦女界建立「中國婦女聯合會上海分會」，許廣平被推舉為負責人。〔註 24〕

9 月 8 日，許廣平署名景宋的文章《狂歡之夜》刊發在《週報》創刊號。〔註 25〕

9 月 8 日，唐弢與柯靈參加編輯由他們和劉哲民錢家圭等四人合辦的綜合性刊物《週報》創刊，該刊積極投入了反內戰的民主運動。唐弢幾乎每期都撰寫短評，署名為端、長、晦、風、羽、韜、潛、堂等。〔註 26〕

9 月 20 日，魯迅藝術文學院的部分同志作為一個中隊先出發一批，奔赴各解放區開展宣傳工作。其中赴東北的由舒群、田方任隊長，赴華北的由艾青、江豐任隊長。蕭軍因為孩子年幼，被要求暫緩出發。〔註 27〕

9 月 29 日、10 月 6 日，許廣平《研究魯迅文學遺產的幾個問題》刊發在《週報》第 4、第 5 期。〔註 28〕

〔註 19〕錢理群著《周作人傳》第 138～139 頁。
〔註 20〕謝德銑著《周建人評傳》第 149 頁。
〔註 21〕王科、徐塞、張英偉著《蕭軍評傳》第 154 頁。
〔註 22〕王科、徐塞、張英偉著《蕭軍評傳》第 155 頁。
〔註 23〕曉風《胡風年表簡編》，《新文學史料》1986 年第 4 期第 180 頁。
〔註 24〕《廣闊平遠——許廣平 120 週年誕辰紀念展》第四部分《向日葵》。
〔註 25〕《許廣平著述編目》，陳漱渝著《許廣平的一生》第 186 頁。
〔註 26〕傅小北、楊幼生《唐弢年譜》，傅小北、楊幼生編《唐弢研究資料》第 434 頁。
〔註 27〕王科、徐塞、張英偉著《蕭軍評傳》第 155 頁。
〔註 28〕《許廣平著述編目》，陳漱渝著《許廣平的一生》第 186 頁。

10 月 2 日，許廣平署名許秀的文章《為自己呼籲》刊發在《時代日報》副刊《婦女》。〔註 29〕

10 月 4 日，許廣平署名景宋的文章《鼠與貓的故事》刊發在《文匯報》副刊《世紀風》。〔註 30〕

10 月 5 日，許廣平署名景宋的文章《好日子》刊發在《自由人》雜誌。〔註 31〕

10 月，許廣平受中華全國文藝界抗敵協會總會的委託，會同鄭振鐸、李健吾約集上海文藝界進步人士，著手調查文化漢奸的罪行。〔註 32〕

10 月 6 日，許廣平、周建人等 39 人聯名的《我們對於處置敵日在華軍商人的意見》刊發在《週報》第 5 期。〔註 33〕提出嚴懲戰爭罪犯，賠償國內文物圖籍和財產，土地損失等六條要求。〔註 34〕

10 月 11 日，胡風赴機場送毛澤東回延安。〔註 35〕

10 月 12 日，中央命令抗大總校挺進東北，並同時各分校也陸續改組為中國人民解放軍各大戰略區的軍政大學，開始了新的戰鬥任務。徐懋庸在抗大工作的時間段是 1938 年 6 月至 1942 年底共四年半，據他說：自抗大成立之時起，直到結束，校長雖長期由林彪掛名，但林彪在抗大工作的時間實際上很短，三期以後，基本上只掛空名。在延安時期，毛澤東親自過問抗大的工作時間很多，他到前方後，則由其他同志按照毛的指示進行工作。〔註 36〕

10 月 12 日起，唐弢又開始發表書話，署名晦庵。本年度在《文匯報》上發表。〔註 37〕

10 月 13 日，許廣平署名景宋的文章《迎雙十節》刊發在《民主》創刊號。〔註 38〕

10 月 19 日，許廣平《研究魯迅文學遺產的幾個問題》又刊發在重慶《新

〔註 29〕《許廣平著述編目》，陳漱渝著《許廣平的一生》第 186 頁。
〔註 30〕《許廣平著述編目》，陳漱渝著《許廣平的一生》第 186 頁。
〔註 31〕《許廣平著述編目》，陳漱渝著《許廣平的一生》第 186 頁。
〔註 32〕《魯迅許廣平大事記》，龍呂黃、劉世洋編《以沫相濡亦可哀》第 219 頁。
〔註 33〕《許廣平著述編目》，陳漱渝著《許廣平的一生》第 186 頁。
〔註 34〕《周建人年譜簡編》，謝德銑著《周建人評傳》第 375～376 頁。
〔註 35〕曉風《胡風年表簡編》，《新文學史料》1986 年第 4 期第 180 頁。
〔註 36〕《第九章　在抗大》，《徐懋庸回憶錄》第 116 頁。
〔註 37〕傅小北、楊幼生《唐弢年譜》，傅小北、楊幼生編《唐弢研究資料》第 434 頁。
〔註 38〕《許廣平著述編目》，陳漱渝著《許廣平的一生》第 187 頁。

華日報》。〔註 39〕

10 月 19 日，胡風參加「魯迅逝世九週年紀念會」並講話。〔註 40〕

10 月 20 日，許廣平《因紀念想起》刊發在《新文化》半月刊創刊號。〔註 41〕

10 月 20 日，許廣平《忘記解》刊發在《週報》第 7 期。〔註 42〕

10 月 20 日，許廣平、周建人、鄭振鐸、柯靈、郭紹虞、許傑、夏丏尊、錢鍾書〔註 43〕等 24 人聯名的《上海文藝界覆中華全國文藝界抗敵協會書》刊發在《週報》第 7 期。〔註 44〕

10 月 20 日，許廣平的《我們怎樣紀念》刊發在《民主》第 2 期。〔註 45〕

10 月 20 日，唐弢的散文《記第一次會見魯迅先生》發表在《文匯報 世紀風》。〔註 46〕

10 月 23 日，許廣平的《魯迅先生的香煙》刊發在《文萃》第 3 期。〔註 47〕

10 月 27 日，許廣平署名景宋的文章《上海人》刊發在《民主》第 3 期。〔註 48〕

10 月，周建人的文章《關於魯迅先生的有些性格》發表在《民主》第 2 期，《魯迅先生口中的抗日英雄》發表在《週報》第 7 期，《關於魯迅的片斷回憶》發表在《新文化》創刊號。〔註 49〕

10 月，徐懋庸離開延安中央黨校。〔註 50〕

11 月，徐懋庸到承德，被分配在冀熱遼軍區政治宣傳部擔任宣傳科長。〔註 51〕

11 月，胡風為路翎長篇小說《財主的兒女們》的出版做了聯繫出版事宜、

〔註 39〕《許廣平著述編目》，陳漱渝著《許廣平的一生》第 186 頁。
〔註 40〕曉風《胡風年表簡編》，《新文學史料》1986 年第 4 期第 180 頁。
〔註 41〕《許廣平著述編目》，陳漱渝著《許廣平的一生》第 187 頁。
〔註 42〕《許廣平著述編目》，陳漱渝著《許廣平的一生》第 187 頁。
〔註 43〕錢理群著《周作人傳》第 376 頁。
〔註 44〕《許廣平著述編目》，陳漱渝著《許廣平的一生》第 187 頁。
〔註 45〕《許廣平著述編目》，陳漱渝著《許廣平的一生》第 187 頁。
〔註 46〕傅小北、楊幼生《唐弢年譜》，傅小北、楊幼生編《唐弢研究資料》第 434 頁。
〔註 47〕《許廣平著述編目》，陳漱渝著《許廣平的一生》第 187 頁。
〔註 48〕《許廣平著述編目》，陳漱渝著《許廣平的一生》第 187 頁。
〔註 49〕《周建人年譜簡編》，謝德銑著《周建人評傳》第 376 頁。
〔註 50〕《第十一章　在熱河的二三事（上）》，《徐懋庸回憶錄》第 158 頁。
〔註 51〕《第十一章　在熱河的二三事（上）》，《徐懋庸回憶錄》第 158 頁。

校改、寫序等大量工作。胡風的評論集《在混亂裏面》由重慶作家書屋出版。〔註 52〕

11 月 2 日，許廣平署名景宋的文章《大雨》刊發在上海《大公報》副刊《文藝》。〔註 53〕

11 月 3 日，許廣平署名景宋的文章刊發在《民主》第 4 期。〔註 54〕

11 月 10 日，許廣平署名景宋的兩篇文章《人民需要愛撫》和《橘子》刊發在《民主》第 5 期。〔註 55〕

11 月 13 日，許廣平署名許秀的文章《慶祝感言》刊發在《時代日報》副刊《婦女》。〔註 56〕

11 月，中央決定「魯藝」全部搬遷到東北解放區去辦學。

11 月 15 日，蕭軍夫婦帶著兩女一兒隨同周揚、沙可夫同志率領的「魯藝文藝大隊」從延安出發了。

魯藝大隊的多數同志都是步行，只有母親和孩子才坐騾馱轎。蕭軍分到一匹騾子，但他沒有騎，讓騾子馱著兩木箱文稿書籍及很多珍貴的歷史資料，自己跟在後面步行。隊伍經過他當年第一次來延安時經過的延長轉向正北的清澗、綏德、吳堡向張家口進發。一路上朝行夜宿，一天換一個住處，每天清一色的小米飯煮洋芋。行軍的勞苦，生活的艱辛，蕭軍夫婦全不在意，他們是返回闊別 11 載的故鄉。〔註 57〕

11 月 17 日，許廣平署名景宋的文章《讀〈夜店〉》刊發在《週報》第 11 期。〔註 58〕

11 月 17 日，許廣平署名景宋的文章《我的呼喊》刊發在《民主》第 6 期。〔註 59〕

11 月 24 日，許廣平的《剪報見聞》刊發在《民主》第 7 期。〔註 60〕

11 月 28 日，許廣平署名景宋的文章《憶蕭紅》刊發在上海《大公報 文

〔註 52〕曉風《胡風年表簡編》，《新文學史料》1986 年第 4 期第 180 頁。
〔註 53〕《許廣平著述編目》，陳漱渝著《許廣平的一生》第 187 頁。
〔註 54〕《許廣平著述編目》，陳漱渝著《許廣平的一生》第 187 頁。
〔註 55〕《許廣平著述編目》，陳漱渝著《許廣平的一生》第 187 頁。
〔註 56〕《許廣平著述編目》，陳漱渝著《許廣平的一生》第 188 頁。
〔註 57〕王科、徐塞、張英偉著《蕭軍評傳》第 156 頁。
〔註 58〕《許廣平著述編目》，陳漱渝著《許廣平的一生》第 188 頁。
〔註 59〕《許廣平著述編目》，陳漱渝著《許廣平的一生》第 188 頁。
〔註 60〕《許廣平著述編目》，陳漱渝著《許廣平的一生》第 188 頁。

藝》。〔註 61〕

12 月 1 日，許廣平署名景宋的文章《讀〈黃花〉》刊發在《民主》第 8 期。

12 月 1 日，許廣平署名景宋的文章《話舊謀新》刊發在上海女青年會主編的《婦女》雜誌。〔註 62〕

12 月 1 日，許廣平署名景宋的文章《婦女運動像競賽》刊發在《新文化》半月刊第 1 卷第 4 期。〔註 63〕

12 月 6 日，周作人被捕。當天，國名黨軍統局局長戴笠受國民黨政府軍事委員會北平行營主任李宗仁之命，以偽華北財務總署督辦汪時璟的名義，設宴誘捕以偽臨時政府行政委員會委員長王克敏為首的敵偽高級官員。周作人未赴宴，遂派軍警於當晚包圍八道灣 11 號。當槍口對準周作人要他就範時，他只站起來嘟囔著說：「我是讀書人，用不著這樣子。」就跟著軍警走了。據周作人後來說，來執行逮捕任務的軍警在抄家時偷走了一塊刻著「聖清宗室盛昱」六字的田黃石章，和摩伐陀牌的一隻鋼表，一總才值七八百元，這大約就是周宅最值錢的東西。周作人最珍愛的那塊鳳凰竹磚和永明磚卻因為不起眼而留下了。〔註 64〕周作人被捕後，先關在北平炮局胡同的陸軍醫院。周作人晚年回憶說：「在北京的炮局是歸中統的特務管理的，諸事要嚴格一點，各人編一個號碼，晚上要分房按號點呼，年過 60 的云予優待，聚居東西大監，特許用火取暖，但煤須自己購備，吃飯 6 人一桌，本來有菜兩缽，亦特予倍給。」據說，獄中規定每月允許接見家人一次，送錢一次；錢送得多的，有高達二十萬的，周作人最少，每次僅五千元。不管消息準確與否，周作人在獄中的生活相對清貧，卻大抵是事實。〔註 65〕周作人解押到南京後半個多月，南京高等法院檢察官即對周作人提出起訴，列舉周作人主要罪狀如下：「其任偽職期間，聘日人為教授，遵照其政府侵略計劃實施奴化教育，推行偽令，編修偽教科書，作利敵之文化政策，成立青少年團，以學生為組織訓練對象，泯滅青年擁護中央抗戰國策，啟發其親日思想，造成敵偽基要幹部。又如協助敵人調查研究華北資源，便利其開掘礦產，搜集物資，以供其軍需。他如促進溝通中日文化及發行有利敵偽宣傳報紙，前者為借文字宣

〔註 61〕《許廣平文集》第一卷第 186 頁。
〔註 62〕《許廣平著述編目》，陳漱渝著《許廣平的一生》第 188 頁。
〔註 63〕《許廣平著述編目》，陳漱渝著《許廣平的一生》第 188 頁。
〔註 64〕錢理群著《周作人傳》第 139 頁。
〔註 65〕錢理群著《周作人傳》第 143 頁。

傳達其與敵偽親善之目的，遂行近衛三原則之計劃，後者希圖淆惑人心，沮喪士氣，削弱同盟國家作戰力量……」等等。周作人也受命寫出「自白書」，進行自我辯解：「初擬賣文為生，嗣因環境惡劣，於 28 年 1 月 1 日在家遇刺，幸未致命，從此大受威脅，……以湯爾和再三慫恿，始出任偽北京大學教授兼該偽校文學院院長，以為學校可偽，學生不偽，政府雖偽，教育不可偽，參加偽組織之動機完全在於維持教育，抵抗奴化……」云云。〔註 66〕

12 月 8 日，許廣平署名景宋的文章《中國的癌》刊發在《民主》第 9 期。〔註 67〕

12 月 15 日～1946 年 3 月 23 日，許廣平署名景宋的長文《遭難前後》在《民主》第 10～23 期上連載。〔註 68〕

12 月 17 日，中華全國文藝界協會上海分會成立，唐弢當選為理事。〔註 69〕

12 月 19 日，《世界日報》刊發文章呼籲援助魯迅遺族的生活。〔註 70〕

12 月 28 日，許廣平寫作《歲末打油》。〔註 71〕

12 月 29 日，許廣平等 49 人聯名的《給美國人民的公開信》刊發在《週報》第 17 期。〔註 72〕

12 月 29 日，《世界日報》明珠版的編輯弓也長先生和海生先生一起登門探望住在西三條的朱安。他們看到時年 67 歲的魯迅夫人，站起來的時候顫巍巍的，個子很矮，一身黑色的棉褲襖，在短棉襖上罩著藍布褂，褂外是一件黑布面的羊皮背心。頭髮已經蒼白，梳著個小髻，面色黃黃的。他們進去的時候，正趕上朱安吃飯。一盞昏黃的電燈，讓來客看清楚桌子上的飯食：有多半個小米麵的窩頭擺在那裡，一碗白菜湯，湯裹有小手指粗的白麵做的短麵條，另外是一碟蝦油小黃瓜，碟子邊還放著兩個同是蝦油醃的尖辣椒，一碟醃白菜，一碟黴豆腐。沒有肉沒有油，沒有一個老年人足夠的營養，她對來客談到交通的不便，談到物價的飛騰，說：「八年了，老百姓受得也夠了，然而現在，見到的還是不大太平！」而她的身體總不大好，常常喘，雖

〔註 66〕錢理群著《周作人傳》第 144 頁。
〔註 67〕《許廣平著述編目》，陳漱渝著《許廣平的一生》第 188 頁。
〔註 68〕《許廣平著述編目》，陳漱渝著《許廣平的一生》第 188 頁。
〔註 69〕傅小北、楊幼生《唐弢年譜》，傅小北、楊幼生編《唐弢研究資料》第 435 頁。
〔註 70〕喬麗華著《朱安傳》第 227 頁。
〔註 71〕《許廣平著述編目》，陳漱渝著《許廣平的一生》第 188 頁。
〔註 72〕《許廣平著述編目》，陳漱渝著《許廣平的一生》第 188 頁。

然血已經不吐了。看到魯迅夫人的生活如此窘迫，兩位來客的心情都很感到沉重，覺得對魯迅的遺族應當盡一點義務。弓也長的《訪問魯迅夫人》的文章發表後，在社會上引起熱烈反響，許多讀者來信，就魯迅遺族的生活，魯迅藏書，以及出版全集，建立魯迅紀念館等問題發表意見，還有不少熱心人士寄來錢款，《世界日報》不到一個月共收到法幣五千八百元，擬捐贈給魯迅在北平的家屬。對於《世界日報》的熱心捐款，朱安表示，沒有上海方面的同意，她不會接受任何援助。她將相關的剪報寄給許廣平，和她商量該採取的態度，許廣平對她獨善其身的處理方式表示稱讚。〔註 73〕

12 月，馬敘倫、王紹鏊、許廣平、林漢達、周建人等進步人士在上海創立中國民主促進會。〔註 74〕

這年，唐弢應聘為震旦大學中國文學教授。〔註 75〕

抗戰勝利之後，曹聚仁回到上海繼續從事教育和新聞工作，具體的身份是《前線日報》的主筆兼前進中學校長，同時兼任上海幾所大學新文學課程的教授。〔註 76〕

〔註 73〕喬麗華著《朱安傳》第 227～228 頁。
〔註 74〕《周建人年譜簡編》，謝德銑著《周建人評傳》第 376 頁。
〔註 75〕傅小北、楊幼生《唐弢年譜》，傅小北、楊幼生編《唐弢研究資料》第 435 頁。
〔註 76〕李勇著《曹聚仁研究》第 3 頁。

1946 年

1 月 1 日，許廣平署名景宋的《歲末打油》刊發在上海《大公報》副刊《文藝》。〔註 1〕

1 月 3 日，朱安給海嬰的信中提及周作人被捕。魯迅去世之後，八道灣房產的房契改為周作人、周建人、朱安三人的名字，周作人入獄，朱安擔心八道灣的房產會被抄沒，決定將自己的那一份轉到海嬰的名下。〔註 2〕

1 月 13 日，許廣平《挽於再先生》刊發在《於再先生追悼會特刊》。〔註 3〕

1 月 13 日，上海各界人民代表三萬餘人在滬西戈登路玉佛寺大雄寶殿前的廣場上公祭昆明死難烈士。柳亞子主祭。主席團由宋慶齡、馬敘倫、許廣平、鄭振鐸、金仲華等組成。與會群眾悲憤填膺，要求嚴懲兇手，制止內戰，消滅法西斯，實現真民主。會上散發了許廣平撰寫的《挽於再先生》。

會後舉行了遊行，四人一排，綿延兩里。許廣平高呼著「反對特務統治」、「建立聯合政府」等口號行進在洪流般的隊伍中。這場鬥爭，揭開了抗戰勝利後上海人民爭取和平、民主的鬥爭序幕。〔註 4〕

1 月 18 日，茅盾、胡風、巴金、馮雪峰、曹靖華等 26 人聯名代表陪都文藝界致政治協商會議書，要求「策劃並監督停止國內軍事衝突，並立即恢復和平生活的各種措施」，「切實解決廢止文化統治政策，確立民主的文化建設

〔註 1〕《許廣平著述編目》，陳漱渝著《許廣平的一生》第 188 頁。

〔註 2〕喬麗華著《朱安傳》第 226 頁。

〔註 3〕《許廣平著述編目》，陳漱渝著《許廣平的一生》第 188 頁。

〔註 4〕陳漱渝《火焰般燃燒的木棉花——紀念許廣平同志誕生 110 週年，逝世 40 週年》，《民主》2008 年第 10 期第 38 頁。

政策」等九項文化教育有關問題。〔註 5〕

1 月 26 日，許廣平在《民主》週刊第 16 期發表《讓人民站起來》一文，批判國民黨蔣介石的「一黨專政」和「一人獨裁」。〔註 6〕

1 月，周建人在中國民主促進會第一屆理事會上當選為理事。會上，通過了《給政治協商會議建議書》。〔註 7〕

年初，魯藝文藝大隊到了晉察冀解放區的「特大城市」張家口。此時中國的上空又聚集著戰爭的烏雲，東北和華北的形式越來越嚴峻。去東北的通道時常被切斷，不能正常通行。蕭軍一家只好停在張家口，住到鄧拓任社長的《晉察冀日報》社裏。在張家口滯留的幾個月中，蕭軍與鄧拓、何乾之、成仿吾、歐陽凡海等成立了「魯迅學會」，在群眾大會上宣傳魯迅。〔註 8〕

1 月底，春節前，有人給朱安送來蔣介石的一筆饋贈。〔註 9〕

1 月～4 月，曹靖華譯作《徵主夢》（費定著）在《中蘇文化》第 17 卷第 1 期、2 與 3 期合刊、4 期連載。〔註 10〕

2 月，曹靖華譯作《鐵流》由上海生活書店出版勝利後一版。〔註 11〕

2 月 1 日，上海學生集會聲援南京臨時大學被捕學生，馬敘倫、周建人應邀出席並演講，支持學生行動，抨擊國民黨政府。〔註 12〕

2 月 1 日，朱安寫信告訴許廣平，說她接受了「委員長的意思，一定要領受，給我治病及貼補日用之需」。〔註 13〕從朱安和許廣平的通信中可知，朱安對於外界的援助，大多堅決辭謝，只有少數情況下她接受了下來。一次是魯迅生前好友沈兼士送來的準備票五萬元（合法幣一萬元），還有就是蔣委員長這一筆，法幣十萬元。〔註 14〕

2 月 16 日，許廣平署名景宋的文章《人民的力量》刊發在《民主》第 18 期。〔註 15〕

〔註 5〕冷柯（執筆）、毛粹《曹靖華年譜》，《曹靖華研究專集》第 429 頁。
〔註 6〕《魯迅許廣平大事記》，龍呂黃、劉世洋編《以沫相濡亦可哀》第 219～220 頁。
〔註 7〕《周建人年譜簡編》，謝德銑著《周建人評傳》第 376 頁。
〔註 8〕王科、徐塞、張英偉著《蕭軍評傳》第 156～157 頁。
〔註 9〕喬麗華著《朱安傳》第 229 頁。
〔註 10〕冷柯（執筆）、毛粹《曹靖華年譜》，《曹靖華研究專集》第 430 頁。
〔註 11〕冷柯（執筆）、毛粹《曹靖華年譜》，《曹靖華研究專集》第 430 頁。
〔註 12〕《周建人年譜簡編》，謝德銑著《周建人評傳》第 377 頁。
〔註 13〕喬麗華著《朱安傳》第 229 頁。
〔註 14〕喬麗華著《朱安傳》第 229 頁。
〔註 15〕《許廣平著述編目》，陳漱渝著《許廣平的一生》第 189 頁。

2 月 25 日，許廣平署名景宋的文章《讓人民站起來》刊發在《文藝復興》第 1 卷第 2 期。〔註 16〕

2 月，馮雪峰由重慶轉移上海，進行文化活動。〔註 17〕

2 月 25 日，胡風與妻兒離開重慶回上海。〔註 18〕由中國文化投資公司繼續出《希望》，共四期，合成第二集。以希望社的名義籌了點錢繼續出書。包括路翎的《財主的兒女們》第二部、自己的評論集《逆流的日子》和《論現實主義的路》，還再版了呂熒譯的《歐根·奧涅金》。〔註 19〕

3 月 3 日，許廣平署名景宋的文章《三八節與中國婦女》刊發在《文匯報》上。〔註 20〕

3 月 8 日，許廣平署名景宋的文章《三八感言》刊發在《時代日報》副刊《婦女》。〔註 21〕

3 月 8 日，「中國婦女聯合會上海分會」舉行婦女集會，許廣平擔任大會主席，她在會上號召堅持和平，反對內戰，建設一個自由、平等的新中國。〔註 22〕

3 月 16 日，許廣平署名景宋的文章《三八話今年》刊發在《民主》第 21、22 期合刊。〔註 23〕

3 月 21 日，周恩來在給瞿秋白早年好友羊牧之先生的覆信中，熱情地頌揚瞿秋白革命的一生，給他以崇高的評價。覆信說：「秋白同志畢生服務人民大眾，卒以成仁。耿耿丹衷，舉世懷仰。」〔註 24〕

3 月 30 日，許廣平署名景宋的文章《戰後的英國婦女》刊發在《民主》第 24 期。〔註 25〕

3、4 月間，徐懋庸被調到熱河省文化界救國聯合會擔任主任，主要任務

〔註 16〕《許廣平著述編目》，陳漱渝著《許廣平的一生》第 189 頁。
〔註 17〕《馮雪峰大事年表》，孫琴安著《雪之歌——馮雪峰傳》第 332 頁。
〔註 18〕曉風《胡風年表簡編》，《新文學史料》1986 年第 4 期第 180 頁。
〔註 19〕曉風《胡風年表簡編》，《新文學史料》1986 年第 4 期第 180 頁。
〔註 20〕《許廣平著述編目》，陳漱渝著《許廣平的一生》第 189 頁。
〔註 21〕《許廣平著述編目》，陳漱渝著《許廣平的一生》第 189 頁。
〔註 22〕《廣闊平遠——許廣平 120 週年誕辰紀念展》第四部分《向日葵》。
〔註 23〕《許廣平著述編目》，陳漱渝著《許廣平的一生》第 189 頁。
〔註 24〕羊牧之《霜痕小集》，原載上海《黨史資料》叢刊 1981 年第 3 輯，周永詳編寫《瞿秋白年譜（1899～1935）》第 130 頁
〔註 25〕《許廣平著述編目》，陳漱渝著《許廣平的一生》第 189 頁。

是爭取、團結、改造熱河的知識分子。〔註 26〕

4 月 1 日，唐弢的散文《花城寺》發表在《文藝復興》第 1 卷第 3 期。〔註 27〕

4 月 6 日，許廣平署名景宋的文章《迎馬與送魏》刊發在《民主》第 25 期。〔註 28〕

4 月 20 日，許廣平署名景宋的文章《從原子彈說起》刊發在《民主》第 27 期。〔註 29〕

4 月 27 日，許廣平署名景宋的文章《民主生活的學習——談國大婦女代表的選舉》刊發在《民主》第 27 期。〔註 30〕

5 月 3 日，許廣平署名景宋的文章《閻瑞生活著》刊發在《民主》第 28 期。〔註 31〕

5 月 4 日，許廣平署名景宋的文章《造成五四的歷史經過》刊發在《民主》第 29 期。〔註 32〕

5 月 4 日，文協總會《關於調查附逆文化人的決議》在《抗戰文藝》終刊號公布，曹靖華等 18 人為委員。〔註 33〕

5 月 7 日，曹靖華同愛人及孩子入城，次日乘專機飛南京。繼續擔任蘇聯文藝叢書主編工作。〔註 34〕

5 月 11 日，許廣平署名景宋的文章《致游牧》刊發在《民主》第 30 期。〔註 35〕

5 月 18 日，許廣平署名景宋的文章《有幸有不幸》刊發在《民主》第 31 期。〔註 36〕

5 月 23 日，許廣平署名景宋的文章《我喜歡看的好報》刊發在上海《聯

〔註 26〕《第十一章　在熱河的二三事（上）》，《徐懋庸回憶錄》第 158 頁。
〔註 27〕傅小北、楊幼生《唐弢年譜》，傅小北、楊幼生編《唐弢研究資料》第 435 頁。
〔註 28〕《許廣平著述編目》，陳漱渝著《許廣平的一生》第 189 頁。
〔註 29〕《許廣平著述編目》，陳漱渝著《許廣平的一生》第 189 頁。
〔註 30〕《許廣平著述編目》，陳漱渝著《許廣平的一生》第 189 頁。
〔註 31〕《許廣平著述編目》，陳漱渝著《許廣平的一生》第 189 頁。
〔註 32〕《許廣平著述編目》，陳漱渝著《許廣平的一生》第 189 頁。
〔註 33〕冷柯（執筆）、毛粹《曹靖華年譜》，《曹靖華研究專集》第 429 頁。
〔註 34〕冷柯（執筆）、毛粹《曹靖華年譜》，《曹靖華研究專集》第 430 頁。
〔註 35〕《許廣平著述編目》，陳漱渝著《許廣平的一生》第 189 頁。
〔註 36〕《許廣平著述編目》，陳漱渝著《許廣平的一生》第 189 頁。

合日報晚刊》。〔註 37〕

5 月 23 日，申由《永生的死！》摘錄了許廣平的《在羊棗追悼會上的講話》，刊發在《文萃》第 31 期。〔註 38〕

5 月，國民黨準備發動全面內戰，上海 68 個人民團體組成上海人民團體聯合會，周建人、馬敘倫、王紹鏊、林漢達等 20 多人當選為理事。〔註 39〕

5 月，胡風的翻譯小說《棉花》由新新出版社出版。〔註 40〕

5 月，曹靖華譯作《德國風情畫》（費定著）在《文藝生活》光復版第五號（總第 22 號）發表，第六號續刊。〔註 41〕

5 月，曹靖華譯作《虹》由山東新華書店出版。〔註 42〕

5 月底，蕭軍曾一度先行赴東北。內戰硝煙四起，他只好折回張家口。〔註 43〕

6 月 1 日，許廣平署名景宋的文章《民意》刊發在《民主》第 33 期。〔註 44〕

6 月 7 日，許廣平署名景宋的文章《婦訊發刊詞》刊發在上海《聯合日報晚刊》。〔註 45〕

6 月，美國幫助國民黨政府完成了發動全面內戰的主要準備步驟，內戰危機迫在眉睫。馬敘倫等 164 人上書蔣介石和馬歇爾呼籲和平，停止內戰。許廣平、周建人、陶行知、茅盾、許傑、沙千里、胡子嬰〔註 46〕等列名。〔註 47〕

6 月 15 日，許廣平列名的《上海各界呼籲和平　馬敘倫等 164 人上書蔣介石、馬歇爾及各黨派》刊發在《民主》第 35 期。〔註 48〕

6 月 15 日，《時局筆談特輯——郭沫若、馬敘倫、鄭振鐸、景宋先生答本刊時局六問題》刊發在《民主》第 35 期。〔註 49〕

〔註 37〕《許廣平著述編目》，陳漱渝著《許廣平的一生》第 190 頁。
〔註 38〕《許廣平著述編目》，陳漱渝著《許廣平的一生》第 190 頁。
〔註 39〕《周建人年譜簡編》，謝德銑著《周建人評傳》第 377 頁。
〔註 40〕曉風《胡風年表簡編》，《新文學史料》1986 年第 4 期第 180 頁。
〔註 41〕冷柯（執筆）、毛粹《曹靖華年譜》，《曹靖華研究專集》第 430 頁。
〔註 42〕冷柯（執筆）、毛粹《曹靖華年譜》，《曹靖華研究專集》第 430 頁。
〔註 43〕王科、徐塞、張英偉著《蕭軍評傳》第 157 頁。
〔註 44〕《許廣平著述編目》，陳漱渝著《許廣平的一生》第 190 頁。
〔註 45〕《許廣平著述編目》，陳漱渝著《許廣平的一生》第 190 頁。
〔註 46〕《周建人年譜簡編》，謝德銑著《周建人評傳》第 377 頁。
〔註 47〕陳漱渝《火焰般燃燒的木棉花——紀念許廣平同志誕生 110 週年，逝世 40 週年》，《民主》2008 年第 10 期第 38 頁。
〔註 48〕《許廣平著述編目》，陳漱渝著《許廣平的一生》第 190 頁。
〔註 49〕《許廣平著述編目》，陳漱渝著《許廣平的一生》第 190 頁。

6 月 15 日，許廣平等 164 人列名的《致中國共產黨》刊發在《民主》第 35 期。〔註 50〕

6 月 15 日，許廣平署名景宋的文章《誰有仲裁權》刊發在《民主》第 35 期。〔註 51〕

6 月 15 日，許廣平署名景宋的文章《十五天後能和平嗎？》刊發在《週報》第 41 期。〔註 52〕

6 月 15 日，曹靖華譯作《徵主夢》在《中蘇文化》滬版第 3 期又載。〔註 53〕

6 月 15 日，唐弢的散文《在富陽——訪郁達夫故居》刊發在《週報》第 41 期。

6 月，唐弢在郭沫若的上海狄思威路住宅第一次見到周恩來，不久後又兩次見到。這時國共和談尚在進行，周恩來是中共的首席代表，蔣介石正準備向解放區進攻。三次會面，都談到和平與戰爭的問題，周恩來還就未來的戰局作了詳盡的分析。對此，唐弢「衷心傾倒又滿腔激動」。〔註 54〕

6 月 23 日，馬敘倫、胡厥文、雷潔瓊等九位上海人民代表（多數是中國民主促進會的領導成員）赴南京為民請命。上海學生、工人、職員、教師、市民約十萬人舉行歡送代表和平請願大遊行，其中婦女約占百分之六十。中共上海局書記劉曉、副書記劉長勝親赴現場指揮。遊行群眾第一次喊出了「反對美國干涉中國內政」的口號。周建人自始至終參加這一活動，一直走在遊行隊伍的前列。〔註 55〕

6 月 23 日，許廣平前往上海北火車站歡送人民代表，接著又同廣大群眾一道進入市區遊行示威，經過五、六小時，直到「法國公園」（即今復興公園）才散。當晚，上海人民代表抵達南京下關車站，被偽裝為「蘇北難民」的國民黨特務包圍毆打，受傷多人，有的被打暈。〔註 56〕

6 月 28 日，許廣平在《文匯報》副刊《婦友》發表致雷潔瓊的慰問信，

〔註 50〕《許廣平著述編目》，陳漱渝著《許廣平的一生》第 190 頁。

〔註 51〕《許廣平著述編目》，陳漱渝著《許廣平的一生》第 190 頁。

〔註 52〕《許廣平著述編目》，陳漱渝著《許廣平的一生》第 190 頁。

〔註 53〕冷柯（執筆）、毛粹《曹靖華年譜》，《曹靖華研究專集》第 430 頁。

〔註 54〕傅小北、楊幼生《唐弢年譜》，傅小北、楊幼生編《唐弢研究資料》第 435 頁。

〔註 55〕《周建人年譜簡編》，謝德銑著《周建人評傳》第 377 頁。

〔註 56〕陳漱渝《火焰般燃燒的木棉花——紀念許廣平同志誕生 110 週年，逝世 40 週年》，《民主》2008 年第 10 期第 38 頁。

憤怒譴責國民黨政府的暴行。〔註 57〕文章署名「一個學友」。〔註 58〕

6 月 29 日，許廣平又在《民主》週刊第 37 期發表《為下關遭難代表向美國人進言》，抗議美國政府「支持中國的黷武者」，以德日法西斯的垮臺為例，說明「武力不能達到一切野心的企圖」。〔註 59〕文章署名景宋。〔註 60〕

7 月 1 日，許廣平署名景宋的文章《追憶蕭紅》刊發在《文藝復興》第 1 卷第 6 期。〔註 61〕

7 月 1 日，唐弢進《文匯報》後，由他負責編輯的文藝副刊《筆會》創刊。〔註 62〕

7 月 7 日，許廣平署名景宋的文章《迎接勝利後的第一個「七·七」》刊發在《文匯報》副刊《世界風》。〔註 63〕

7 月 13 日，許廣平署名景宋的文章《認清時局》刊發在《民主》第 39 期。〔註 64〕

7 月 19 日，南京法院根據起訴書對周作人進行第一次審理。

7 月 20 日，《申報》刊發了中央社對公審的報導：

京高院公審周作人　供詞支吾無確證

［中央社南京十九日電］周逆作人 19 日晨 10 時，在首都高院受審，歷時二旬鐘，以證據尚待調查，庭諭定 8 月 9 日再審。周逆昔日小有文名，今日旁聽席上，特多男女青年。審訊前段，被告答覆從逆前之經歷，頗以 20 年北大文科教授之任自傲。述其附逆動機，狡稱：旨在「維持教育，抵抗奴化」。庭長當斥以身為人師，豈可失節。周逆答辯謂：「頭二等的教育家都走了，像我這樣三四等的人，不出來勉力其難，不致讓五六等的壞人，愈弄愈糟。」並稱，26 年秋，留平不去，係因年邁，奉北大校長蔣夢麟之囑為「留平四教授」之一，照料北大者，惟對其 38 年之任華北政務委員會常委兼教

〔註 57〕陳漱渝《火焰般燃燒的木棉花——紀念許廣平同志誕生 110 週年，逝世 40 週年》，《民主》2008 年第 10 期第 38 頁。

〔註 58〕《許廣平著述編目》，陳漱渝著《許廣平的一生》第 190 頁。

〔註 59〕陳漱渝《火焰般燃燒的木棉花——紀念許廣平同志誕生 110 週年，逝世 40 週年》，《民主》2008 年第 10 期第 38 頁。

〔註 60〕《許廣平著述編目》，陳漱渝著《許廣平的一生》第 190 頁。

〔註 61〕《許廣平著述編目》，陳漱渝著《許廣平的一生》第 191 頁。

〔註 62〕傅小北、楊幼生《唐弢年譜》，傅小北、楊幼生編《唐弢研究資料》第 435 頁。

〔註 63〕《許廣平著述編目》，陳漱渝著《許廣平的一生》第 191 頁。

〔註 64〕《許廣平著述編目》，陳漱渝著《許廣平的一生》第 191 頁。

育總署督辦，以及東亞文化協議會會長，華北綜合研究所副理事長，偽新民會委員，偽華北新報社理事等職，則期期艾艾，對答之間頗感尷尬，但仍東拉西扯，以 28 年元旦之被刺，「中國中心思想問題」論戰，以及勝利後朱校長家驊之華北觀感等，作為渠有力抗戰之證據，庭上當諭以證據頗確鑿有力，當諭以為使收集，特寬限三星期再行公審，周逆乃於汗流浹背下狼狽還押。

以後再法院調查中，以胡適為校長的北京大學仍出函證明北大復校後查點校產及書籍，尚無損失，且有增加，原北京大學校長蔣夢麟（時為行政院秘書）也出函證明，華北淪陷時，確派周作人等保管北京大學校產（周作人晚年因此對蔣夢麟有很高評價）。沈兼士、俞平伯等 15 位大學教授，也聯名發出《為周作人案呈國民政府首都高等法院文》，引述了片岡鐵兵對周作人的攻擊，以「證明周氏在偽組織中言行有於敵寇不利」，「有維護文教消極抵抗之實績」，並稱「周作人學術文章久為世所推服，若依據實績，減其罪戾，俾使炳燭之餘光，完其未竟之著譯，於除奸懲偽中兼寓為國惜才，使存善美之微意，則於情理實為兩盡。」作家鄭振鐸也發表文章表示：我們總想保全他。即在他被捕以後，我們幾個朋友談起，還想用一個特別的辦法，囚禁著他，卻使他工作者，從事翻譯希臘文學什麼的」；這都是出於「愛惜」之意，其心可謂善，其情亦可感。〔註 65〕

7 月 21 日，在上海召開的中華文協總會為李公樸和聞一多血案召開的大會上，許廣平、周建人、鄭振鐸、葉聖陶、郭沫若、茅盾等致函聯合國人權委員會，要求派調查團來華調查李、聞慘案。〔註 66〕

7 月 27 日，許廣平署名景宋的文章《清晨筆談（三則）》刊發在《民主》第 41 期。〔註 67〕

7 月 29 日，許廣平署名景宋的文章《奔波隨筆——談領導》刊發在《文匯報》副刊《筆會》。〔註 68〕

7 月，國民黨當局暗殺進步人士李公樸、聞一多，上海各進步團體紛紛改變鬥爭策略，以聚餐的方式繼續鬥爭。許廣平積極參加此類活動。〔註 69〕

聞一多七月被國民黨特務用槍暗殺以後，西南聯大學生要求即刻向曹靖

〔註 65〕錢理群著《周作人傳》第 144～145 頁。

〔註 66〕《周建人年譜簡編》，謝德銑著《周建人評傳》第 378 頁。

〔註 67〕《許廣平著述編目》，陳漱渝著《許廣平的一生》第 191 頁。

〔註 68〕《許廣平著述編目》，陳漱渝著《許廣平的一生》第 191 頁。

〔註 69〕《廣闊平遠——許廣平 120 週年誕辰紀念展》第四部分《向日葵》。

華發聘書，湯用彤在壓力下給他發了聘書。他拿著聘書問周恩來同志怎麼辦。周說，去了可以當面向群眾宣傳，比間接地用文字的作用大。但他們現在要搬回北方去了，回信答覆他們，復校後一定應聘。〔註 70〕

7 月，許廣平加入中國民主促進會。〔註 71〕

7 月，曹靖華寫作《人民的春天開始了》，翻譯《俄國文學史導言》(高爾基作)，在《時代雜誌》第 161 期「高爾基逝世十週年特輯」刊載。〔註 72〕

7 月，胡風為文協擬《悼聞一多電》。〔註 73〕

7 月，馮雪峰的《過來的時代》由新知書店出版。〔註 74〕

7 月下旬，徐懋庸被任命為承德聯合中學的校長。據他說，他只到學校講過一次話，中共冀熱遼分局通知他，「敵人可能不久就要進攻承德，我軍準備撤退，但為了保存一批知識分子起見，叫我組織一個大型的演出《白毛女》的文工團，以到農村巡迴演出為名，先行撤離承德，一則向農民宣傳，二則把盡可能多的知識分子帶出去。於是我率領由將近一百個人組成的文工團開始了一段二千五百里的艱險的小長征。〔註 75〕

8 月 2 日，許廣平署名景宋的文章《他們的感召》刊發在《文匯報》副刊《婦友》。〔註 76〕

8 月 3 日，許廣平署名景宋的兩篇文章《痛悼陶（行知）先生》和《「啟示」之後》刊發在《民主》第 42 期。〔註 77〕

8 月 7 日，《東北日報》登載了一條醒目的消息：《適應新形勢需要，東北大學擴大規模》。消息披露：東北大學的「魯迅藝術文學院」將由《八月的鄉村》的作者、東北著名作家蕭軍先生擔任院長。蕭軍事前並不知道這個任命，他深為組織對自己的信任而激動。〔註 78〕

8 月中旬，東北局負責人彭真同志從東北解放區派人到張家口來接蕭軍。蕭軍全家乘坐一輛無蓬卡車，與張家口衛戍司令部的四輛卡車、近百名指戰

〔註 70〕冷柯（執筆）、毛粹《曹靖華年譜》，《曹靖華研究專集》第 429 頁。
〔註 71〕《魯迅許廣平大事記》，龍呂黄、劉世洋編《以沫相濡亦可哀》第 220 頁。
〔註 72〕冷柯（執筆）、毛粹《曹靖華年譜》，《曹靖華研究專集》第 430 頁。
〔註 73〕曉風《胡風年表簡編》，《新文學史料》1986 年第 4 期第 180 頁。
〔註 74〕《馮雪峰大事年表》，孫琴安著《雪之歌——馮雪峰傳》第 332 頁。
〔註 75〕《第十一章　在熱河的二三事（上）》，《徐懋庸回憶錄》第 163 頁。
〔註 76〕《許廣平著述編目》，陳漱渝著《許廣平的一生》第 191 頁。
〔註 77〕《許廣平著述編目》，陳漱渝著《許廣平的一生》第 191 頁。
〔註 78〕王科、徐塞、張英偉著《蕭軍評傳》第 157 頁。

員一起，穿越內蒙古東部大草原奔向哈爾濱。那時的內蒙古並不太平，常有殘匪出沒，野獸也常常對人構成威脅，公路破壞也十分嚴重，坎坷和泥淖使司機和乘客十分頭疼。但蕭軍的情緒十分高漲，有什麼比回家更令人高興的事呢？〔註 79〕

8 月 24 日，《週報》出至第 49、50 期合刊，終於因「議論國事有罪」，被國民黨查禁。該期發表《暫告讀者》，署名唐弢、柯靈，由唐弢執筆。〔註 80〕

8 月 24 日，許廣平署名景宋的文章《真理與退學》刊發在《民主》第 45 期。〔註 81〕

8 月 24 日，許廣平署名景宋的文章《豬玀的生活》刊發在《週報》第 49、50 期合刊。〔註 82〕

9 月 13 日，蕭軍到達嫩江省省會齊齊哈爾市。嫩江省省長、當年東北救亡總會會長於毅夫同車向忱、關夢覺等文教界領導熱情招待了蕭軍夫婦。〔註 83〕

9 月 14 日，省直機關還在市政府禮堂召開了歡迎蕭軍大會。〔註 84〕

9 月 14 日，許廣平署名景宋的兩篇文章《出奇的事》和《論美國基本之目標》刊發在《民主》第 48 期。〔註 85〕

9 月 15 日開始，蕭軍一連四天奔走於齊齊哈爾市各單位，為大中小學教師、文學青年作了幾場講演，熱情歌頌中國共產黨，猛烈抨擊帝國主義反動派，受到聽眾的熱烈歡迎。〔註 86〕

9 月 21 日，蕭軍終於回到離別 12 年的哈爾濱。〔註 87〕

9 月 22 日，許廣平等 8 人的文章《「退出中國」》刊發在《文匯報・星期談座》。〔註 88〕

9 月 25 日，許廣平署名編者的文章《同性戀愛是歟非歟——致文彬女士》

〔註 79〕王科、徐塞、張英偉著《蕭軍評傳》第 157 頁。
〔註 80〕傅小北、楊幼生《唐弢年譜》，傅小北、楊幼生編《唐弢研究資料》第 435 頁。
〔註 81〕《許廣平著述編目》，陳漱渝著《許廣平的一生》第 191 頁。
〔註 82〕《許廣平著述編目》，陳漱渝著《許廣平的一生》第 191 頁。
〔註 83〕王科、徐塞、張英偉著《蕭軍評傳》第 157 頁。
〔註 84〕王科、徐塞、張英偉著《蕭軍評傳》第 157 頁。
〔註 85〕《許廣平著述編目》，陳漱渝著《許廣平的一生》第 191 頁。
〔註 86〕王科、徐塞、張英偉著《蕭軍評傳》第 157 頁。
〔註 87〕王科、徐塞、張英偉著《蕭軍評傳》第 157 頁。
〔註 88〕《許廣平著述編目》，陳漱渝著《許廣平的一生》第 191 頁。

刊發在《上海聯合日報晚刊・婦訊》第 15 號。〔註 89〕

9 月 27 日上午，由中蘇友好協會、民主青年聯盟在商公會舊址聯合舉辦了盛大的「哈爾濱市各界歡迎蕭軍先生大會」。〔註 90〕

9 月，馮雪峰雜文集《跨的日子》由上海國際文化服務社出版。〔註 91〕

從 9 月末到 11 月初，在四十多天中，蕭軍在哈爾濱各單位做了六十多場演講，一天有時甚至要演講三場，聽眾計達數萬人。蕭軍的講演，沒有事先擬成的固定講稿，也沒有提綱，只是採取了「從群眾中來，到群眾中去」的即興方式。聽眾有什麼問題可以遞「條子」，有的邀請單位也在事先提出一些問題。聽眾的反應是：「蕭軍講的雖然還是他們延安的那「一套」，但還算入情入理，聽起來還是很「舒服」的呢！」蕭軍每天把演講的情況都詳細向彭真彙報，並抽時間整理成書面材料，交給組織作為制定解放區各項政策的參考。〔註 92〕

9 月 28 日，許廣平署名景宋的文章《「從中國撤退」集錦》刊發在《民主》第 50 期。〔註 93〕

9 月，許廣平署名景宋的文章《〈丁聰阿 Q 正傳的插圖〉序》刊發在上海出版公司出版的由丁聰作《阿 Q 正傳插圖》卷首。〔註 94〕

10 月 1 日，許廣平署名景宋的文章《十週年祭》刊發在《文藝復興》第 2 卷第 3 期。〔註 95〕

10 月 4 日，許廣平署名景宋的文章《還不是可以痛哭的時候》刊發在《文匯報》。〔註 96〕

10 月 6 日，許廣平等參加座談的《苦難中的中國婦女》刊發在《文匯報》，為《文匯報》第 40 次星期座談會記錄。〔註 97〕

10 月 12 日，許廣平、周建人、馬敘倫、郭沫若、沈鈞儒、茅盾、柳亞子、史良、巴金等 39 人的文章《我們要求政府切實保障言論自由》刊發在

〔註 89〕《許廣平著述編目》，陳漱渝著《許廣平的一生》第 192 頁。
〔註 90〕王科、徐塞、張英偉著《蕭軍評傳》第 158 頁。
〔註 91〕《馮雪峰大事年表》，孫琴安著《雪之歌——馮雪峰傳》第 332 頁。
〔註 92〕王科、徐塞、張英偉著《蕭軍評傳》第 159 頁。
〔註 93〕《許廣平著述編目》，陳漱渝著《許廣平的一生》第 192 頁。
〔註 94〕《許廣平著述編目》，陳漱渝著《許廣平的一生》第 186 頁。
〔註 95〕《許廣平著述編目》，陳漱渝著《許廣平的一生》第 192 頁。
〔註 96〕《許廣平著述編目》，陳漱渝著《許廣平的一生》第 192 頁。
〔註 97〕《許廣平著述編目》，陳漱渝著《許廣平的一生》第 192 頁。

《民主》第 51 至 52 期。〔註 98〕嚴正警告國民黨政府封鎖人民的口、虐殺文化沒有好下場。〔註 99〕

10 月 12 日，許廣平署名編者的文章《不要孩子怎麼辦——致玉芬女士》刊發在《聯合日報晚刊・婦訊》。〔註 100〕

10 月 12 日，許廣平寫作《讀唐弢先生編〈全集補遺〉後記》。〔註 101〕

10 月 13 日，許廣平寫作《魯迅先生死了十年了——〈魯迅書簡〉編後記》。〔註 102〕

10 月 16 日～24 日，曹靖華寫作《從翻譯工作看魯迅先生》（上、中、下），在《文匯報　世紀風》發表。〔註 103〕

10 月 17 日，許廣平署名景宋的文章《讀唐弢先生編〈全集補遺〉後記》刊發在《文萃》第 2 卷第 2 期。〔註 104〕

10 月 19 日，「魯迅十週年紀念會」在上海舉行。

10 月 19 日，許廣平文章《魯迅先生死了十年了——〈魯迅書簡〉編後記》刊發在《學生日報》。〔註 105〕

10 月 19 日，《許景宋談魯迅的往事》一文刊發在《文匯報》。〔註 106〕

10 月 19 日，許廣平的文章《魯迅眼中的蘇聯》刊發在《時代》雜誌第 6 卷第 41 期。〔註 107〕

10 月 19 日，曹靖華寫作《魯迅先生在蘇聯》，在《時代》雜誌第 6 卷第 41 期發表。〔註 108〕

10 月 20 日，胡風赴萬國公墓參加十週年紀念掃墓典禮並講話。〔註 109〕

10 月 24 日，許廣平列名的《陶行知先生追悼大會籌備處啟事》刊發在

〔註 98〕《許廣平著述編目》，陳漱渝著《許廣平的一生》第 192 頁。
〔註 99〕《周建人年譜簡編》，謝德銑著《周建人評傳》第 378 頁。
〔註 100〕《許廣平著述編目》，陳漱渝著《許廣平的一生》第 192 頁。
〔註 101〕《許廣平著述編目》，陳漱渝著《許廣平的一生》第 192 頁。
〔註 102〕《許廣平著述編目》，陳漱渝著《許廣平的一生》第 192 頁。
〔註 103〕冷柯（執筆）、毛粹《曹靖華年譜》，《曹靖華研究專集》第 430 頁。
〔註 104〕《許廣平著述編目》，陳漱渝著《許廣平的一生》第 192 頁。
〔註 105〕《許廣平著述編目》，陳漱渝著《許廣平的一生》第 192～193 頁。
〔註 106〕《許廣平著述編目》，陳漱渝著《許廣平的一生》第 193 頁。
〔註 107〕《許廣平著述編目》，陳漱渝著《許廣平的一生》第 193 頁。
〔註 108〕冷柯（執筆）、毛粹《曹靖華年譜》，《曹靖華研究專集》第 430 頁。
〔註 109〕曉風《胡風年表簡編》，《新文學史料》1986 年第 4 期第 180 頁。

《文匯報》。〔註 110〕

10 月，許廣平專程到北平整理魯迅的藏書，並對朱安的生活進行了妥善的安排。〔註 111〕

許廣平回到上海後，朱安給她寫信，說：「你走後，我心裏很難受，要跟你說的話很多，但當時一句也想不起來，承你美意，叫我買點吃食補補身體，我現在正在照你的話辦。」〔註 112〕

10 月，許廣平署名景宋徵集編校的《魯迅書簡》（上下冊）由魯迅全集出版社出版。本書搜集了魯迅致國內外人士和團體書信八百餘封，卷末有景宋作《編後記》。〔註 113〕

10 月，許廣平署名景宋的文章《讀唐弢先生編〈全集補遺〉後記》被收入上海出版公司唐弢編《魯迅全集補遺》卷末。〔註 114〕

10 月，由上海出版公司出版魯迅著、唐弢編的《魯迅全集補遺》，收魯迅 1912 年至 1934 年的文章 51 篇，魯迅筆名補遺 9 個。這本書被列為「文藝復興叢書第一輯」。〔註 115〕

10 月，紀念魯迅逝世十週年，唐弢編的《文匯報 筆會》編輯了紀念專輯。馮雪峰的《魯迅回憶錄》開始在《筆會》上連載。〔註 116〕

10 月，《民主》被查禁停刊。〔註 117〕

10 月 27 日起，唐弢在《聯合日報》（晚刊）發表書話，署名晦庵。〔註 118〕

11 月 7 日，許廣平署名景宋的文章《白發》刊發在《新文化》半月刊第 2 卷第 8 期。〔註 119〕

11 月，周海嬰受中共地下黨指示，以香港工委許滌新夫婦外甥的名義南下避入香港培僑中學就讀高中一年級。〔註 120〕

〔註 110〕《許廣平著述編目》，陳漱渝著《許廣平的一生》第 193 頁。
〔註 111〕《魯迅許廣平大事記》，龍呂黃、劉世洋編《以沫相濡亦可哀》第 220 頁。
〔註 112〕喬麗華著《朱安傳》第 234 頁。
〔註 113〕《許廣平著述編目》，陳漱渝著《許廣平的一生》第 167 頁。
〔註 114〕《許廣平著述編目》，陳漱渝著《許廣平的一生》第 192 頁。
〔註 115〕傅小北、楊幼生《唐弢年譜》，傅小北、楊幼生編《唐弢研究資料》第 435 頁。
〔註 116〕傅小北、楊幼生《唐弢年譜》，傅小北、楊幼生編《唐弢研究資料》第 435 頁。
〔註 117〕《周建人年譜簡編》，謝德銑著《周建人評傳》第 378 頁。
〔註 118〕傅小北、楊幼生《唐弢年譜》，傅小北、楊幼生編《唐弢研究資料》第 435 頁。
〔註 119〕《許廣平著述編目》，陳漱渝著《許廣平的一生》第 193 頁。
〔註 120〕《周海嬰大事年表》，《周海嬰紀念集》第 227 頁。

11 月，首都高等法院經過三次公開審訊，對周作人做出「處有期徒刑 14 年，褫奪公民權 10 年」的審決。〔註 121〕

11 月，就八道灣房屋事，周建人託許廣平帶圖章及信給朱安，叮囑她全權辦理。〔註 122〕

11 月，蕭軍根據組織的安排，離開哈爾濱赴佳木斯，就任東北大學魯迅文學院院長。按照供給制，分配給蕭軍住四間房子，配備一個廚工，兩個保姆。每餐飯四個菜，一個湯，出門坐馬車，後面跟著警衛員。這使蕭軍十分彆扭，他覺得「院長」這個稱呼太陌生了，遠不如「老蕭」親切。對那些教學行政業務，他也感到很「隔」，沒有什麼興趣。經過認真考慮，他決定要把院長這個官銜摘掉，辭職回哈爾濱幹應該幹的事情去。〔註 123〕

12 月 7 日、14 日、21 日以及 1947 年 1 月 4 日，許廣平的《北行觀感》在《文匯報·婦友》連載，其中《魯迅故居》和《藏書》兩節收入了《魯迅研究資料》第一輯。〔註 124〕

12 月 27 日，唐弢在上海與沈絜雲結婚。〔註 125〕

12 月 28 日，許廣平署名景宋的文章《慰袁雪芬》刊發在《文匯報·婦友》。〔註 126〕

12 月 29 日，胡風主持文協的「辭年晚會」（上海）。〔註 127〕

這年，重修了魯迅墓，墓及墓碑的形制由許廣平親自設計。〔註 128〕**署名景宋的文章《魯迅的日常生活》被收入大連文協出版社由盧正義編的《魯迅論》第一輯。**〔註 129〕曹聚仁著手編寫《中國抗戰畫史》（由舒宗僑負責圖片部分）〔註 130〕，他編著的《論議文》在上海出版。〔註 131〕曹靖華譯作《列寧的故事》由新華書店晉察冀分店出版；《三姊妹》由文化生活書店出版；《我

〔註 121〕錢理群著《周作人傳》第 145 頁。
〔註 122〕《周建人年譜簡編》，謝德銑著《周建人評傳》第 378 頁。
〔註 123〕王科、徐塞、張英偉著《蕭軍評傳》第 159～160 頁。
〔註 124〕《許廣平著述編目》，陳漱渝著《許廣平的一生》第 193 頁。
〔註 125〕傅小北、楊幼生《唐弢年譜》，傅小北、楊幼生編《唐弢研究資料》第 435 頁。
〔註 126〕《許廣平著述編目》，陳漱渝著《許廣平的一生》第 193 頁。
〔註 127〕曉風《胡風年表簡編》，《新文學史料》1986 年第 4 期第 180 頁。
〔註 128〕《魯迅許廣平大事記》，龍呂黃、劉世洋編《以沫相濡亦可哀》第 220 頁。
〔註 129〕《許廣平著述編目》，陳漱渝著《許廣平的一生》第 184 頁。
〔註 130〕李勇著《曹聚仁研究》第 3 頁。
〔註 131〕李勇著《曹聚仁研究》第 189 頁。

是勞動人民的兒子》由生活書店出版；《致青年作家及其他》由上海雜誌公司出版；《保衛察里津》重慶版，讀書出版社版；《虹》（四版已出），新知書店出版；《魔戒指》，生活書店再版；《侵略》，生活書店再版；《望穿秋水》（三版），新地出版社出版。〔註 132〕唐弢曾在上海郵局郵工補習學校義務講授文學課，學校被譽為「民主的搖籃」。〔註 133〕徐懋庸與何乾之等合編著《社會科學基礎教程》由大連新生書店出版，《社會科學概論》由遼東建國書店出版。〔註 134〕

解放戰爭時期，徐懋庸歷任冀察熱遼地區熱河省文聯主任，主編《熱潮》，冀察熱遼聯合大學校長，第四野戰軍南下工作團第三分團政治委員。〔註 135〕

〔註 132〕冷柯（執筆）、毛粹《曹靖華年譜》，《曹靖華研究專集》第 430 頁。
〔註 133〕傅小北、楊幼生《唐弢年譜》，傅小北、楊幼生編《唐弢研究資料》第 436 頁。
〔註 134〕《徐懋庸小傳》，《徐懋庸回憶錄》第 189 頁。
〔註 135〕《徐懋庸小傳》，《徐懋庸回憶錄》第 188～189 頁。

1947 年

1月1日，許廣平署名景宋的文章《檢討與希望》刊發在《時代日報》副刊《婦女》。〔註1〕

1月14日，許廣平署名景宋的文章《一九四六年中國的流水賬》刊發在《新文化》半月刊第3卷第1，2期合刊。〔註2〕

1月15日，唐弢的散文《聖泉紀念》發表在《少年讀物》第4卷第1期，追懷上海淪陷時期為日本侵略軍殺害的散文家陸蠡。〔註3〕

1月15日，唐弢在《文藝春秋》第1卷第1期發表書話，署名晦庵。〔註4〕

1月21日，曹靖華從南京致家書信中寫道：舊曆除夕，此間生活程度年關高漲……伙食中之菜、米、麵由同人分攤。〔註5〕

1月22日，許廣平署名景宋的文章《局面怎樣變好？》刊發在《文萃》第15、16期合刊。〔註6〕

春節過後，蕭軍寫信給中央東北局，提出辭職的意見和理由，東北局同意了。〔註7〕

1月28日，許廣平署名景宋的文章《民族自覺戰的紀念》刊發在《文匯報》。〔註8〕

〔註1〕《許廣平著述編目》，陳漱渝著《許廣平的一生》第193頁。
〔註2〕《許廣平著述編目》，陳漱渝著《許廣平的一生》第193頁。
〔註3〕傅小北、楊幼生《唐弢年譜》，傅小北、楊幼生編《唐弢研究資料》第435頁。
〔註4〕傅小北、楊幼生《唐弢年譜》，傅小北、楊幼生編《唐弢研究資料》第436頁。
〔註5〕冷柯（執筆）、毛粹《曹靖華年譜》，《曹靖華研究專集》第430～431頁。
〔註6〕《許廣平著述編目》，陳漱渝著《許廣平的一生》第193頁。
〔註7〕王科、徐塞、張英偉著《蕭軍評傳》第160頁。
〔註8〕《許廣平著述編目》，陳漱渝著《許廣平的一生》第193頁。

1月，周建人所翻譯的達爾文《種的起源》由上海生活書店出版。〔註9〕

1月，曹靖華譯作《鐵流》由上海生活書店出版第二版。〔註10〕

2月1日，許廣平署名景宋的文章《浪費》刊發在《中國建設》第3卷第5期。〔註11〕

2月，中國民主促進會舉行第二屆理事會，周建人繼續當選為理事。9日，南京路勸工大樓因響應上海工商界提倡國貨，抵制美貨的愛國倡議而遭特務武力襲擊，死傷多人，造成慘案。次日，施復亮、周建人、許傑等23人在《文匯報》發表談話，予以嚴厲譴責。〔註12〕

2月20日，許廣平等11人的文章《中國人民對莫斯科會議的意見》刊發在《文萃》第12期。〔註13〕

2月28日，曹靖華輯譯「費定五十五歲壽辰紀念特輯」，包括《引言》、《作者自傳》、《三封信》、《論〈城與年〉》、《〈城與年〉本事》。〔註14〕

3月1日，朱安寫信給許廣平交代後事。信中，她表示要與魯迅合葬在上海的墓地，申明雖然有兩位親侄子，但她希望由周家的人，即許廣平、周建人、海嬰出面來料理她的後事。這是朱安最後一次強調了自己「生為周家人，死為周家鬼。」〔註15〕收到這封信，許廣平的心情是頗為複雜的。一方面，她立即寄了一百萬元（當時的幣值）給朱安，並寫信安慰她，另一方面，她給北平的委託人表示：「喪事從簡從儉，以符魯迅『埋掉拉倒』之旨。但因病人沉重，恐難理解『魯迅精神』，此節不必先向其徵求意見。」〔註16〕朱安生病這段時間，主要仰仗在北平的親友多方相助。除了宋子佩和住在西三條的阮和孫一家外，抗戰勝利後，與魯迅一家素有交往的謝敦南及其家人，以及劉清揚女士等，受許廣平之託，代為轉款給朱安並幫助照料，出力甚多。謝敦南的夫人常瑞麟與許廣平是天津女師時的同窗好友，因此受許廣平託付經常來照看。劉清揚作為一名社會活動家，在事務繁忙的情況下仍幫助管理

〔註9〕《周建人年譜簡編》，謝德銑著《周建人評傳》第378頁。
〔註10〕冷柯（執筆）、毛粹《曹靖華年譜》，《曹靖華研究專集》第431頁。
〔註11〕《許廣平著述編目》，陳漱渝著《許廣平的一生》第193～194頁。
〔註12〕《周建人年譜簡編》，謝德銑著《周建人評傳》第378頁。
〔註13〕《許廣平著述編目》，陳漱渝著《許廣平的一生》第194頁。
〔註14〕冷柯（執筆）、毛粹《曹靖華年譜》，《曹靖華研究專集》第431頁。
〔註15〕喬麗華著《朱安傳》第227頁。
〔註16〕喬麗華著《朱安傳》第239頁。

錢款，還專程去西三條看了朱安一趟。〔註 17〕

3 月 3 日，曹靖華在家信中寫道：47 年 2 月底，敵人「下令」五日內，中國共產黨代表團全部人員撤離南京。撤離前兩天，我到梅園探望董老。在重慶和南京的時候，我把曾家岩、梅園（指八路軍辦事處）看成是自己的「家」，什麼事情都去找周恩來同志、董老他們，沒有黨就沒有我自己，也沒有我的全家，那時一切都全靠黨的關懷和指導。恩來同志、董老替我們想得極周到，自己沒想到的，他都替你想到辦到了。可是當時他要回延安啦，這一別何年何月才能再見面呢？所以我就跑到辦事處了。此刻辦事處已全被包圍，經董老嚴密安排，才使我脫離險境。〔註 18〕

3 月 5 日，唐弢在《文匯報　浮世繪》發表詩《湖上雜詩——卅五年春與師陀、柯靈同遊杭州作》。〔註 19〕

3 月 15 日，唐弢在《文藝春秋》第 1 卷第 3 期發表書話，署名晦庵。和 1 月份的一起共 18 則。〔註 20〕

3 月 15 日，蕭軍從佳木斯啟程經由牡丹江回到了他戰鬥過的文學故鄉哈爾濱。多年來蕭軍有一個願望，就是辦一個出版社。回到哈爾濱以後，他的想法得到東北局領導彭真和宣傳部長凱豐的支持。凱豐代表東北局資助蕭軍三兩半黃金，作為開辦經費。市政府也給予大力支持和協助，將尚志大街 5 號原福特汽車公司的舊址撥給了蕭軍。這是一所二層樓房，樓下臨街的房子適合做門市，樓上做辦公室和宿舍。蕭軍請了一位有做生意經驗的青年徐定夫，讓他任經理，自己任社長。為了弘揚魯迅精神，他把出版社定名為「魯迅文化出版社」。同時，出版社還掛上了魯迅學會和魯迅社會大學籌備處兩塊牌匾，顯示了創辦文化教育事業的勃勃雄心。蕭軍先辦了一個印刷廠，為機關單位印一些票據之類的東西，後來工廠逐步完善發展，能承印書籍報刊了。〔註 21〕

3 月 16 日，**朱安給許廣平寫信，講述病狀**。她寫道：「腳腫至大腿根處，兩頰發紅，初時僅夜間氣喘，後早晨亦喘，近來竟整日喘氣。」〔註 22〕

〔註 17〕喬麗華著《朱安傳》第 239～240 頁。
〔註 18〕冷柯（執筆）、毛粹《曹靖華年譜》，《曹靖華研究專集》第 431 頁。
〔註 19〕傅小北、楊幼生《唐弢年譜》，傅小北、楊幼生編《唐弢研究資料》第 436 頁。
〔註 20〕傅小北、楊幼生《唐弢年譜》，傅小北、楊幼生編《唐弢研究資料》第 436 頁。
〔註 21〕王科、徐塞、張英偉著《蕭軍評傳》第 160 頁。
〔註 22〕喬麗華著《朱安傳》第 240 頁。

3 月，許廣平專著《遭難前後》作為「文藝復興叢書第一輯」由上海出版公司印行。

該書由鄭振鐸作序，全文分為 21 章節，目次如下：

人民立場的我

遭難的開始

被解押後

囚徒生活

囚室一瞥

難友

四天

凌辱的試煉

稍息

再煉

受刑之後

一號囚室

撒謊

我的感想

新房子

我的抗議

又一次搬遷

朝鮮姑娘

「我不知道」

在七十六號

無可補償的損失〔註 23〕

4 月 5 日，胡風赴交通大學文藝晚會（上海）講演。〔註 24〕

4 月 15 日，許廣平署名景宋的文章《為〈聯合晚報〉週年紀念題詞》刊發在上海《聯合晚報》。〔註 25〕

4 月，曹靖華譯作《油船德賓特號》由讀書出版社出版四版。〔註 26〕

〔註 23〕許廣平著《遭難前後》，1947 年 3 月出版，上海出版公司。

〔註 24〕曉風《胡風年表簡編》，《新文學史料》1986 年第 4 期第 180 頁。

〔註 25〕《許廣平著述編目》，陳漱渝著《許廣平的一生》第 194 頁。

〔註 26〕冷柯（執筆）、毛粹《曹靖華年譜》，《曹靖華研究專集》第 431 頁。

4 月，唐弢新版《短長書》由上海南國出版社出版，共收雜文 34 篇，篇幅比舊版增加一倍以上，刪去 4 篇，增加 22 篇。〔註 27〕

5 月初，曹靖華赴上海參加全國作家協會年會並處理中蘇文化協會出版事務。〔註 28〕

5 月 4 日，許廣平署名景宋的文章《新五四運動》刊發在《文匯報・筆會》。〔註 29〕

5 月 4 日，由蕭軍任主編的《文化報》在哈爾濱創刊。當時的哈爾濱只有兩份報紙，而且都是黨的機關報，「全是屬於政治性和報導性的」，文藝副刊很少。《文化報》創刊的時候，是一個四開大的小報，五日刊，發行一二千份。內容主要是報導一些文化、文藝活動消息，登載短小精悍的雜文。在當時那種文化生活的氛圍中，它深受哈爾濱文學青年們的歡迎。〔註 30〕

5 月 4 日上午，胡風先參加文藝節紀念會（上海），後赴三區百貨業職工會文藝晨會作講演。下午，為三學生團體作講演。〔註 31〕

5 月中旬，朱安病情惡化。她寫信說：「病狀與前一樣每至夜間十二小時光景則較重，兩條腿永久是冰冷幾乎不知道是自己的了，沒有辦法，當我氣喘不上來難受得太厲害時，只好請大夫來打一針，我知道這病是不能醫好的了……」〔註 32〕

5 月 20 日，許廣平署名景宋的文章《記五四時代天津的幾個女性》刊發在《人世間》復刊第 3 期。〔註 33〕

5 月 20 日，中國民主促進會發表《對和平運動的意見》譴責蔣介石挑動內戰和利用法西斯手段鎮壓民主運動。同日，南京和天津同時發生了國民黨武裝軍警殘酷鎮壓學生的「五二〇血案」。周建人在《文匯報》上發表《關於忍受的限度》，予以嚴厲譴責。〔註 34〕

5 月，《文匯報》被國民黨政府查禁，《筆會》也隨之停刊。〔註 35〕

〔註 27〕傅小北、楊幼生《唐弢年譜》，傅小北、楊幼生編《唐弢研究資料》第 436 頁。
〔註 28〕冷柯（執筆）、毛粹《曹靖華年譜》，《曹靖華研究專集》第 431 頁。
〔註 29〕《許廣平著述編目》，陳漱渝著《許廣平的一生》第 194 頁。
〔註 30〕王科、徐塞、張英偉著《蕭軍評傳》第 160～161 頁。
〔註 31〕曉風《胡風年表簡編》，《新文學史料》1986 年第 4 期第 180 頁。
〔註 32〕喬麗華著《朱安傳》第 240 頁。
〔註 33〕《許廣平著述編目》，陳漱渝著《許廣平的一生》第 194 頁。
〔註 34〕《周建人年譜簡編》，謝德銑著《周建人評傳》第 379 頁。
〔註 35〕傅小北、楊幼生《唐弢年譜》，傅小北、楊幼生編《唐弢研究資料》第 436 頁。

春夏之交，蕭軍的《文化報》與宋之的主編的《生活報》開始論戰。《生活報》剛剛創刊，就發表了一篇《今古王通》的文章。全文只有兩百多字，用黑色邊框圍著，以示醒目。文章搬出了一個被後世稱之為「病狂之一」的隋末知識分子王通，說他抬出孔子作為自己「沽名釣譽」的招牌，「這種借他人名望以幫襯自己，以嚇唬讀者的事，可見是古已有之了。不曉得今之王通，是不是古之王通的徒弟。」這種影射性的語言，果然使蕭軍沉不住氣了，他立即以《風風雨雨話「王通」——夏夜抄之一》為題加以反擊，這算是前哨戰，試探性的交鋒。〔註 36〕

5 月～1948 年 7 月，蕭軍的《我的童年》（原名《我的生涯》）寫於哈爾濱市魯迅文化出版社求真樓，由《文化報》同步分章刊出。作品共 15 章，約 11 萬字。它是作家童年生活的回憶性傳記，記錄了 1907 年到 1917 年即清末民初這一階段遼寧錦州一帶的山民生活，特別集中地描寫了作家的幾位親人，控訴了封建思想對農民的毒害。同時作品也傾訴了對故鄉的深情眷戀，對和諧人際關係的熱烈呼喚。〔註 37〕

6 月 2 日，許廣平署名景宋的文章《生與死》刊發在《時代日報》副刊《新婦女》。〔註 38〕

6 月 6 日，解放軍反攻，解放赤峰。中共分局決定：將原建國學院改行政學院，與魯藝學院和蒙古自治學院合併成立為「冀察熱遼聯合大學」，徐懋庸任教育長。〔註 39〕

6 月 6 日，胡風赴復旦大學講演，並出席文學窗招待會。〔註 40〕

6 月 21 日～28 日，胡風在南京參加路翎劇本《雲雀》的演出活動。〔註 41〕

6 月 23 日，朱安寫給許廣平最後一封信。她說：「我的病恐怕是不容易的事……您對我的關照使我終身難忘，您一個人要擔負兩方面的費用，又值現在生活高漲的時候，是很為難的……」〔註 42〕

6 月 29 日，朱安去世。享年 69 歲。北平的親友料理了她的喪事，葬禮儀

〔註 36〕王科、徐塞、張英偉著《蕭軍評傳》第 163 頁。
〔註 37〕王科、徐塞、張英偉著《蕭軍評傳》第 164 頁。
〔註 38〕《許廣平著述編目》，陳漱渝著《許廣平的一生》第 194 頁。
〔註 39〕《第十二章　在熱河的二三事（續）》，《徐懋庸回憶錄》第 181 頁。
〔註 40〕曉風《胡風年表簡編》，《新文學史料》1986 年第 4 期第 180 頁。
〔註 41〕曉風《胡風年表簡編》，《新文學史料》1986 年第 4 期第 180 頁。
〔註 42〕喬麗華著《朱安傳》第 240 頁。

式雖然一切從儉，但還是依照她的遺願，在她去世後次日請來了和尚念經做法事，這天，宋琳、阮家的人、常瑞麟以及羽太信子和周豐一等都在場。許廣平本希望「在老太太墳旁能購地」，將她與魯迅母親同葬在板井村的墓地，惜未能如願。後經宋琳等與周豐一商洽的結果，將她暫葬於西直門外保福寺。〔註 43〕周海嬰寫道：母親保存著一頁日曆，上面用鉛筆清晰地寫著「晨　朱女士逝世」幾個字。日期是大大的阿拉伯數字 29（西曆一九四七年六月，中華民國三六年六月二十九日）。農曆丁亥年五月十一日。當時母親正受國民黨的監視，不能離開上海去北平料理喪事。只能按照預先的安排委託老同學常瑞麟和地下黨的朋友。〔註 44〕

6 月，周建人的著作《生物進化淺說》由生活書店出版。〔註 45〕

6 月 30 日，蕭軍受東北局派遣，到富拉爾基參加土改。由於沒人接編，《文化報》暫時休刊。〔註 46〕

7 月 1 日，許廣平署名景宋的文章《新興婦女運動與現代社會運動之聯繫》刊發在《大學》雜誌第 6 卷第 2 期。〔註 47〕

7 月 4 日，唐弢在《大公報》發表散文詩《城》，收入《落帆集》。〔註 48〕

夏秋之際，蕭軍的《文化報》與《生活報》的論戰更猛烈了。《生活報》突然以社論的名義發表了標題鮮明的《斥〈文化報〉的謬論》一文，正式舉起了向《文化報》宣戰的旗子。它指責《文化報》在 8 月 15 日出版的第 53 期報紙上，以《三週年「八・一五」和第六次勞動「全代大會」》為題的社評中「隻字不提」「偉大的蘇聯紅軍解放東北的英雄業績」，而且用了「各色帝國主義」的名稱是「暗示蘇聯是『赤色帝國主義』」，是「要蘇聯緊隨美帝國主義之後，從『中國土地上撤回他們的血爪』」。〔註 49〕這以後，《生活報》又接連發表了《分歧在哪裏？》、《「剝開皮來看」》、《論蕭軍的求「真」》等一系列社論，不僅直接點了蕭軍的名字，還就他的思想、行為以及《文化報》上發表的文章進行了無情的批判，蕭軍則以《古潭裏的聲音》系列文章加以還

〔註 43〕喬麗華著《朱安傳》第 244 頁。
〔註 44〕周海嬰《朱安女士》，周海嬰著《直面與正視——魯迅與我七十年》第 110 頁。
〔註 45〕謝德銑著《周建人評傳》第 195 頁。
〔註 46〕王科、徐塞、張英偉著《蕭軍評傳》第 161 頁。
〔註 47〕《許廣平著述編目》，陳漱渝著《許廣平的一生》第 194 頁。
〔註 48〕傅小北、楊幼生《唐弢年譜》，傅小北、楊幼生編《唐弢研究資料》第 436 頁。
〔註 49〕王科、徐塞、張英偉著《蕭軍評傳》第 163 頁。

擊。一些替蕭軍鳴不平的同志也寫文與之論辯。〔註 50〕

7 月 29 日，胡風赴滬江大學暑期講習班（上海）講話。〔註 51〕

7 月 29 日，南京的《新民報》刊發《朱夫人寂寞死去》一文。《新民報》的記者稱，他們在朱安去世前一天，去訪問了西三條，當時她的病已很沉重，但神智很清楚，她端詳有兩分鐘之久，才肯定地說：「失認的很。」記者說明來意後，她瘦削的臉上，浮起一絲笑容，說：「請坐，謝謝大家的惦記。」她用蘇州話訴說她的病狀：「我的病是沒有好的希望了，周身浮腫，關節已發炎，因為沒錢，只好隔幾天打一針，因先生的遺物我寧死也不願變賣，也不願去移動它，我盡我自己的心。」她還對記者說，她寂寞的生活中，唯一的伴侶是王媽，王媽來了二十幾年了，魯迅在時就陪伴她，目前一切都由她來主持，忠誠而忍耐，否則她更加寂寞，也許已經早死了……對於她和魯迅的關係，她說了這樣的話：「周先生對我並不算壞，彼此間並沒有爭吵，各有各的人生，我應該原諒他。」她還提到許廣平：「許先生待我極好，她懂得我的想法，她肯維持我，不斷寄錢來。物價飛漲，自然是不夠的，我只有更苦一點自己，她的確是個好人……」她臨終的遺憾是沒有見過海嬰，她對記者說：「海嬰很聰明，你知道嗎？有機會的話，我願意看到他……」當記者提出要看看魯迅的書房和後院時，她說：「啊！記者先生，你是想看看周先生的書房和套院嗎？唉！園子已荒涼了，我沒有心腸去整理，他最喜歡的那棵櫻花，被蟲咀壞了。去年我才將它砍倒。一切都變了，記者先生。」記者看到，魯迅親手植的那株洋桃，高出屋脊，綠葉森森，遮蓋住西邊的半個院子。魯迅作為書房的窗外是一個小套院，有他親手栽種的桃樹、柳樹和一口井，可以想像得出當年他是怎樣地坐在那裡寫下了他的不朽的作品，可惜這一個小套院由於多年的失修，樹木相繼枯槁，蔓草叢生，已經零亂不堪了。〔註 52〕

8 月，「聯大」正式成立，徐懋庸任副校長。〔註 53〕

9 月 1 日，唐弢在《文藝復興》第 4 卷第 1 期發表散文詩《橋》。〔註 54〕

9 月 9 日，許廣平寫作《許壽裳著〈亡友魯迅印象記〉》。〔註 55〕

〔註 50〕王科、徐塞、張英偉著《蕭軍評傳》第 163 頁。

〔註 51〕曉風《胡風年表簡編》，《新文學史料》1986 年第 4 期第 180 頁。

〔註 52〕喬麗華著《朱安傳》第 247～249 頁。

〔註 53〕《第十二章　在熱河的二三事（續）》，《徐懋庸回憶錄》第 181 頁。

〔註 54〕傅小北、楊幼生《唐弢年譜》，傅小北、楊幼生編《唐弢研究資料》第 436 頁。

〔註 55〕《許廣平著述編目》，陳漱渝著《許廣平的一生》第 194 頁。

9 月 20 日，許廣平寫作《〈魯迅三十年集〉為何不包含譯作？》。〔註 56〕

9 月 24 日，許廣平寫作《王士菁〈魯迅傳〉序》。〔註 57〕

9 月 28 日，許廣平署名景宋的文章《〈魯迅三十年集〉為何不包含譯作？》刊發在《大公報》副刊《出版界》第 51 期。後被收入《魯迅三十年集》附錄。〔註 58〕

10 月 1 日，唐弢在《人世間》第 2 卷第 1 期發表速寫《孔耀庭〈奇聞七則之一〉》。〔註 59〕

10 月，曹靖華譯作《蘇聯作家七人集》由生活書店出版。〔註 60〕

10 月，蕭軍回到魯迅文化出版社，《文化報》復刊，開張增加一倍，仍然是彩色印刷，五日刊。由於版面擴大，報上的欄目也活潑起來，短篇小說，詩歌、散文、科學小品、文藝消息等琳琅滿目，訂數、銷售量激增到七八千份之多。同時，魯迅文化出版社也印行了許多受讀者歡迎的書，除了辦報出書以外，魯迅文化出版社還在佳木斯、吉林成立了分社，在哈爾濱道外成立了分銷處，還建立了墨水廠、麵粉廠、鉛筆廠、文具商店和魯迅農場，並且創立了魯迅社會大學，由蕭軍親自授課。蕭軍和《文化報》的影響越來越大了。〔註 61〕

10 月中旬，錦州解放後，「聯大」遷往錦州，出了冀察熱遼地區，故將蒙古自治學院留下，另成立教育學院。「聯大」改由東北局領導，徐懋庸任校長。

10 月 17 日，許廣平署名景宋的文章《王士菁〈魯迅傳〉序》刊發在《時與文》第 2 卷第 6 期。〔註 62〕

10 月 18 日，在中共地下黨的安排下，假借上墳祭掃，許廣平與周海嬰、周建人等親屬一行由陸路秘密離開上海，坐火車到達杭州。〔註 63〕

10 月 20 日，許廣平署名景宋的文章《悼死慰生》刊發在《時代日報》副刊《新婦女》。〔註 64〕

〔註 56〕《許廣平著述編目》，陳漱渝著《許廣平的一生》第 194 頁。
〔註 57〕《許廣平著述編目》，陳漱渝著《許廣平的一生》第 194 頁。
〔註 58〕《許廣平著述編目》，陳漱渝著《許廣平的一生》第 194 頁。
〔註 59〕傅小北、楊幼生《唐弢年譜》，傅小北、楊幼生編《唐弢研究資料》第 436 頁。
〔註 60〕冷柯（執筆）、毛粹《曹靖華年譜》，《曹靖華研究專集》第 431 頁。
〔註 61〕王科、徐塞、張英偉著《蕭軍評傳》第 161 頁。
〔註 62〕《許廣平著述編目》，陳漱渝著《許廣平的一生》第 194 頁。
〔註 63〕《周海嬰大事年表》，《周海嬰紀念集》第 227 頁。
〔註 64〕《許廣平著述編目》，陳漱渝著《許廣平的一生》第 194 頁。

10月30日，許廣平署名景宋的文章《許壽裳著〈亡友魯迅印象記〉》刊發在《大公報》副刊《出版界》第65期。後被收入1947年峨眉出版社出版的許壽裳著《亡友魯迅印象記》卷末。〔註65〕

10月，馮雪峰的寓言集《今寓言》由上海作家書屋出版。〔註66〕

10月，胡風的小兒子張曉山出生。〔註67〕

11月1日，唐弢擬訂的《重訂魯迅譯著書目》刊發在《文藝復興》第4卷第2期。〔註68〕

11月2日，許廣平署名景宋的文章《〈一江春水向東流〉的人物》刊發在上海《新民報》。〔註69〕

12月15日，許廣平署名景宋的文章《介紹〈亡友魯迅印象記〉》刊發在《讀書與出版》第12期。〔註70〕

12月19日，最高法院對周作人作出最終判決，以「通謀敵國，圖謀反抗本國」罪，「處有期徒刑10年，褫奪公民權10年」。〔註71〕

12月28日，胡風參加普希金銅像揭幕典禮（上海）。〔註72〕胡風受到在香港的一些作家對他在抗戰期間的某些觀點的「批判」。〔註73〕

12月，唐弢雜文集《識小錄》由上海出版公司出版，收1937年11月至1947年10月雜文44篇，序1篇，後記1篇。〔註74〕

這年，周海嬰因香港氣候不適宜及哮喘病加重，搭「美琪將軍號」船回到上海。〔註75〕上海一個署名為「文學研究會」的青年文藝組織，不顧國民黨政府的高壓。編印了一本《魯迅先生紀念特輯》。這本小冊子係手刻油印本，裝訂極為簡易，32開本，僅十四頁，卻頗有歷史意義與文獻價值。這本小冊子前幾頁，刻著約一號字體大小的周建人和景宋的題詞。〔註76〕曹聚仁

〔註65〕《許廣平著述編目》，陳漱渝著《許廣平的一生》第194頁。
〔註66〕《馮雪峰大事年表》，孫琴安著《雪之歌——馮雪峰傳》第331頁。
〔註67〕曉風《胡風年表簡編》，《新文學史料》1986年第4期第180頁。
〔註68〕傅小北、楊幼生《唐弢年譜》，傅小北、楊幼生編《唐弢研究資料》第436頁。
〔註69〕《許廣平著述編目》，陳漱渝著《許廣平的一生》第195頁。
〔註70〕《許廣平著述編目》，陳漱渝著《許廣平的一生》第195頁。
〔註71〕錢理群著《周作人傳》第146頁。
〔註72〕曉風《胡風年表簡編》，《新文學史料》1986年第4期第180頁。
〔註73〕曉風《胡風年表簡編》，《新文學史料》1986年第4期第180頁。
〔註74〕傅小北、楊幼生《唐弢年譜》，傅小北、楊幼生編《唐弢研究資料》第436頁。
〔註75〕《周海嬰大事年表》，《周海嬰紀念集》第227頁。
〔註76〕謝德銑著《周建人評傳》第195頁。

開始在《前線日報》上連載《蔣經國論》，其中有他（指蔣經國）想獨樹一幟，卻永遠是他父親的兒子」之語，知人論世，頗得時人稱道；〔註 77〕曹聚仁與舒宗僑合著的《中國抗戰畫史》正式出版。這是勝利還都後國人正式出版的第一部「二次大血戰的總記錄，經歷大戰者的紀念冊」〔註 78〕曹靖華譯作蘇俄獨幕劇選《白茶》由開明書店再版；《恐懼》（阿芬諾甘諾夫著）由上海文化生活出版社出版；《死敵》（肖洛霍夫）由上海文光書店出版（署曹靖華、尚佩秋合譯。收入世界文學譯叢）；《遠方》（蓋達爾）由文化生活出版社出版，尚佩秋、曹靖華同譯；《鐵流》生活書店版、東北書店牡丹江分店周文改編版、解放區新華書店土紙木板、三聯書店版、新中國書店版；《望穿秋水》重版、新群出版社印行；《夢》（卡達耶夫等作），新豐出版公司印行；《城與年》，上海駱駝書店印行。〔註 79〕

〔註 77〕李勇著《曹聚仁研究》第 6～7 頁。
〔註 78〕李勇著《曹聚仁研究》第 105 頁。
〔註 79〕冷柯（執筆）、毛粹《曹靖華年譜》，《曹靖華研究專集》第 431 頁。

1948 年

1 月 10 日，曹靖華覆信北大孑民圖書室（蔡元培先生號孑民）（該室在愛國民主運動中起了很大作用，曹靖華「極熱心，不斷寄來好書」）。他寫道：諸位創辦《孑民圖書室》，發揚孑民先生教學自由、研究自由精神，在今日尤為切要。刻檢奉手邊現存之拙譯編書十部，計：《望穿秋水》、《死敵》、《夢》、《恐懼》、《虹》、《鐵流》、《保衛察里津》等」。〔註 1〕

1 月，馮雪峰《雪峰文集》由上海春明書店出版。〔註 2〕

1 月，胡風的自選集《胡風文集》一卷由上海春明書店出版。〔註 3〕

3 月 5 日，許廣平的《「三八」婦女節感想》（署名景宋）刊發在《國訊》週刊第 254 期。〔註 4〕

3 月 20 日，許廣平的《我所敬的許壽裳先生》（署名景宋）刊發在《人世間》第 2 卷第 4 期。〔註 5〕

3 月 24 日，《新民報》（北平）刊發朱安的一份「小傳」和一張去世前的照片。小傳這樣寫道：夫人朱氏，紹興世家子，生於勝清光緒五年七月。父諱某，精刑名之學，頗有聲於郡國間。夫人生而穎慧，工女紅，守禮法，父母愛之不啻若掌上珠，因而擇婿頗苛，年二十八始歸同郡周君豫才（即魯迅）。夫人柔聲淑聲，晨昏定省，羞饋以事其太夫人魯氏數十年如一日。民國三十一年春，太夫人病歿。夫人曾親侍湯藥，數月不懈。夫人以女子無才為德，

〔註 1〕冷柯（執筆）、毛粹《曹靖華年譜》，《曹靖華研究專集》第 432 頁。
〔註 2〕《馮雪峰大事年表》，孫琴安著《雪之歌——馮雪峰傳》第 332 頁。
〔註 3〕曉風《胡風年表簡編》，《新文學史料》1986 年第 4 期第 181 頁。
〔註 4〕陳漱渝著《許廣平著述編目》，陳漱渝著《許廣平的一生》第 195 頁。
〔註 5〕陳漱渝著《許廣平著述編目》，陳漱渝著《許廣平的一生》第 195 頁。

因不識字，而又無所出，故其夫魯迅，常卜居春申，然夫人以善從為順，初無怨尤，迨勝利後，米珠薪桂，夫人以所得魯迅版稅餘潤，幾無以自存。蒙蔣主席賜予法幣十萬金，始延殘喘，可謂幸矣。民國三十六年六月，夫人病於平寓，享年六十有九。嗚呼！夫人生依無價之文人，而文人且不能依，物價殺人，識字者已朝不保夕，彼又安得不貧困而死哉！〔註 6〕

3 月 29 日，許廣平與周海嬰及周建人一家（王蘊如、三個女兒）共 7 人在奔赴香港途中回紹興省親，祭掃祖墳。〔註 7〕

原紹興魯迅紀念館副館長章貴在《許廣平三訪魯迅故鄉》一文中寫道：

當時的江浙一帶，正處於黎明前最黑暗的時刻，沿途敵堡，比比皆是，一片破敗崩頹景象。他們的汽車「出杭州，過蕭山，入紹興境的時候，都要停車納稅，據說每車過一次共稅五十餘萬元，則商人負擔過重，可想見了」。

一行七人——許廣平母子、周建人夫婦及他們的三個女兒，除周老夫婦算是「老紹興」外，其餘五人均係人地生疏。周老雖屬回故鄉，但他離別紹興也快三十年了，許多界限店門已辨別不清。幸有一位當地金姓的親戚做嚮導，故避免了不少徘徊的冤枉時間。

此次紹興之行，最終目的是為尋訪魯迅故居，所以，他們一到紹興，就顧不得路途疲勞，立刻趕往都昌坊口找覓。但是，當時的新臺門周氏建築已面目全非，五十一號已作國民黨法院，門禁森嚴，無法入內，只好在門口拍了一張照片留作紀念。

許廣平等一行，在魯迅故鄉住了三天，除尋覓魯迅故居及有關遺址外，因時值禹陵香市，所以還到大禹廟、南鎮一遊。這兩處名勝古蹟是魯迅生前曾計劃陪伴許廣平去同遊的。現她趁機作一次「補遊」，以告慰九泉之下的魯迅先生。這次的旅遊，許廣平同志領略了魯迅故鄉的自然風貌、地理環境和風土人情。她說：

「烏篷船是紹興名產，以蓬片三、五、七分別船的小中大次第，小船可坐三五人，小港細河，轉彎抹角，甚是靈便。特色是搖船的一個人，慣能用兩腳握槳潑水，兩隻手再搖一隻槳，一人兼差，作兩人用，是別外所見不到而又非常技巧靈活的。船工體格健碩，據說他們多是種田，農閒的時候出來賺幾個錢，農忙的時候，這條船早晚幫他運載，所以每個農人多有一條船，

〔註 6〕喬麗華著《朱安傳》第 252 頁。

〔註 7〕《周海嬰大事年表》，《周海嬰紀念集》第 227 頁。

都會搖船的。而且紹興是水鄉，每一條街道不是前門面河就是後門臨水，或左右逢源，……隨著橋多，路名時常隨著橋得名。橋的式樣也真多，或高或矮，或精或粗，在小船上穿橋而過，無不富有詩意，風趣盎然。每一回憶，就想到坐在船上，觀賞山陰道上，沿河兩岸，雞鴨相雜，自得其樂之狀可掬。

紹興的農人既然多能搖船，就和別處種田人不同。因著搖船的便利，遇見的陌生人多，見聞也就開闊，談吐頗有幽默、中肯，在我們有一天乘船到禹陵，上岸的時候，怕耽擱他們時間，也怕等久了，我們不敢多玩，就囑咐他們不要守候了。但他們卻語意雙關地說：「搖嬉末去嬉末，嬉到不要嬉者。回來好哉！』（紹興「嬉」和「死」同音）為了這兩句話，我們一路上當笑話學者來取笑，增加我們旅遊不少的愉快。因為知道他們一面是種田的了，便中就有人問到年成，談起捐稅，他們在痛恨日本人來了之後沒有好日子過，更恨日本人走了之後更苦，重重苛稅。他們不是沒有良心，還是承認田主的權利的。他們訴說：『我妮把（給）些俾（給）田主還好說，為所（什麼）伊拉（他們）一趟趟來墮（取）不完』就頗有不平之鳴在意識裏了」。〔註 8〕

上文中提及的這位姓金的親戚叫金曹永，他寫了《回憶陪同許廣平一家遊覽魯迅故鄉》一文。他說，周建人、許廣平是住在水澄巷小教場金曹永的大哥家裏的。這裡鬧中取靜，大哥又頗有聲望，剛好不在紹興，所以根據在上海時的約定，到紹興就住在他家裏。有三個房間供他們住宿，安排是：許廣平、王蘊如跟周蕖三人住一間，周曄、周瑾住一間，周建人、周海嬰、金曹永住一間。他寫道：我們三個人住在一起是很有趣的。每天晚上睡下後，海嬰和我就要求周建人講一則故事或笑話，然後入睡。三十日晚上，忽然下起雨來，海嬰和我很擔心明天下午就不能痛快地遊玩了。次日早晨卻是晴天，海嬰和我很高興，他對周建人說：「三爹，今天晴了，昨日晚上還擔心今天下雨不好去玩呢。」周建人說：「春天落夜雨，我們是有福氣的人，老夫洪福齊天！」他講到「老夫洪福齊天」這句話時，像唱戲一樣的唱了出來，說得海嬰和我大笑不止。此後每天早晨看到天氣晴朗，我們就說：「今天晴天，老夫洪福齊天！」〔註 9〕

金曹永還講到，他們到魯迅故居參觀時由一位堂叔陪同，這位堂叔風趣

〔註 8〕章貴《許廣平三訪魯迅故鄉》，魯迅博物館、民進中央宣傳部編《許廣平》第 68～70 頁。

〔註 9〕謝德銑著《周建人評傳》第 185～186 頁。

地說：「我們周家出了一個大文學家，是因為周家祖墳的風水好。那座祖墳的前面，有一座筆架山，據說葬在那墳裏的人，他的後代一定出文人，現在果然出了魯迅這個文學家。」逗得大家都笑了起來。〔註 10〕

金曹永的大嫂的親姑媽，即周建人夫人王蘊如，王的哥哥又是金的姨夫，他與周家有雙重親戚關係。1939 年到 1948 年十年間，周建人一家和金家在上海曾同住在一棟房子裏，相處甚洽，相互照顧頗多。周建人、許廣平一行在紹興共住了三天。他們這次紹興之行，固然是為了尋覓湮沒多年的魯迅故居，其實也為了到大禹廟和南鎮一遊。這兩處名勝古蹟，原是魯迅生前曾計劃陪伴許廣平去同遊的。現在，許廣平由魯迅三弟周建人陪同作了一次「補遊」。周建人此行之後，即加入中國共產黨，幾個月後又奉命離開上海去解放區了。〔註 11〕

4 月，周建人致函堂叔周樂善告在紹興所拍攝照片分人情況，並提議在新臺門「設一魯迅紀念堂」，又述及周氏祖墳、家譜等事。〔註 12〕

4 月，由黃裳採錄的《關於魯迅先生的遺書》刊發在上海文化出版社出版的黃裳《錦帆集外》。〔註 13〕

4 月 30 日，中國共產黨中央發出「五一」號召：各民主黨派、各人民團體及社會賢達，迅速召開政治協商會議，討論並實現召集人民代表大會，成立民主聯合政府。〔註 14〕

4 月，由艾寒松介紹，周建人加入中國共產黨。〔註 15〕

按照黨章規定，入黨需要兩位黨員介紹，入黨後須預備期。周建人入黨只一位黨員介紹，也無預備期。這是根據當時的實際情況，特別是根據周建人一貫對黨的信賴和對革命事業的獨特貢獻，由中共中央特批的。遵照黨的指示，為了有利於他在國統區的活動和鬥爭，周建人一直沒有公開過自己的黨員身份，連自己的妻子、女兒也不知道。〔註 16〕

5 月，許廣平的《第一次到了魯迅先生的故鄉》刊發在《中國建設》第 6

〔註 10〕謝德銑著《周建人評傳》第 186～187 頁。
〔註 11〕謝德銑著《周建人評傳》第 187～188 頁。
〔註 12〕《周建人年譜簡編》，謝德銑著《周建人評傳》第 379 頁。
〔註 13〕陳漱渝著《許廣平著述編目》，陳漱渝著《許廣平的一生》第 195 頁。
〔註 14〕吳企堯《回憶護送許廣平同志赴香港經過》，《民主》1990 年第 12 期。
〔註 15〕《周建人年譜簡編》，謝德銑著《周建人評傳》第 379 頁。
〔註 16〕《周建人年譜簡編》，謝德銑著《周建人評傳》第 190 頁。

卷第 2 期。〔註 17〕

5 月 8 日，胡風參加中華職業補習學校文藝研究會座談會（上海）並講話。〔註 18〕

5 月 30 日，唐弢的散文詩《渡》被收入《落帆集》。〔註 19〕

6 月 1 日，曹靖華覆信北大孑民圖書室：「——望繼續努力，發揚孑民先生教學自由精神，突擊黑暗，爭取光明——」。〔註 20〕

6 月 1 日，許廣平在上海大通別墅民主人士的聚餐會上發言擁護關於召開新政協的號召，得到陳叔通、張炯伯等人的拍案贊許。〔註 21〕

6 月 12 日、19 日，許廣平的《關於魯迅的作品、故里、逸事》連載於《展望》第 2 卷第 7 期、8 期。〔註 22〕

6 月，許廣平的《〈魯迅文集〉後記》刊載於由上海春明書店出版，中華全國文藝協會編《現代作家叢書：魯迅文集》卷末。〔註 23〕

6 月 30 日，唐弢署名若思的散文詩《帕》刊發在《大公報》。〔註 24〕

7 月 1 日，許廣平的《日帝佔領下的血和淚》（署名景宋）刊發於《現代婦女》雜誌。〔註 25〕

7 月 18 日，唐弢署名若思的散文詩《某夜》刊發在《大公報》。〔註 26〕

7 月 25 日，蕭軍給東北局宣傳部長凱豐寫了一份鄭重的入黨申請書。後因兩報論爭事件被擱置。〔註 27〕

7 月，曹靖華應聘隻身往清華大學任教。〔註 28〕

8 月 30 日下午，許廣平在上海文協與清華同學會聯合舉行的朱自清先生追悼會上發言，讚揚朱先生「保持了中國士大夫威武不屈，富貴不淫，貧賤

〔註 17〕陳漱渝著《許廣平著述編目》，陳漱渝著《許廣平的一生》第 195 頁。

〔註 18〕曉風《胡風年表簡編》，《新文學史料》1986 年第 4 期第 181 頁。

〔註 19〕傅小北、楊幼生《唐弢年譜》，傅小北、楊幼生編《唐弢研究資料》第 436 頁。

〔註 20〕冷柯（執筆）、毛粹《曹靖華年譜》，《曹靖華研究專集》第 432 頁。

〔註 21〕陳漱渝《火焰般燃燒的木棉花——紀念許廣平同志誕生 110 週年，逝世 40 週年》，《民主》2008 年第 10 期第 38 頁。

〔註 22〕陳漱渝著《許廣平著述編目》，陳漱渝著《許廣平的一生》第 195 頁。

〔註 23〕陳漱渝著《許廣平著述編目》，陳漱渝著《許廣平的一生》第 195 頁。

〔註 24〕傅小北、楊幼生《唐弢年譜》，傅小北、楊幼生編《唐弢研究資料》第 436 頁。

〔註 25〕陳漱渝著《許廣平著述編目》，陳漱渝著《許廣平的一生》第 195 頁。

〔註 26〕傅小北、楊幼生《唐弢年譜》，傅小北、楊幼生編《唐弢研究資料》第 436 頁。

〔註 27〕王科、徐塞、張英偉著《蕭軍評傳》第 171 頁。

〔註 28〕冷柯（執筆）、毛粹《曹靖華年譜》，《曹靖華研究專集》第 432 頁。

不移的高風亮節」，並指出他的事蹟是對中國廣大知識分子的指引。〔註 29〕

8 月，上海大用圖書公司出版了周建人所翻譯的《新哲學手冊》一書。這本手冊是根據英國朋司（E.Burns）所選輯的馬恩哲學翻譯而成。開譯的時間很早，早在十多年前的抗戰時期就開始的，後來因事擱置。解放戰爭開始後，又繼續這一工作。當時，他的大女兒進入杭州之江大學英語系學習，並於 1948 年夏在上海聖約翰大學畢業。在周曄的幫助下，終於完成了這部譯稿。該書譯錄了馬克思和恩格斯的《德意志觀念統系》、恩格斯的《費爾巴哈》、馬克思的《費爾巴哈論綱》、恩格斯的《杜林君在科學中的革命（反杜林）》等。〔註 30〕

8 月，周建人奉黨中央命令撤離上海，經天津，輾轉到達當時黨中央所在地河北省平山縣西柏坡。此前，民進其他領導人也陸續離開上海。〔註 31〕

9 月，在東北解放區成一片時，晉察冀和晉冀魯豫文藝界聯合會合併為華北文藝界協會。〔註 32〕

9 月，胡風為答覆香港友人的「批判」，寫成《論現實主義的路》。〔註 33〕

10 月 1 日，許廣平的《朱自清先生紀念》（署名景宋）刊發於《文潮月刊》第 5 卷第 6 期。〔註 34〕

10 月 1 日，唐弢的書話《魯迅書話拾零》發表在《動力文叢》第一輯《魯迅的方向》，署名風子。〔註 35〕

10 月 2 日～6 日，胡風在杭州遊玩。〔註 36〕

10 月 15 日起，《大公報》陸續發表唐弢的書話，署名風子。〔註 37〕

10 月 15 日，許廣平的《研究魯迅文學答蘇聯友人問》（署名景宋）刊發於《學習生活》第 2 卷第 1、2 期。〔註 38〕

〔註 29〕陳漱渝《火焰般燃燒的木棉花——紀念許廣平同志誕生 110 週年，逝世 40 週年》，《民主》2008 年第 10 期第 38 頁。

〔註 30〕謝德銑著《周建人評傳》第 194 頁。

〔註 31〕《周建人年譜簡編》，謝德銑著《周建人評傳》第 380 頁。

〔註 32〕羅銀勝著《周揚傳》第 160 頁。

〔註 33〕曉風《胡風年表簡編》，《新文學史料》1986 年第 4 期第 181 頁。

〔註 34〕陳漱渝著《許廣平著述編目》，陳漱渝著《許廣平的一生》第 195 頁。

〔註 35〕傅小北、楊幼生《唐弢年譜》，傅小北、楊幼生編《唐弢研究資料》第 437 頁。

〔註 36〕曉風《胡風年表簡編》，《新文學史料》1986 年第 4 期第 181 頁。

〔註 37〕傅小北、楊幼生《唐弢年譜》，傅小北、楊幼生編《唐弢研究資料》第 437 頁。

〔註 38〕此文後收入《欣慰的紀念》中的《研究魯迅文學遺產的幾個問題》，陳漱渝著《許廣平著述編目》，陳漱渝著《許廣平的一生》第 195 頁。

10 月 20 日，許廣平的《筆記一篇》刊發於《中建》第 1 卷第 7 期。〔註 39〕

10 月，許廣平的《紹興與魯迅》刊發於上海文藝新輯社編印《文藝新輯》第一輯《論小資產階級文藝》。〔註 40〕

10 月，黨組織民主人士赴解放區，準備在 1949 年召集中國一切民主黨派、人民團體和無黨派人士的代表們共商召開新政協、建立新中國的大計。在黨組織的安排下，許廣平也經香港來到了東北解放區。〔註 41〕

作者吳企堯在《回憶護送許廣平同志赴香港經過》一文中寫道：

馬老（指馬敘倫，筆者按）向我講了，要許廣平同志趕快離開上海。馬老在帶給我的信中說：此間生活上亟需一位大姐，請盡快由便人陪送一位大姐來。」大姐就是指許廣平同志，便人就是指我。馬老的信，經在滬民進領導和上海中共地下組織研究決定後，由謝仁冰同志叫韓近庚同志通知我，請我護送許廣平同志去港。要我先寫一個如何去的計劃方案，要保證絕對安全。我接受任務後，即認真寫了書面方案。回憶當時去香港的路線有陸路、水路和航空三條。去港的航空機票，此時已為政府當局和一些闊佬大亨所控制，老百姓休想買到票。而且飛機場上警探密布，危險性極大，水路有怡和、太古兩家外商航輪，定期往來滬港之間，中途停靠臺灣基隆，一次航程約三、四天，那時國民黨當局已在秘密進行遷往臺灣的工作，乘客擁擠，軍警密布，盤查極嚴，也是非常危險的。此外只有陸路，乘火車先到杭州，再到武昌，從南昌改乘長途汽車到長沙，然後乘火車到廣州再去香港。這條路線時間較長，我已走過幾次，比較熟悉，有熟人照顧，比較安全些。同時我考慮到旅程有好多天，必須有一位女同志伴許廣平同行照顧。我建議走陸路的方案，很快得到民進留滬領導和中共地下組織批准，要我迅速物色好隨行女伴並決定行期早日啟程。我經過反覆考慮，決定請我胞姐吳聖筠陪許廣平同行。胞姐是家庭主婦，與許廣平年齡相近，請她陪隨很適宜。我姐夫周景胡是大明信染織廠的經理。我只說時局不穩，兵荒馬亂，幣制貶值，勸胞姐去香港開開眼界，買些高檔物資，以保幣值。我胞姐聽後一口答應並叫我姐夫同去。

我把護送許廣平同志去港所作的詳細安排，告訴了韓近庸同志。幾天後，他通知我到許家吃晚飯，同時被邀的有周建人、謝仁冰、趙樸初、陳巳

〔註 39〕陳漱渝著《許廣平著述編目》，陳漱渝著《許廣平的一生》第 196 頁。
〔註 40〕陳漱渝著《許廣平著述編目》，陳漱渝著《許廣平的一生》第 196 頁。
〔註 41〕陳漱渝《火焰般燃燒的木棉花——紀念許廣平同志誕生 110 週年，逝世 40 週年》，《民主》2008 年第 10 期第 38 頁。

生、周煦良、李平心、韓近庸等同志。後來知道這是許廣平同志因即將離滬向民進有關仝志的告別家宴。飯後我對許廣平同志說：「此行我們的身份角色，您要像一位富商太太或官太太，我像一位富商家中的總管或長官太太身邊的副官，我完全聽候您的差喚。」許廣平同志風趣地回答：「您是這條路上的識途老馬，就照您講的辦，我們分當演員，但您是演員兼導演，我這個演員要聽導演安排。」我又說：「旅途上不談時局國事，可多講兩本經，一本是生意經，多談老大老二（即黃金美鈔的暗語）市場行情，買進賣出，利潤大小等。還有一本是佛經，多談燒香拜佛，菩薩保祐，福慧雙修，因果報應等。」許廣平同志說很好，讓她先把兩本經溫習一下，我就在笑聲中與許廣平同志握別。

動身的那天，我們事先約好在北火車站碰頭，許廣平同志與海嬰，我與胞姐姐夫，還有韓近庸同志一位親戚梁君作為我的助手，一行六人，許廣平同志穿著華麗大方的服裝，塗了口紅，很像一位富商或長官的太太。我們登上去杭州的火車，在車上談了到杭州去燒香做佛事等話。車抵杭州，來迎接我們的是佛教界知名人士楊欣蓮老居士，他把我們接進站長室稍事休息後，送我們到頭髮巷節義庵吃齋，當晚就住在幽靜的節義庵裏，翌晨乘火車去南昌。車到南昌，又有一位工商界人士來接，為我們安排住在一個安全整潔的旅館，還買好了去長沙的長途汽車票。我們在南昌遊覽了東湖、滕王閣等名勝。第二天清早坐上長途汽車出發，在出產麻布有名的萬載吃中飯，到瀏陽擺渡過江，車行途中曾遇三名持槍的國民黨散兵攔車，全車乘客都感到緊張，但士兵只是為了要搭車白乘一段路程，沒有不軌行為，傍晚安抵長沙。晚飯後，我們得知在南昌比我們先開和後開的兩輛長途汽車，途中遭到散兵遊勇的洗劫，而我們乘的那輛車，大概由於有持槍的搭車軍人起了「保護」作用，得免於難。我和許廣平同志大談這是佛力加被，菩薩保祐。我們在長沙住了兩夜，還遊覽了嶽麓山。在這時間裏，我去憲兵隊找兩個打過交道的憲兵，我請他們飽餐酒飯，並送了豐厚的慰勞費，他們替我們買了去廣州的火車票，不僅護送上火車，並在車上一直護送到廣州，完全像侍候長官家屬的兩名武裝侍衛。到廣州後，我託新光內衣廠門市部介紹，住進了比較安全的旅館。在廣州逗留四天，參觀遊覽了名勝古蹟，不惜重金買到了去香港飛機票，順利離開廣州，很快飛到九龍，坐輪渡到了香港後，許廣平攜海嬰去沈鈞儒先生女兒沈譜家中暫住，韓君到親友家去，我和胞姐姐夫住大中旅館。約好第二天同去拜望馬老，許廣平對馬老說：「我來向馬老報到了。」此時出現在馬老面前的是一位衣著樸素，落落大方，談笑風生的許大姐了。馬老很高興地說：「你們辛苦了」，即設便宴為我們洗塵壓驚。從上海啟程到達香港，共經過了八天，護送任務勝利完成了。許廣平能離開當時白色恐怖十分危險的上海，到達香港，主要是在中共上海地下黨和民進組織的關懷領導下完成的。我是奉民進組織之命，擔任具體護送工作的。〔註 42〕

10 月，唐弢的散文詩集《落帆集》由上海文化生活出版社出版，收 1936 年至 1948 年所寫散文詩 26 篇，為巴金主編的「文學叢刊」第八集之一冊。〔註 43〕

10 月，曹靖華寫作《阿・托爾斯泰三部曲前記》，刊在《中蘇文化》第 19 卷第 7、8 期。〔註 44〕

11 月 2 日，蕭軍的《文化報》被迫停刊，一共發行了 72 期，另有「半月增刊」8 期，總共 80 期。〔註 45〕在有組織的強大的攻勢面前，兩報之間的論爭結局可想而知的。〔註 46〕最後以組織的名義作出的《關於蕭軍問題的決定》與《關於蕭軍及其文化報所犯錯誤的結論》而告終。蕭軍被扣上駭人聽聞的反蘇、反共、反人民的帽子。〔註 47〕

11 月，胡風為商業專科學校（上海）講課兩次。〔註 48〕

11 月 23 日，許廣平與周海嬰、沈鈞儒、郭沫若等十多位愛國民主人士，自香港乘「華中輪」由水路赴東北解放區。〔註 49〕

周海嬰寫道：1948 年，香港掀起「新政協」的熱潮。李濟深、沈鈞儒等各個民主黨派領導接到毛澤東主席電報，奔走相告，鼓舞甚大。估計解放軍一過長江，全國很快就會解放，新政協即將召開。在香港地下黨布置下，大家分途北上。母親帶我和多位愛國民主人士搭乘「華中輪」海船，從香港離岸，我在輪船甲板上拍下民主人士如郭沫若、侯外廬、沈志遠、宦鄉和黨的

〔註 42〕吳企堯《回憶護送許廣平同志赴香港經過》，《民主》1990 年第 12 期。
〔註 43〕傅小北、楊幼生《唐弢年譜》，傅小北、楊幼生編《唐弢研究資料》第 436 頁。
〔註 44〕冷柯（執筆）、毛粹《曹靖華年譜》，《曹靖華研究專集》第 432 頁。
〔註 45〕王科、徐塞、張英偉著《蕭軍評傳》第 162 頁。
〔註 46〕王科、徐塞、張英偉著《蕭軍評傳》第 163 頁。
〔註 47〕王科、徐塞、張英偉著《蕭軍評傳》第 162 頁。
〔註 48〕曉風《胡風年表簡編》，《新文學史料》1986 年第 4 期第 181 頁。
〔註 49〕《周海嬰大事年表》，《周海嬰紀念集》第 228 頁。

領導連貫同志的照片，今日看起來竟是如此的珍貴。〔註 50〕

陳漱渝在《許廣平的一生》一書中寫道：

10 月，解放戰爭進入反攻階段。許廣平在黨組織安排下，由上海經香港，秘密轉入東北解放區。當時東北光華書店、東北書店先後支付了一批出版魯迅著作的版稅。許廣平放棄了東北書店的版稅，僅留下贈書一冊，以作紀念。光華書店的版稅，許廣平則讓周海嬰兌換成五根金條，全部捐贈給東北魯迅文藝學院。〔註 51〕

許廣平後來的秘書王永昌寫道：

她對我講起初進解放區時所碰到的一些事情：「1948 年，我由香港轉道，秘密進入東北解放區。一到大連等地，看到有些書店，大量印刷魯迅著作，卻並未向家屬致送版稅。因此，以為這和上海的書商一樣，是在剋扣作者的版稅，心中有些不快。也許是某些朋友，向黨作了反映，有一天，一位負責同志找我談話，說可以給我黃金若干兩，作為魯迅版稅，請我收納。後來我一打聽，才瞭解到解放區的書店，都是由黨經營的，和上海書商所搞的書店根本不同。過去，我在上海還曾經和朋友集資，為蘇北新四軍輸送醫藥和其他物資，現在，我自己來到了解放區，怎麼反而又向黨組織要版稅呢？於是就把所得黃金，全部捐獻出來，支持人民解放事業。魯迅當年說過，「人生現在實在苦痛，但我們總是戰勝光明，即使自己遇不到，也可以留給後來的」。魯迅生前，沒有看到光明，我現在看到了，所以總想盡些力量，支持我們的國家更快地富強起來。」〔註 52〕

這年冬天的某個下午，周海嬰到八道灣去。這時候他的二叔周作人還被關押在南京。

周海嬰寫道：

那是 1948 年，北平解放。我隨母親從東北南下到北京，住在旅館裏。某個冬日的下午，章川島先生陪我到北城購物，因時間尚早，大致才三點多鐘，章先生便問我：「要勿要到你們的房子去看看？此地靠近八道灣，儂爸爸買格房子就在葛（這）裏。」我當然高興，催促快去。我出生在上海，遠

〔註 50〕周海嬰《自序・鏡匣人間》第 8 頁，《歷史的「暗室」——周海嬰早期攝影集 1946～1956》。

〔註 51〕《許廣平活動簡表（1948 年 10 月至 1968 年 3 月）》，陳漱渝著《許廣平的一生》第 150 頁。

〔註 52〕王永昌《回憶景宋先生》，陳漱渝著《許廣平的一生》第 208～209 頁。

在北平的祖母極其盼望能夠看看我這個大房孫子，可以說是魂牽夢縈。但她老人家由於健康原因，始終未能南下。我也幾次失去北上省親的機會。南北相隔，只有寄照片以解老人的思念，直到她老人家去世。朱安女士也同樣無緣得見。但隨著我年齡的漸漸長大，便不時聽到有關八道灣的事，知道那裡也是自己的家，心裏就有一種親切的嚮往。走進八道灣十一號大門前院，章川島先生告訴我，他曾在院裏的西屋住過，「兄弟不和」時，他正住在此地。

走進裏院，但覺空空蕩蕩，很寂靜，僅有西北角一個老婦坐在小凳上曬太陽。老婦把章川島招呼過去，大概是詢問來者是誰。章執禮甚恭，誰知僅簡單地回答了幾句，忽見老婦站起，對著我破口咒罵起來。後來似乎感到用漢語罵得不過癮，又換了日本話，手又指又劃，氣勢兇猛，像是我侵入了她的領地。章先生連忙拉我退到外院，告訴我，她就是周作人的太太羽太信子。照理說，我是她親侄子，我們又是初會，上一輩哪怕有多大怨仇，也該與我不搭界，而她一聽說是我，竟立即做出這種反應。這給予我的印象太深刻了，直到五十多年後的今天，她那窮兇極惡的模樣尚歷歷在目。從此以後，我再也沒有踏進八道灣一步。到人民政府成立後，叔叔和我母親將屬於我們的這兩份房產共同捐獻給了國家，對此，當時報紙曾經有過報導。〔註 53〕

11 月，蕭紅的短篇小說《小城三月》由香港海洋書屋出版單行本。〔註 54〕

11 月，淮海戰役開始，國民黨政權搖搖欲墜，上海郵局黃色工會頭頭陸京士等人對唐弢的壓迫越來越緊，送恐嚇信，開黑名單，迫使唐弢晚上不能回家，四處流浪。黨在這時支持唐弢，告訴唐弢在緊急時將派人通知他，並帶他離開上海，同時文藝界地下黨領導也派人和唐弢聯繫。這使唐弢汲取了堅持的力量。〔註 55〕

12 月，解放戰爭激烈，上海局勢惡化，胡風的名字已列在黑名單中，不能在家住宿，長住在可靠的友人家。〔註 56〕

12 月 5 日，唐弢署名風子的《魯迅書話三章》發表在《文訊》。〔註 57〕

12 月 9 日，胡風按照香港轉來的黨的指示，隻身離開上海赴香港。〔註 58〕

〔註 53〕周海嬰《兄弟失和與八道灣房契》，周海嬰著《直面與正視——魯迅與我七十年》第 87～89 頁。

〔註 54〕《蕭紅主要作品錄》，邢富君編《蕭紅代表作》第 375 頁。

〔註 55〕傅小北、楊幼生《唐弢年譜》，傅小北、楊幼生編《唐弢研究資料》第 437 頁。

〔註 56〕曉風《胡風年表簡編》，《新文學史料》1986 年第 4 期第 181 頁。

〔註 57〕傅小北、楊幼生《唐弢年譜》，傅小北、楊幼生編《唐弢研究資料》第 437 頁。

12月14日，胡風到達香港。〔註59〕

12月15日，唐弢署名風子的《書話話詩》發表在《文藝春秋》第7卷第6期。〔註60〕

12月17日，蕭軍隨東北局文化部遷往瀋陽。〔註61〕

年底，曹靖華舉家北遷（北京）迎接解放。〔註62〕

這年，許廣平的文章《致〔日〕魚阪善雄（1948）》刊發在1948年日本目黑書店出版的由魚阪善雄編譯的《魯迅短篇集》中。〔註63〕署名景宋的文章《王士菁〈魯迅傳〉序》被收入上海新知識書店出版王士菁著《魯迅傳》卷首。〔註64〕曹聚仁編著的《蔣經國論》在上海出版，這是在國內出版的一本有影響的研究專著。〔註65〕曹靖華的譯作《列寧的故事》由上海生活書店再版；《油船德賓特號》由哈爾濱讀書出版社出東北版三版；《不走正路的安德倫》由華北新華書店出版；《虹》已銷五版，滬重版；譯《論〈城與年〉》（柯列斯尼柯瓦作）在《中蘇文化》第18卷第2期發表。〔註66〕解放前夕，曹聚仁謝絕了《前線日報》邀他一同遷臺得意見，留在了上海。〔註67〕

〔註58〕曉風《胡風年表簡編》，《新文學史料》1986年第4期第181頁。
〔註59〕曉風《胡風年表簡編》，《新文學史料》1986年第4期第181頁。
〔註60〕傅小北、楊幼生《唐弢年譜》，傅小北、楊幼生編《唐弢研究資料》第437頁。
〔註61〕王科、徐塞、張英偉著《蕭軍評傳》第172頁。
〔註62〕冷柯（執筆）、毛粹《曹靖華年譜》，《曹靖華研究專集》第432頁。
〔註63〕陳漱渝著《許廣平著述編目》，陳漱渝著《許廣平的一生》第196頁。
〔註64〕《許廣平著述編目》，陳漱渝著《許廣平的一生》第194頁。
〔註65〕李勇著《曹聚仁研究》第107頁。
〔註66〕冷柯（執筆）、毛粹《曹靖華年譜》，《曹靖華研究專集》第432頁。
〔註67〕李勇著《曹聚仁研究》第7頁。

1949 年

元旦，周建人在解放區度過了第一個新年。這天夜裏，中國共產黨中央委員會毛澤東主席在西柏坡設宴，招待來自解放區的各民主黨派愛國人士。周建人偕夫人應邀出席，會上，當介紹他「這位就是魯迅的弟弟周建人先生」時，毛澤東高興地和他熱烈握手，對他突破重重封鎖前來解放區工作表示熱烈歡迎。〔註 1〕

1 月 6 日，胡風從香港搭貨船北上赴東北解放區。〔註 2〕

1 月，大批作家進入北平，並開始醞釀召開全國性的文藝工作者會議。〔註 3〕

1 月 12 日，許廣平被選為全國民主婦女聯合會籌委會籌備委員，又被選為籌委會常委。〔註 4〕

1 月 12 日，胡風抵遼寧省王家島上岸。〔註 5〕

1 月 14 日，毛澤東主席發表關於時局的聲明，提出和平民主的八項條件。

1 月 15 日，胡風到達瓦房店。〔註 6〕

1 月 17 日，胡風到達瀋陽。在此參觀訪問，參加座談會，與在此的文化界人士交談，開始接觸解放區的新生活。〔註 7〕

〔註 1〕謝德銑著《周建人評傳》第 198 頁。

〔註 2〕曉風《胡風年表簡編》,《新文學史料》1986 年第 4 期第 181 頁。

〔註 3〕羅銀勝著《周揚傳》第 160 頁。

〔註 4〕《許廣平活動簡表（1948 年 10 月至 1968 年 3 月）》，陳漱渝著《許廣平的一生》第 150 頁。

〔註 5〕曉風《胡風年表簡編》,《新文學史料》1986 年第 4 期第 181 頁。

〔註 6〕曉風《胡風年表簡編》,《新文學史料》1986 年第 4 期第 181 頁。

〔註 7〕曉風《胡風年表簡編》,《新文學史料》1986 年第 4 期第 181 頁。

1月22日，許廣平、周建人、馬敘倫等列名於各民主黨派、各人民團體代表人物及其他民主人士 55 人發表的《我們對時局的意見》，表示堅決擁護中共毛澤東主席14日聲明中所提出的八項和平條件，反對國民黨的假和平陰謀，表示願在中共領導下，團結一致，將革命進行到底。〔註8〕

1月25日，許廣平等55人的《我們對於時局的意見》刊發在《東北日報》上。〔註9〕

1月，中國人民解放軍進軍長江北岸，南京危在旦夕。蔣介石宣告退隱，由李宗仁出任國民政府代總統。根據國民黨的綏靖區疏散條例，戰爭危險地區要疏散監獄，有期徒刑犯人可以擔保釋放。〔註10〕

1月26日，周作人被保釋出獄。〔註11〕

這一天，周作人走出老虎橋後，在近地的友人馬驥良家住了一夜，第二天，即由尤炳圻父子陪同，乘火車去上海。尤炳圻是周作人的友人，1935 年周作人曾為他所譯的英格來亨著《楊柳風》寫過序言，力贊其譯文之「清麗」。周作人與尤氏父子離開南京時，正有一批國民黨敗兵從浦口退下來，下關一帶更是混亂。這是一次名副其實的「逃難」。〔註12〕

周作人從此開始了他所戲稱的 198 天的尤府「食客」生活。其間來訪的故友新知都不少，周作人或與友人閒談、逛街，或為求字者寫詩題畫，似乎又恢復了他所習慣的自由寬懈的生活方式。〔註13〕

1月31日，周建人隨中央機關由李家莊進入北京城。進城以後，組織上安排他全家暫時住在華安飯店，後住北京飯店。同住的還有許廣平一家。〔註14〕

2月3日，周建人住東四二條，年底遷到寶玉胡同。〔註15〕

2月11日，胡風到達安東，參加安東市工業勞模大會。參觀工廠並採訪。〔註16〕

〔註8〕《許廣平活動簡表（1948年10月至1968年3月）》，陳漱渝著《許廣平的一生》第150頁。

〔註9〕陳漱渝著《許廣平著述編目》，陳漱渝著《許廣平的一生》第196頁。

〔註10〕錢理群著《周作人傳》第152頁。

〔註11〕錢理群著《周作人傳》第153頁。

〔註12〕錢理群著《周作人傳》第155頁。

〔註13〕錢理群著《周作人傳》第156頁。

〔註14〕謝德銑著《周建人評傳》第198頁。

〔註15〕《周建人年譜簡編》，謝德銑著《周建人評傳》第380頁。

〔註16〕曉風《胡風年表簡編》，《新文學史料》1986年第4期第181頁。

2 月 24 日，胡風到達本溪。參觀煤礦、工廠等。〔註 17〕

2 月 25 日，許廣平由東北抵北平。〔註 18〕乘坐的火車叫「愛國民主人士專列」。〔註 19〕

2 月 26 日，許廣平出席北平市為歡迎經由東北、天津、石家莊來北平及原在北平的民主人士而舉行的盛會。〔註 20〕

2 月，許廣平參加了民進領導人到北京後的第一次理事會議，正式研究參加籌備新政協的工作。會議決定由許廣平負責有關聯絡工作。〔註 21〕

2 月，曹靖華擔任中央文化部編審委員會委員。〔註 22〕

2 月，王德芬被任命為新成立的撫順礦務局京劇團團長，蕭軍被聘請為顧問。為了實現自給自足，劇團排演了蕭軍在延安時創作的劇本《武王伐紂》。〔註 23〕

2 月，馮雪峰的《百喻經故事》由上海作家書屋出版。〔註 24〕

2 月 28 日，胡風回到瀋陽。〔註 25〕

3 月 1 日，曹靖華寫作《蘇聯的傑出作家綏拉菲摩維支二三事》刊發在《人民日報》。〔註 35〕

3 月 3 日，許廣平出席華北人民政府文化藝術工作委員會和華北文藝界協會在北京飯店舉行的文藝茶話會並發言。〔註 26〕

3 月 17 日，胡風到統戰部所在地河北省李家莊。〔註 27〕

3 月 24 日，許廣平參加在北平懷仁堂召開的中華全國婦女第一屆代表大

〔註 17〕曉風《胡風年表簡編》，《新文學史料》1986 年第 4 期第 181 頁。

〔註 18〕《許廣平活動簡表（1948 年 10 月至 1968 年 3 月）》，陳漱渝著《許廣平的一生》第 150 頁。

〔註 19〕《周海嬰大事年表》，《周海嬰紀念集》第 228 頁。

〔註 20〕《許廣平活動簡表（1948 年 10 月至 1968 年 3 月）》，陳漱渝著《許廣平的一生》第 151 頁。

〔註 21〕劉恒椽《緬懷民主鬥士許廣平》，上海魯迅紀念館編《許廣平紀念集》第 7 頁。

〔註 22〕冷柯（執筆）、毛粹《曹靖華年譜》，《曹靖華研究專集》第 433 頁。

〔註 23〕王科、徐塞、張英偉著《蕭軍評傳》第 173 頁。

〔註 24〕《馮雪峰大事年表》，孫琴安著《雪之歌——馮雪峰傳》第 332 頁。

〔註 25〕曉風《胡風年表簡編》，《新文學史料》1986 年第 4 期第 181 頁。

〔註 35〕冷柯（執筆）、毛粹《曹靖華年譜》，《曹靖華研究專集》第 433 頁。

〔註 26〕《許廣平活動簡表（1948 年 10 月至 1968 年 3 月）》，陳漱渝著《許廣平的一生》第 151 頁。

〔註 27〕曉風《胡風年表簡編》，《新文學史料》1986 年第 4 期第 181 頁。

會，擔任主席團成員、大會代表資格審查委員會委員、國民黨統治區婦女代表團正團長。〔註28〕

孟燕堃在《上海婦女學習的楷模》中寫道：全國婦聯成立以後，許廣平歷任一、二、三屆副主席，參加了國內外一系列婦女活動，成為深受全國婦女愛戴的婦女領袖之一。她還曾作為全國婦聯工作小組的成員，赴上海參加上海市婦聯的籌建工作，推動了建國後上海婦女事業的發展。許廣平同志還撰寫了不少關於婦女運動的文章。她提醒從事婦女運動的人們不要空喊口號，應該正視婦女的實際狀況，並指出婦女運動的趨勢，在於婦女問題與勞動問題日益密切地結合。她指出婦女運動是新興的社會運動的一環，號召婦女不要等待機會，而要創造機會，抓住機會，為爭取自身解放而持久地奮鬥下去。許廣平同志曾經說過「身體可以死去，靈魂卻要健康地活著。」〔註29〕

3月26日，胡風隨統戰部進北平，住北京飯店。參加文代會籌委會的工作。〔註30〕

3月28日，許廣平列名於《中國文化界響應召開世界擁護和平大會宣言》。〔註31〕

3月30日，許廣平的《在〈吶喊〉裏的幾個女性》刊發在《中國青年》第五期。〔註32〕

3月，華北人民政府文化藝術工作委員會與華北「文協」商討決定，由中華全國文藝界協會（全國文協）在北平的理事、監事和華北文協理事舉行聯席會議，籌備召開中華全國文學藝術工作者代表大會，成立新的全國文藝界組織。會議產生了郭沫若為主任委員，茅盾、周揚為副主任委員的籌備委員會。〔註33〕

3月，「魯藝」先奉命入關；接著東北局電令：「聯大」校部和兩院幹部，全部開到北京，歸第四野戰軍指揮，招收平津大中學社，加以訓練，組成四

〔註28〕《許廣平活動簡表（1948年10月至1968年3月）》，陳漱渝著《許廣平的一生》第151頁。

〔註29〕孟燕堃《上海婦女學習的楷模》，上海魯迅紀念館編《許廣平紀念集》第10頁。

〔註30〕曉風《胡風年表簡編》，《新文學史料》1986年第4期第181頁。

〔註31〕《許廣平活動簡表（1948年10月至1968年3月）》，陳漱渝著《許廣平的一生》第151頁。

〔註32〕該文收入1950年中國青年出版社出版的《關於文學修養》，陳漱渝著《許廣平著述編目》，陳漱渝著《許廣平的一生》第196頁。

〔註33〕羅銀勝著《周揚傳》第160頁。

野南下工作團第三分團，徐懋庸擔任政委。〔註 34〕

春天，曹靖華在清華大學任教。〔註 36〕

4 月 3 日，中華民主婦聯宣告成立，許廣平被選為婦聯執行委員。〔註 37〕

4 月 4 日，蕭軍夫婦帶著四個孩子來到撫順礦物局報到，被分配在撫順煤礦總工會，蕭軍負責創建資料室，王德芬在文教部文娛組工作。剛到煤都撫順不久，《東北日報》就開始了對蕭軍的猛烈批判，連礦物局的黑板報也在聲討「三反分子」蕭軍。他雖然為自己的冤屈而憤懣，但卻為全國革命進軍的大好形勢所鼓舞。他每天早早地來到機關，忘我地工作著，不但白手起家建起了資料室，而且還積極參與籌備「撫順煤礦勞動模範大會」。蕭軍曾將西露天礦的勞動模範張子富的事蹟整理成材料和傳記，後來，張子富被樹為新中國煤礦的第一個勞動模範，也成為蕭軍長篇小說《五月的礦山》中魯東山的原型。〔註 38〕

4 月 11 日，許廣平列名的《響應召開世界擁護和平大會中國文化界發表宣言》刊發在《東北日報》上。〔註 39〕

4 月 13 日，曹靖華到達捷克首都布拉格寓「皇宮旅舍」。他於 3 月 29 日離開北京，經東北、西伯利亞、莫斯科、烏克蘭等。〔註 40〕

4 月 14 日，胡風赴師大（北京）講演，並解答聽眾所提問題。〔註 41〕

4 月 17 日，胡風赴中小教聯籌委會（北京）講演，題為《從文化問題看政治與教育》。〔註 42〕

4 月 18 日，周建人任華北人民政府教育部教科書編審委員會副主任。〔註 43〕

4 月 20 日，許廣平在捷克布拉格參加世界擁護和平大會。此次會議 4 月 20 日～25 日在巴黎和布拉格同時舉行。中國代表團出席了在布拉格舉行的大

〔註 34〕《第十二章　在熱河的二三事（續）》，《徐懋庸回憶錄》第 181 頁。

〔註 36〕冷柯（執筆）、毛粹《曹靖華年譜》，《曹靖華研究專集》第 433 頁。

〔註 37〕《許廣平活動簡表（1948 年 10 月至 1968 年 3 月）》，陳漱渝著《許廣平的一生》第 151 頁。

〔註 38〕王科、徐塞、張英偉著《蕭軍評傳》第 172～173 頁。

〔註 39〕陳漱渝著《許廣平著述編目》，陳漱渝著《許廣平的一生》第 196 頁。

〔註 40〕冷柯（執筆）、毛粹《曹靖華年譜》，《曹靖華研究專集》第 433 頁。

〔註 41〕曉風《胡風年表簡編》，《新文學史料》1986 年第 4 期第 181 頁。

〔註 42〕曉風《胡風年表簡編》，《新文學史料》1986 年第 4 期第 181 頁。

〔註 43〕《周建人年譜簡編》，謝德銑著《周建人評傳》第 380 頁。

會。〔註 44〕

4 月 21 日，毛澤東、朱德發布《向全國進軍的命令》，渡江戰役開始。〔註 45〕

4 月 21 日，胡風向《解放日報》記者發表了擁護毛澤東、朱德下令南下的講話。〔註 46〕

4 月 22 日，胡風為《人民日報》寫了擁護前進命令的講話。〔註 47〕

4 月 30 日，曹靖華由捷克乘飛機飛莫斯科，逗留十日。5 月 10 日由莫斯科起飛，11 日至赤塔，乘車至滿洲里，直抵北平。兩個月來，往返路程 4 萬里，參加了世界和平大會。〔註 48〕

5 月 4 日，胡風赴天津南開大學五四慶祝會講演，題為《五四精神》。〔註 49〕

5 月 25 日，許廣平途經西伯利亞歸國。〔註 50〕

5 月 27 日，許廣平出席全國婦聯歡迎中國出席世界擁護和平大會婦女代表的茶會。〔註 51〕

5 月 27 日，上海解放。唐弢任郵政工會常務委員兼文教科長。〔註 52〕

5 月 29 日，胡風赴北大講演，解答所提問題。〔註 53〕

5 月，東北文協發表了《關於蕭軍及其〈文化報〉所犯錯誤的結論》，中共中央東北局作出了《東北局對蕭軍問題的決定》。《決定》在指出蕭軍「反蘇、反共、反人民」的嚴重錯誤之後，聲明「停止對蕭軍文學活動的物質方面的幫助」。由於蕭軍對錯誤「毫無認識」，態度又「特別頑固」，所以從 6 月份起，全東北地區大張旗鼓地展開了長達三個月的「蕭軍思想批判」運

〔註 44〕《許廣平活動簡表（1948 年 10 月至 1968 年 3 月）》，陳漱渝著《許廣平的一生》第 151 頁。

〔註 45〕《周建人年譜簡編》，謝德銑著《周建人評傳》第 380 頁。

〔註 46〕曉風《胡風年表簡編》，《新文學史料》第 181 頁，1986 年第 4 期。

〔註 47〕曉風《胡風年表簡編》，《新文學史料》1986 年第 4 期第 181 頁。

〔註 48〕冷柯（執筆）、毛粹《曹靖華年譜》，《曹靖華研究專集》第 433 頁。

〔註 49〕曉風《胡風年表簡編》，《新文學史料》1986 年第 4 期第 181 頁。

〔註 50〕《許廣平活動簡表（1948 年 10 月至 1968 年 3 月）》，陳漱渝著《許廣平的一生》第 151 頁。

〔註 51〕《許廣平活動簡表（1948 年 10 月至 1968 年 3 月）》，陳漱渝著《許廣平的一生》第 151 頁。

〔註 52〕傅小北、楊幼生《唐弢年譜》，傅小北、楊幼生編《唐弢研究資料》第 437 頁。

〔註 53〕曉風《胡風年表簡編》，《新文學史料》1986 年第 4 期第 181 頁。

動，受牽連的文藝工作者很多。〔註 54〕

6 月 15 日，中國人民協商會議籌備會議在中南海舉行，許廣平和馬敘倫、王紹鏊等四人代表民進參加會議，並與周建人一起參加起草中國人民政治協商會議共同綱領的工作。〔註 55〕

6 月 15 日，胡風赴抗敵劇社（北京）講國統區文藝情況，並解答問題。〔註 66〕

6 月中旬，馮雪峰太太何愛玉攜子女抵滬，安家於橫濱路興立邨 2 號。〔註 57〕

6 月，許廣平參加中華全國民主婦女聯合會工作小組赴上海。〔註 58〕

6 月 26 日，許廣平出席上海新青團婦女部、學聯女同學部、中國民主婦聯上海分會、上海婦女聯誼會等 36 個婦女團體聯合召開的慶祝婦女解放大會並作發言。〔註 59〕

6 月，周建人以上海人民團體聯合會首席代表身份，參加中國人民政治協商會議籌備會議。〔註 60〕

6 月，唐弢赴北京參加 7 月召開的中華全國文學藝術工作者第一屆代表大會和全國文學工作者協會第一屆會員代表大會，被選為中國文協委員，上海分會常務委員。〔註 61〕

6 月下旬，馮雪峰赴北平參加第一次全國文代會，為華東代表團團長。〔註 62〕

7 月 2 日，第一屆文代會開幕。胡風為主席團成員之一，致了祝辭《團結起來，更前進！》。在這次會上，被選為文聯全國委員。〔註 63〕

7 月 2 日至 19 日，（第一屆）中華全國文學藝術工作者代表大會（以後通

〔註 54〕王科、徐塞、張英偉著《蕭軍評傳》第 172 頁。
〔註 55〕劉恒椽《緬懷民主鬥士許廣平》，上海魯迅紀念館編《許廣平紀念集》第 7 頁。
〔註 66〕曉風《胡風年表簡編》，《新文學史料》1986 年第 4 期第 181 頁。
〔註 57〕《馮雪峰大事年表》，孫琴安著《雪之歌——馮雪峰傳》第 332 頁。
〔註 58〕《許廣平活動簡表（1948 年 10 月至 1968 年 3 月）》，陳漱渝著《許廣平的一生》第 151 頁。
〔註 59〕《許廣平活動簡表（1948 年 10 月至 1968 年 3 月）》，陳漱渝著《許廣平的一生》第 151 頁。
〔註 60〕《周建人年譜簡編》，謝德銑著《周建人評傳》第 380 頁。
〔註 61〕傅小北、楊幼生《唐弢年譜》，傅小北、楊幼生編《唐弢研究資料》第 437 頁。
〔註 62〕《馮雪峰大事年表》，孫琴安著《雪之歌——馮雪峰傳》第 332 頁。
〔註 63〕曉風《胡風年表簡編》，《新文學史料》第 181 頁，1986 年第 4 期。

稱第一次文代會）在北平召開，到會的正式代表和邀請代表有 824 人，分別組成平津（一、二團）、華北、西北、華中、東北、部隊、南方（一、二團）等代表團參加，實現了過去被分割在不同地域的作家和藝術家的「會師」：從老解放區來的與新解放區來的兩部分文藝軍隊的會師，也是新文藝部隊的代表與贊成改造的舊文藝的代表的會師，又是在農村中的，在城市中的，在部隊中的這三部分文藝軍隊的會師。

這時候，一個新的人民的中國即將誕生。為了迎接她的誕生，各行各業都在籌劃興治，一系列人民團體的會議先後召開。

4 月～8 月，中國新民主主義青年團第一次全國代表大會、中華全國青年第一次代表大會、中華全國婦女第一次代表大會、中華全國第一次科學籌備會成立大會、中華全國鐵路職工臨時代表會議、中華全國文學藝術工作者代表大會、中國社會科學工作者代基金發起人會議、中蘇友好協會發起人大會、全國工會工作會議、中華全國第一次教育工作者代表會議籌備會……緊鑼密鼓地陸續召開。

這是新文學史上規模最大、盛況空前的大會。國統區、解放區被隔離了多年的兩支文藝大軍，在人民革命勝利的條件下終於會合了。毛澤東親臨大會向代表們表示歡迎。朱德、周恩來出席大會，分別發表講話和報告。郭沫若作了題為《為建設新中國的人民文藝而奮鬥》的總報告。茅盾、周揚分別就國統區、解放區文藝情況作了《在反動派壓迫下鬥爭和發展的革命文藝》和《新的人民的文藝》的報告。這是對 30 年來新文學發展的第一次總結。〔註 64〕

在會上，茅盾和周揚分別作了總結兩個地區文藝運動經驗的報告。但我們如果比較一下兩個報告人的報告文本和發言態度，就會發現一些有意思的差別。茅盾的報告雖然也是總結鬥爭經驗，但更重要的篇幅是用在檢討前國統區的革命文藝運動中的種種「錯誤」傾向，尤其引人注目的是從理論與創作兩方面批評了抗戰時期捍衛五四新文學傳統的一面旗幟胡風和團結在胡風周圍的一些進步作家；很顯然，兩個地區、兩種傳統在未來文藝發展道路上所處的主次、重輕關係擺得非常明確。有許多在五四新文學發展中作過重要貢獻的文學家在大會外面，如創作《邊城》的沈從文、主編《文學雜誌》的朱光潛以及在淪陷區大紅大紫的張愛玲。

〔註 64〕羅銀勝著《周揚傳》第 160～161 頁。

而周揚剛開始宣讀報告就用斬釘截鐵的口氣宣布:「毛主席的『文藝座談會講話』規定了新中國的文藝的方向,解放區文藝工作者自覺地堅決地實踐了這個方向,並以自己的全部經驗證明了這個方向是完全正確,深信除此之外再沒有第二個方向了,如果有,那就是錯誤的方向。

周揚指出,毛澤東同志的《在延安文藝座談會上的講話》中提出的文藝為人民服務並首先為工農兵服務的方向,也就是「新中國的文藝的方向」。他的報告首次指出,「五四」以來,以魯迅為首的一切進步的革命的文藝工作者,為文藝與現實結合、與廣大群眾結合,曾作了不少苦心的探索和努力。30 年代的左翼文學運動,始終把「大眾化」作為文藝運動的中心,在解決文學與人民群眾的關係中作了不懈的嘗試。但由於歷史條件的限制,當時革命文學的根本問題——為什麼人服務和怎樣服務的問題——並沒有真正解決,廣大文藝工作者同工農群眾還沒有很好結合。而在解放區,由於有了 1942 年召開的延安文藝座談會,由於有了毛澤東文藝方針的直接指導,由於有了人民的軍隊和人民的政權,「先驅者們的理想開始實現了」,「革命文藝已開始真正與廣大工農兵群眾相結合」。雖然「還僅僅是開始,但卻是一個偉大的開始」。他強調文藝描寫的重點必須是工農兵,認為工人階級、農民階級和革命知識分子是人民民主專政的領導力量和基礎力量,必須著重反映這三個力量,寫出他們的新的面貌。〔註 65〕他還提出必須加強對文藝工作的組織領導。郭沫若在大會結束報告中稱,將很快就要成立「專管文化藝術部門」的組織機構。〔註 66〕

第一次文代會成立的全國性的文藝界組織是中華全國文學藝術界聯合會,它是國家和執政黨對作家、藝術家進行控制和組織領導的機構。全國文聯下屬的各協會,也都先後成立。這些協會中,最重要的是中華全國文學工作者協會(之後改名為中國作家協會)。這些機構的性質、形式、功能,既承接了 30 年代左聯的經驗,也直接從蘇聯作家協會取得借鑒。作為全國文聯和中國作協對文學界進行思想領導的重要刊物《文藝報》和《人民文學》,也在文代會後陸續創刊。中華全國文學藝術界聯合會主席為郭沫若,副主席為茅盾和周揚。〔註 67〕

〔註 65〕羅銀勝著《周揚傳》第 163～164 頁。
〔註 66〕羅銀勝著《周揚傳》第 167 頁。
〔註 67〕羅銀勝著《周揚傳》第 167 頁。

第一次文代會在新文學發展過程中，它是個具有階段性標誌的事件。它在後來被當做是「當代文學」的起點。洪子誠認為「第一次文代會開始了當代文學的『一體化』的進程，確定了各種文學力量在『當代文學』中的資格和地位。」〔註 68〕

7 月 2 日，胡風參加第一屆文代會，為主席團成員之一，致了祝辭《團結起來，更前進！》。在這次會上，他被選為文聯全國委員。〔註 69〕

7 月，曹靖華參加在懷仁堂開的第一屆全國文代會，會期三周，任平津代表團團長及大會常務主席團主席之一。北京成立中蘇友協，曹靖華任該會研究出版部副主任。〔註 70〕

7 月 3 日，許廣平出席中國婦聯上海分會召開的歡迎會並作發言。〔註 71〕

7 月 4 日，許廣平以文協代表身份參加上海市文藝工作者紀念七七慶祝解放大會，並作發言。〔註 72〕

7 月 4 日，周作人給周恩來寫了一封信。〔註 73〕信一開頭即是一番表白，第二部分講述他的思想和行為，重點是希望通過自己的申辯、說明，求得中國共產黨最高領導人的諒解。中國共產黨的最高領導人在收到周作人信後如何反應，尚不得而知。據說後來是轉到了馮雪峰手裏的。有人回憶說，馮雪峰看完材料後，曾很生氣地說「周作人如果有一點自知之明，是不應該寫這樣的東西的」；但馮雪峰以後又關照有關仝志，對於周作人要多作工作，等等，可見這封信仍然起了作用。至少可以說，周作人這封信創造了某種氣氛。〔註 74〕

7 月 14 日，周建人寫信給許廣平，讓她查究魯迅之死的謎團。

周海嬰寫道：關於父親的死，歷來的回憶文章多有涉及，說法小異大同，幾乎已成定論。但在我母親和叔叔周建人的心頭，始終存有一團排解不去的迷霧。到了 1949 年 7 月，那時北平雖已解放，新中國尚未成立，建人叔叔即

〔註 68〕羅銀勝著《周揚傳》第 166～167 頁。
〔註 69〕曉風《胡風年表簡編》，《新文學史料》1986 年第 4 期第 181 頁。
〔註 70〕冷柯（執筆）、毛粹《曹靖華年譜》，《曹靖華研究專集》第 433 頁。
〔註 71〕《許廣平活動簡表（1948 年 10 月至 1968 年 3 月）》，陳漱渝著《許廣平的一生》第 152 頁。
〔註 72〕《許廣平活動簡表（1948 年 10 月至 1968 年 3 月）》，陳漱渝著《許廣平的一生》第 152 頁。
〔註 73〕錢理群著《周作人傳》第 157 頁。
〔註 74〕錢理群著《周作人傳》第 160 頁。

致信母親要「查究」此事。這封信至今保存完好，全文如下：

許先生惠鑒：

前日來信已如期收到，看後即交予馬先生了。馬先生屢電催，您究擬何時返平？

魯迅死時，上海即有人懷疑於為須藤醫生所謀害或者延誤。記得您告訴我說：老醫生的治療經過報告與實際治療不符，這也是疑竇之一。此種疑竇，至今存在。今您既在滬，是否可以探查一下，老醫生是否在滬？今上海已解放，已可以無顧忌地查究一下了。

不知您以為何如？草此布達，敬祝

健康

弟建人　啟七月十四日〔註 75〕

7 月 24 日，許廣平被選為中華全國文學工作者協會委員。〔註 76〕

8 月 4 日，胡風回到上海，參加上海文代會的籌備工作。〔註 77〕

8 月 5 日，唐弢在《文藝復興》（中國文學研究號）發表雜文《新文藝的腳印——關於幾位先行者的書話》。〔註 78〕

8 月 14 日，周作人從上海回到北京。〔註 79〕這距離周作人被解押到南京老虎橋監獄，已是 3 年 2 個月零 19 天。〔註 80〕

8 月 18 日，曹靖華校對並作序的書《旅伴》開始在《人民日報》連載，這是蘇玲去年所譯的一部蘇聯得斯大林獎金的長篇小說。〔註 81〕

秋天，曹靖華到北京大學任教。〔註 82〕

9 月 8 日，胡風為參加第一屆全國政協會議到北京，住在華文學校，參加了共同綱領的討論等。〔註 83〕

9 月 11 日，中華全國文學工作者協會上海分會成立，馮雪峰任該會主

〔註 75〕周海嬰《父親的死》，周海嬰著《直面與正視——魯迅與我七十年》第 62 頁。

〔註 76〕《許廣平活動簡表（1948 年 10 月至 1968 年 3 月）》，陳漱渝著《許廣平的一生》第 152 頁。

〔註 77〕曉風《胡風年表簡編》，《新文學史料》1986 年第 4 期第 181 頁。

〔註 78〕傅小北、楊幼生《唐弢年譜》，傅小北、楊幼生編《唐弢研究資料》第 437 頁。

〔註 79〕錢理群著《周作人傳》第 160 頁。

〔註 80〕錢理群著《周作人傳》第 160 頁。

〔註 81〕冷柯（執筆）、毛粹《曹靖華年譜》，《曹靖華研究專集》第 433 頁。

〔註 82〕冷柯（執筆）、毛粹《曹靖華年譜》，《曹靖華研究專集》第 433 頁。

〔註 83〕曉風《胡風年表簡編》，《新文學史料》1986 年第 4 期第 181 頁。

席，他赴北平參加中國人民政治協商會議第一次會議。〔註 84〕

9 月中旬，徐懋庸所在的四野南下工作團訓練任務結束，全部幹部和團員到漢口由四野政治部分配工作，徐被調出四野，任武漢大學秘書長。〔註 85〕

9 月 21 日～30 日，許廣平、周建人以中國民主促進會正式代表身份參加中國人民政治協商會議第一屆全體會議，在周恩來的直接領導下，許廣平擔任中國人民政治協商會議《共同綱領》草案整頓委員會委員，並被選為全國政協委員。〔註 86〕

9 月，曹靖華參加在中南海召開的中國人民政協第一屆全體會議。〔註 87〕

9 月 21 日～30 日，胡風參加第一屆全國政協會議，為全國政協委員。〔註 88〕

9 月 30 日，全國第一屆政協會議閉幕，中央人民政府成立。〔註 89〕

10 月 1 日，中華人民共和國成立。周建人〔註 90〕、曹靖華〔註 91〕、馮雪峰、胡風〔註 92〕等出席開國大典。〔註 93〕

10 月 2 日、3 日，胡風參加世界保衛和平大會。〔註 94〕

10 月 3 日，許廣平任中國保衛世界和平委員會委員。〔註 95〕

10 月 4 日，唐弢在《文匯報》發表雜文《「生命的完美和喜悅的氣氛」》和短評《迎法捷耶夫和蘇聯代表團》。〔註 96〕

10 月 5 日，曹靖華參加在懷仁堂舉行的中蘇友協總會成立大會，選出理事 179 人，曹當選理事。會後陪同以法捷耶夫為首的蘇聯文化代表團赴天津，

〔註 84〕《馮雪峰大事年表》，孫琴安著《雪之歌——馮雪峰傳》第 332 頁。
〔註 85〕《第十二章　在熱河的二三事（續）》，《徐懋庸回憶錄》第 182 頁。
〔註 86〕《許廣平活動簡表（1948 年 10 月至 1968 年 3 月）》，陳漱渝著《許廣平的一生》第 152 頁。
〔註 87〕冷柯（執筆）、毛粹《曹靖華年譜》，《曹靖華研究專集》第 433 頁。
〔註 88〕曉風《胡風年表簡編》，《新文學史料》1986 年第 4 期第 181 頁。
〔註 89〕《周建人年譜簡編》，謝德銑著《周建人評傳》第 381 頁。
〔註 90〕謝德銑著《周建人評傳》第 199 頁。
〔註 91〕冷柯（執筆）、毛粹《曹靖華年譜》，《曹靖華研究專集》第 433 頁。
〔註 92〕曉風《胡風年表簡編》，《新文學史料》第 181 頁，1986 年第 4 期。
〔註 93〕《馮雪峰大事年表》，孫琴安著《雪之歌——馮雪峰傳》第 332 頁。
〔註 94〕曉風《胡風年表簡編》，《新文學史料》1986 年第 4 期第 181 頁。
〔註 95〕《許廣平活動簡表（1948 年 10 月至 1968 年 3 月）》，陳漱渝著《許廣平的一生》第 152 頁。
〔註 96〕傅小北、楊幼生《唐弢年譜》，傅小北、楊幼生編《唐弢研究資料》第 437 頁。

出席天津慶祝中蘇友協成立的群眾大會。〔註 97〕

10 月 5 日，許廣平任中蘇友好協會總會理事。〔註 98〕

10 月 10 日，曹靖華寫作《蘇聯文學在中國》，刊發在《文藝報》第 1 卷第 2 期「中蘇文化交流」欄目。〔註 99〕

10 月 17 日，許廣平出席北京師範大學紀念魯迅逝世 13 週年晚會並作演講。〔註 100〕

10 月 18 日下午，周作人在兒子周豐一的陪同下，回到八道灣。〔註 101〕周作人又回到自己所熟悉的環境與氛圍中，恢復了自己所習慣的生活方式。或者在客廳裏會客，或者躲在苦雨齋裏讀書、翻譯、寫作。他的苦雨齋，比起 30 年代梁實秋所見到的似乎更寒磣了。一張不大的方桌靠在玻璃窗下，幾把硬背椅子放在兩旁，一個低矮的舊書架放著他自己的著作，簡單到不能再簡單了。苦雨齋主人的衣著也很隨便，布衣布履，和街坊上的普通居民差不多。〔註 102〕

10 月 18 日，胡風赴清華大學參加紀念魯迅的晚會，並講話。〔註 103〕

10 月 19 日，許廣平出席全國文聯、總工會、青聯、學聯、婦聯和北京市的工會、中小學教職員聯合會、院校教職員聯合會等 12 個團體發起的魯迅逝世 13 週年紀念會，並作發言。大會一致通過決議，請人民政府在北京和上海的適當地點建立魯迅銅像和整理魯迅故居，建立魯迅紀念館。〔註 104〕

10 月 19 日，周建人的文章《關於魯迅的一張藤野照片》刊發在《進步日報》。〔註 105〕同日，擔任中央人民政府出版總署副署長。

10 月 19 日，胡風上午參加魯迅紀念會；晚上赴北京大學參加紀念晚會並

〔註 97〕冷柯（執筆）、毛粹《曹靖華年譜》，《曹靖華研究專集》第 433 頁。

〔註 98〕《許廣平活動簡表（1948 年 10 月至 1968 年 3 月）》，陳漱渝著《許廣平的一生》第 152 頁。

〔註 99〕冷柯（執筆）、毛粹《曹靖華年譜》，《曹靖華研究專集》第 434 頁。

〔註 100〕《許廣平活動簡表（1948 年 10 月至 1968 年 3 月）》，陳漱渝著《許廣平的一生》第 152 頁。

〔註 101〕錢理群著《周作人傳》第 160～161 頁。

〔註 102〕錢理群著《周作人傳》第 161 頁。

〔註 103〕曉風《胡風年表簡編》，《新文學史料》第 181 頁，1986 年第 4 期。

〔註 104〕《許廣平活動簡表（1948 年 10 月至 1968 年 3 月）》，陳漱渝著《許廣平的一生》第 152 頁。

〔註 105〕《周建人年譜簡編》，謝德銑著《周建人評傳》第 381 頁。

講話。〔註 106〕胡風滿懷歡呼新中國成立的激情，寫了長詩《時間開始了！》。〔註 107〕

10 月 19 日，許廣平在中央人民政府第三次會議上被任命為政務院副秘書長。〔註 108〕

10 月 19 日，許廣平的《在欣慰下紀念》刊發在《人民日報》。〔註 109〕

10 月 19 日，《回憶魯迅——記許廣平十月十七日在北師大紀念晚會上的講話》刊發在《光明日報》上。〔註 110〕

10 月 19 日，《人民日報》報導魯迅故居開放的消息。消息這樣：今日魯迅忌辰　先生故居定今日開放，文中道：「許廣平將魯迅故居（阜成門宮門口二十一號）依照魯迅生前之居住情形加以布置，定於今日，開放展覽，招待各界參觀一天」。〔註 111〕

10 月 19 日，唐弢的書評《談談〈毀滅〉中譯本》刊發在《文匯報》，署名風子。〔註 112〕

10 月 20 日，許廣平的《革命工作者應該學習魯迅為人民服務的精神》刊發在《光明日報》上。〔註 113〕

10 月 22 日，周建人的文章《魯迅為青年服務一斑》刊發在《中國青年》雜誌 23 期。〔註 114〕

10 月 25 日，曹靖華寫作《法捷耶夫口中的魯迅》，刊發在《文藝報》第 1 卷第 3 期「魯迅先生 13 週年祭」欄目。〔註 115〕

10 月 25 日，許廣平的《從魯迅的著作看文學》刊發在《文藝報》第 1 卷

〔註 106〕曉風《胡風年表簡編》，《新文學史料》第 181 頁，1986 年第 4 期。

〔註 107〕曉風《胡風年表簡編》，《新文學史料》1986 年第 4 期第 181 頁。

〔註 108〕《許廣平活動簡表（1948 年 10 月至 1968 年 3 月）》，陳漱渝著《許廣平的一生》第 152 頁。

〔註 109〕收入《欣慰的紀念》，陳漱渝著《許廣平著述編目》，陳漱渝著《許廣平的一生》第 196 頁。

〔註 110〕陳漱渝著《許廣平著述編目》，陳漱渝著《許廣平的一生》第 196 頁。

〔註 111〕葉淑穗《難忘的恩澤　永遠的懷念》，魯迅博物館、民進中央宣傳部編《許廣平》第 92 頁。

〔註 112〕傅小北、楊幼生《唐弢年譜》，傅小北、楊幼生編《唐弢研究資料》第 437 頁。

〔註 113〕陳漱渝著《許廣平著述編目》，陳漱渝著《許廣平的一生》第 196 頁。

〔註 114〕《周建人年譜簡編》，謝德銑著《周建人評傳》第 381 頁。

〔註 115〕冷柯（執筆）、毛粹《曹靖華年譜》，《曹靖華研究專集》第 434 頁。

第 3 期。〔註 116〕

10 月 26 日，許廣平參加十月革命慶典代表團再次赴並出席在莫斯科舉行的國際民主婦聯理事會議。〔註 117〕

10 月，許廣平對魯迅手稿、房產以及其他遺物等進行整理，分批向黨和國家有關部門捐贈。〔註 118〕

10 月，許廣平的《陳煙橋〈魯迅木刻〉序》刊發在上海開明書店出版陳煙橋《魯迅木刻》卷首。〔註 119〕

10 月，周建人在《人民日報》著文，對須藤醫生的診療公開表示質疑。〔註 120〕

周海嬰寫道：後來聽說日本醫學界有位泉彪之助先生，曾為此專程到上海魯迅紀念館來查閱過有關資料，最後似乎做了支持須藤醫生的結論。但這仍不能排除二老的懷疑。〔註 121〕

11 月 7 日，曹靖華寫作《十月——這就是人類的幸福、自由與和平》，刊發在《人民日報》。〔註 122〕

11 月 15 日，周作人應友人之邀請，為上海《亦報》寫稿。〔註 123〕從 11 月 22 日在《亦報》上以申壽的筆名發表《說書人》起，到 1952 年 3 月 15 日載完《吶喊衍義二十九，九斤老太》，2 年零 5 個月的時間，發表了 908 篇文章，其間還在《大報》上發表 43 篇短文，共計 951 篇，平均每天一篇多，共約 70 多萬字。這樣的工作量對年已過 66 歲的周作人自然是夠大的，而且他寫得極為認真，看過原稿的人都說，他在原稿上很少改動，用不著謄清，這也是少見的。據他的兒媳張菼芳回憶，他一般在清晨 7 時吃過早飯便開始了一天的工作；11 時許吃午飯，稍息片刻（他沒有午睡習慣）後，於下午 1 時許繼續工作；下午 5 時許吃晚飯，然後工作至晚 9 時許就寢。因此，

〔註 116〕收入《關於魯迅的生活》，陳漱渝著《許廣平著述編目》，陳漱渝著《許廣平的一生》第 196 頁。

〔註 117〕《許廣平活動簡表（1948 年 10 月至 1968 年 3 月）》，陳漱渝著《許廣平的一生》第 152 頁。

〔註 118〕《周海嬰大事年表》，《周海嬰紀念集》第 228 頁。

〔註 119〕陳漱渝著《許廣平著述編目》，陳漱渝著《許廣平的一生》第 196 頁。

〔註 120〕周海嬰《父親的死》，周海嬰著《直面與正視——魯迅與我七十年》第 62 頁。

〔註 121〕周海嬰《父親的死》，周海嬰著《直面與正視——魯迅與我七十年》第 62 頁。

〔註 122〕冷柯（執筆）、毛粹《曹靖華年譜》，《曹靖華研究專集》第 434 頁。

〔註 123〕錢理群著《周作人傳》第 161～162 頁。

說周作人已經將讀書、寫作作為他的生存方式，實在並不只是一種形容而已。〔註 124〕錢理群對周作人的部分文章評價道：至少在建國初期，周作人對於新政權的擁護、認同的真誠性是無可懷疑的。這在很大程度上，是由於當時新政權相當認真地進行了一系列的民主改革，特別是使千千萬萬在封建奴役制度束縛下的婦女得到了政治、經濟、婚姻的獨立、自由，這在終身關注與期待婦女解放的周作人自然是一個極大的鼓舞。〔註 125〕

困窘之中，周作人在朋友們的建議下，開始寫起與魯迅有關的文章來。最初寫的是「魯迅在東京」一組小文，共 35 篇；後來一發不可收，連續寫了「百草園」61 篇，「學堂生活」24 篇，「補樹書屋舊事」15 篇，匯成《魯迅的故家》一書。接著又寫了「吶喊衍義」29 篇與「彷徨衍義」26 篇，「朝花夕拾」19 篇，又成《魯迅小說裏的人物》一書。正如周作人自己所說，這些文章都是就魯迅的生活與創作，「講說一點相關的人地事物四項的故事」，並不多加議論。但由於周作人與魯迅的特殊關係，所寫的都是耳聞目睹的第一手材料，翔實而親切，又出之於周作人揮灑自如的文筆，這些回憶文章自然受到了讀者的歡迎。另一方面，在魯迅的一生中，早年研究資料最為缺乏，周作人的回憶，彌補了這一不足，自有其特殊的學術價值，幾乎成為魯迅生平及早期創作研究的必備參考書。周作人自己也說，他寫這些文章也算對得起魯迅了；言外之意他的回憶，原是回報魯迅「知己」之情的。我們自不能懷疑與否認此話確是實情，但恐怕也掩蓋了另一面，即周作人之所以如此熱心地寫此類文章，也有他的苦衷：新中國成立後，魯迅被尊為文學革命的「主將」，不僅他的作品，連同有關他的研究、資料，都因而獲得了很高的價值。周作人在《魯迅的青年時代　序言》裏，就直言不諱地承認，他所掌握的魯迅青少年時代的「過去的事實」，是他「寫文章的資本」，他既要賺錢糊口，就必然把這些「資本」的作用發揮到最大限度。他最初將自己的日記秘而不宣，後來又儘量兜售，都出於這經濟的考慮與壓力。當年，周作人與魯迅斷然絕交，當然不會想到在他晚年要靠回憶魯迅來賺錢糊口；有人可能因此而對周作人投以鄙夷的眼光，但細細想來，確也有可悲可憫之處。周作人大概也意識到這其中的尷尬；他在寫有關回憶文章時，儘量採取客觀敘述的立場，很少作主觀判斷，盡可能避免對魯迅的讚揚，更不允許出現溢美之詞，他如

〔註 124〕錢理群著《周作人傳》第 162 頁。
〔註 125〕錢理群著《周作人傳》第 167 頁。

此小心翼翼地掌握分寸，可謂煞費苦心。而在他內心深處，仍然堅持著對魯迅的某些批評意見，這在五、六十年代給朋友的私人信件中表露得十分清楚。至於「兄弟失和」，他也是至死不悔的。這大概也是周作人「冥頑不化」之處吧。〔註 126〕

周建人講述他在 1949 年後與周作人的一次會面：全國解放後不久，有一次，我在教科書編審委員會突然面對面地碰到周作人。我們都不由自主地停了腳步。他蒼老了，當然，我也如此。只見他頗淒涼地說：「你曾寫信勸我到上海。」「是的，我曾經這樣希望過。」我回答。「我豢養了他們，他們卻這樣對待我。」我聽這話，知道他還不明白，還以為他自己是八道灣的主人，而不明白，其實他早已只是一名奴隸。這一切都太晚了，往事無法追回了。

錢理群這樣評價：周作人與周建人雖未公開失和，但彼此間也是因為家庭的糾葛，而心存芥蒂。以後又走上了不同道路：周作人淪為日偽督辦，周建人則追隨中國共產黨，成為民主建國會發起人之一。在新中國成立後，他們的見面，自然是頗富戲劇性的。每次讀到這段回憶，總覺得在周作人與周建人的背後，還站著魯迅。滄桑巨變之後，走上了不同道路，有著不同結局的兄弟的會見，讓人感到一種說不出的沉重與蒼涼。〔註 127〕

11 月 17 日，許廣平以中華全國民主婦聯副主席身份赴蘇聯莫斯科參加國際民主婦聯理事會並作發言。〔註 128〕

11 月 27 日，曹靖華的《新譯俄文魯迅選集》在《人民日報》發表。〔註 129〕

12 月，曹靖華的《蘇聯文學在中國》刊發在《新華月報》第 1 卷第 2 期。〔註 130〕

12 月 4 日，許廣平從莫斯科返回北京。〔註 131〕

12 月 8 日，唐弢的短評《接受國際主義的教育》刊發在《文匯報》。〔註 132〕

〔註 126〕錢理群著《周作人傳》第 168～170 頁。

〔註 127〕錢理群著《周作人傳》第 170～171 頁。

〔註 128〕《許廣平活動簡表（1948 年 10 月至 1968 年 3 月）》，陳漱渝著《許廣平的一生》第 153 頁。

〔註 129〕冷柯（執筆）、毛粹《曹靖華年譜》，《曹靖華研究專集》第 434 頁。

〔註 130〕冷柯（執筆）、毛粹《曹靖華年譜》，《曹靖華研究專集》第 434 頁。

〔註 131〕《許廣平活動簡表（1948 年 10 月至 1968 年 3 月）》，陳漱渝著《許廣平的一生》第 153 頁。

〔註 132〕傅小北、楊幼生《唐弢年譜》，傅小北、楊幼生編《唐弢研究資料》第 437 頁。

12 月 22 日，唐弢在《文匯報》發表《偉大的友誼——祝中蘇友協上海分會成立》。〔註 133〕

12 月 25 日，曹靖華翻譯的《頌斯大林》（蘇聯民歌）在《人民日報》第五版發表。〔註 134〕

這年，曹靖華的譯作《虹》（瓦西列夫斯卡婭著）由三聯書店出版；《夢》由上海文化工作社再版；曹靖華主編的《列寧格勒日記》（又名《將近三年》，英倍爾微拉・米海伊洛夫娜撰）由國際文化服務社出版。〔註 135〕

這年，周建人的著作《田野的雜草》在香港三聯書店出版。他的這兩本著作（還有一本是《生物進化淺說》）是他幾十年來孜孜不倦地翻譯、研究、教學的結晶，是中國較早的生物學研究論著，在生物界有一定的影響。〔註 136〕唐弢接受上海復旦大學、上海戲劇專科學校的聘請擔任教授。〔註 137〕徐懋庸的《政治常識》由天津知識書店和北平勵志書店出版。

1949 年之後，徐懋庸先後任中南軍政委員會委員、武漢大學黨委書記、副校長、中南文化部副部長、中南教育部副部長。〔註 138〕

〔註 133〕傅小北、楊幼生《唐弢年譜》，傅小北、楊幼生編《唐弢研究資料》第 437 頁。

〔註 134〕冷柯（執筆）、毛粹《曹靖華年譜》，《曹靖華研究專集》第 434 頁。

〔註 135〕冷柯（執筆）、毛粹《曹靖華年譜》，《曹靖華研究專集》第 434 頁。

〔註 136〕謝德銑著《周建人評傳》第 195～196 頁。

〔註 137〕傅小北、楊幼生《唐弢年譜》，傅小北、楊幼生編《唐弢研究資料》第 437～438 頁。

〔註 138〕《徐懋庸小傳》，《徐懋庸回憶錄》第 189 頁。

1950年

許廣平將北京宮門西四條二十一號魯迅故居及有關遺物全部捐獻國家，計有土地五分六釐，瓦房七間，灰頂房七間，樹木九株，圖書5195冊又274件，金石拓本4030張，傢具文物等393件。〔註1〕

1月，胡風詩集《時間開始了》由海燕書店出版第一樂篇《歡樂頌》及第二樂篇《光榮贊》。〔註2〕

年初，周建人遷居到大牌坊胡同。〔註3〕

2月3日～12日，胡風在徐州第24軍（皮定鈞為軍長，彭柏山為政治部主任）駐地參觀、訪問、座談等。〔註4〕

2月11日，曹靖華翻譯烏克蘭故事《葛里茨和地主》，刊發在《人民文學》第一卷第四期。〔註5〕

2月12日，胡風回上海。〔註6〕

2月15日，許廣平為胡今虛所著《魯迅作品及其他》寫讀後感。〔註7〕

2月17日，唐弢的時事雜感《友敵分明》刊發在《文匯報》，祝賀中蘇友好同盟互助條約的簽訂。

〔註1〕《許廣平活動簡表（1948年10月至1968年3月）》，陳漱渝著《許廣平的一生》第153頁。

〔註2〕曉風《胡風年表簡編》，《新文學史料》1986年第4期第181頁。

〔註3〕《周建人年譜簡編》，謝德銑著《周建人評傳》第381頁。

〔註4〕曉風《胡風年表簡編》，《新文學史料》1986年第4期第181頁。

〔註5〕冷柯（執筆）、毛粹《曹靖華年譜》，《曹靖華研究專集》第435頁。

〔註6〕曉風《胡風年表簡編》，《新文學史料》1986年第4期第181頁。

〔註7〕收入1950年10月上海泥土社出版的胡今虛著《魯迅作品及其他》卷末，陳漱渝著《許廣平著述編目》，陳漱渝著《許廣平的一生》第196頁。

2月，徐懋庸的《研究方法與工作方法》刊發在武漢市委黨團員寒假培訓班。〔註8〕

3月，蕭軍所寫的京劇《武王伐紂》開始在撫順公演，該劇共分四本，每本連演十天，一共演了三十六天四十四場，場場爆滿。據統計，當時撫順市二十萬人中，有三分之一的人看過這齣戲。〔註9〕

3月，曹靖華寫作《論蘇聯女作家潘諾瓦及其〈旅伴〉》，刊發在《中蘇友好》第五期。〔註10〕

3月，胡風的《時間開始了》第四樂篇《安魂曲》及第五樂篇《歡樂頌》由天下圖書出版公司出版。〔註11〕

4月，胡風參加上海市第三次人民代表會議，被任命為華東文化教育委員會委員。〔註12〕

4月，中國民主促進會舉行第一次全國代表大會，周建人當選為第三屆中央理事會常務理事。〔註13〕

5月1日～10日，胡風在嘉定參加20軍首屆英模大會。在此聽報告，採訪和座談等。〔註14〕

5月15日，曹靖華寫作《不盡鐵流滾滾來》。〔註15〕

5月18日，胡風與文藝界一些人到上鋼三廠參觀。〔註16〕

6月9日～16日，胡風在杭州，除了參觀訪問外，還應邀到浙江大學、國立藝專等處講演、座談。〔註17〕

6月12日，中央人民政府文化部向魯迅家屬頒發捐獻魯迅故居和生前文物的褒獎狀。〔註18〕

6月，朝鮮戰爭爆發。〔註19〕

〔註8〕《徐懋庸小傳》，《徐懋庸回憶錄》第189頁。
〔註9〕王科、徐塞、張英偉著《蕭軍評傳》第173頁。
〔註10〕冷柯（執筆）、毛粹《曹靖華年譜》，《曹靖華研究專集》第435頁。
〔註11〕曉風《胡風年表簡編》，《新文學史料》1986年第4期第181頁。
〔註12〕曉風《胡風年表簡編》，《新文學史料》第181頁，1986年第4期。
〔註13〕《周建人年譜簡編》，謝德銑著《周建人評傳》第381頁。
〔註14〕曉風《胡風年表簡編》，《新文學史料》1986年第4期第181頁。
〔註15〕冷柯（執筆）、毛粹《曹靖華年譜》，《曹靖華研究專集》第435頁。
〔註16〕曉風《胡風年表簡編》，《新文學史料》1986年第4期第181頁。
〔註17〕曉風《胡風年表簡編》，《新文學史料》1986年第4期第181頁。
〔註18〕《周海嬰大事年表》，《周海嬰紀念集》第228頁。
〔註19〕王科、徐塞、張英偉著《蕭軍評傳》第173頁。

6 月 18 日，曹靖華寫作《蘇聯文學的奠基人——高爾基》，刊《人民日報》第 5 版。〔註 20〕

7 月 1 日，曹靖華譯《論中國的新文學》（費德林作），刊於《人民文學》第 2 卷第 3 期。〔註 21〕

7 月初，華東軍政委員會第 12 次行政會議批准籌設上海魯迅紀念館的工作計劃。〔註 22〕

7 月 15 日，華東文化部向中央文化部文物局報告籌設上海魯迅紀念館的工作計劃，並轉請魯迅夫人許廣平來滬指導建館和恢復故居。一週後，中央文化部文物局函覆華東文化部文物局局長鄭振鐸、副局長王冶秋為籌設上海魯迅紀念館致函政務院副秘書長許廣平徵詢意見。〔註 23〕

7 月 21 日，唐弢的時事雜感《談「羊毛」》刊發在《文匯報》，揭露美國在朝鮮戰爭的潰敗。〔註 24〕

7 月 23 日，許廣平寫《致阮紹先》談清點北京魯迅故居遺物。〔註 25〕

7 月 25 日，曹靖華寫作《「我們的事業是正義的！」》，刊於《文藝報》第 2 卷第 9 期「反對美國侵略臺灣、朝鮮」特輯內。〔註 26〕

8 月 1 日，曹靖華寫作《〈鐵流〉的解放》，刊於《人民文學》第 2 卷第 4 期。〔註 27〕

8 月 3 日，許廣平寫《致文物局》談籌建魯迅紀念館、博物館。〔註 28〕

8 月 4 日，周恩來在文物局的報告上批示：同意許副秘書長於十月中赴滬一行。〔註 29〕

8 月，曹聚仁南去香港，擔任《星島日報》的主要撰稿人。行前，他寫信

〔註 20〕冷柯（執筆）、毛粹《曹靖華年譜》，《曹靖華研究專集》第 435 頁。

〔註 21〕冷柯（執筆）、毛粹《曹靖華年譜》，《曹靖華研究專集》第 435 頁。

〔註 22〕周國偉、凌月麟《「要把一切還給魯迅」——深切懷念許廣平先生》，魯迅博物館、民進中央宣傳部編《許廣平》第 98 頁。

〔註 23〕周國偉、凌月麟《「要把一切還給魯迅」——深切懷念許廣平先生》，魯迅博物館、民進中央宣傳部編《許廣平》第 98 頁。

〔註 24〕傅小北、楊幼生《唐弢年譜》，傅小北、楊幼生編《唐弢研究資料》第 438 頁。

〔註 25〕陳漱渝著《許廣平著述編目》，陳漱渝著《許廣平的一生》第 197 頁。

〔註 26〕冷柯（執筆）、毛粹《曹靖華年譜》，《曹靖華研究專集》第 435 頁。

〔註 27〕冷柯（執筆）、毛粹《曹靖華年譜》，《曹靖華研究專集》第 435 頁。

〔註 28〕陳漱渝著《許廣平著述編目》，陳漱渝著《許廣平的一生》第 197 頁。

〔註 29〕葉淑穗《難忘的恩澤　永遠的懷念》，魯迅博物館、民進中央宣傳部編《許廣平》第 93 頁。

給夏衍、邵力子諸人。邵力子表示：在海外一樣可為國家出力。〔註30〕

8月，馮雪峰創作電影文學劇本《上饒集中營》，次年拍成電影，榮獲1949～1950年優秀影片二等獎。〔註31〕

8月，胡風的評論集《為了明天》由作家書屋出版。〔註32〕

9月，胡風的散文集《人環二記》由泥土社出版。〔註33〕

9月13日，胡風在華東電臺作題為《用文化的力量粉碎侵略戰爭的陰謀》的廣播講演。〔註34〕

9月22日，胡風應《人民日報》之邀進北京。與華東去的英模同路，來參加全國戰鬥英雄勞動模範大會，受到英雄人物的教育和鼓舞，後寫成報告文學集《和新人物在一起》。〔註35〕

秋天，周海嬰考入北京輔仁大學社會系。〔註36〕周建人遷至弘通關2號。〔註37〕

10月6日，許廣平的《我們需要更好地「學會本領做好工作」》刊發在《中國青年》第48期。〔註38〕

10月中旬，許廣平到上海整理魯迅遺物。

她表示：魯迅的傢具、衣被等用品全部捐獻給國家，留在上海。同時，她考慮到北京氣候比較乾燥，決定把魯迅留在上海的藏書全部運往北京，有一本的捐給準備籌建的北京魯迅博物館，有兩本的她自己留下一本作紀念，三本以上的將一本給上海魯迅紀念館。魯迅手稿，除《毀滅》等留在上海外，其餘暫存北京圖書館。經過整理，線裝本每種均為一本，平裝書有複本，三本以上的是微乎其微了。為此，唐弢先生向許廣平提出要求：現代中國木刻家贈送給魯迅先生，或者由先生自己購置的中國版畫，無論是成冊的還是散頁，全部留給上海；魯迅逝世以後，許先生收藏的海內外（包括華僑的）紀念魯迅的報紙期刊留給上海；霞飛路64號對象清理後，為預防文物的散失，

〔註30〕李勇著《曹聚仁研究》第7頁。
〔註31〕《馮雪峰大事年表》，孫琴安著《雪之歌——馮雪峰傳》第332頁。
〔註32〕曉風《胡風年表簡編》，《新文學史料》1986年第4期第181頁。
〔註33〕曉風《胡風年表簡編》，《新文學史料》1986年第4期第181頁。
〔註34〕曉風《胡風年表簡編》，《新文學史料》1986年第4期第181頁。
〔註35〕曉風《胡風年表簡編》，《新文學史料》1986年第4期第182頁。
〔註36〕《周海嬰大事年表》，《周海嬰紀念集》第228頁。
〔註37〕《周建人年譜簡編》，謝德銑著《周建人評傳》第381頁。
〔註38〕陳漱渝著《許廣平著述編目》，陳漱渝著《許廣平的一生》第197頁。

先由華東文物處派人清理。上述三點，許先生同意了。經十餘天的整理，魯迅部分遺物運抵大陸新村，計有魯迅手跡、書籍、傢具、衣被、雜件等 1157 件。另有魯迅逝世後他人捐贈的魯迅文學獎基金等。運往北京的計魯迅藏書 41 箱（2691 種），許廣平藏書 15 箱，家用雜物 17 箱，總共 73 箱。

許先生拿出一件魯迅的灰布長衫微笑著說：「這是 1933 年英國馬萊爵士到上海來，先生到華懋飯店（今和平飯店）去會見他而被拒絕乘電梯那天穿的長衫」。接著，許先生拿出一雙長過膝蓋的黑中帶暗紅色的粗絨線長筒襪說：「先生後期肺病、氣喘病發得很厲害，許多朋友，包括一些國際友人都勸魯迅到蘇聯去療養和治病。我擔心先生受不了了蘇聯的寒冷天氣，在炎熱的夏天捧著厚厚的絨線趕製起來的。後來先生不肯去就沒有用」。聽著她的介紹，在場的同志無不感動。

許先生又拿出一大包木刻版畫。除大量的專集外，還有五、六百幅散頁木刻。她一邊取，一邊介紹說：「這是三十年代木刻青年贈給魯迅先生，請先生提意見的，先生都很好地收藏著」。這些木刻作品，大都是作者親自拓印的。在有的木刻中，還夾著作者寄贈作品時附上的信札。她隨手又拿出一大包兒童玩具，並解釋說：「這是海嬰小時候的玩具，其中不少是日本朋友贈送的。從這些玩具中，我們可以看出先生與日本人民之間的友誼」。

緊接著，許先生拿出兩隻高腳銀盃，並指著它說：「這是內山書店的主人，先生生前的好友，大陸新村 9 號住房的代辦人內山完造先生贈送給魯迅先生的紀念物」。最令人難以忘卻的是，許先生拿出一包用紙包得很嚴密的東西，一層一層打來一看，原來是一本撕去大半的美麗牌日曆。日曆的紙已經變成深黃色。映入我們眼簾的第一頁上，便是「民國二十五年十月十九日」。當時氣氛肅靜，許先生也含著淚花對大家說：「這是掛在魯迅故居二樓臥室裏的日曆，先生停止了呼吸，我再也撕不下去了，這是我永遠不能忘記的最悲痛的時刻。我堅信革命一定會勝利，黨和人民政府一定會永遠紀念魯迅的，所以一直珍藏著，你們要很好地保護它呀！」在場的同志被許先生的言行深深感動，表示一定要把它永久地保存下去。如今，日曆仍掛在故居二樓南窗的窗框上，連同梳粧檯上的時鐘，時針永遠靜止在凌晨五時二十五分！它，永遠靜止在悲痛的時刻，似乎在默默懷念與追思著中國文化革命的主將——魯迅先生。

魯迅遺物運抵大陸新村後，在許廣平直接指導下，按魯迅生前原貌恢復魯迅故居。在布置時，還缺少鐵床、餐桌、靠背椅、圓凳、小臺、小椅子等，根據許先生介紹的原貌要求，在傢具店和舊貨市場購置，以作代用。

1950 年 10 月中旬，許廣平在滬整理魯迅遺物和指導魯迅故居的恢復結束後返回北京。但她仍關心著紀念館的籌建工作。她到京後，就請求周恩來總理，為上海魯迅紀念館題寫館額。一星期後，周總理親書了「1950 年 11 月　魯迅紀念館　周恩來」16 個字。接著，就布置陳列館，展品大部分由許廣平所捐贈。許先生在介紹魯迅遺物時，還多次說：「我要把一切還給魯迅。」〔註 39〕

10 月 18 日，許廣平將魯迅著作出版權和全部版稅上交國家出版總署。捐贈皖北、蘇北、河北、河南災民寒衣勸募總會北京分會救災寒衣代金兩億元（折合人民幣兩萬元）。當天，勸募總會北京分會主任委員張友漁等來函感謝。〔註 40〕

10 月 19 日，晨七時四十分許廣平與巴金、饒漱石、舒同、魏文伯、黃源、周而復等一起至魯迅墓獻花圈。九時至文聯禮堂出席紀念茶會，聽取陳毅講話後，又至魯迅墓前獻花致敬，接著參觀魯迅在上海的大陸新村故居。〔註 41〕

10 月 19 日，由青涵採錄的《魯迅夫人口中的魯迅》刊發在《文匯報》上。〔註 42〕

10 月 20 日，許廣平的《魯迅和青年》刊發在《中國青年》第 49 期。〔註 43〕

10 月，曹靖華寫作《偉大的開端》，刊於《文藝報》、《人民文學》、《人民美術》、《人民戲劇》、《人民音樂》慶祝開國週年聯合特刊「勝利一週年」。〔註 44〕

10 月，曹靖華寫作《循著「一邊倒」的路標挺進》，刊於《中蘇友好》「中蘇友協成立一週年專輯」。〔註 45〕

〔註 39〕周國偉、凌月麟《「要把一切還給魯迅」——深切懷念許廣平先生》，魯迅博物館、民進中央宣傳部編《許廣平》第 99～101 頁。

〔註 40〕《許廣平活動簡表（1948 年 10 月至 1968 年 3 月）》，陳漱渝著《許廣平的一生》第 153 頁。

〔註 41〕唐金海、張曉雲主編《巴金年譜（上、下卷）》第 731 頁，四川文藝出版社 1989 年 10 月第 1 版第 1 次印刷。

〔註 42〕陳漱渝著《許廣平著述編目》，陳漱渝著《許廣平的一生》第 197 頁。

〔註 43〕陳漱渝著《許廣平著述編目》，陳漱渝著《許廣平的一生》第 197 頁。

〔註 44〕冷柯（執筆）、毛粹《曹靖華年譜》，《曹靖華研究專集》第 435 頁。

〔註 45〕冷柯（執筆）、毛粹《曹靖華年譜》，《曹靖華研究專集》第 435 頁。

10 月 25 日，中國人民志願軍跨過鴨綠江，同朝鮮人民軍並肩作戰。作為大後方的東北，此時遭到美帝的轟炸。出於備戰的需要，東北地區開始疏散人口，王德芬帶著孩子回到了瀋陽，後經組織批准調到北京，蕭軍不久也回到了瀋陽。〔註 46〕

10 月，馮雪峰任魯迅著作編刊社社長兼總編輯。〔註 47〕

11 月 1 日，胡風到文學研究所講關於讀書等問題。〔註 48〕

11 月，抗美援朝戰爭開始，胡風寫了長詩《為了朝鮮，為了人類》。〔註 49〕

11 月，曹靖華與茅盾等 145 人聯名發表《在京文學工作者宣言》，決心要走向反抗美帝國主義戰鬥的最前列，為戰勝美帝而堅決鬥爭。〔註 50〕

11 月 3 日，許廣平在上海市民主婦聯召開的報告會上講訪問朝鮮見聞，並傳達第二屆人代會議精神。到會者有上海各界婦女代表 600 人。〔註 51〕

11 月 19 日，許廣平參加中國民主促進會第三屆二中全會。〔註 52〕

11 月 26 日，胡風為星期文藝講座講話。〔註 53〕

這年，周建人的文章《關於魯迅的愛國反帝思想》刊發在《人民日報》第 3 卷第 1 期。〔註 54〕曹聚仁前往香港，為華僑報紙編報、寫稿，從事愛國工作。〔註 55〕曹靖華的譯作《列寧的故事》、《保衛察里津》、《死敵》、《蠢貨》等分別由三聯、文化、開明書店等出版。《保衛察里津》年內第二次印刷。〔註 56〕

這年，唐弢任華東文化部文物處副處長，在土地改革運動中，保護了許多書籍文物，受到中央文化部通報嘉獎。從 10 月起，唐弢開始在《文匯報》上寫短評，幾乎每天一篇，到年底大約寫了 70 多篇，均發表在題為「上海

〔註 46〕王科、徐塞、張英偉著《蕭軍評傳》第 173 頁。

〔註 47〕《馮雪峰大事年表》，孫琴安著《雪之歌——馮雪峰傳》第 332 頁。

〔註 48〕曉風《胡風年表簡編》，《新文學史料》1986 年第 4 期第 182 頁。

〔註 49〕曉風《胡風年表簡編》，《新文學史料》1986 年第 4 期第 182 頁。

〔註 50〕冷柯（執筆）、毛粹《曹靖華年譜》，《曹靖華研究專集》第 435 頁。

〔註 51〕《許廣平活動簡表（1948 年 10 月至 1968 年 3 月）》，陳漱渝著《許廣平的一生》第 153 頁。

〔註 52〕《許廣平活動簡表（1948 年 10 月至 1968 年 3 月）》，陳漱渝著《許廣平的一生》第 153 頁。

〔註 53〕曉風《胡風年表簡編》，《新文學史料》1986 年第 4 期第 182 頁。

〔註 54〕《周建人年譜簡編》，謝德銑著《周建人評傳》第 381 頁。

〔註 55〕李勇著《曹聚仁研究》第 3 頁。

〔註 56〕冷柯（執筆）、毛粹《曹靖華年譜》，《曹靖華研究專集》第 435 頁。

新語」的短評欄裏。遇到休息的日子，則由徐鑄成、柯靈、黃裳等代筆。這些短評結合新聞，論述的是「毛澤東時代的人物，一些英勇鬥爭的生命，一些可歌可泣的事蹟」，「後半部的篇什，便大抵和抗美援朝保家衛國的運動有關。」〔註 57〕

〔註 57〕傅小北、楊幼生《唐弢年譜》，傅小北、楊幼生編《唐弢研究資料》第 438 頁。